E. W. Heine · Die Raben von Carcassonne

E. W. Heine

Die Raben von Carcassonne

Roman

C. Bertelsmann

Umwelthinweis:
Dieses Buch und sein Schutzumschlag wurden
auf chlorfrei gebleichtem Papier gedruckt,
die Einschrumpffolie (zum Schutz vor Verschmutzung)
ist aus umweltschonender recyclingfähiger PE-Folie.

2. Auflage

Satz: Uhl + Massopust, Aalen
Druck und Bindung: GGP Media, Pößneck
Printed in Germany
ISBN 3-570-00767-7
www.bertelsmann-verlag.de

Die Katharer glauben, oder vielmehr haben geglaubt, denn sie wurden ausgerottet, die Schöpfung sei nicht das Werk Gottes, sondern des Teufels.
Wenn ich religiös wäre, wäre ich Katharer.

Frei nach *Alfred Andersch*

1. Kapitel

In der Nacht hatte es geregnet. In den schlammigen Pfützen auf dem Platz vor der Basilika Saint Nazaire spiegelten sich die Türme des Gotteshauses. Von allen Dächern tropfte die Nässe, rann über zerfurchtes Gemäuer und altersrissige Fassaden, nährte rostige Rinnen und versickerte in ungepflasterten Gassen.

Im ersten Morgengrauen hatten sie auf einem Ochsengespann die Balken für das Gerüst herbeigekarrt, auf dem der Scheiterhaufen brennen sollte. Nun waren die Knechte des Henkers damit beschäftigt, sie zusammenzunageln. Dumpf und drohend wie Trommelschlag vor der Schlacht klang ihr Hämmern durch das noch schlafende Carcassonne. Die Raben vor dem Tour de Prison beobachteten sie gespannt, so als wüssten sie, dass es hier bald Fleisch geben würde. Die Stadt erwartete ihr Opfer.

Wäre sein Name im Taufregister verzeichnet gewesen, so hätte dort Leander Luis Latour gestanden. Da sich aber kein Priester gefunden hatte, der bereit gewesen wäre, den Bastard des Henkers zu taufen, so war seine irdische Existenz in den Kirchenbüchern von Carcassonne nicht dokumentiert worden.

Er hieß Leander, aber niemand nannte ihn so. So wie sich keiner erdreistet hätte, seinen Bischof oder König mit Taufnamen anzusprechen, so wie man davor zurückschreckte, ihm ins Angesicht zu blicken oder ihm gar die Hand zu geben. Er war namenlos, namenlos wie der Allmächtige. Er stand außerhalb der Gesetze, denn er war der Einzige, der eigenhändig ungestraft töten durfte. Er brach einem Menschen das Genick und besuchte anschließend die heilige Messe in der Basilika, nicht durch das Kirchenportal wie alle anderen, sondern durch die eigens für ihn errichtete Henkerspforte, um sich auf dem für ihn freigehaltenen Platz niederzulassen, ein Vorrecht, das sonst nur dem hohen Adel eingeräumt wurde. Wenn er durch die Menge ging, wichen die Menschen respektvoll zurück, wie einst das Meer vor Moses und dem auserwählten Volk.

Sie liebten ihn nicht, sie fürchteten ihn. Aber war nicht auch ihre Gottesfurcht größer als ihre Liebe zum Allmächtigen?

Der Henker von Carcassone stand vor der eisenbeschlagenen Kerkertür im Kellergeschoss des Henkerturms und betrachtete die Verurteilte. Er beobachtete sie mit der wachen Sorgfalt, mit der Eulenvögel ihre Opfer beäugen, bevor sie ihnen den Garaus machen.

Der Sehschlitz oberhalb des Türschlosses war so geschickt angebracht, dass die Gefangenen ihn nicht wahrzunehmen vermochten. Dennoch schien die Frau die Blicke des Henkers zu spüren. Sie verdeckte ihr Gesicht mit den Handflächen wie ein Kind, das sich schämt. Nach einer Weile erhob sie sich und begann umherzulaufen, mit müden, schlurfenden Schritten wie einer, der einen langen beschwerlichen Fußweg hinter sich gebracht hat.

Mein Gott, wie mager diese Vandalmonde de Castanier war! Jetzt blieb sie stehen. Ihre Augen suchten das Licht, das über ihr durch eine vergitterte Maueröffnung fiel. Das kalte Licht des neuen Tages erhellte ihre Gesichtszüge. Sie waren von gespenstischer Blässe. Das Haar hing ihr wirr bis über die Augen. Das blutige Kinn, die aufgeplatzte Oberlippe – der Henker nahm das alles zur Kenntnis wie ein Maler, der das Bild dieser todgeweihten Frau in sich aufnehmen will, um es zu einem Kunstwerk zu verarbeiten. Nun, auch der Henker war ein Künstler. Eine gute Hinrichtung erforderte allerhöchste Kunstfertigkeit, Beobachtungsgabe und anatomische Studien.

Körpergewicht, Alter und die richtige Einschätzung des

Knochenbaus bestimmten die Länge des Galgenstricks. Um einem Mann das Genick zu brechen, musste die Fallhöhe sorgfältig berechnet werden. War sie zu kurz, wurde der Ärmste stranguliert. Zappelnd wie ein Fisch an der Angel hing er dann am Galgenholz. War der Strick zu lang oder der Mann zu schwer, so wurde ihm mit einem Ruck der Kopf abgerissen.

Noch schwieriger verhielt es sich mit der Enthauptung. Es bedurfte höchster Zielgenauigkeit und eines kräftigen Hiebes, um die Nackenwirbel mit einem Schlag zu durchtrennen.

Mit Recht wurde die Arbeit des Scharfrichters höher honoriert als die des Stadtmedikus. Der brauchte dem kranken Körper nur zu helfen, mit dem Leiden allein fertig zu werden. Ein zum Tode Verurteilter aber wehrte sich mit jeder Faser seines Leibes gegen seine Vernichtung. Da gab es keine natürliche Kraft, die dem Henker geholfen hätte. Er musste seine verantwortungsvolle Aufgabe allein bewältigen, vor den Augen der ganzen Stadt.

Aber diesem Weib hier würde er nicht den Kopf abschlagen. Sie würde auch nicht ihre Seele am Galgen aushauchen, sie würde wie alle Hexen und Häretiker brennen.

Die Gefangene stand jetzt mit erhobenen Händen unter dem Fensterloch, als wollte sie nach dem Licht greifen. Die Morgensonne färbte ihre Finger blutrot. Ihre Lippen bewegten sich wie im Gebet.

»Gott sei deiner Seele gnädig«, sagte Leander Latour, »niemand sonst wird es sein.«

Sie hörte seine Worte nicht. Die Glocken der Basilica Saint Nazaire, die zur Frühmesse riefen, verschluckten sie.

Die Hinrichtungen erfolgten immer in den frühen Morgenstunden, nicht aber die Verbrennungen. Sie begannen erst nach Sonnenuntergang, wenn die Flammen vor dem nachtschwarzen Himmel am wirkungsvollsten in Erscheinung traten.

Leander Latour hatte Zeit.

2. Kapitel

Bevor die Nachmittgssonne hinter der hohen Stadtmauer versank, stieg Leander hinab in den unterirdischen Kerker, um mit der Verurteilten zu sprechen. Nirgendwo sonst war man dem Geheimnis Mensch so nahe wie auf der Schwelle zwischen Tod und Leben. Alle Verstellung, falsche Hoffnung und Selbstbetrug waren abgefallen wie Gewänder. Übrig blieb der nackte Mensch, häufig hässlich, erschreckend abstoßend, bisweilen bewundernswert schön – eine wahrhafte Entblößung.

Was ist das Leben, was der Tod? Auf der Grenzlinie zwischen beiden Welten offenbaren sich die letzten Dinge deutlicher als anderswo, weil wir den wahren Wert der Dinge erst erkennen, wenn sie uns entgleiten. Die Farben des Paradieses, der Jugend und der Liebe – nie leuchten sie kraftvoller als nach ihrem Verlust.

Als Leander den Kerker betrat, hockte die Frau auf dem Strohsack, der den Gefangenen als Schlafstelle diente. Die brennende Fackel in der Faust ließ sich Leander auf der Bank an der gegenüberliegenden Zellenwand nieder und fragte: »Du weißt, wer ich bin?«

»Du bist mein Arzt.«

»Dein Arzt?« Leander glaubte nicht recht verstanden zu haben. »Ich bin der Henker.«

»Das ist dasselbe«, sagte die Frau. »Das Leben ist eine Krankheit. Du wirst mich davon befreien.«

Leander betrachtete sie. Aus der Nähe wirkte sie viel jünger, aber welk und matt, ein Blütenzweig in einem Gefäß ohne Wasser. Aber die Ausgezehrtheit ihres hageren Leibes hatte keine Gewalt über das Feuer in ihren Augen – Augen so tief wie Festungsbrunnen und so lebhaft wie Funkenflug. Sie betrachtete ihn ohne Furcht.

Er fragte: »Hast du keine Angst vor dem Sterben?«

»Das kann so schwierig nicht sein. Denn bisher hat es noch jeder geschafft. Schlimmer als das Sterben ist für die meisten Menschen die Angst vor dem Sterben. Dabei ist es viel leichter als Gebären.«

»Woher willst du das wissen?«

»Nun, sterben kann jeder ohne Ausnahme. Gebären aber ist eine schwierige Kunst, und nicht jede Geburt verläuft weiß Gott erfolgreich.«

»Warum wurdest du verurteilt?«

»Weil ich eine Frau bin.«

»Noch nie wurde jemand verurteilt, weil er eine Frau ist.«

»Die erste Sünde kam von einer Frau, und alle müssen wir um ihretwillen sterben. Sie hat das Menschengeschlecht zugrunde gerichtet. Weib, du bist die Pforte zur Hölle. Wenn das keine Verurteilung ist, was ist es dann?«

»Wo steht das geschrieben?«

»Im Alten Testament und bei Tertullian.«

»Du bist eine Hexe?«

»Ich bin eine Katharerin.«

»Man sagt, euch Katharer graut es nicht einmal vor dem Feuer.«

Sie betrachtete ihren Henker und fragte: »Graut dir nicht vor dem, was du tust?«

»Ich erfülle einen Auftrag. Schuld verlangt Sühne.«

»Sühne von wem?«

»Von allen, die da schuldig sind.«

»Von allen, die schuldig sind? Du irrst dich. Wenn alle, die die Gesetze brechen, schuldig wären, so müssten alle Könige und Kardinäle verbrannt werden, alle Fürsten, Feldherrn und ein Gutteil des Volkes dazu.«

Sie erhob sich, so als könnte das, was sie zu sagen hatte, nur im Stehen gesagt werden: »In allen alten Religionen werden der Gottheit Opfer dargebracht. Ein Schaf wird abgestochen, damit die Götter einem Sünder vergeben. Stiere müssen auf brennenden Opferaltären sterben, damit der Allmächtige einem Fürsten zum Sieg verhilft. Unschuldige Geschöpfe müssen leiden, um die Götter gnädig zu stimmen oder, richtiger: um sie zu bestechen. In unserer Rechtsprechung ist es nicht besser. Ein Dieb wird am Galgen geopfert, um Gott zu versöhnen: Schau, in unserer Gesellschaft herrscht Recht und Ordnung. Wir halten die göttlichen Gebote ein. Zum Beweis dafür opfern wir dir einen von uns, einen in Vertretung für all die anderen, die sich ungestraft weiter an dem Gesetz vergehen. Dabei spielt es keine Rolle, ob einer schuldig ist oder nicht. Die Rolle des Unschuldslammes schützt ihn nicht. Im Gegenteil, gerade das Lamm ist das ideale Opfertier. Ausschlaggebend sind nicht Schuld oder Unschuld des Geopferten, sondern Schuld und Reue der Opfernden. Schuld und Unschuld liegen in ihrem Ermessen. Sie bestimmen, wer gut und wer böse ist.«

Leander schüttelte den Kopf, wollte widersprechen, doch sie ließ sich nicht beirren. »Mord ist ein Verbrechen, so sollte man meinen. Liebe ist gut. Wenn ich aber im Auftrag der Priester töte, so ist das lobenswert. Heiliger Krieg! Sieg der Gerechtigkeit! Liebe ich jedoch, was meinen stets opferbereiten Herren missfällt, meines Nachbarn Weib oder einen anderen Gott, so bin ich böse, ganz gleich, wie viel Gutes ich getan habe.«

Sie schlug sich vor die Brust und sagte: »Ich werde nicht verbrannt, weil ich schuldig bin, sondern weil ich nicht so bin wie meine Richter, ein Schaf unter Wölfen. Deshalb muss ich brennen.«

Das Gespräch hatte sie erregt. Sie begann wieder hin und her zu laufen, blieb einen Schritt vor Leander stehen und sagte: »Wenn es wirklich so etwas wie Hexerei und Teufelswerk gibt, dann ist der eher ein Teufel, der den Scheiterhaufen anzündet, als der, den man verbrennt.«

Leander holte aus den Taschen seiner ledernen Weste eine Phiole hervor, nicht größer als die Länge eines Fingers. »Ich habe hier eine Arznei aus Wasserschierling und Bilsenkraut. Sie macht die Glieder gefühllos. Beginnend bei Händen und Füßen steigt die Taubheit zum Herzen empor. Es ist ein gutes Gift. Schon Sokrates nahm es. Du wirst die Glut des Scheiterhaufens nicht spüren. Trink es, jetzt gleich. Es dauert, bevor die Wirkung einsetzt.«

»Warum tust du das für mich?«

»Ich gebe es allen Verurteilten.«

»Ist das erlaubt?«

»Nein.«

»Warum tust du es dann?«

Als Leander schwieg, sagte sie: »Mitleid gilt unter den Katharern als Königin aller Tugenden. Wir essen kein Fleisch aus Mitleid mit den Tieren. Unser Verbot des Mundes lautet: Keine fleischliche Nahrung, keine Lügen! Wir dürfen nicht einmal schwören. Unser Verbot der Hand verlangt absolute Gewaltlosigkeit gegenüber allen und jedem.«

Das laute Schlagen der Kirchenglocken unterbrach ihr Gespräch.

»Die Zeit drängt. Du musst den Schierlingssaft nehmen«, sagte Leander. »Komm!«

Die Frau schüttelte ihren zerzausten Haarschopf.

»Was soll das heißen? Noch keiner hat mein Angebot abgelehnt. Nimm es! Es wird dir helfen.«

»Es geht nicht.«

»Warum nicht?«

»Das Consolament.«

»Consolament. Was ist das?«

»Die verbleibende Zeit ist zu kurz, um es dir zu erklären.«

»Ich will es dennoch wissen.«

Sie strich sich das Haar aus der Stirn: »Ein Schwerkranker oder Sterbender, der das Consolamentum erhält, erfährt die Gnade der letzten Reinheit. Der so Getröstete ist rein gewaschen und frei von aller Schuld. Er darf im Angesicht der ewigen Seligkeit keinerlei Nahrung mehr zu sich nehmen. Mir ist das Consolamentum vor meiner Festnahme zuteil geworden. Ich stehe unter Endura.«

»Endura?«

»Reinigung durch Verzicht.«

»Das ist Selbstmord!«

Die Frau schwieg. Ihre Augen schienen im Halbdunkel der Zelle zu leuchten.

»Der Gekreuzigte steh dir bei«, sagte Leander.

»Nein, nicht der«, widersprach sie.

»Glaubst du nicht an Gott?«

»Natürlich glaube ich an ihn. Wie kann es anders sein? Aber ich glaube nicht an den Gekreuzigten.«

»Der Schöpfer von allem, was ist ...«

»Der ist kein anderer als der Teufel in Person.«

»Weib, du versündigst dich im Angesicht des Todes. Wie willst du deinem Schöpfer gegenübertreten?«

»Er ist nicht der Schöpfer von allem, was da ist. Er ist der Schöpfer von allem, was da nicht ist.«

Den letzten Satz sprach sie so leise, als redete sie mit sich selbst.

»... von allem, was da nicht ist.« Leander wiederholte ihre Worte und dachte: Jetzt hat sie den Verstand verloren. Er sagte: »Du redest wirres Zeug.«

»Tue ich das?« Ein trotziges Lächeln umspielte ihre Lippen: »Glaubst du allen Ernstes, dass diese elende Welt voller Leid, Bosheit und Ungerechtigkeit das Werk eines Schöpfers ist, der selbst Inbegriff der Vollkommenheit ist? Wie kann das sein? Nein, glaube mir, diese irdische Welt ist das Werk des Bösen. Er ist der Schöpfer von allem, was da ist. Er ist die grausame Gottheit der Genesis und der Gesetzestafeln des Alten Testaments, im Gegensatz zur körperlichen Welt des Lichts und des Geistes. Gott ist frei von aller irdischer Stofflichkeit. Er ist der Gott der Güte und der Liebe.«

»Du meinst, es gibt zwei Götter? Wie kann das sein? Lautet nicht das erste Gebot: Es gibt nur einen Gott.«

»Du irrst. Es heißt nicht ›Es gibt nur einen Gott‹, sondern ›Du sollst nicht andere Götter haben neben mir‹. Das kann doch nur heißen, dass es noch andere gibt. Und die gibt es: die Gottheit des Bösen – Satan. Er ist nicht der untertänige Diener Gottes, wie manche naiven Seelen glauben. Warum sollte ein gütiger Gott sich solch eines grausamen Knechtes bedienen?«

»Um die Menschen auf die Probe zu stellen, um sie zu prüfen, so wie man Gold prüft.«

»Du meinst, um die Sünder von den Frommen zu scheiden? Nach der Lehre Roms sind alle Nachkommen Adams Sünder, ohne Rücksicht auf das, was sie tun. Böse ist nicht Mangel an Gut, wie der heilige Augustinus glaubte. Das Böse ist eine Macht, die von Anfang an existent war. Denn die Freiheit hätte keinen Sinn, wenn das Übel nicht schon als Alternative da gewesen wäre, um sich als freie Wahl anzubieten. Nichts beginnt ohne Ursache.«

»Und wie sieht deiner Meinung nach der gute Gott aus?«, fragte Leander.

»Er hat kein Aussehen. Wir können von ihm nicht sagen, wie er ist, sondern nur, wie er nicht ist. Er ist unsichtbar, unbegreiflich, unerforschlich. Jede sinnliche Vorstellung macht aus Gott einen Abgott. Wäre Gott begreiflich, könnte er nicht Gott sein. Er erschuf alles, aber die sichtbare Welt ist nicht sein Werk. Alles Materielle ist unrein, weil es unserem Geist ein Kerker ist. Wahrer Glaube ist innerlich und gegenstandslos. Gotteshäuser sind Steinhaufen. Das Kreuz ist Menschenwerk. Die kirchliche Hierarchie taugt zu nichts.«

»Du sprichst wie eine Ketzerin«, sagte Leander.

Die Frau überhörte seinen Einwand. »Das Paradies bezeichnet den körperlosen Zustand der Schöpfung. Der Sündenfall, das ist die Fleischwerdung der Geistwesen. Nicht die geschlechtliche Vereinigung, wie viele Pfaffen glauben, vertrieb uns aus dem Paradies, sondern die darauf folgende Geburt in die Stofflichkeit unserer Leiber. Mit ihr begann alles Leid, alle Schuldfähigkeit und der Tod.«

»In der Bibel steht es aber anders«, widersprach Leander. »Dort steht, dass Gott die Dinge erschuf, so wie sie sind.«

»Du irrst. Es heißt: Im Anfang war das Wort, und das Wort war bei Gott, und Gott war das Wort. Alle Dinge sind durch das Wort geworden. Was aber so gemacht wurde, in dem war Leben. So steht es bei Johannes.«

»Du sprichst wie eine Priesterin«, sagte Leander.

»Bei uns Katharern gibt es keine Priester. Ich bin eine Parfait.«

»Was ist das?«

»Der Parfait ist mehr als ein Priester. Er ist nicht nur Mittler zwischen Gott und den Menschen. Der Parfait lebt als Eingeweihter bereits in einer anderen Welt.«

Überzeugungskraft und Sendungsbewusstsein gingen von der Frau aus, so als bewegte sie sich wirklich in einer anderen Welt.

Leander sagte: »Der Allmächtige sei dir gnädig.«

»Gott ist nicht allmächtig. Denn er ist nicht mit der Allmacht ausgestattet, auch Übel zu erzeugen. Er ist ganz allein mächtig in seiner Güte. Urgrund und Ursache von allem Guten, kann er niemals Teil des Bösen sein. Die Schöpfung ist unvollendet, weil Gott die leidvolle Bosheit der materiellen Existenz erst an der Schwelle der Ewigkeit auslöschen kann. Erst dann wird der paradiesische Urzustand wiederhergestellt sein.«

»Wenn das stimmt, was du da sagst«, meinte Leander, »so wäre der Tod nichts weiter als ein Wechsel vom Übel zum Guten.«

»So ist es«, sagte die Frau. »Und nun weißt du, warum ich dich als meinen Medikus begrüßt habe.«

Inzwischen hatte sich ein Gewitter über dem Tal der Aude zusammengeballt. Wolken verdunkelten den Himmel und tauchten das Verlies in düsteres Halbdunkel. Ein Blitz zuckte auf. Die Fackel entglitt der Faust, fiel zu Boden und verlosch beinahe. Ein wilder Schrei. Die Gefangene war aufgesprungen. Ein zweiter Blitz zerriss die Finsternis.

»Heiliger Gral«, stöhnte sie. »Wie kann das sein! Nein!«

Sie starrte auf seine Stirn, als leuchtete dort ein Kainsmal oder ein Heiligenschein. Ihre Schultern zuckten vor wildem Schmerz. Oder war es Freude?

Sie sank vor Leander auf die Knie, umfasste seine Füße.

Leander wollte sich befreien, versuchte sie abzustreifen. Dabei verlor er das Gleichgewicht und fiel auf die Frau.

»Bist du von Sinnen? Das ist doch bloß ein Gewitter.«

Er wollte sich aufraffen, aber sie klammerte sich an ihn wie eine Ertrinkende. Die fast erloschene Fackel war wieder aufgeflammt. Sie rückte mit ihrem Gesicht ganz nah an das seine, als wollte sie ihm in die Augen sehen.

»Du bist… o mein Gott, du bist…«

Leander stieß sie von sich: »Was bin ich?«

»Ein Henker von seinem Blut – wie kann das sein?«

»Wovon redest du? Hör auf mit diesem Unsinn!«

Sie betrachtete ihn liebevoll und sagte: »Ich bin nicht verrückt, obwohl es zum Verrücktwerden ist.«

Ein Hustenanfall schüttelte sie: »Mir fehlt die Zeit, es dir zu erklären. Das Erbe der Merowinger. Ein Schatz von unerhörtem Ausmaß. Le sang de Saint. Der Heilige Gral. Du hältst ihn in deinen Händen. Baphomet queribus.«

Die letzten Worte hatte sie mehr geflüstert als gesprochen. Sie war ganz offensichtlich am Ende ihrer Kräfte. »Mir ist so kalt. Ich sehne mich nach dem Feuer. Segne mich«, flüsterte sie, »bitte, segne mich.«

Leander legte ihr die Hände auf den Scheitel, um sie zu beruhigen.

»Ja, so ist es gut«, hauchte sie. Sie griff sich ins Haar und holte ein Amulett hervor, eine Gemme, groß wie eine Bohne, befestigt an einem dünnen goldenen Kettchen. »Für dich. Trag es. Es wird dich beschützen. Mein Obolus für die Fahrt über den Styx.«

3. Kapitel

Die Sonne war schon hinter den fernen Rebhügeln versunken. Feurig spiegelte sich das Abendrot im Fluss bei der steinernen Brücke. Über den Pyrenäen türmten sich die Regenwolken, schwarz und bedrohlich. Auf dem Platz vor der Basilika drängten sich die Herbeigelaufenen, Kopf an Kopf, Schulter an Schulter bis tief in die angrenzenden Gassen. Seit dem ersten Aveläuten strömten sie in die Stadt. In ihrer Mitte wie ein Altar der Scheiterhaufen, noch verhüllt von Zeltplanen, mit denen die Henkersknechte die Regennässe von dem trockenen Reisig fern gehalten hatten.

Die kantigen Holzscheite zeichneten sich unter dem grauen Stoff ab wie das knochige Gerippe eines riesigen Tieres, ein Höllenhund oder Drachen, der darauf wartet, einen von ihnen zu verschlingen.

Leander hörte das alles, bevor er es sah. So wie der Wind in den Bäumen oder der Wellenschlag an steiniger Küste, so hatte auch die Masse ihr eigenes, unverkennbares Geräusch: ein brodelndes Stimmengewirr, böse, bedrohlich, unberechenbar wie ein Heuschreckenschwarm. Das waren nicht mehr einzelne Menschen – der Gerber aus der Rue Saint Michel oder der Gürtelschneider von Corbieres. Das blutige Schauspiel nahm ihnen alle Individualität, verschmolz sie zu *einem* Geschöpf. Wenn sie mit fiebrigen Augen mitansahen, wie er einem von ihnen den Kopf abhackte, so entrang sich aus Hunderten von Kehlen ein einziger Schrei, Urschrei der Masse. Kein Priester, nicht einmal der Papst, schlug die Menge so sehr in seinen Bann wie der Carnifex im Augenblick der Menschenschlachtung: Siehe, das ist euer Blut, das vergossen wurde zur Sühne für euch alle!

Leander hatte das Blutkleid aus rotem Leinentuch angelegt, das Messgewand des Scharfrichters. Er hatte den Gürtel mit dem Schwert umgebunden, das er auch trug, wenn es nicht zum Einsatz gelangte. Es war sein Marschallstab und Zepter. Zuletzt zog er sich die Kappe aus Katzenleder über die Ohren. Caput mortuum. Sie bedeckte sein Gesicht bis zur Nasenwurzel. Die Augen lagen jetzt hinter zwei Sehschlitzen. Nur der Mund und die Nasenlöcher waren zu erkennen. Das Gesicht ohne Augen hatte nichts Menschliches mehr. Wie konnte es anders sein. Ist nicht aller Tod ein Maskentanz!

Für einen Augenblick glaubte er, die Zelle sei leer. Dann sah er sie. Sie lag auf dem kalten Steinboden mit dem Gesicht zur Wand.

»Vandalmonde de Castanier, dein letzter Gang ist gekommen.«

Als sie sich nicht rührte, beugte er sich mit brennender Fackel über sie. Sie schien fest zu schlafen. Lächelte sie, oder war das nur das Spiel der Flammen auf ihren Lippen! Er berührte ihre Schulter und dachte: Welch ein Weib! Sie schläft wie in Abrahams Schoß, während ihr Scheiterhaufen schon brennt.

»Komm, steh auf! Wir müssen gehen.«

Er ergriff ihre Hand und fuhr erschrocken zurück. Es war die Hand einer Toten, kalt und starr. Der Spiegelscherben, den er ihr vor den Mund hielt, beschlug nicht mehr. Ihr Atem war erloschen. Es gab keinen Zweifel: Sie war tot.

Er hob sie auf. Sie war so leicht wie ein aus dem Nest gefallener kleiner Vogel. Durch den Stoff des Gewandes fühlte er ihre Rippen und Wirbelknochen.

Das Consolament! Sie hatte sich zu Tode gehungert.

Er strich ihr das Haar aus der Stirn. Der Tod hatte ihr nichts von der Würde genommen, die sie umgab wie eine Aura. Wie hatte sie gesagt: Ich bin eine Parfait, eine Reine.

Leander betrachtete sie lange. Sie war schön. Tote Menschen waren zumeist abstoßend hässlich: die Gesichter zur Fratze verzerrt, die Münder offen, die Augen verdreht, die Leiber von Kot und Urin besudelt. Völlig anders diese Frau. Sie erinnerte ihn an einen toten Vogel. Tiere besitzen auch im Sterben Würde. Der Schritt vom Leben zum Tod ist bei ihnen nicht so groß wie beim Menschen. Sie sind mehr Bestandteil der Natur als wir. Sie haben noch Zugang zu dem verlorenen Paradies, so wie diese Frau.

Als Leander hinaustrat auf den Platz vor der Basilika, verebbte das Stimmengewirr. Es schien, als hielte die Menge den Atem an. Dergleichen hatte niemand erwartet, noch jemals gesehen. Oben auf der Freitreppe, die den Justizturm mit dem tiefer liegenden Platz verband, stand zwischen zwei Fackelträgern der Unaussprechliche, bekleidet mit den Insignien der Menschenschlachtung. Daneben, auch mit Gesichtsmaske, sein Knecht Bero, ein Hüne von Mensch, der seinen Herrn um eine Elle überragte.

Auf seinen Armen trug er eine Frau. Sie lag da, leicht und entspannt wie ein schlafendes Kind. Ihr Haar hatte sich aufgelöst und reichte bis zum Boden.

Leander stieg die Stufen hinab. Die Trommler begannen zu schlagen. Gleichzeitig ertönte das Arme-Sünder-Glöckchen von Saint Nazaire. Der Lärm löste die Gaffer aus ihrer Erstarrung. Leander und Bero hatten den Platz zur Hälfte überquert, da wurden die ersten Protestrufe laut.

»Hat die Hexe keine Beine? Dann macht ihr welche!«

»Holt sie aus ihrer Ohnmacht. Wir wollen sie winseln hören.«

»Kaltes Wasser her. Die verstellt sich doch bloß.«

Bero trug sie zu dem Holzstoß auf dem Blutgerüst, neben dem die Vertreter der Kirche, des Rates und der Adelsfamilien bereits warteten. Auch sie blickten verstört auf das seltsame Schauspiel, und aus ihren Gesichtern und Gebärden sprach Ärger: Was in drei Teufels Namen ging hier vor sich?

Leander winkte den Stadtmedikus herbei. Der untersuchte die Leblose und meinte: »Der könnt ihr das Leben nicht mehr nehmen.«

Die Priester schlugen das Kreuz über sie. Dann legte Bero die Tote auf den Scheiterhaufen. Sie lag da wie ein Opfertier. Das Prasseln der Flammen übertönte das Stimmengewirr der Menge, die aus ihrer Enttäuschung kein Hehl machte. Die Leute waren von weit her zusammengeströmt, um eine Hinrichtung zu erleben, und waren nun Zeugen einer Leichenverbrennung.

Zum Ärgernis aller begann es nun auch noch zu regnen, so als wollte der Himmel das Feuer löschen, in dem die Reine verbrannte.

Der flackernde Schein der Flammen leuchtete noch lange und schien bis in den Garten hinter dem Henkersturm. Dort kauerte eine gespenstische Gestalt im Gras, die Arme um den Kopf geschlungen, als verursachte ihr das Licht Schmerz. Der Feuerschein fiel auf eine lederne Maske. Jeder kannte sie in der Stadt: Bero, der Gehilfe des Henkers, das Phantom, der Einzige, der Leander nahe stand. Bei seinem Anblick erstarrten die Menschen wie Mäuse im Angesicht der Schlange. Schaurig, erschreckend schaurig war dieser Unmensch. Das Gesicht zur starren Maske vernarbt, die Augen ohne Wimpern und Brauen, viel zu groß, weil auch Teile der Lider fehlten; die Lippen schorfig und dünn, so dünn, dass die Schneidezähne wie bei einer wütenden Ratte hervorbleckten; die Ohren verstümmelt; die Wangen blaurot, wie von Pocken zerfressen. Dabei war es das Feuer, das ihn so grausam entstellt hatte, so grausam, dass er in der Öffentlichkeit eine Ledermaske trug, was ihn noch unheimlicher erscheinen ließ. Wenn er durch eine Gasse lief, schlossen die Menschen erschrocken Fenster und Türen. Die Kinder, die für gewöhnlich ihren Spaß daran fanden, die Krüppel der Stadt zu verhöhnen, rannten kreischend davon, als wäre der Leibhaftige hinter ihnen her. In Wahrheit war Bero ein gutmütiger Riese von über sechs Fuß Körperlänge, mit breiten Schultern und großen Händen voller Brandflecken. Was ihn vollends unmenschlich erscheinen ließ, war seine Sprachlosigkeit. Er war stumm wie ein Tier, gab aber Laute von sich, die wie Bärengebrumm klangen oder wie das freudige Quieken von Ferkeln oder wie Hundehecheln.

Die Leute in der Stadt erzählten sich, die Kreuzritter hätten ihm die Zunge abgeschnitten, bevor sie ihn auf den Scheiterhaufen schickten. Vielleicht hatte ihm aber auch die Glut oder das Grauen die Sprache genommen.

Leanders Vater hatte Bero von einem Ritt aus Minerve mitgebracht. Seitdem hing das Phantom, wie die Bürger der Stadt ihn nannten, an seinem Meister wie ein Hund an seinem Herrn. Obwohl er selber keine Worte formen konnte, verstand er dennoch die der anderen. Und Leander, dem die Sprache der Tiere nicht fremd war, wusste stets, was sein stummer Begleiter wollte.

Sie ergänzten sich wie zwei Hände an einem Leib, voller Muskelkraft der eine, der andere überlegen durch Geschicklichkeit.

Bero wohnte in der Kammer über dem Pferdestall. Er schien dort nichts zu vermissen. Seine Nahrung holte er sich vom Markt. Das Wenige, das er benötigte, erhielt er dort ohne Bezahlung. Kein Händler hätte gewagt, ihn nach Geld zu fragen. Man betrachtete seine Versorgung als Opfergabe, so wie man der Heiligen Jungfrau Blumen auf den Altar stellte.

»Er ist nicht nur stumm wie ein Tier, er frisst auch wie ein Tier«, erzählten die Marktfrauen. Er rührte grundsätzlich keine gekochten, gebackenen oder gebratenen Speisen an. Zu groß war seine Abneigung vor dem Feuer, das ihn fast verschluckt hätte. Selbst Eier verspeiste er roh. Am liebsten aß er, was auch die Pferde bekamen: in Wasser aufgeweichten Dinkel- und Roggenschrot.

Da auch seine innere Nase vernarbt war, schlief er mit weit geöffnetem Mund und schnarchte dabei so laut, dass es durch alle Wände bis auf die Straße drang.

Wenn er wach war, starrte er mit seinen großen Augen hinter den ledernen Sehschlitzen ins Leere. Dabei bewegte er seinen Oberkörper hin und her wie ein gefangener Bär hinter den Gitterstäben seines Käfigs.

Zurückgekehrt in seinen Wohnturm an der äußeren Stadtmauer öffnete Leander die Ebenholztruhe, die ihm vom Großvater über den Vater vererbt worden war, und holte das Richtschwert hervor. Seine Schneide war blank wie Spiegelglas. Das bartlose Gesicht eines blassen jungen Menschen blickte ihm aus kritisch blinzelnden Augen entgegen. Waren das die Augen eines Menschen, der in den Abrechnungsbüchern der Stadt unter der Bezeichnung Carnifex geführt wurde, was aus dem Lateinischen wörtlich übersetzt »Der Fleischmacher« heißt. Er hatte mehr Ähnlichkeit mit einem Gelehrten oder einem Barden als mit einem Menschenschlächter. Da war mehr Gemeinsamkeit mit den Heiligen und himmlischen Heerscharen auf dem Altarbild in der Stadtkirche als mit den Teufeln, die die Sünder mit glühendem Eisen peinigten. Nur die blauen Augen erinnerten an den Vater, an Luis Latour.

Der hatte das Urbild eines Henkers verkörpert.

Den Verurteilten pflegte er zu sagen: »So wie eure Mutter bei der Geburt dabei war, so werde ich bei eurem Tod dabei sein.«

Nach der Hinrichtung von vier jungen Männern hatte Leander ihn gefragt, wie er so gefasst und so heiteren Sinnes so viel junge Leben auslöschen könne. Und der Alte hatte geantwortet: »Pah, in einer einzigen Mondnacht wird in dieser Stadt mehr Leben gezeugt, als wir heute ins Jenseits befördert haben.«

Auf die Frage, was die Jungen denn verbrochen hätten, gab er zur Antwort: »Das weiß ich nicht. Ich bin nicht ihr Richter, sondern ihr Hinrichter. Ich helfe ihnen aus dem irdischen Leben, so wie der Pfaffe ihnen ins ewige hilft. Unsere Arbeit unterscheidet sich nur wenig von der Arbeit der Bonne mère, der Hebamme. In beiden Fällen handelt es sich um Geburtshilfe von einer Daseinsform in eine andere. Gebären und Sterben sind wichtige Angelegenheiten am oberen und unteren

Ende unseres Lebensfadens, schmerzvoll und blutig wie alle großen Schlachten, die geschlagen werden müssen.«

Die Qualen, die er den Verurteilten zufügte, schienen ihn nicht sonderlich zu belasten. »Diese Menschen haben mit ihren Verbrechen schwere Schuld auf sich geladen. Auf sie wartet die Hölle. Was sind die Schmerzen des Handabhackens oder des Räderns gegen die Torturen des Teufels. Kurz ist das Sterben auf dem Scheiterhaufen, ewig die Qual im Höllenfeuer. Je schmerzhafter die Hinrichtung, umso mehr büßen sie noch zu Lebzeiten von ihrer Schuld ab, umso leichter und kürzer wird ihr Leiden im Fegefeuer sein. Glaube mir, was auf den ersten Blick wie Grausamkeit aussieht, ist in Wirklichkeit Wohltat. Mehr als alle Priester mildern wir ihr Höllenleid.«

Der Alte kannte keine Gewissensbisse. Er hatte das Henkerhandwerk von Kindheit an erlernt.

»Ich frage mich«, hatte er sinniert, »ob der gewaltsame Tod, den wir ausüben, nicht ehrlicher ist als all die Verirrungen unserer christlichen Moral. Wo gibt es das in der Natur, dass ein Geschöpf am Leben erhalten wird, bis es halb blind, taub, lahm und zahnlos sämtliche Gebrechen des körperlichen Verfalls durchlitten hat?« Oder: »Die Natur hat das Altern nicht vorgesehen. Kein Tier stirbt auf freier Wildbahn an Altersschwäche. Wenn ein Hase so alt ist, dass er nicht mehr schnell genug laufen kann, holt ihn der Fuchs. Der gewaltsame Tod ist das natürliche Finale von allem, was da lebt. Gott ist nicht nur der große Schöpfer, sondern auch der oberste Henker.«

Er lebte so, wie er dachte. Mit dem Tod stand er auf gutem Fuß.

Leander musste an den Großvater denken, ein muselmanischer Kamelmetzger aus dem Maghreb, der korsischen Korsaren in die Hände gefallen war. Bei der Belagerung der Stadt Latour, der er seinen Namen verdankte, gehörte er zum Beutegut venezianischer Söldner, die ihn an das Castrum von Lombers verkauften. Eigentlich für den Steinbruch bestimmt, machte man ihn zum Henker, weil der alte Carnifex am Knochenfraß gestorben war und sich keiner fand, der die Arbeit des Scharfrichters übernehmen wollte.

»Verglichen mit der Schufterei im Steinbruch war die Arbeit des Henkers ein leichtes Geschäft. Und was macht es schon für einen Unterschied«, soll der Alte gesagt haben, »ob ich ein Kamel schlachte oder einen Christen?« Mohammed bedeutete ihm mehr als Jesus von Nazareth.

Leander konnte sich nur schwach an den Großvater erinnern. Atta hatten sie ihn ehrfürchtig genannt. Ein geheimnisvolles Dunkel hatte ihn umgeben.

Leander legte das Schwert zurück in die Truhe. Seine Hand strich über das blanke Eisen. Er war der dritte Amtsträger einer fast hundertjährigen Henkersdynastie.

Neben den Hinrichtungen und Leibesstrafen hatte der Carnifex eine ganze Reihe von öffentlichen Pflichten zu erfüllen. In den größeren Städten war er auch Schinder, Abdecker, Hundefänger und Bordellwirt. In Carcassonne unterstanden die Huren dem Bader. Streunende Hunde gab es nicht. Die Arbeit der Schinder und Abdecker aber oblag dem Phantom. Es war Beros Aufgabe, alle Kadaver zu entsorgen. Die meisten verfütterte er an die Raben. Wenn in irgendeiner Gasse ein Tier verendete, so wurde das von den Rabenvögeln mit lautem Geschrei angekündigt. Dann machte sich Bero auf den Weg, um das tote Getier zu holen. Auf einem zweirädrigen Karren zog er es in den Garten zwischen Henkersturm und Stadtmauer. Die kahlen Äste der abgestorbenen Platane waren schwarz vor Raben, wenn er mit seiner Fracht dort aufkreuzte. So gierig erklang das Gezeter, dass die Pferde in dem angrenzenden Stall verängstigt an ihren Halftern rissen.

Dann unterbrach der Schmied beim Osttor sein Hämmern, und der Schreiner legte den Hobel aus der Hand. Die Menschen in den Gassen blieben stehen. Selbst der Priester schlug schaudernd ein Kreuz: Memento mori!

4. Kapitel

Papst Gregor IX. hatte sich nur widerwillig dazu bereit erklärt, noch am gleichen Tag den Abt von Clermont zu empfangen. Jetzt hatte er sich in sein Privatgemach im Lateranspalast zurückgezogen, um dort den Reisebericht des späten Besuchers anzuhören. Gregor liebte diese Stunde des Cherubim; so nannte er die Zeitspanne, in welcher der Tag in der Dämmerung versinkt. Halbdunkel erfüllte den mit Teppichen verhängten Raum. Die weiße Robe des Heiligen Vaters leuchtete wie Muschelkalk. Hager, vom hohen Alter gebeugt, thronte Gregor in dem kunstvoll geschnitzten Sessel. Nur wenige Tage trennten ihn von seinem neunzigsten Geburtstag. Er spürte den Todeskeim in sich. Die Schauer der nahen Vollendung streiften seine Seele. Ihm blieb nicht mehr viel Zeit. Schweiß perlte auf seiner Stirn. Die Augen geschlossen, verharrte er in fast völliger Bewegungslosigkeit, während seine Gedanken zurückeilten. Es war ein langer Weg, und er hatte ihn zu höchster Höhe geführt: Stellvertreter Gottes auf Erden, höchster Richter der Völker, Sonne, um die die Planeten der irdischen Herrscher kreist, Caput mundi.

Seine Gedanken beschworen die Großen, die ihm vorausgegangen waren – lebendige Schatten, unsterbliche Tote: Petrus, der Fels, auf dem die Kirche ruhte; Paulus, der die kleine jüdische Sekte zur erdumspannenden Idee erhoben hatte; Augustinus, der als Erster das Wort vom Gottesstaat ausgesprochen hatte; und übergroß und mächtig Papst Gregor VII., welcher der Kirche zur höchsten Macht verholfen hatte. Sie alle waren ihm auf dem dornenreichen Weg vorausgegangen. Er war nur ein Baustein in der Kathedrale des Christentums. Aber so mächtig dieses Gotteshaus auch aufragte, so bedroht war es ständig von äußeren Kräften.

Da war Kaiser Friedrich II., der sich Romanorum Caesar semper Augustus nannte und sogar Felix Victor ac Triumphator Mundi, Herr der Welt. Ein Anspruch, der einer Gotteslästerung gleichkam.

Die größte Gefahr aber ging von den aufkeimenden Ketzerbewegungen aus, den Katharern und Albigensern. Er hatte sie exkommuniziert, hatte ihnen die kirchlichen Gnadenmittel verweigert: keine Taufe, keine Kommunion, keine gültige Eheschließung, kein letzter Trost im Tod. Nichts hatte genutzt. Sie hatten ihn ausgelacht:

O Rom, du frisst uns das Fleisch vom Gebein,
führst uns in den Abgrund wie blindlings hinein.
Gottes Gebote hast du schmählich entstellt.
Mit Gier vergibst du Sünden für Geld.
O wie gewaltig ist die sündige Last,
die du aufs Haupt dir geladen hast!

Die christliche Ritterschaft hatte er gegen sie zu Hilfe rufen müssen. Unkraut muss brennen! Das Kranke muss weg! Mit Feuer und Schwert sollten sie in die Gemeinschaft des christlichen Abendlandes zurückgeführt werden. Ihre Städte gingen in Flammen auf. Die Einsichtigen kamen mit öffentlicher Kirchenbuße davon; die Unbeugsamen erlitten den Tod. Schreckliche Dinge geschahen. Ungeheuerlich war, was sich in Béziers ereignet hatte. Weil die Bürger sich weigerten, ihre Stadt dem Heer der Kreuzritter zu übergeben, wurden sie alle erschlagen: Männer, Frauen und Kinder, siebentausend an der Zahl. Die alten Hände des Papstes krampften sich wie im Schmerz zusammen, als er an die Verwüstungen und die Grausamkeit der aus aller Welt zusammengelaufenen Soldateska dachte.

»Herr, Dein Reich ist teuer erkauft«, murmelten seine blutleeren Lippen. »Aber der Kampf um den ungestörten Frieden des Gottesstaates darf nicht ruhen. Es rütteln zu viele Ketzer an den Grundfesten der Kirchenmacht.«

Schon einige Male war das erzene Becken vor der Tür angeschlagen worden. Da keine Antwort erfolgte, trat schließlich der Diener in das Kabinett. Er trug eine Öllampe, deren Schein die Dämmerung verdrängte.

»Vergebt, Heiliger Vater«, sagte er, »der Abt von Clermont Henri de Marcy und seine Begleiter bitten um Audienz.«

Mit einer kurzen Handbewegung gab Gregor sein Einverständnis.

Die hereingelassenen Männer beugten ihr Knie vor dem Stellvertreter Gottes und nahmen auf den bereitstehenden Stühlen Platz. Gregor betrachtete sie mit unbewegtem Gesichtsausdruck: »Was habt ihr Uns zu berichten?«

Der Abt von Clermont erhob sich und sagte: »Das Ketzertum im Süden der Provence ist aus der Asche wieder auferstanden wie der Vogel Phönix. Wenn diese Pestilenz sich weiter ungehindert ausbreitet, halte ich einen zweiten Kreuzzug für unumgänglich.«

»Quod deus avertat, was Gott verhüten möge! Kommt zur Sache. Was habt Ihr Uns zu berichten?«

»Begleitet von mehreren Bischöfen und weltlichen Herren hatte ich Gelegenheit, mich mit eigenen Augen von der wieder aufkeimenden Häresie in der Provence zu überzeugen. Sie ist schlimmer als befürchtet. Toulouse bereitete uns einen Empfang, der Böses ahnen ließ. Die Bürger zeigten johlend mit Fingern auf uns, so als wären wir Ausgeburten der Hölle. Sie beschimpften unsere Bischöfe, nannten sie Schandbuben und Heuchler. Wir flüchteten in unsere Quartiere und predigten anderen Tags vor der Hauptkirche zu dem versammelten Stadtvolk.«

Der Abt legte eine Pause ein, um zu sehen, welche Wirkung seine Worte auf den Papst ausübten. Der gab durch ein Handzeichen zu verstehen, dass der andere mit seinem Bericht fortfahren solle.

Die näselnde Stimme mit okzitanischem Akzent war ermüdend. Zudem quälte ihn seit Tagen wieder die Podagra. Gregor blickte auf seine gichtknotigen Hände mit den rostgelben Altersflecken und dem Anulus piscatoris, dem goldenen Papstring, den schon Könige und Kaiser geküsst hatten, die sichtbare Verkörperung der Macht, die Gott ihm verliehen hatte.

»Sprecht weiter!«

»Nach unserer Predigt forderte ich sie zu einem friedlichen Streitgespräch über den wahren Glauben auf. Keiner meldete sich. Die verwilderten Hunde hatten sich in Maulwürfe verwandelt.«

»Das ist gut so«, sagte der Heilige Vater.

»Was ist daran gut?«

»Oderint, dum metuant; wenn sie uns schon nicht lieben, so sollen sie uns wenigstens fürchten. Aber fahrt fort. Lasst Euch durch meine Bemerkungen nicht aufhalten!«

»Ich ließ mir von kirchentreuen Bürgern eine Liste der vermeintlichen Häretiker aufstellen und griff mir dann den angesehensten und reichsten heraus, einen gewissen Pierre Maurand, Besitzer mehrerer Häuser in der Stadt. Meine Vorladung ließ er unbeantwortet. Er gab erst nach, als der Graf von Toulouse ihm befahl, unverzüglich zu erscheinen. Den Grafen hatten unsere Bischöfe unter Druck gesetzt. Aus früheren Verhören wussten wir, wie man diese Katharer zum Reden bringt.«

»Und wie macht Ihr das?«, wollte der Papst wissen.

»Weigert sich der Befragte, sein Bekenntnis zum rechten katholischen Glauben abzulegen, so ist er als Katharer entlarvt. Dieser Pierre Maurand zierte sich zunächst mit Ausflüchten, gab dann aber nach. Ich ließ Reliquien und Hostien herbeiholen, bei deren Anblick unsere Kleriker die Gnade des Heiligen Geistes anriefen und in Tränen ausbrachen. Der Verdächtige aber verweigerte unseren heiligen Reliquien den Respekt. Er war der häretischen Überzeugung, dass das Abendmahl nicht der Leib Christi sei. Er wurde sofort von uns ergriffen und eingekerkert.«

»Und das alles geschah so ganz ohne Widerstand?«

»Ganz ohne allen Widerstand. Trotz der immer noch weit verbreiteten Häresie verfügt die Kirche mit dem Grafen als weltlichem Arm in Toulouse über autoritäre Macht.«

»Dieser Mensch verdient unsere Unterstützung.«

»Er hat sie. Er bat den Heiligen Stuhl um die Auflösung seiner Ehe.«

»Sie sei ihm gewährt.«

»Ihr habt sie ihm bereits gewährt«, sagte der Abt.

»Ja, gewiss.« Der Papst nickte, als erinnerte er sich. »Ja, gewiss doch.«

»Wir ließen die Gelegenheit nicht verstreichen, an dem stadtbekannten Maurand ein Exempel zu statuieren. In einer besonders demütigenden Zurschaustellung wurde der reiche und stolze Mann nackt und barfuß durch die Gassen geführt, die Hände in Schulterhöhe festgeschraubt in der Schandgeige, eine entehrende Kappe mit Eselsohren auf dem Kopf und das entblößte Geschlecht mit Henna rot eingefärbt wie ein Affenpenis.«

»Musste das sein?«, fragte Gregor angewidert.

»Es musste sein. Wer Gott verleugnet, stellt sich auf die Stufe des Tieres und wird entsprechend behandelt. So ging es bis zur Abteikirche Saint Sernin, wo er vor den Augen der ganzen Stadt mit Ruten gegeißelt wurde. Danach erfolgte die Verkündigung, dass seine Güter beschlagnahmt seien, dass seine Burg geschleift werden würde und er als Buße eine dreijährige Pilgerreise nach Jerusalem anzutreten habe. Die harte Strafe verfehlte nicht ihre Wirkung. Von Stund an wurde uns der gehörige Respekt erwiesen. Womit ich noch einmal meine Forderung wiederholen möchte, in der Provence härter durchzugreifen. Der römische Politiker Cato pflegte seine Reden vor dem Senat mit dem Hinweis zu beenden, dass Karthago zerstört werden müsse: Ceterum censeo Carthaginem esse delendam! Meine Forderung lautet: Ceterum censeo Katharem esse delendam. Im Übrigen bin ich der Meinung, das Katharertum muss vernichtet werden, mit Stumpf und Stiel und so bald wie möglich.«

»Aber das haben wir doch bereits getan«, meinte Seine Heiligkeit. »Wir tun seit einem halben Jahrhundert nichts anderes. Schon das dritte Laterankonzil schickte ein Kreuzritterheer nach Toulouse, unter Führung des Abtes Heinrich von Clairveaux – wenn ich nicht irre –, um dort mit Feuer und Schwert dem wahren Glauben zu seinem Recht zu verhelfen. Das war vor sechzig Jahren.«

»Ergebnislos, wie wir alle wissen«, sagte Kardinal Crispiano.

»Diese Schlangenbrut hatte sich eine besonders raffinierte Art von Widerstand ausgedacht. Sie unterwarfen sich scheinbar, um nach dem Abzug unserer Kreuzritter zu ihrem ketzerischen Glauben zurückzukehren.«

»Dreißig Jahre später unter Innozenz III. haben wir sie dann aber der gerechten Strafe zugeführt.«

»Und wieder haben wir sie nicht ausrotten können«, widersprach Crispiano. »Mit zwanzigtausend Rittern und zweihunderttausend Mann Fußvolk sind wir gegen Okzitanien marschiert. Wir haben Béziers erobert. Die Stadt starb in einem Meer aus Feuer und Blut. Carcassonne wurde belagert und eingenommen, Montreal, Fanjeaux, Limoux, Castres, Lombers und Albi. Wir haben alles niedergemacht, alles außer ihrem Glauben. Mit Waffen ist diesen Ratten nicht beizukommen. Wir haben mit unseren Kreuzzügen mehr Rechtgläubige als Ketzer erschlagen.«

»Der Papst ist alt geworden«, sagte Henri de Marcy nach dem Gespräch zu dem weißhaarigen Kardinal Segni. »Ihr kennt ihn länger als ich. Was für ein Mensch ist er?«

»Ja, ich kenne ihn schon sehr lange. Ich hatte die Ehre, ihm einige Male in Padua, Piacenza und Mailand zu begegnen. Damals hieß Seine Heiligkeit noch Hugo von Ostia. Ich halte ihn für einen äußerst leidenschaftlichen, willensstarken Mann, der seine Ziele mit Energie verfolgt. Eigenartig und unbegreiflich erschienen mir jedoch immer seine Hingabe und wahrhaft kindliche Verehrung, die er den wandernden Brüdern der Minoriten entgegenbringt. Der stolze und unbeeinflussbare Mann wird demütig wie ein gehorsamer Mönch, wenn er einem der Jünger des Franziskus oder Domenikus gegenübersteht. Dieser Mensch ist voller Gegensätze. Er hat mir vor Jahren von einer Prophezeiung berichtet, die ihn quält.«

»Was für eine Prophezeiung?«

»Er hat nur bruchstückhaft von ihr gesprochen. Ein Kind aus dem Hause Davids, vom Stamm Christi, ein Merowingerspross habe die Macht, das Papsttum zu Fall zu bringen. Zu seiner Amtszeit würde es geboren, in Okzitanien. Daher sein Interesse an Eurem Bericht und an allem, was dort unten im Süden geschieht.«

»Glaubt Ihr an solchen Unfug?«

»Hoch auf einsamem Gipfel der Majestät wird der Mensch vom Hauch unbegreiflicher Mächte gestreift. Daran glaubt auch Kaiser Friedrich. Sein Hofastrologe Michael Scotus hat ihm prophezeit, er würde *sub fiore*, unter Blumen, enden. Der Kaiser hat das so gedeutet, dass von Florenz Gefahr ausgeht. Die Stadt ist ihm so unheimlich wie dem Heiligen Vater die Katharer.«

Am Abend des darauf folgenden Tages fragte Gregor im Kreis seiner Berater: »Was sind das für Menschen, diese Katharer?«

Als er nicht gleich eine Antwort erhielt, wandte er sich an seinen Neffen, den jungen Kardinal Crispiano, dem er schon aus familiärer Verbundenheit mehr vertraute als allen anderen. »Sind sie wirklich so gottlos und verkommen, wie man sagt?«

»Verkommen? Nein. Verkommen sind sie ganz gewiss nicht.« Der Kardinal strich sich über seinen kurz gestutzten Kinnbart. Dabei schloss er die Augen, so als suchte er die rechten Worte. Und als ihm so schnell nichts einfiel, wiederholte er seinen letzten Satz: »Nein, verkommen sind sie nicht.«

»Aber alle Welt berichtet mir, dass sie die reinste Höllenbrut seien«, sagte Gregor.

»Wollt Ihr hören, was alle Welt sagt, oder wollt Ihr die Wahrheit hören?«

»Wer kennt schon die Wahrheit?«

Eine Frage, die Gottes Stellvertreter auf Erden nicht stellen sollte, dachte Crispiano, behielt den ketzerischen Gedanken aber für sich und sagte: »Bernhard von Clairveaux war zweimal in Südfrankreich, um den Katharern zu predigen, wie Ihr wisst erfolglos und dementsprechend erbost über sie. Aber was er über sie berichtet, klingt mehr nach Bewunderung als nach Verdammnis.«

»Bewunderung?« Gregor neigte seinen hageren Leib weit über die Tischplatte seinem Neffen zu, als traue er seinem Gehör nicht. »Der heilige Bernhard hat mit Bewunderung von ihnen gesprochen? Was hat er über sie gesagt?«

»Sie seien auffallend tüchtige und ordentliche Leute: Weber, Händler, Hirten und Bauern, in Gemeinschaft mit ehemaligen Geistlichen. Sie selber kennen keine Priester, nur Reine. Das sind Laien – Männer wie Frauen –, die sich durch vorbildliche Lebensführung auszeichnen. Obwohl diese Reinen in strengster Askese leben, erlauben sie ihren Anhängern mehr Freiheiten, als wir es tun, weil sie – so sagen sie – durch ihr opfervolles Leben die Schuld der anderen auf sich nehmen.«

»Ein bequemes, sündiges Leben, das am Ende durch ein falsches Sakrament geheiligt wird«, warf der alte Geistliche ein, den sie innerhalb der Kurie Re-Leone, König der Löwen, nannten. Seine Worte waren wie Prankenschläge. Er verzog angewidert sein faltiges Greisengesicht. »Sie leugnen die Taufe und das Abendmahl, weil unwürdige Priester unfähig seien, heilige Handlungen zu vollziehen. Sie sagen, das Bekennen des Glaubens sei kein Verdienst. Sündenbekenntnisse könnten nichts wieder gutmachen. Nur vorbildliche Lebensführung würde zählen. Priester seien Menschen wie alle anderen auch. Kirchen seien nutzlose Steinhaufen, in denen weder Gott noch die Heiligen anwesend wären. Das Kreuz …«

»Das alles haben wir bereits vernommen«, unterbrach ihn Gregor. »Aber was hat Bernhard von Clairveaux über sie gesagt?«

»Er hielt sie für Vorbilder der klösterlichen Zucht und Ordnung. Sie treten dafür ein, nicht zu heiraten, sondern das Fleisch von der Begehrlichkeit zu befreien. Niemanden hassen. Gleichgesinnte lieben. Von seiner Hände Arbeit leben, beten und fasten. Ora et labora. Nicht nur zur Fastenzeit verzichten sie auf Fleisch, sondern ständig. Am Ende ihres irdischen Daseins entsagen sie sogar allen Speisen, um sich zu Tode zu fasten und den Märtyrertod in aller Seligkeit auszukosten. Vor die Wahl gestellt, ihrem Glauben abzuschwören oder verbrannt zu werden, gehen sie erschreckend freudig in den Feuertod, erfüllt von der Gewissheit auf ein ewiges Leben.«

»Das klingt gut. Wo ist der Pferdefuß?«

»Sie halten die Welt für eine Schöpfung Satans. Moses ist für sie ein Werkzeug des Teufels. Die Fleischwerdung Christi betrachten sie als eine Art Sündenfall. Im Kreuz sehen sie nicht das sichtbare Zeichen des Trostes und der Rettung, sondern das Symbol von Satans Macht auf Erden.«

Kardinal Adriano Lugano, ein Neffe des päpstlichen Vorgängers Coelestin, hatte seine Vorwürfe gegen die Bugomilen – wie er die Katharer nannte – mit sichtbarer Erregung vorgetragen. Der Abscheu stand ihm ins Gesicht geschrieben.

»Sie leugnen das Jüngste Gericht und die Höllenstrafen für Sünden. Ja, sie versteigen sich sogar in der schwachsinnigen Vorstellung, mit der Erschaffung der irdischen Welt habe das Jüngste Gericht bereits stattgefunden. Wer aber glaubt, dass ihn keine Höllenstrafe mehr erwartet, weil er sich hier auf Erden schon in der Hölle befindet, dem ist mit Androhung von Höllenstrafen nicht mehr beizukommen. Weder Bußen, Kirchenstrafen noch Exkommunikation vermögen ihn zu schrecken. Er benötigt weder Sakramente noch Gnadenvergabe. Taufe, Beichte, Abendmahl – er braucht das alles nicht mehr.«

»Einer, der die Sündenvergebung der heiligen Kirche nicht anerkennt«, sagte der alte Re-Leone, »ist auch nicht bereit, den Zehnten an uns zu zahlen. Damit aber entzieht die katharische Häresie unserer Kirche die irdische Grundlage und bringt die gottgewollte Ordnung aus dem Gleichgewicht. Eine schlimmere Bedrohung für Rom hat es nie gegeben. Und sie greift schneller um sich als die Pest. In Südfrankreich werden die Erzdiözesen Narbonne, Bordeaux und Bourges vom Katharismus bedroht. Toulouse, Albi und Carcassonne sind immer noch infiziert. Auch im Norden Frankreichs, vor allem in Burgund, in der Champagne und in Flandern, mehrt sich ihr Einfluss, in Nevers, in Troyes, in Besançon, in Metz, in Reims, in Rouen, in Arras und vielen anderen Städten. Sie machen sich in Spanien breit und auf der englischen Insel. In den deutschen Landen findet man sie am Rhein entlang vor allem in den Bischofsstädten, aber auch an der Donau. Wien und Passau sind wichtige Mittelpunkte der Häresie. Ihr wahres Paradies aber ist Norditalien von Mailand bis Udine, von Como bis Viterbo. Eine weltweite Verschwörung.«

»Warum wenden sich all diese Menschen von Gott ab?«, fragte Gregor IX. »Was wollen sie?«

»Sie sagen: Wer eine Treppe kehren will, muss oben beginnen. Und wer mit oben gemeint ist, brauche ich Euch wohl nicht zu erklären. Hier lodert ein Feuer, das wir ersticken müssen, bevor es die ganze Erde in Brand steckt. Principiis obsta, wehret den Anfängen! Es ist besser, ein fauliges Glied zu verlieren als das Leben.«

Gregor fragte: »Was macht diese Christusleugner so anziehend, dass ihnen die Menschen in Scharen zulaufen? Liegt das wirklich nur an den Verfehlungen und Schwächen unserer Priester? Nein. Woher nehmen sie die Kraft, das Martyrium so furchtlos auf sich zu nehmen? Welches Geheimnis verbirgt sich hinter dieser ketzerischen Geheimlehre? Wir müssen es herausfinden – so schnell wie möglich.«

»Und wie stellt Ihr Euch das vor?«, fragte der alte Re-Leone. »Menschen, die bereit sind, für ihren Glauben zu sterben, sind schlechte Verräter.«

»Wenn es uns nicht gelingt, einen der ihren zu gewinnen, so müssen wir einen von uns in ihre Organisation einschleusen.« Gregor wandte sich an seinen Neffen Crispiano: »Geh und finde mir den rechten Mann!«

5. Kapitel

Gleich nach dem ersten Morgengebet hatten die Klosterfrauen den Garten aufgesucht, um das sonnige Wetter, das seit zwei Wochen herrschte, zu nutzen. In zahlreichen Beeten wuchsen Pfefferminze, Fenchel, Salbei, Rosmarin, Lattich, Majoran, Myrte und all die anderen Heilkräuter, die in den Schriften des Hippokrates und des Galenus von Pergamon so löblich empfohlen werden. Während die Mönche einen großen Teil ihres Lebens schreibend im Skriptorium verbrachten, widmeten sich die Klosterfrauen vor allem der Heilkunde. Ihr Skriptorium war die Klosterapotheke. Natürlich gab es auch bei ihnen eine Bibliothek. Ein Kloster ohne Bücher war wie ein Garten ohne Blumen. Aber es waren Schriften wie die *Materia medica* des römischen Medikus Dioskurides, der tausend Heilmittel, Salben und Kräuter beschrieben hat. Da lag das *Lorscher Arzneibuch* neben dem *Hortulus* des Klosters Reichenau, ein Lobgesang auf dreiundzwanzig Kräutlein in Gedichtform.

Schon die Novizinnen lernten, dass gegen Schlangenbiss der Saft der weißen Lilie hilft, dass Wermut Fieber vertreibt, dass Schlafmohnsirup den Schmerz betäubt. Die Medizin sorgt für den Leib, die Religion für die Seele, so stand es bei Hildegard von Bingen, dem großen Vorbild aller Klosterfrauen.

Die Arbeit im Garten war nur ein Teil der klösterlichen Heilkunst. In den Laboratorien wurden die Elixiere, Salben, Säfte und Tees angefertigt, die weit über die Klostermauern hinaus begehrt waren. Dazu wurden auch Materialien verwendet, die nicht im eigenen Garten wuchsen: Sandelholz, Muskatnuss, Zimt, Einhornpulver und andere arabische Wirkstoffe, wie

Avicenna sie beschrieben hat, vom getrockneten Schlangenfleisch bis zum Magneteisenstein. Das alles musste gemahlen, gemischt, gekocht, getrocknet und richtig gelagert werden.

Damit nicht genug, mussten Bücher geführt werden, Rezepturen, Bestell- und Versandlisten. Lateinische, griechische und arabische Texte waren zu studieren und zu übersetzen. Die hierfür zuständigen Nonnen wurden scherzhaft Vermis librorum genannt, die Bücherwürmer. Solch ein Wurm war Thekla.

Sie stammte aus einer Familie von niederem Adel, eine stolze Horde, die mit Tod und Teufel paktierte, Draufgänger, die nur das Faustrecht anerkannten. Raubkrieg und Hetzjagd waren ihre Hauptbeschäftigung. Was sich wehrte wurde niedergemacht. Das Geraubte und Erjagte wurde mit vollen Händen wieder ausgegeben. Sparsamkeit, Zucht und Keuschheit galten als Schafstugenden für Pfaffen, Pfeffersäcke und Spießbürger. Die Burgen, in denen sie mit ihrem Gesinde hausten, wimmelten von unehelichen Kindern, und niemand schämte sich ihrer. Die Männer waren es gewohnt zu nehmen, was ihnen gefiel. Ihr Appetit schien unersättlich zu sein. Vergewaltigung gehörte zum Alltag. Sie griffen sich das beste Stück Fleisch aus der Schüssel, tranken laut schmatzend aus einem Humpen, der von Mann zu Mann weitergereicht wurde. Was unter den Tisch fiel, fraßen die Hunde. Dazu erzählten sie sich wilde Geschichten, voller Kampf und abergläubischem Gräuel. Würfel wurden geworfen, Wetten abgeschlossen. Sie lachten über Späße, je derber, umso besser.

Die Frauen waren wenig geachtet. Kein Wunder, dass viele Zuflucht ins Kloster nahmen. Bei allem Fortschritt der Frauenorden, blieb die alte Standestradition erhalten. In den meisten Klöstern wurden nur adlige Mädchen aufgenommen, getreu dem Grundsatz der Hildegard von Bingen, die auf die Frage, warum nur Damen von Adel Aufnahme fänden, geantwortet hatte: »So wie man Kühe, Rösser, Schafe und Schweine nicht in einem Stall hält, so soll man auch nicht die Angehörigen verschiedener Stände in einer Herde hüten; sonst regieren Stolz, Schande und Zwietracht. Was Gott getrennt hat, soll der Mensch nicht zusammenführen.«

Wäre Thekla von höherer adeliger Geburt oder wenigstens mit reicher Mitgift gesegnet gewesen, sie hätte alle Voraussetzungen für eine gute Äbtissin erfüllt. Sie war willensstark, klug und zuverlässig-treu. Im Gegensatz zu den meisten Mädchen ihres Ordens, die ungefragt und häufig gegen ihren Willen zu Bräuten Christi gemacht worden waren, hatte sie sich für das Kloster entschieden, weil sie selbst es so wollte.

Ausschlaggebend dafür war vor allem ihr unbezähmbarer Drang, das Schicksal selbst in die Hand zu nehmen, sich nicht zur Haussklavin eines Mannes machen zu lassen.

Sie beherrschte mehrere Sprachen, kannte sich in der Kräuterkunde und Krankenpflege aus. Vor allem aber verfügte sie über eine vorzügliche Beobachtungsgabe und einen scharfen Verstand. Als sie im Herrensitz reitend von der Äbtissin gerügt worden war, das sei widernatürlich, antwortete sie: »Widernatürlich ist es, dass Männer nicht im Damensattel reiten. Der Herrensitz ist der weiblichen Natur viel gemäßer, weil es da nichts gibt zwischen uns und dem Pferdrücken, das wir uns einklemmen könnten.«

Im zarten Alter von zwölf Jahren hatte sie ihren Eltern mitgeteilt, sie wolle eine Braut Christi werden. Niemand hatte Einspruch erhoben. Der Priester, der sie getauft und gefirmt hatte, meinte: »Sie ist die geborene Nonne«, und dachte dabei an den Satz des Catull: Casta quam nemo rogavit. Die ist keusch, die von keinem begehrt wird.

In diesem Punkt irrte er sich jedoch. Von Natur aus heißblütig, wehrte sie sich mit jeder Faser ihres Herzens gegen die Vertreibung aus dem Paradies der kindlichen Unschuld. Wie eine Raupe, die kein Schmetterling werden will, tat sie alles, um nicht erwachsen werden zu müssen. Mit verschärftem Fasten gelang es ihr lange Zeit, die Menses hinauszuschieben. Als am Ende die Natur triumphierte, nahm sie den Schleier.

Die Novizenzeit war entbehrungsreich. Die Gänge des Klosters hallten vom Husten der jungen Nonnen. Es wurde viel und früh gestorben.

Bei der Weihe erhielt sie den Namen der Erzmärtyrerin Thekla, der treuen Begleiterin des Apostel Paulus, die in den heiligen Büchern stets mit einem Löwen dargestellt wird. Nomen est omen.

Der Morgen begann rein und kühl. Es war einer jener Herbsttage, an denen man sich glücklich fühlt, ohne sich darüber groß Gedanken zu machen. Im Klostergarten blühten die Cosmeen, Astern und Rosen. Ein Eichhörnchen war damit beschäftigt, die Haselnüsse vom Kiesweg aufzulesen, die der Wind in der Nacht von den Bäumen geschüttelt hatte. Aus dem geöffneten Tor der Kapelle ertönte der Gesang der frommen Frauen. Ein Bild ungetrübten Friedens.

Doch, was war das? Ein wehklagender Laut erfüllte die Luft, langsam anhebend und immer stärker werdend, bis er in höchstem Diskant abbrach, so schaurig anzuhören, dass das Eichhörnchen erschreckt das Weite suchte. Das Winseln erhob sich aufs Neue, noch lauter und schriller. Katzen mögen so schreien, wenn sie Schmerzen erleiden, Katzen oder kleine Kinder.

Der Chorgesang verstummte. Nonnen mit wehenden Gewändern eilten herbei, bekreuzigten sich, redeten aufgeregt durcheinander. Das Höllengeheul kam aus dem Schafstall.

Es war Thekla, die sich als Erste hineinwagte. Er war leer, denn die Tiere befanden sich alle auf dem Feld. Als sich ihre Augen an das Halbdunkel gewöhnt hatten, sah sie an der Rückwand des Raumes, wo sich das Heu zu einem hohen Berg aufhäufte, eine schwarze Gestalt, ein Schaf, wie sie glaubte. Es wälzte sich am Boden und gebärdete sich, als sei es verletzt. Dabei stöhnte es zum Steinerweichen. Als Thekla näher kam, sah sie, dass es ein Mensch war, eine Ordensfrau.

Gütige Mutter Gottes, nicht schon wieder, schoss es Thekla

durch den Kopf. Erst vor ein paar Wochen hatte diese höllische Raserei im Kloster gehaust wie eine ansteckende Seuche. Vier Nonnen hatte sie befallen. Die Mädchen hatten sich die Gewänder zerfetzt, die Brüste zerkratzt und geschrien, dass es einem das Herz zerriss. In der jungen Nonne, die sich zu Theklas Füßen am Boden wälzte, erkannte sie eine der Frauen, denen der herbeigerufene Exorzist nach tagelangem Ringen den Teufel aus dem Leib getrieben hatte. Wollte der Dämon schon wieder Besitz von ihr ergreifen? Die Augäpfel verdreht, dass nur das Weiße zu erkennen war, Schaum vor dem Mund und das Gesicht zur Fratze verzerrt, so bäumte sie sich mit durchgedrücktem Rücken auf.

»Holt den Exorzisten, Don Sebastiano«, befahl die Äbtissin. »Rasch, bevor der Inkubus sie umbringt.« Sie ließ sich neben der jungen Nonne auf die Knie nieder, kam aber sofort wieder hoch, streckte die Hände von sich und stammelte: »Blut! Sie liegt in ihrem Blut!«

Nun sahen es auch die anderen Ordensfrauen, die herbeigeeilt waren und die Rasende umstanden. Die Äbtissin hob den Rocksaum, bis das weiße Fleisch der Schenkel zum Vorschein kam. Die junge Nonne wollte sich wehren, versuchte sich aufzurichten.

»Haltet sie!«

Zwei der Klosterfrauen ergriffen ihre Arme und Schultern, drückten sie nieder, wie sehr sie auch strampelte. Die Äbtissin schob den Rock höher. Ein Aufschrei!

Ein rotes Rinnsal lief ihr die Beine hinab: Wie Blut auf weißem Schnee.

»Der Teufel hat sie entjungfert!«

»Der Inkubus – er hat ihr die Unschuld geraubt. Wie kann das sein?«

»Heilige Jungfrau, Mutter Gottes, steh uns bei!«

Die Ordensfrauen fielen alle auf die Knie und verbargen wehklagend ihre Gesichter in den Händen.

»Hier wurde nicht einer Jungfrau die Unschuld geraubt, hier

wurde ein Bastard in die Welt gesetzt«, sagte die Äbtissin. Sie erhob sich mit einem schleimigen Klumpen in ihren Händen, den sie angewidert und mit weit ausgestreckten Armen von sich hielt. »Eine Fehlgeburt, nur wenige Wochen alt. Seht sie euch an! Nichts demonstriert die Ekelhaftigkeit der Geschlechtlichkeit mehr als dieser Homunkulus mit schleimigem Fischleib und dem Kopf einer Kröte. Seht nur, seine Froschfinger! Das ist der Mensch, gezeugt und geboren zwischen Kot und Urin, schleimklebrig und mit Sünde behaftet, nur ein Vieh ohne die Gnadenmittel der allein seligmachenden Kirche Christi.«

Angeekelt warf sie den Fötus in die Jauchegrube und ging davon, ohne sich noch einmal umzudrehen.

Die junge Nonne wurde noch in der gleichen Nacht einem hochnotpeinlichen Verhör unterworfen. Sie schwor bei allen Heiligen, dass sie nie bei einem Mann gelegen habe. Außer von Don Sebastian sei sie von keinem berührt worden. Der habe sie bei der Teufelsaustreibung vor einem Jahr entkleidet und mit Ruten geschlagen. »Dabei geschah so vieles mit mir, das ich nicht kannte. Ich dachte, das müsse so sein.«

Die Äbtissin hatte genug gehört. Zu Thekla sagte sie anderen Tages auf der Fahrt zum Ordensgeneral des Klosters: »Schwangerschaft, vor allem die unerwünschte, ist eine grauenvolle Erfahrung für jede Frau. Sie erniedrigt uns zum Tier. Die Seele gehört Gott, aber der Rest von uns unterliegt dem unerbittlichen Gesetz des Fleisches. Der weibliche Körper hat von Natur aus nur eine Bestimmung: die Schwangerschaft. Die demütigende Seite dieser Tatsache bekommt die Frau am ärgsten zu spüren. Das so genannte Wunder der Geburt ist in Wirklichkeit nichts als die Natur, die ihren Willen durchsetzt, ohne Rücksicht auf uns.«

Die Äbtissin lehnte sich in dem offenen Zweispänner zurück. Die Augen geschlossen, die Hände im Schoß gefaltet, sah sie aus, als ob sie betete. »Es geschieht nicht oft, dass uns der Ordensgeneral zu sich ruft. Es muss sich um eine Angelegenheit von großer Wichtigkeit handeln.«

Sie sah besorgt aus, als fürchtete sie Schlimmes.

»Die Teufelsaustreibung ...«

»Kein Wort davon«, unterbrach sie Thekla. »Vorgänge im Kloster unterliegen der Schweigepflicht. Kein Wort davon, hörst du. Lass mich sprechen. Halte du dich zurück!«

»Das werde ich. Denn er will ja Euch sprechen. Ich bin nur Eure Begleitung.«

»Du irrst dich. Ich bin dir zur Begleitung mitgegeben. Er will dich sprechen.«

»Mich? Wieso mich?«

»Die Frage kann dir nur der General beantworten.«

Jetzt war es Thekla, die besorgt aussah. Was wollte der Ordensgeneral von einer wie ihr?

Die Komturei lag gleich hinter dem Stadttor beim Töpfermarkt. Ein Wachtposten mit aufgepflanzter Hellebarde verstellte den Frauen den Weg zum Eingang. »Zu wem wollt ihr?«

»Zum Ordensgeneral. Er erwartet uns.«

Der Posten winkte einen Pagen herbei, der sie über eine Freitreppe und einen langen Gang zum Audienzzimmer führte. Bevor die Frauen Gelegenheit fanden, im Vorraum die Deckenmalereien zu bewundern, wurde eine Flügeltür geöffnet. Der Ordensgeneral kam ihnen mit ausgebreiteten Armen entgegen. Da war keine Spur von Verstimmung oder gar Zorn. Thekla nahm zur Kenntnis, dass der Äbtissin ein Stein vom Herzen fiel. Ein breites Lächeln glättete die Sorgenfalten auf ihrer Stirn.

»Gut, dass ihr so schnell gekommen seid. Ich hoffe, die Fahrt war nicht allzu beschwerlich.«

Er bat sie in sein Arbeitszimmer. Die Wände waren mit Teppichen verhängt. Ein langer Tisch mit einer geschnitzten Marienfigur darauf beherrschte den Raum. In dem einzigen Sessel dahinter nahm der Hausherr Platz. Besucher hatten grundsätzlich zu stehen. Den beiden Frauen wurde kühles Wasser aus einem Steinkrug angeboten. Die Früchte in der silbernen Schale auf dem Tisch wagten sie nicht anzurühren.

Der Ordensgeneral legte wie im Gebet die Handflächen aneinander. Es waren schöne Hände. Er war überhaupt ein gut aussehender Mann, wie Thekla feststellte. Ein wahrer Aristokrat: gütig und klug, streng mit seinen Untergebenen und hart gegen sich selbst. Er sagte: »Obwohl das eigentlich keiner besonderen Erwähnung bedarf, möchte ich dennoch ausdrücklich darauf hinweisen: Alles, was hier besprochen wird, unterliegt der Schweigepflicht gegenüber jedermann. Es handelt sich um eine Mission, um eine sehr wichtige und geheime Mission. Seine Eminenz, Kardinal Crispiano, Neffe des Heiligen Vaters, wie ihr wisst, sucht eine absolut zuverlässige Person zum Ausspionieren der Katharer.«

»Und was haben wir damit zu schaffen?«, fragte die Äbtissin.

»Der Kardinal ist zu Recht der Meinung, dass sich für diese delikate Aufgabe eine Frau besser eignet als ein Mann. Weil unsere Kirche eine männliche Gesellschaft ist, werden diese Häretiker nicht damit rechnen, dass wir ihnen einen weiblichen Spion schicken. Dabei kommt uns zugute, dass sie ihren Frauen Zugang zu allen Ämtern gewähren. Wir suchen eine, die sich als Katharerin ausgibt und eine Weile unter den Häretikern lebt. Wir wollen in Erfahrung bringen, was dieser ketzerische Geheimbund im Schilde führt, was diese Menschen im Verborgenen treiben.« Er blickte Thekla in die Augen. »Wir haben dabei an dich gedacht.«

»An mich? Warum an mich?«

»Du hast einen scharfen Verstand und eine gute Beobachtungsgabe. Du sprichst mehrere Sprachen, auch okzitanisch, wie man mir mitgeteilt hat. Du bist jung und robust. Du kannst lesen und schreiben, vor allem aber bist du eine Ordensfrau. Das setzt Treue und Opferbereitschaft voraus.«

»Unsere Tugend ist Treue und Demut«, sagte die Äbtissin.

»Demut ist bisweilen nicht weniger lebensfeindlich als Hochmut«, belehrte sie der Ordensgeneral. »Was wir hier brauchen ist Mut.«

Er wandte sich an Thekla und meinte: »Wir werden dich in der Lehre der Katharer unterweisen, bis dir ihre Sitten und Gebräuche geläufig sind.«

»Wann wollt Ihr damit beginnen?«, fragte die Äbtissin.

»Noch in diesem Monat. Die Angelegenheit duldet keinen Aufschub.« Der General erhob sich zum Zeichen, dass das Gespräch beendet war. »Alles Weitere wird euch mein Sekretär mitteilen.«

Thekla nahm zur Kenntnis, dass sie nicht gefragt worden war.

Auf der Heimfahrt von Piacenza nach Cremona besprachen die beiden Nonnen ausführlich die geheime Mission.

»Der Kardinal ist ein gestrenger Herr«, sagte die Äbtissin. »Gib Acht, dass du ihn nicht erzürnst. Aber ich bin sicher, dass keine von uns diese Aufgabe so gut bewältigen würde wie du. Die Mutter Gottes sei mit dir!«

Am Schluss kam sie noch einmal auf die Angelegenheit zu sprechen, die ihr anscheinend am meisten am Herzen lag: »Eine Fehlgeburt in unserem Haus – das dürfen wir so nicht hinnehmen.«

»Was soll mit Clarissa geschehen?«

»Mit Clarissa? Wieso mit Clarissa? Sie wurde doch wohl vergewaltigt, oder?«

»Ich weiß nicht«, sagte Thekla. »Kann man von einem Mann genommen werden, ohne dass man es merkt? Das muss man doch wahrnehmen. Aber vielleicht war sie von Sinnen?«

»Ja, von Sinnen«, nickte die Äbtissin.

»Wie meint Ihr das?«

»Nicht alle Frauen verkraften die Enthaltsamkeit. Sie werden zu Bräuten Christi im fleischlichsten Sinne des Wortes und erleben ihre Hingabe als dämonische Besessenheit. In dieser Verfassung sind sie willfährige Opfer für einen geschickten Verführer wie diesen Don Sebastiano. Er wird es wieder tun, wenn wir ihm nicht das Handwerk legen.«

»Aber wie?«

Sie lehnte sich zurück und sagte nach einer Weile angestrengten Nachdenkens: »Mir wird schon etwas einfallen. Ich bin es meinen Mädchen schuldig.«

Beichtvater Don Sebastiano, gebürtiger Lombarde, war äußerlich mehr Vater als Verführer, mehr fleischiger Kapaun als heißsporniger Hahn. Aber so wie stille Wasser als tief gelten, so sind auch bisweilen die, die so aussehen, als könnten sie kein Wässerchen trüben, die schlimmsten Schlammlöcher.

Er war weder klein noch groß, weder fett noch hager, nicht einmal alt oder jung. Auffallend an ihm waren seine fröhlichflinken Knopfaugen und seine wulstigen, stets feuchten Lippen, die er bei Aufregung wie ein Karpfen vorstülpte, bereit zum Schmatzen und Saugen. Er verbreitete um sich eine Aura von auffälliger Sauberkeit. Es hieß, dass er sich nicht nur den Leib mit Wasser wasche, sondern auch seine Zähne nach jeder Mahlzeit mit einer Gänsefeder reinige. Damit aber war er im Gegensatz zu seinen Mitmenschen so geruchlos, dass die Hunde ihn verwirrt anbellten, sobald sie in seine Nähe gerieten. Manche hielten ihn auch für tugendlos. Hatte nicht der Kirchenvater Hieronymus gelehrt, eine reine Haut offenbare eine schmutzige Seele, und Waschungen oder gar Vollbäder seien das Fundament aller fleischlichen Sünden. Wie nicht anders zu erwarten, hatte Hieronymus Recht. Die Verführung der Ordensfrauen war der offensichtlichste Beweis. Die Äbtissin machte sich bittere Vorwürfe. Wie konnte sie solch einen Beelzebub als Teufelsaustreiber an ihre Mitschwestern heranlassen? Sie hätte den Fall dem Ordensgeneral melden können. Aber was hätte das gebracht? Es wäre zu einer peinlichen Untersuchung gekommen mit dem Resultat, dass eine ihrer Nonnen bei einem Mann gelegen hatte. Daran war nicht zu zweifeln, wohl aber daran, dass ein angesehener Geistlicher wie Don Sebastiano sich zu solch schändlicher Tat hatte hinreißen lassen. Es gab keine Beweise gegen ihn. Er würde alles abstreiten, und der Makel bliebe an den Nonnen haften. Dennoch war die Äbtissin nicht bereit, diesen Angriff auf die Ehre ihres Hauses kampflos hinzunehmen.

»Dieser eitle Hahn wäscht sich wie ein Pharisäer«, sagte sie nach der Lesung im Kapitelsaal.

»Wieso wie ein Pharisäer?«, wollte Thekla wissen.

Die Äbtissin schlug die vor ihr liegende Bibel auf und las aus dem Markus-Evangelium: »›Die Pharisäer und einige Schriftgelehrte, die aus Jerusalem gekommen waren, hielten sich bei Jesus auf. Sie sahen, dass einige seiner Jünger ihr Brot mit unreinen, das heißt mit ungewaschenen Händen aßen. Die Pharisäer essen nämlich wie alle Juden nur, wenn sie sich vorher die Hände gewaschen haben, wie es die Überlieferung der Alten vorschreibt.‹«

Sie klopfte mit dem Zeigefinger auf das Buch der Bücher und fuhr fort: »Wie Jesus darüber dachte, steht hier bei Lukas: ›Nach dieser Rede lud ein Pharisäer Jesus zum Essen ein. Jesus ging zu ihm und setzte sich zu Tisch. Als der Pharisäer sah, dass er sich vor dem Essen nicht die Hände wusch, war er verwundert. Da sagte der Herr zu ihm: Oh, ihr Pharisäer, ihr haltet zwar Becher und Teller außen sauber, innen aber seid ihr voll Schmutz und Bosheit.‹«

Sie schlug die Bibel zu und sagte: »Wir werden diesem Pharisäer die Bosheit austreiben. Ersticken soll er im Schmutz.«

Zwei Tage vor Peter und Paul erschien nach dem Abendläuten ein Bote bei Don Sebastiano mit der dringenden Bitte, er möge sofort ins Frauenkloster kommen, da sich eine der jungen Nonnen in wilder Raserei die Kleider vom Leibe reiße. Don Sebastiano raffte sein Exorzistengerät zusammen und eilte, so schnell ihn die Füße trugen, zur Klosterpforte, wo ihn die Äbtissin schon erwartete. »Voscienza sia benedetta. Seid gesegnet, Euer Ehren. Kommt rasch! Sie liegt im Schafstall.«

Sie überquerten den Hof. Vor der Stalltür sagte Don Sebastiano: »Ihr müsst draußen bleiben. Zur Austreibung des Inkubus muss ich mit der Besessenen allein sein.«

Ich weiß auch, warum, dachte die Äbtissin. Sie öffnete ihm

die Tür und zeigte nach rechts in den halbdunklen Raum: »Dort hinten auf dem Heu liegt sie, mit zerrissenem Gewand. Bis vor kurzem hat sie noch geschrien. Gewiss ist sie ohnmächtig. Könnt Ihr sehen? Soll ich Euch führen?«

»Nein. Schließt die Tür hinter mir. Und sorgt dafür, dass ich nicht gestört werde.«

Die Äbtissin legte von außen ihr Ohr gegen die Tür: ein splitterndes Geräusch, ein erschreckter Aufschrei. Dann Patschlaute wie Schläge auf nackter Haut oder, nein, wie Plantschen im Wasser: Patsch, patsch, patsch. Rief da nicht jemand um Hilfe? Es hörte sich an wie die gurgelnden Schreie eines Ertrinkenden.

Die Äbtissin schlug ein Kreuz und sagte: »Quando finisce, finisce. Wenn es zu Ende geht, geht es zu Ende.« Dann eilte sie beschwingten Schrittes zur Kapelle, um der Schutzpatronin des Klosters, der heiligen Sophia, eine Kerze zu stiften.

Als im Frühjahr die Jauchegruben der klösterlichen Ställe geleert wurden, fand man die fast vollständig verwesten Gebeine eines Menschen.

»Er muss in den Schacht gefallen sein«, sagte die Äbtissin. »Obwohl das eigentlich nicht denkbar ist, denn der Schacht ist mit Brettern zugedeckt. Und überhaupt, was hatte der Mensch in unserem Schafstall zu schaffen?«

Ohne die Gerätschaften, die bei dem Toten lagen, wäre niemand auf den Gedanken gekommen, dass es sich um den seit Monaten vermissten Don Sebastiano handeln könnte.

»Wenn ein Mann mit solchem Sauberkeitswahn in einer stinkenden Jauchegrube umkommt, so kann nur der Teufel dahinterstecken«, meinte die Äbtissin. Und die musste es ja wissen.

6. Kapitel

Carcassonne lag in tiefem Schlaf. Der Himmel mondlos und schwer von Wolken. Die Gassen menschenleer wie der Kirchhof zur Mitternacht. Selbst der Wind war eingeschlafen. Nur oben hinter einem Fenster im Henkersturm brannte noch Licht. Der Nachtwächter auf seinem Rundgang blickte hoch zu dem hellen Viereck und dachte kopfschüttelnd: Was der wohl dort oben treibt, mitten in der Nacht? Ob es wahr ist, was die Leute behaupten? Sie sagen, er schläft nie. Wer so viel Blut vergossen hat wie er, findet keinen Schlaf, irrt ruhelos umher wie Judas, der den Herrn verriet.

Oben im Turm saß Leander in seiner Studierstube, vor sich eine brennende Kerze. Er betrachtete sie wie ein Kind, das zum ersten Mal ein Licht sieht. Er griff nach der Kerze und neigte sie mehr und mehr, bis er sie waagrecht in der Hand hielt.

Wie kommt es, dass die Flamme immer senkrecht nach oben zeigt? Wie sehr wir die Kerze auch neigen oder fast auf den Kopf stellen, die Flamme steigt immer auf. Fällt nicht alles nach unten? Selbst ein Ding, so leicht wie eine Schneeflocke fällt zur Erde. Aber die Flamme steigt senkrecht in die Höhe. Wie ist das möglich?

Die Welt ist voller Wunder, welche die Menschen hinnehmen, ohne darüber nachzudenken. Würde ein schwerer Stein nach oben schweben, wäre das für die Leute Magie. Aber keiner staunt darüber, dass alle Dinge nach unten fallen. Ist das nicht auch ein Wunder? Warum tun sie das? Welche Kraft bewirkt das?

Das größte Rätsel aber ist der Mensch aus Körper und

Seele. Aber wie stecken die ineinander? Was der Körper gut findet, ist meist nicht gut für die Seele. Und was die Seele stark macht, schwächt den Körper, wie das Fasten und die Einsamkeit.

Die Empfindungen unserer Seele sind frei. Gedanken und Träume verlassen unseren Leib. Niemand kann sie einkerkern. Man sperrt den Körper eines Menschen ein, aber man lässt ihn träumen und mit seinen Gedanken frei umherschweifen.

Der Leib kann nicht ohne die Seele leben. Er zerfällt. Kann die Seele ohne den Körper leben? Wenn ja, wo und wie? Und wo befindet sie sich in unserem Körper?

Wenn einem Menschen der Kopf abgeschlagen wird, so lebt er noch für sehr kurze Zeit, bewegt Arme und Beine, rollt mit den Augen. Was denkt er in diesem Moment? Denkt er: Dort liegt mein Körper. Oder denkt er: Dort liegt mein Kopf? Wo ist der Sitz unserer Seele? Im Gehirn oder im Herzen, wie es uns Sprache und Religion lehren, wenn wir herzlich handeln, beherzt oder herzlos, herzhaft und von ganzem Herzen?

Beim Tod eines Menschen sagt man: Der hat seinen Geist aufgegeben. Müsste es nicht heißen: Der hat seinen Leib aufgegeben?

Womit erinnern wir uns? Wo steckt all das, was wir wissen? Im Gehirn oder im Herzen? Das hieße im Fleisch. Aber unser Fleisch verändert sich im Lauf unseres Lebens. Der Leib eines Kleinkindes ist ein völlig anderer als der eines Alten. Was also erinnert sich in uns? Dass Verletzungen am Gehirn unser Gedächtnis schmälern, ist kein Beweis dafür, dass dort unser Bewusstsein wohnt. Wenn einem Musiker das Instrument zerstört wird, schadet das zwar der Musik, aber nicht der Größe des Meisters.

Leander liebte seine Henkerstätigkeit nicht. Ein Metzger, dem das Töten Freude bereitet, ist kein Metzger, sondern ein Teufel. Leander nutzte das Vorrecht des Tötens, das ihm durch Geburtsrecht verliehen worden war, zur Befriedigung seines Wissensdurstes.

Zum Schrecken des ganzen Abendlandes hatte Kaiser Friedrich den Medizinscholaren von Palermo zwei Hingerichtete pro Jahr zu Studienzwecken genehmigt. Zu Recht hat der Papst diesen Kaiser mit dem Bann belegt, so ereiferten sich die Pfaffen von den Kanzeln. Wie kann man einen Christenmenschen zerschneiden, als wollte man ihn verwursten? Welch fürchterliches Sakrileg! Musste man nicht einem Menschen, der durch Unglück einen Fuß oder Finger verloren hatte, die abgetrennten Körperteile mit ins Grab legen, damit er am Jüngsten Tag unversehrt leiblich wieder auferstehen konnte? Leander ließen solche Skrupel kalt. Er sagte sich: Wenn es die Kirche gutheißt, dass den Verurteilten Kopf und Gliedmaßen abgehackt werden, so ist nicht einzusehen, warum man dem entseelten Leib nicht antun darf, was man bei dem lebendigen für notwendig erachtet. Innerhalb weniger Jahre hatte er sich mehr Kenntnisse über den menschlichen Körper angeeignet als all die Wurzkrämer, Zahnbrecher, Urinpropheten und Starstecher, die gemeinsam mit dem fahrenden Volk auf den Jahrmärkten auftraten und sich Ärzte und Heilkundige nannten.

Er kannte diese Pfuscher gut. Sie kamen zu ihm, um von ihm Blut, Fett, Haut und Leber von Hingerichteten zu kaufen. In gebildetem Latein hieß das dann *Adeps hominis,* Armer-Sünder Fett, oder *Cranium humanorum,* geraspelte menschliche Hirnschale, oder *Oleum ossium humanorum,* Öl aus Menschenknochen, lauter abergläubischer Unfug wie *Cervi genitale,* Hirschpenis, und *Epar ursi,* Bärenleber.

Leander würde nie vergessen, wie der Stadtschreiber von einem dieser Quacksalber fast umgebracht worden wäre. Der Doktor hatte den Bedauernswerten, der an Kopfschmerz und Verstopfung litt, ein Klistier verabreicht und ihn dann mit Stricken an den Füßen hochgezogen. So hing er mit dem Kopf nach unten, bis er bewusstlos wurde. Erst dann hat er ihn wieder heruntergelassen. Der Ärmste musste sich so heftig erbrechen und den Darm entleeren, dass es aus ihm hervorbrach wie aus einem Fass, dem man gleichzeitig beide Böden ausgeschlagen hat. Bei der brutalen Prozedur wurde dem Stadtschreiber das Hüftgelenk ausgerenkt, das Leander wieder richten musste, weil der Medikus erklärte, für so simple Tätigkeit sei er nicht zuständig.

An der Universität von Montpellier zerschnitten sie lebendige Frösche und Katzen, um an ihnen den Blutstrom oder die Muskelbewegung zu studieren. Sie stachen einem Storch die Augen aus, um herauszufinden, ob auch ein blinder Zugvogel fortfliegt. Nie hätte sich Leander zu solchen Grausamkeiten hinreißen lassen. Seine Studienobjekte mussten nicht sterben oder leiden. Sie hatten durch eigene Schuld ihr Leben verwirkt. Ihre Körper waren nach rechtmäßig vollzogener Verurteilung Abfall für den Schindanger und die Raben. Leander hatte viele Leichen zerschnitten, um in ihren Leibern zu lesen wie in einem Buch.

Er dachte an den Spießgesellen, der vier Fuhrleute beraubt und erschlagen hatte, ein junger Bursche, hoch gewachsen und abgemagerter als ein alter Jagdhund. Er hing am Galgenholz wie eine grüne Bohne. Im Schutz der Nacht hatte Bero ihn vom Galgen geholt und heimgekarrt. Ein Leichtfuß, dem man nicht viel Fleisch von den Knochen schneiden musste, um Gelenke und Bänder zu studieren.

Der Bursche hatte einen Schwanz wie ein Esel und stank übler als ein Ziegenbock.

Als Leander den Bauch aufschnitt, quollen ihm die Gedärme dampfend warm entgegen, Blut floss, und im gleichen Augenblick fing der Elende an zu schreien und wollte sich auf dem Steintisch aufrichten. Leander dachte mit Schaudern daran, wie er versucht hatte, ihn niederzuhalten. Vergeblich. Am Ende musste Bero ihn mit einem Faustschlag betäuben. Eine Ewigkeit hatte er damit verbracht, den Halbtoten wieder zuzunähen, ständig in Furcht, er könnte wieder aufwachen. Aber er kam nicht mehr zu sich. Bei Tagesanbruch war er tot.

Du hast ihn ermordet, sagte die Stimme seines Gewissens.

Nein, wehrte er sich. Ich hatte den Auftrag, ihn zu töten. War es meine Schuld, dass diese Bohnenstange zäher als eine Katze war? Und dennoch, er hatte daraus gelernt. Dergleichen war ihm nie wieder passiert.

Wenn schon Henker, dann wenigstens ein guter.

Im Gegensatz zu allen anderen Menschen hatte er ein vertrautes Verhältnis zum Tod. Er ist mein Dienstherr, pflegte er zu sagen.

Abgesondert von seinen Mitmenschen, fühlte er sich mit den Tieren brüderlich verbunden. Seit seiner frühesten Kindheit sprachen die Tiere zu ihm, nicht mit Wörtern, sondern mit inhaltsschweren Empfindungen, so wie sie uns von der Musik übermittelt werden. Er verstand, was seine befellten und gefiederten Freunde mit ihren Lauten und Gesten von sich gaben. Die Raben, die im Gebälk seines Turms hausten, sprachen zu ihm wie die Bienen, die er sich im angrenzenden Kräutergärtlein hielt. Und die Tiere verstanden ihn.

Im Käfig beim Turmfenster knackte Minerva mit ihrem Schnabel: »Ich will fliegen und fressen.« Die Waldohreule hockte mit aufgeplustertem Gefieder auf ihrer Stange, die Federohren aufgestellt wie Hörner. Leander öffnete den Käfig. Lautlos glitt der Eulenvogel heraus. Mit weichem Flügelschlag umkreiste er die Lampe, bevor er im Dunkel der angrenzenden Räume verschwand. Als er nach einer Weile wieder heranschwebte, hielt er eine junge Ratte in den Fängen: »Schau, was ich gefangen habe.«

»Gesegnete Mahlzeit«, sagte Leander. Er mochte die Ratten nicht. Nicht weil sie ihm die Vorräte auffraßen. Er war es gewohnt, sein Brot mit den Tieren seiner Umgebung zu teilen. Die Ratten aber hatten die unangenehme Angewohnheit, alle Lebensmittel mit ihrem Urin zu besudeln und auch die Dinge zu zernagen, die völlig ungenießbar waren: Kleider, Schuhe und alte Schriften, sogar Kerzen und hölzernes Küchengerät. Außerdem stahlen sie den Raben die Eier und den Bienen den Honig.

Totenstille herrschte im Turm. Es war die Stunde des Holzwurms. Leise, kaum vernehmbar, aber unaufhörlich pochte es im Holz der Möbel und Deckenbalken. »Die Totenuhr«, flüsterten die Menschen, wenn sie das Klopfen vernahmen. Leander wusste, der kleine Käfer trommelte nur im Dienst der Liebe. Er rief sehnsuchtsvoll nach einem Weibchen. In seinen dunklen Bohrgängen schlug er mit seinem harten Kopf gegen die Wand in einer für die Menschen so schwer verständlichen Sprache wie das Geigen der Grillen oder das Schluchzen der Nachtigallen. Aber die Botschaft war klar. Sie stand im Buch der Bücher: »Es ist nicht gut, dass ein Geschöpf allein sei.« Leander lag auf seinem Bett und lauschte der Liebesklage aus dem Holz. Sie erfüllte ihn mit Sehnsucht, weckte Träume und Wunschbilder, Lüste, quälend und süß. Wenn er sich in solchen Nächten Befriedigung verschaffte, stellte er sich vor, wie atemberaubend es sein müsste, geküsst zu werden. Fleischliche Erfüllung war Lust, die man sich auch eigenhändig verschaffen konnte; wer aber vermag sich selbst zu küssen.

7. Kapitel

Zwei berittene Büttel brachten die junge Frau zum Kerker von Carcassonne. Sie saß zwischen ihnen im Sattel, als sei sie ihre Herrin und nicht ihre Gefangene. Ihr Haar hatte sich während des langen Ritts gelöst und wehte im Wind. Die Anstrengung hatte ihre Wangen gerötet. Sie war noch sehr jung, höchstens siebzehn Jahre alt. Leander glaubte, nie eine schönere Frau gesehen zu haben. Ihm war, als habe er ihr Bild schon immer in sich getragen. Ein Wiedererinnern an vormals Verlorengegangenes, so erschien es ihm.

Beatrice Lauran schlug ihn vom ersten Augenblick an in ihren Bann.

Rabenschwarzes Haar streichelte Stirn und Wangen, verlor sich in seidiger Fülle in ihrem Nacken, fiel hinab bis auf den Rücken des Pferdes. Ein knöchellanges helles Gewand umhüllte ihren hoch gewachsenen Körper, schmiegte sich an ihre gewölbte Brust und umflatterte ihre Knie wie eine Fahne im Wind. Ihr wie gewaltsam geschlossener Mund demonstrierte Trotz, Hochmut, aber auch Anmut und Hunger nach Zärtlichkeit. Die Augen mutig und zögernd zugleich, scheu und leidenschaftlich. Leander ahnte, wohin er auch gehen würde, der Blick dieser Augen würde ihn nicht mehr loslassen.

Der Zauber, der von ihr ausging, schlug selbst ihre Bewacher – zwei raue Burschen aus den Pyrenäen – in den Bann. Sie halfen ihr vom Pferd und behandelten sie mit dem Respekt, den man normalerweise einer Dame entgegenbringt.

Leander war um seine Ruhe gebracht. In der Nacht fand er keinen Schlaf. Am liebsten wäre er hinabgestiegen in den Kerker, um sie durch den verborgenen Sehschlitz zu betrachten.

Aber dort unten war es in dieser mondlosen Nacht stockfinster. Und Fackellicht hätte seine Anwesenheit verraten.

Er sehnte sich nach ihr und fürchtete sich zugleich davor, sich in ihren Augen zu verlieren. Er war wie gelähmt. Ein heiliger Schrecken hatte seine Seele erfasst, ein schauderndes Erstaunen.

Im ersten Morgenlicht suchte er das Gefängnis auf. Sie stand hinter der Tür, als habe sie ihn erwartet. Sie erschien ihm noch schöner als in seiner nächtlichen Phantasie.

Später konnte er sich an kein Wort erinnern, das er mit ihr gewechselt hatte, nur an den warmen, mädchenhaften Klang ihrer Stimme. Und an ihre Augen, ihre schwermütigen, dunklen Augen.

Wie konnte er töten, was er mehr als alles andere zu besitzen wünschte? Voller Unruhe lief er durch die dunklen Räume seines Turms, der ihm seit dem Tod des Vaters allein gehörte. Nie kamen Menschen hier herauf. Zu groß war das Grauen vor dem Carnifex. Nur eine einzige Frau hatte hier gelebt. Das lag lange zurück. Sie war gestorben, als Leander noch in den Windeln lag. Sie lebte in seinen Träumen. Er trug das Bild der Mutter im Herzen. Und dieses Traumbild war dem Bildnis der jungen Frau unglaublich ähnlich. Wie konnte er sie hinrichten, ersäufen, so wie man Ratten erledigt! Der Gedanke erschien ihm wie Mord.

Aber war nicht auch diese Beatrice Lauran eine Mörderin, eine Hexe, die anderen das Leben genommen hatte? Konnte man das glauben? Ein Geschöpf wie ein Engel?

Aber was wusste er schon von den Frauen, wie sie wirklich waren, was sie dachten und empfanden? Eine Welt, zu der er keinen Zugang hatte. Seine Erfahrung mit dem weiblichen Geschlecht beschränkte sich aufs Töten. Nie hatte er Zuneigung oder gar Liebe erlebt, nur Angst und Entsetzen in ihren Augen gelesen. Nachts, wenn er wach lag, stellte er sich vor, wie beglückend es sein müsste, von einer Frau – von der richtigen Frau – geliebt zu werden. Eine Umarmung, ein Kuss –

wie oft hatte er davon geträumt. Und dieses Mädchen im Kerker, dem er das Leben nehmen würde, war die Richtige. Er spürte es mit jeder Faser seines Körpers.

Er lief durch die Räume seines Wohnturms. Der Wind heulte um die Zinnen, rüttelte an Fensterläden und Regenrinnen, fuhr fauchend in den Kamin, so dass die Glut erschreckt aufloderte. Und je länger er umherlief, umso einsamer und verlassener fühlte er sich.

»Henker sind wie einsame Wölfe«, hatte der Alte immer gesagt. Aber ihm schien das nicht viel auszumachen. »Jeder Mensch ist allein auf der Welt. Wenn du das einmal begriffen hast, mein Sohn, tut dir das Alleinsein nicht mehr weh.«

Leander hatte Zuflucht in seinen Träumen gesucht. Er lebte getreu dem Grundsatz: Du bist nicht arm, weil deine Träume sich nicht erfüllen; arm ist, wer nicht träumt.

Bisweilen träumte er von seiner Mutter, von liebevollen Berührungen und von einem Lied, das sie ihm sang, wenn sie ihn in den Schlaf wiegte. Wie zärtlich war ihre Stimme. Und auch sie war eine Mörderin. Sie hatte einen Menschen erschlagen, einen Knecht und zwei Hunde, mit einem Eichenknüppel. Wenn der Alte darüber sprach, leuchteten seine Augen voll Stolz. Was für eine Frau! Sie war die uneheliche Tochter des Herzogs Almarich von Arras, einem direkten Nachkommen der Merowinger. Ein stolzer Herr, der sich nicht viel um seine Kinder kümmerte, weder um seine ehelichen noch um seine Bastarde. Er wurde bei der Belagerung einer Burg bei Viviers von dem Geschoss einer Steinschleuder erschlagen. Mutter wuchs auf einem Landgut in der Auvergne heran, wo sie die Schafe hütete. Dabei geschah das Entsetzliche. Der Graf von Auxerre, ein leidenschaftlicher Jäger und rücksichtsloser Haudegen, geriet während einer Treibjagd mit seiner Meute in die Schafherde, für die Mutter verantwortlich war. Die Hunde hausten unter den Lämmern wie die Wölfe. In wilder Verzweiflung erschlug die junge Hirtin erst zwei Hunde und dann einen Treiber, der ihr den Knüppel entreißen wollte. Um den Jungen hat keiner getrauert, aber die Hetzhunde waren des Grafen ganzer Stolz. Er soll sie mehr geliebt haben als seine Söhne.

Tod durch das Schwert lautete das Urteil des gräflichen Kammergerichts. Blut schreit nach Blut!

»Als sie sie brachten, sah sie schlimm aus«, wusste der Alte zu berichten. »Sie hatten die Hunde auf sie gehetzt. Trotzdem war sie das schönste Mädchen, dem ich je begegnet bin. Ich habe ihre Wunden versorgt, habe sie gepflegt wie ein krankes Kind. Sie hat mich mit ihren großen Augen angeschaut und gefragt: ›Warum tust du das? Warum opferst du deine Zeit und versuchst zu flicken, was du in ein paar Tagen eigenhändig wieder zerstören wirst.‹«

Er hatte ihr kein Haar gekrümmt. Sie war sein Weib geworden. Denn da gab es dieses ungeschriebene Gesetz aus karolingischer Zeit. Die Augen des Alten leuchteten, wenn er seinem Sohn die aufregende Geschichte erzählte. Leander hatte sie oft genug gehört:

»Mit aufgepflanzten Hellebarden mussten die Männer der Stadtwache das Schafott vor dem Andrang der Massen schützen, ein Meer von Köpfen und wild gestikulierenden Händen. Sie hingen wie die Trauben an Mauervorsprüngen, Erkern und Zinnen. Jeder wollte einen Blick auf das blutige Schauspiel werfen. Selbst Stelzen und Leitern waren im Einsatz. Der Büttel und seine Knechte mussten dem Henker eine Gasse durch die menschliche Flut bahnen. Da war Lärmen und Schreien wie auf einer Kirchweih. Ich wusste, dass es Ärger geben würde, als ich das Blutgerüst bestieg. Die nackten Arme auf der Brust verschränkt, erwartete ich die Verurteilte. In einem zweirädrigen Fahrzeug mit einem Maulesel davor wurde sie herbeigekarrt, aufrecht stehend wie ein antiker Wagenlenker. Selbst das Arme-Sünder-Kleid aus grober Jute vermochte nicht den tiefen Eindruck zu mindern, den das Mädchen hinterließ. Als sie durch die Menge fuhr, waren keine Zwischenrufe zu hören. Da war nur das Rattern der eisenbeschlagenen Räder auf dem Kopfsteinpflaster und das Geschrei der Raben vom Tour de Prison. Der Karren fuhr bis dicht an das Schafott heran. Ich reichte der jungen Frau die Hand, und sie sprang leichtfüßig zu mir herüber, als bestiege sie ein Boot, als wäre der Verlust des Lebens die selbstverständlichste Sache der Welt. Furchtlos stand sie neben dem Hauklotz aus Eschenholz, daneben der Korb mit Sägemehl, der ihren abgeschlagenen Kopf aufnehmen würde.«

An dieser Stelle machte der Alte immer eine längere Pause, um seine Worte auf die Zuhörer wirken zu lassen.

»Schon hatte der Priester von der Basilika Saint Nazaire das Blutgerüst bestiegen, um der Verurteilten geistlichen Beistand zu spenden, als ich die Hand hob, zum Zeichen, dass ich etwas sagen wollte. Die eintretende Stille war erschreckend. Selbst die Raben verstummten. Und dann tat ich etwas, das ich noch niemals zuvor auf dem Schafott gemacht hatte: Ich nahm die Maske vom Gesicht und entledigte mich meiner Handschuhe. ›Hört mich an!‹, rief ich. ›Es gibt ein Gesetz, so alt wie die Mauern dieser Stadt. Und dieses Gesetz verleiht dem Henker das Recht, um eine Verurteilte zu freien. Die Werbung hat auf dem Schafott, vor den Augen aller zu erfolgen. Erhört sie mich, ist sie mein rechtmäßig angetrautes Weib und frei von aller Schuld.‹ Ich wandte mich dem Mädchen zu und fragte: ›Willst du mein Eheweib werden, so antworte laut und deutlich mit Ja.‹ Und in das atemlose Schweigen von vielen hundert Menschen ertönte Mutters helle, mädchenhafte Stimme: ›Ja, ich will.‹ Dann brach ein unbeschreibliches Getöse los, eine wilde Mischung aus Enttäuschung über die entgangene Hinrichtung, aus Freude über die unerwartete Wendung, aus Spott und Häme, dass sich eine junge Adelige dem Carnifex ausgeliefert hatte, um ihre schöne Haut zu retten. Die Überraschung war vollkommen. Selbst der Priester, der nicht wusste, ob er Trost oder Segen spenden sollte, stand da mit offenem Mund, als sei er Zeuge eines Wunders. Und glaubt mir, es war ein Wunder!«

Daran musste Leander jetzt denken. Auch er könnte von dem Gesetz Gebrauch machen. Ein Geschöpf wie sie zur Gefährtin – welch ein Gedanke! Was aber, wenn sie nein sagt? Welche Frau will schon einen Henker?

Je länger Leander darüber nachdachte, umso mehr kam er zu dem Schluss, dass er sie nicht fragen würde. Denn wenn sie nein sagte an der Richtstätte, so müsste er sie töten. Er war sich ganz sicher, dass er alles in seinen Kräften Stehende tun musste, um sie zu retten. Was will die Liebe anderes als das Glück des geliebten Menschen? Schönheit, wirkliche Schönheit hat ein Recht darauf zu blühen und unvergänglich zu leuchten wie das Glück, das sie schenkt.

Am Abend ging Leander zu ihr. Sie kauerte in der Ecke der Zelle wie ein junges Tier, das auf seine Schlachtung wartet, die Augen voller Angst. Sie erschien ihm im Fackellicht noch verlockender als bei Tag. Sie betrachteten einander, ohne zu sprechen. Nach einer Weile fragte Leander: »Du weißt, was dich erwartet?«

Sie nickte schweigend.

»Tod durch Ertränken, so lautet das Urteil, das ich an dir vollstrecken soll.«

Wieder nickte sie wie ein folgsames Kind.

»Es gehört zu meinen Pflichten, dich darüber aufzuklären, was dich erwartet. Kurz nach Sonnenaufgang wird der Priester zu dir in die Zelle kommen, um dir die Beichte abzunehmen. Dann wird dich der Henkersknecht auf den Schinderwagen heben. Sie werden dich zu den Feuerlöschteichen karren. Dort wird man dich mit dem Kopf voran – an Händen und Füßen gefesselt – in einen Hafersack stecken. Man wird dich mit Steinen bewehrt ins Wasser stoßen und erst wieder herausziehen, wenn feststeht, dass du deine Seele ausgehaucht hast.«

»Dauert das lange?«

Als Leander mit der Antwort zögerte, sagte sie: »Ich will es wissen.«

Leander dachte an das qualvoll langsame Sterben der Frauen im kalten Wasser. Manche mussten mehrmals untergetaucht werden, weil ihr Lebenswille stärker war als der Tod. Er dachte an die junge Frau, die auf dem Weg zum Totenacker wieder zu sich gekommen war. Mit einem Hanfstrick hatten sie sie erdrosseln müssen. Er dachte an das endlos erscheinende Sterben der Erstickenden und log: »Es geht schnell, sehr schnell.«

Sie schlug die Hände vor ihr Gesicht. Ihre Schultern zuckten im Schmerz. Leander trat einen Schritt näher an sie heran, wollte helfen, trösten. Voller Entsetzen fuhr sie vor ihm zurück: »Fass mich nicht an! Lass mich allein, bitte!«

Tränen traten ihr in die Augen. Sie wischte sie fort und versuchte zu lächeln: »Vielleicht ist das ja alles nur ein böser Traum, aus dem ich gleich erwachen werde.«

Ein böser Traum, aus dem ich gleich erwachen werde. Der Satz ging Leander nicht mehr aus dem Sinn.

Er lief durch seinen Turm, wie er es immer tat, wenn er erregt war, wenn er angestrengt nachdachte. Es war eine warme Sommernacht. Weiches Mondlicht lag über der schlafenden Stadt. Die Liebesklage einer Katze drang durch das offene Dachfenster. Leander verharrte eine Weile davor und lauschte dem wilden, sehnsuchtsvollen Werben. Sie empfindet wie ich, dachte er.

Plötzlich wie von Zauberhand herbeigeschafft war sie da. Reglos wie eine Skulptur stand sie am Fenster. Wie ein Scherenschnitt hob sich ihr Körper von dem mondhellen Himmel ab.

Stumm betrachteten sie einander, Mensch und Tier. Dann stellte die Katze ihren Schwanz auf und kam leise schnurrend näher. Ohne Scheu ging sie auf Leander zu und ließ sich streicheln. Ihre grünen Augen funkelten wie Feuer, Höllenfeuer. Hatten die Kirchenväter nicht gelehrt: In jeder Katze steckt ein Dämon? Er streichelte sie und sagte: »Dich hat der Himmel geschickt, du kleiner Teufel.«

Vor dem ersten Hahnenschrei stiegen sie die steile Treppe zum Kerker hinab, Leander mit der brennenden Fackel in der Faust, gefolgt von Zyprian, dem Pfarrer von Saint Nazaire. Leander stieß den schweren Schlüssel ins Schloss und öffnete dem Geistlichen die Tür. Der betrat die Zelle und stieß einen Schrei aus: »Jesus, Maria und Josef!«

Auf dem Strohsack, der den Gefangenen als Lager diente, hockte eine große, schwarze Katze. Mit funkelnden Augen blinzelte sie in das flammende Fackellicht. Der Pfarrer bekreuzigte sich.

Leander fand als Erster Worte. »Sie hat sich in eine Katze verwandelt.«

»Bist du sicher?«

»Wie kann es anders sein? Die Zelle war fest verschlossen. Es gibt nur einen Schlüssel, und den halte ich in Verwahrung. Niemand kann hier herein oder heraus, ohne dass ich die Tür öffne.«

Die Katze hatte sich erhoben. Sie streckte sich und riss gähnend den Rachen auf. Dabei streckte sie ihre Zunge weit heraus, so wie es die Teufel auf den Flugblättern der Inquisitoren taten. Sie ließ ein gefährliches Fauchen vernehmen und kam langsam, Pfote vor Pfote setzend, auf die Männer zu.

Entsetzt fuhr der Pfarrer zurück. Er hielt der Katze mit ausgestrecktem Arm das silberne Kreuz entgegen, das er sich vom Hals gerissen hatte: »Zurück, du Hexenbrut! Im Namen Christi befehle ich dir: Fahre zur Hölle!«

Die Katze, die glaubte, die Männer wollten mit ihr spielen, hob die rechte Vorderpfote, um nach dem blanken Kreuz an der Kette zu schlagen.

»Raus hier, bloß raus hier!«, rief der Pfarrer. Er rannte Leander fast um und schlug von außen die Kerkertür zu. »Es ist unglaublich«, stammelte er, »ganz und gar unglaublich. Nicht einmal der Gekreuzigte vermag sie aufzuhalten.«

»Was soll jetzt geschehen?«, fragte Leander.

»Das Urteil ist zu vollstrecken.«

»An einer Katze?«

»Das ist keine Katze. Das ist eine Ausgeburt der Hölle, eine Hexe. Wir müssen sie vernichten, sofort.«

»Vielleicht verwandelt sie sich ja zurück«, gab Leander zu bedenken.

»Nein, das wird sie nicht tun. Sie versucht uns zu täuschen. Sie hofft, dass wir ihr Versteckspiel nicht durchschauen. Sie muss brennen, ohne Aufschub.«

»Brennen? Das Urteil lautet Ertränken.«

»Dann lass sie uns zu Tode tauchen!«

»Und die Sterbesakramente?«

»Glaubst du, ich erteile einer Katze den letzten Segen? Fang sie! Steck sie in den Sack, gleich hier, damit sie uns nicht entwischt. Wir sollten sie vierteilen, bevor wir sie ins Wasser werfen.«

»Nein, nicht vierteilen. Ich habe den Auftrag, sie zu ertränken. Und genau das werde ich tun«, erwiderte Leander.

8. Kapitel

Leander hatte ein Krankenlager vor dem Kamin errichtet. Sie lag da wie eine Tote. Doch gottlob hob und senkte sich ihre Brust in gleichmäßigen Atemzügen. Das Schlafgift hatte sie fast umgebracht.

Leander kniete an ihrer Seite, flößte ihr belebenden Tee ein, trocknete den Schweiß auf ihrer Stirn und betete zu Gott und den Heiligen um Beistand. Sie glühte vor Fieber, sprach im Schlaf, gequält von Albträumen.

Am Abend beim Geläut der Glocken schlug sie die Augen auf. »Wo bin ich? Was ist mit mir geschehen?«

Sie wollte aufstehen, war zu schwach, sank zurück in ihre Kissen und blickte auf Leander: »Wer bist du? Bist du nicht …? Ja, du bist es, der Henker.«

Sie versuchte, ihre Gedanken zu ordnen. Man sah ihr an, wie schwer das fiel. »Wieso bin ich nicht mehr im Kerker? Warum bin ich hier? Ich bin so kraftlos. Was ist mit mir geschehen?«

Leander schob einen Hocker an ihr Bett: »Das ist eine wilde Geschichte. Du erinnerst dich, dass ich dir am Morgen vor der Hinrichtung heißen Kräutertee brachte? Ich sagte, es sei ein Beruhigungstrunk, den ich allen Verurteilten gebe.«

»Ja, ich erinnere mich. Es ist das Letzte, an das ich mich zu erinnern vermag.«

»Danach bist du in totenähnlichen Schlaf versunken. Es war ein sehr starker Schlaftrunk. Ich wollte sichergehen. Du hast in meinen Armen gelegen wie eine Tote.«

»Ich habe in deinen Armen gelegen?«

Sie versuchte, sich aufzurichten. Leander drängte sie zurück.

»Bitte bleib. Ich habe dich auf meinen Armen getragen, hier herauf in meinen Wohnturm.«

»Aber warum hast du das getan?«

»Bitte stell jetzt keine Fragen«, bat Leander. »Hör mich zuerst an.«

Und dann erzählte er ihr, was sich zugetragen hatte.

»In eine Katze?«, fragte sie ungläubig. »Ich habe mich in eine Katze verwandelt? Und diese Katze ist für mich gestorben?«

»So ist es.«

Sie legte sich zurück und sagte mit geschlossenen Augen: »Ich bin müde und durstig.«

Leander brachte ihr kalten Tee.

»Ist der auch ...?«

»Nein.«

Sie trank den Becher leer, zog sich die Wolldecke über den Kopf und versank in tiefen Schlaf, aus dem sie erst am anderen Morgen erwachte. Als Leander zu ihr kam, saß sie an ihrem Bett. Sie sagte: »Ich danke dir.«

»Wofür?«

»Du hast mir das Leben gerettet. Warum?« Sie betrachtete ihn prüfend, als wollte sie ihm ins Herz blicken.

Leander erwiderte ihren Blick und sagte: »Du bist schön.«

Sie fuhr sich durch ihr wirres Haar: »Machst du das oft?«

»Was?«

»Dass du jungen Frauen das Leben schenkst und sie mitnimmst in dein Bett?«

»Nein, es war das erste Mal.«

»Du lügst.«

»Ich schwöre, es ist die Wahrheit, bei der Seele meiner Mutter.«

Sie blickte ihm in die Augen: »Ich glaube dir.« Ein Lächeln flog über ihr Gesicht, darin spiegelte sich Erleichterung und Dankbarkeit.

Leander nahm es erfreut zur Kenntnis: »Du bist doch gewiss hungrig?«

»Ich weiß nicht.«

»Du musst doch wissen, ob du hungrig bist?«

»Ich weiß überhaupt nichts mehr. Ich lebe, und doch bin ich tot.«

»Du bist nicht tot.«

»Doch. Für alle, die ich geliebt habe, bin ich tot. Ich werde sie nie wiedersehen. In meiner mir vertrauten Welt darf ich mich nie mehr blicken lassen. Ich bin ein Gespenst.«

Leander reichte ihr einen Handspiegel: »Sieht so ein Gespenst aus?«

Sie betrachtete sich lange und sagte traurig: »Eine Wasserleiche, ein ertränktes Kätzchen.«

»Du musst essen, damit du auf andere Gedanken kommst.«

Er half ihr aus dem Bett, führte sie zum Tisch.

»Ich bin es gewohnt, mich vor dem Essen umzukleiden«, sagte sie, »aber ich habe nur dieses eine Gewand.«

»Ich werde dir andere machen lassen. Komm, iss mit mir.«

Es bereitete ihm Freude, sie beim Essen zu beobachten. Wenn sie zubiss, sah man ihre Zähne, weißer als geschälte Mandeln. Ihre Lippen, ein wenig zu voll, doch schön geformt. Das dichte Haar, lang mit blauen Reflexen wie Rabengefieder. Aber am ausdrucksvollsten waren ihre Augen. Sie hatten einen zärtlich-leidenschaftlichen und zugleich wilden Ausdruck. Offen und doch nicht ohne Scheu blickten sie ihn an.

Als Kind hatte er einen Raben gehabt. Leander erinnerte sich noch sehr genau an den Tag, an dem sein Vater ihn mitgebracht hatte. Wie hilflos und zerzaust der junge Vogel gewesen war. Der Alte hatte ihn belehrt: »Wenn du ihn anfasst, flößt du ihm Angst ein. Er muss aus eigenem Antrieb zu dir kommen. Er wird kommen. Gib ihm Zeit.«

Daran musste Leander denken, und er stellte fest, dass sie wirklich etwas Rabenhaftes an sich hatte. Die Augen so klug und lebendig wie Rabenaugen. Selbst die Art, wie sie ihren Kopf zur Seite neigte, wenn sie ihn anblickte, erinnerte ihn an einen Raben. Leander liebte die großen schwarzen Vögel, die im Dach seines Turms brüteten.

»Wie soll es weitergehen?«, fragte sie nach dem Essen.

»Du kannst so lange bleiben, wie du willst.«

»Und dann?«

»Du kannst weggehen, weit weg, wo dich niemand kennt.«

»Du bist sicher, dass uns hier niemand verraten wird?«, fragte sie. »Wer lebt noch unter diesem Dach?«

»Niemand.«

»Du lebst ganz allein in diesem dunklen Turm?«

»Seit vielen Jahren.«

»Wie kann einer so viel Einsamkeit ertragen?«

»Die Einsamkeit ist eine jener kostbaren Gaben, die mir eine gute Fee in die Wiege gelegt hat, jenes bei sich selbst Daheimsein, das keine Verlassenheit ist, sondern ein wunderbarer kraftvoller Zustand.

Und als Beatrice ihn anblickte, als verstünde sie ihn nicht, sagte er: »Einsamkeit ist kein Unglück, sondern ein Geschenk des Himmels.«

»Ein Geschenk des Himmels?«

»Ich bin der einzige Mensch, der mitten in der Stadt in burgartigen Räumen lebt, die kein anderer zu betreten wagt. Ich kann hier tun und lassen, was ich will. Ich könnte verbotene Schriften studieren oder fremde Götter verehren. Ich könnte den ganzen Tag nackt umherlaufen, könnte Dinge tun, die kein anderer wagt. Selbst der König von Frankreich kann in seinen Schlössern nicht so beneidenswert ungestört allein sein wie ich. Er ist ständig von Lakaien umgeben, denen nichts entgeht, nicht einmal die Beschaffenheit seines Stuhlgangs. Und erst die gewöhnlichen Sterblichen: Bauern, Bürger und Kaufleute! Ihre geheimsten Gedanken müssen diese armen Teufel im Beichtstuhl bloßlegen. Wer nicht regelmäßig zur Beichte geht, ist verdächtig. Ich war noch nie dort. Ich bin nicht nur der einzige Mensch, der ungestraft töten darf, ich bin auch der Einzige, der glauben darf, was er will. Mich schreckt kein Priester, nicht einmal der Papst. Für mich gelten weder die Zehn Gebote noch das weltliche Recht, denn ich verkörpere das Recht in letzter Instanz. Diese Dummköpfe außerhalb meines Elfenbeinturms halten mich für einen Ausgestoßenen. In Wahrheit leben sie in einem Käfig, und ich bin frei.«

»Glaubst du wirklich, du seiest frei und könntest tun und lassen, was du willst?«

»Die Freiheit eines Menschen liegt nicht darin, dass er tun kann, was er will, sondern dass er nicht tun muss, was er nicht tun will.«

»Ich musste immer tun, was die anderen wollten«, sagte Beatrice. »Ich war nie so frei.«

»Jetzt bist du es.«

»Eingesperrt in einen Turm, den ich nicht verlassen darf – nennst du das frei?«

»Innerhalb meiner Burg bist du so frei wie …«

»… wie ein Vogel in seinem Käfig«, ergänzte sie den Satz, fügte aber nach einer Weile hinzu: »Verzeih mir, jetzt bin ich undankbar. Ich war auch daheim eingesperrt, behütet wie ein Schaf, ein Fohlen an der langen Leine. Mädchen meines Alters sind nicht frei.« Nachdenklich betrachtete sie Leander und fragte dann: »Hattest du nie eine Frau?«

»Nein.«

»Magst du keine Frauen?«

»Ich bin der Henker. Den Henker liebt man nicht. Diesen Turm hat nie eine Frau betreten.«

»Und deine Mutter?«

»Sie ist schon lange tot.«

»Wie war sie? Erzähl mir von ihr.«

»Sie war … so wie du, fühlte sich so an wie du.«

»Woher willst du wissen, wie ich mich anfühle?«

»Aus meinen Träumen.«

»Du hast von mir geträumt?«

Und als er nicht antwortete, blickte sie ihm lachend in die Augen: »Du bist ein seltsamer Henker.«

Die Morgensonne schien durch das Fenster. Die Raben umflatterten krächzend den Turm.

»Warum schreien sie so schrecklich?«

»Sie sind hungrig«, sagte Leander. »Unsere Galgen sind zurzeit so leer wie die Laubbäume im Winter.« Er holte Speck aus dem Rauchfang, stieß ein Turmfenster auf. Flügelschlagend landeten die schwarzen Vögel auf dem Fensterbrett.

»Der große – das ist Barnabas«, stellte Leander seine Freunde vor. »Und die beiden neben ihm sind seine Schwestern Lilli und Annabel.«

»Sie haben Namen?«

»Ich habe allen einen Namen gegeben.«

»Gib mir auch einen Namen.«

»Heißt du nicht Beatrice?«

»Das war einmal.«

Als Leander sie erstaunt anblickte, sagte sie: »Ich bin eine von den Toten Wiederauferstandene, eine Neugeborene. Gib mir einen neuen Namen.«

Leander betrachtete sie prüfend. Dann sagte er: »Ich werde dich Corbeau nennen, mon petit corbeau. Ich finde, das passt zu dir.«

»Rabe, wieso Rabe? Sehe ich wie ein Galgenvogel aus? Raben bringen Unglück. Das weiß doch jedes Kind. Nimm dich in Acht vor mir!«

Leander blickte auf ihre Brüste und sagte: »Corpe beau, schöner Körper. Weißt du nun, warum ich dir diesen Namen gebe?«

Sie lachte. »Der Name gefällt mir.«

Ein Rabe landete auf Leanders Handrücken: »Schau ihn dir an. Sein Gefieder hat die Farbe deines Haares.«

»Du magst Tiere?«

»Mehr als die Menschen. Ein Tier könnte ich niemals töten.«

»Bis auf die Katze im Feuerlöschteich.«

»Das war keine Katze. Das war eine Hexe.«

»Ja, seltsam«, sagte sie, »erst war ich eine Hexe; dann wurde ich eine Katze, und jetzt bin ich ein Rabe. Aber das gefällt mir. Von allen Tieren sind mir die Vögel die liebsten. Sie können laufen, schwimmen, tauchen und fliegen.«

Leander gab ihr Recht. »Vögel sind ganz außergewöhnliche Tiere. Der Heilige Geist ist eine Taube. Den alten Griechen war die Eule heilig. Bei den Ägyptern war es der Ibis. Auf Odins Schultern aber saß ein Rabe, Wappenvogel der Henker. Im Stadttor von Albi hängt ein Bildnis, das den Galgenhügel oberhalb der Stadt zeigt. Man sieht drei Diebe, denen die Raben das Fleisch von den Knochen hacken, und etwas abseits einen kleinen Raben, der ihnen dabei zusieht. Als Kind soll ich bei der Betrachtung der Abbildung gesagt haben: Der arme Rabe, er hat keinen Räuber.

Raben sind liebenswerte Geschöpfe. Vom Schicksal dazu bestimmt, sich vom Galgen zu ernähren, sind sie dennoch auffallend friedliche Wesen, rücksichtsvoll im Umgang mit ihresgleichen. Keiner hackt dem anderen ein Auge aus. Wie viel brutaler sind dagegen die zu Unrecht friedlich genannten Tauben und wie viel dümmer die eitlen Pfauen und Fasane.«

»Dafür haben Rabenvögel hässliche Stimmen.«

»Gewiss, sie singen nicht, aber sie sprechen.«

»Sie sprechen zu dir?«

»Ja, das tun sie.«

»Und was erzählen sie dir?«

»Das Leben der Menschen ist wie das Leben der Vögel, sagen sie. Wenn der große Tag kommt, muss jeder allein fliegen.«

»Das sagen sie?«

»Ja.«

»Was noch?«

»Dem Vogelküken gleicht die Zeit. Erst kriecht sie, dann geht sie, und am Ende fliegt sie davon.«

»Das hört sich klug an.«

»Raben sind weise Gesellen«, meinte Leander. »Sie tauchen ihre Schnäbel mit priesterlicher Gebärde ins Wasser, wie in

Weihwasser. Sie bewegen sich so graziös und leicht, als liefen sie über dünnes Eis. Sie sind Standespersonen von Adel.«

»Schauen sie deshalb so ernst drein?«

»Wenn sie die Gabe besäßen zu lachen, so würden sie sich totlachen über uns Menschen, über diese absurdeste Kreatur der ganzen Schöpfung.«

»Du redest wie ein Benediktiner«, sagte Beatrice.

»Benediktiner? Gott bewahre! Die predigen: Ora et labora. Doch besser als beten und arbeiten ist denken und schöpferischer Müßiggang. Der Bauer muss sich täglich auf dem Acker plagen. Der Schmied steht von morgens bis abends am Amboss. Hingerichtet wird gottlob nicht oft. Kein Handwerker wird so selten gebraucht wie der Henker. Das lässt mir viel Zeit, über Gott und die Welt nachzudenken. Der Tag gehört mir, mir ganz allein, so wie dieser Turm.«

»Du bist ein seltsamer Heiliger.«

»Ein Heiliger – ich?«

»Ich dachte immer, Henker seien brutal und grausam.«

»Henker sind nicht grausam; sie verursachen Schrecken. Der Sinn meiner Arbeit liegt in der Abschreckung. Diebe werden nicht gehenkt, weil sie gestohlen haben, sondern damit in Zukunft nicht gestohlen wird. Die Menschen halten sich an die Gesetze, nicht weil sie gut sein wollen, sondern aus Angst vor Strafe. Und glaube mir, Angst ist schlimmer als Schmerz. Die Vorführung der Folterwerkzeuge löst die Zunge des verstocktesten Missetäters. Angst ist seelischer Schmerz. Schmerz ist körperliche Angst. Mit der Lust verhält es sich nicht anders. Sehnsucht ist mehr als Befriedigung. Ich habe in die Gesichter der Frauen geblickt, die sich bei den Hinrichtungen vorn am Blutgerüst drängeln. Ihre Augen leuchten vor fiebriger Erregung, so als empfänden sie fleischliche Lust. Und das tun sie auch. Das gilt sogar für die Verurteilten. Alle haben in der Stunde ihres gewaltsamen Todes einen Samenerguss. Wollust und Schmerz, Leben und Tod sind zwei Seiten derselben Münze.«

»Ich habe nie einen Menschen getroffen wie dich«, sagte Beatrice.

»Nichts prägt so sehr wie die Einsamkeit. Nicht ohne Grund sind alle Propheten in die Wüste gegangen. Langes Alleinsein macht dich stark oder bringt dich um, macht weise oder wahnsinnig. Dabei war ich eigentlich nie wirklich allein. Ich hatte mich. Ich habe lange Gespräche mit mir geführt. Ich habe mich lustvoll geliebt, bisweilen auch gehasst, habe mein Dasein beklagt und genossen und bin dabei gewachsen wie eine Bergkiefer auf stürmischer Höhe.«

Es entstand eine längere Pause, in der beide nicht sprachen. Dann sagte Leander: »Wichtiger als alle Wirklichkeit sind die Träume, die wir in uns tragen.«

»Und wovon hast du geträumt?«

Er blickte sie an und sagte: »Von dir.«

9. Kapitel

Beatrice blieb in dem Kaminzimmer, in dem Leander ihr am ersten Tag das Krankenlager errichtet hatte, denn es war der wärmste und hellste Raum. Er selbst zog in die darüber liegende Turmkammer, »zu den Raben«, wie er sagte. Sie übernahm den Küchendienst, und Leander aß von nun an so gut wie schon lange nicht mehr. Er schaffte vom Markt herbei, was sie benötigte. Für ihre Kleidung war vorerst auch gesorgt, denn es gab im Turm eine Kammer, angefüllt mit den Gewändern der Verurteilten, die alle im rauen Büßerhemd ihren letzten Gang angetreten hatten. Die zurückgelassenen Habseligkeiten aber gehörten dem Henker, vom Schuhwerk bis zum Schmuck.

Aus diesem Fundus wusste sich Beatrice reichlich zu bedienen, was beiden großen Spaß bereitete.

»Schau nur«, sagte sie, »sehe ich nicht aus wie eine Grande Dame?« Sie war in ein perlenbesticktes Kleid mit Pelzbesatz geschlüpft und hatte sich eine silberne Kette um den Hals gelegt. Mit schwingenden Hüften stolzierte sie durch den Raum. Oder sie hüllte sich in einen Wickelrock, dazu Hemd und Wams. Sogar ein Fächer, bemalt mit Kirschblüten, fand sich.

An Markttagen stand sie hinter dem Turmfenster und blickte hinab auf den mit Menschen gefüllten Platz. Schon im ersten Tageslicht drangen die Geräusche hier herauf: lautes Rufen, Lachen, Leben. In solchen Augenblicken wurde ihr bewusst, was sie verloren hatte. »Schau nur, wie gut sie es haben«, sagte sie dann traurig.

Leander gab sich große Mühe, sie zu trösten: »Erzähl mir nicht, dass diese Leute glücklich sind. Es hilft ihnen nichts, dass sie sich prächtig kleiden, lachen und tanzen. Schau sie dir aus der Nähe an. Die meisten sind nicht wirklich glücklich. Sie sind neidisch, unzufrieden, gelangweilt und leidend. Selbst Paare geraten sich wegen jeder Kleinigkeit in die Haare. Sie reden klug daher, um sich und der Welt zu beweisen, dass sie gescheiter sind als andere. Sie klingeln mit den Münzen in ihren Geldkatzen, als wären sie wohlhabend. Die Burschen stopfen sich den Hosenlatz aus und die Weiber die Blusen. Sie drängeln sich in großen Gruppen, um ihre Einsamkeit zu überspielen. Sie hüpfen und tänzeln umher wie die Kinder, um zu zeigen, wie jung und fern vom Tod sie sind. Sie kleiden sich umso kostspieliger, je welker und pockennarbiger ihr Fleisch ist. Alle wollen sie mehr sein, als sie sind.«

Leander erwachte. Dunkelheit, nur schwach erhellt vom Licht des Mondes, erfüllte den Raum wie Nebelhauch. Der Wind hatte aufgefrischt und heulte um die Mauern. Das Dachgebälk knarrte wie ein Schiff im Sturm. Wolkenschatten glitten gespenstisch über das fahle Viereck des Turmfensters, huschten durch die Kammer, täuschten Bewegung vor, wo keine war. Oder war da nicht doch etwas? Mit einem Satz fuhr er empor. Ein Griff. Ein Aufschrei.

»Du tust mir weh!«

»Beatrice! Was machst du hier, mitten in der Nacht?«

»Ich … verzeih mir. Der Sturm, das Mondlicht. Ein Albtraum. Ich hatte schreckliche Angst. Es tut mir Leid …«

Leander warf Reisig in die Glut. Da stand sie im Licht der Flammen wie ein Gespenst, eingewickelt in eine Wolldecke, barfuß mit aufgelöstem Haar, hilflos wie ein Kind.

»Komm«, sagte Leander, »setz dich zu mir.«

Sie ließ sich auf dem Bettrand nieder. Ihre nackten Beine leuchteten im Licht der Flammen.

»Du zitterst ja am ganzen Leib. Ist dir kalt?«

Sie schwieg. Leander legte seine Hand auf ihr Knie: »Du kannst bleiben, wenn du willst.«

Sie zögerte zwei Atemzüge lang. Dann kroch sie in sein Bett, rollte sich in ihre Wolldecke ein, mit dem Gesicht zur Wand. Leander legte sich mit ein wenig Abstand neben sie.

»Ich danke dir«, sagte sie.

»Wofür?«

»Dass du mich bei dir schlafen lässt. Daheim habe ich das Bett mit meinen Katzen geteilt. Ich habe nie allein geschlafen. Ich fürchte mich im Dunkeln.

Sie wandte ihm ihr Gesicht zu. Es schien in der Dunkelheit zu leuchten. Ihr Mund lag dicht bei seinem. Er streckte seine Hand aus und berührte ihre Schulter.

»Bitte nicht«, flüsterte sie.

Leander dachte an den kleinen Raben, der aus dem Nest gefallen war, der so verloren wirkte, dass er ihn am liebsten in den Arm genommen hätte. Wenn du ihn anfasst, hatte der Alte gesagt, flößt du ihm Angst ein. Er muss aus eigenem Antrieb zu dir kommen. Er wird kommen. Gib ihm Zeit.

»Gute Nacht, mon petit corbeau. Schlaf gut.«

Er selber fand keinen Schlaf. Es war das erste Mal, dass er bei einer Frau lag. Und es war ein wundervoll aufregendes Gefühl. Er betrachtete ihr schlafendes Gesicht im fahlen Mondlicht. Wie unbeschreiblich schön sie war. Mein Gott, dachte er, sie ist noch ein richtiges Kind, ein Kind, für das ich verantwortlich bin. Ich habe ihr das Leben gerettet. Sie ist abhängig von mir wie ein Kleinkind von seinem Vater. Sie kann nicht fortgehen. Gefangen in diesem Turm ist sie mir mit Haut und Haaren ausgeliefert. Wie unvorstellbar schön muss es sein, von ihr geliebt zu werden. Nicht sie ist meine Gefangene, ich bin der ihre.

»Warum hat man dich verurteilt?«, wollte Leander wissen.

»Das ist eine traurige Geschichte.«

»Erzähl sie mir! Ich weiß so wenig von dir.«

Sie standen am oberen Turmfenster und blickten hinab auf die Stadt. Die Menschen erschienen ihnen so klein und fremd wie Käfer, die geschäftig durcheinander krabbelten.

»Mein Vater war der wohlhabendste Winzer in weitem Umkreis von Lezignan, eine Tagesreise von Carcassonne entfernt am Fuß der Montagne noir«, fing Beatrice ihre Erzählung an. »Unsere Weine wurden bis nach Köln verkauft. Wir lebten in einem großen Haus mit vielen Bediensteten, fleißige, brave Leute und fast alle Katharer. Unsere Mutter unterstützte ihre Lehre. Sie mochte die Katharer. Wer tat das nicht? Vor allem das Keuschheitsgelübde der Katharer hatte es ihr angetan. Wie du vielleicht weißt, halten sie alle fleischlichen Freuden für Sünde. Ich liebte es, mich nackt vor den Spiegel zu stellen, meine Brüste zu betrachten, mich zu wenden und zu drehen. Als Mutter mich dabei überraschte, war sie so entsetzt, als hätte ich bei einem Mann gelegen. Sie schalt mich eine Dirne, für die sie sich schämen müsste. Ein tugendhaftes Mädchen tue so etwas nicht. Ich weiß nicht, wie oft ich diesen Satz gehört habe. Ich verstand das nicht, wollte es nicht verstehen. Nicht eines unter den Zehn Geboten verbietet uns, unserem Leib Gutes zu tun. Wenn es wahr ist, dass wir Abbilder Gottes sind, so kann es doch nicht Sünde sein, wenn wir Freude an unserem Fleisch finden. Hat nicht die ganze Schöpfung Freude an ihrer Leiblichkeit? Hast du je gesehen, wie genussvoll Katzen sich selber lecken. Der Jubel der Vögel, der lockende Duft der Blumen, das zärtliche Geflatter der Falter, all die Leiblichkeit und Sinnlichkeit kann doch unmöglich Sünde sein, so sagte ich mir. Und dennoch empfand ich immer wieder Scham, litt an meinen Gefühlen und Sehnsüchten, wollte gut sein und tugendhaft, wollte so sein, wie man es von mir erwartete. Und gleichzeitig wollte ich so schamlos frei sein wie meine Katzen. Ich hatte einen Hauslehrer, der fragte: Was ist der wahre Sinn des Lebens: Schönheit oder Güte? Er entschied sich für die Güte, denn er war hässlich. Ich fragte mich schon als kleines Mädchen: Wie kann er so scheußlich aussehen? Spiegeln sich nicht unsere Gedanken und Empfindungen in unseren Gesichtern wider? Von einem gewissen Alter ab hat jeder Mensch das Gesicht, das er verdient. Wie kann ein

Gottesmann so hässlich sein? Er lehrte: Die Schönheit will immer sich selbst; die Güte will niemals sich selbst. Schönheit wendet sich an die Sinne, Güte an die Seele, und das ist das Wichtigste, das der Mensch besitzt, so sagte er. Ich aber verehrte die Schönheit. Kein Wort kann die Kraft der schönen Bilder wiedergeben. Ich glaube, ich war von Natur aus sinnlicher veranlagt als andere Mädchen meines Alters. Dennoch hätte ich nie unerlaubten Kontakt zu einem Mann gesucht. Die Freude an mir selbst aber ließ ich mir nicht nehmen. Mehr und mehr flüchtete ich mich in meine Träume. Wir hatten eine Zofe aus der Normandie namens Leonora. Sie war meine Amme gewesen, wurde mein Kindermädchen und dann meine Vertraute. Obwohl gewiss zwanzig Jahre älter als ich, war sie mir mehr Freundin als Erzieherin. Liebesbedürftig wie ich war, erkannte sie als Einzige, wie sehr ich an mir selbst litt. Sie half mir, meine Träume auszuleben, ohne zu sündigen, so glaubte ich jedenfalls. Denn ich tat ja nichts Unerlaubtes. Die Dinge, die ich erlebte, waren nicht wirklich, sondern erträumt. Aufregende Bilder, Töne und Gefühle, die nur mir gehörten, wonnevolle Wahnvorstellungen.«

»Wie kann man einem anderen dabei helfen, seine Träume auszuleben?«, fragte Leander.

»Sie wusste einen Extrakt aus Kräutern herzustellen, der, auf die Haut gerieben, phantastische Träume erzeugte, wirre, wollüstige Phantasien, aber eben bloß Phantasien und ein harmloser Spaß, wie ich meinte. Als ich aus einem dieser Träume erwachte, lag Leonora tot neben mir. Die Droge hatte sie umgebracht. Es gab eine hochnotpeinliche Untersuchung. Dabei wurde die Hexensalbe entdeckt, wie sie der Inquisitor nannte. Ich wurde der Hexerei bezichtigt und verurteilt. Vater konnte mir nicht helfen. Er lag schwer krank darnieder. Der Schlag hatte ihn getroffen. Mutter waren die Hände gebunden. Auch sie war als Hexe mitangeklagt, wurde aber freigesprochen. Es war ein Exempel der Inquisition gegen unser Haus, das kein Hehl daraus gemacht hatte, Sympathie für die

Katharer zu empfinden. Es fiel den Inquisitoren nicht schwer, eine Hexe aus mir zu machen. Das Muttermal zwischen meinen Schulterblättern wurde zum Hexenmal. Und meine Katzen, mit denen ich sogar das Bett teilte, waren nun Ausgeburten der Hölle. So kam meine Verwandlung in eine Katze ihnen gewiss sehr entgegen. Sie bestätigte der Anklage nur, dass ich mit den Katzen einen teuflischen Bund geschlossen hatte.«

Sie entzündete die Tranlampe über dem Tisch mit einem Kienspan aus dem brennenden Kamin und fragte: »Magst du Katzen?«

»Wie kann es anders sein? Ihnen verdanke ich deine Anwesenheit.«

»Warum hast du keine? Ich war nie ohne Katzen.«

»Ich werde dir eine besorgen, damit du nicht allein bist, wenn ich nicht bei dir sein kann.«

»Du willst mich allein lassen, ganz allein in diesem düsteren Turm?«

»Nur für einen Tag. Ich muss einem Verunglückten die Knochen richten.«

»Bist du ein Medikus?«

»Bisweilen bin ich einer. Denn wer weiß, wie man einen Körper zerlegt, der weiß auch, wie man ihn wieder zusammensetzt.«

10. Kapitel

Leicht lernte Thekla die Gebete und Rituale der Katharer; schwer fiel ihr jedoch die Verleumdung des eigenen Glaubens. Wann immer sie ein Kruzifix erblickte oder sich einem Altar näherte, beugte sie das Knie zum demutsvollen Gruß, schlug das Kreuzeszeichen, sprach ein Ave.

»Ihr Ritual muss dir in Fleisch und Blut übergehen.« Wie oft hatte sie diesen Satz gehört. Pater Arnaud – im Glauben der Katharer erzogen – war ein strenger Lehrer. Bei der blutigen Eroberung von Béziers hatte er beide Eltern verloren und den rechten Glauben gefunden.

»Wie Saulus zum Paulus, so wurde ich über Nacht zum Christen. Gott hat die Stadt Béziers für ihren Irrglauben gestraft wie Sodom und Gomorrha«, pflegte er zu sagen. »Nur wenige Ketzer haben überlebt.« Wenn er vor Glaubenseifer zornig wurde, was recht oft geschah, sah er aus wie ein böses, altes Weib.

Schon bald kannte Thekla den Katechismus der Katharer so gut wie ihren eigenen:

Vergiss den Gekreuzigten!

Jesus von Nazareth ist nicht die irdische Inkarnation Gottes. Er ist der Bote aus dem Lichtreich, in dem einst alle Menschen lebten, bevor sie zu Gefangenen ihrer Leiber wurden.

Vergiss das Kreuz!

Das Kreuz ist kein Heilszeichen, sondern ein teufliches Marterinstrument und damit ein Werkzeug des Bösen. Das Kreuz verehren heißt: den Teufel ehren.

Vergiss das Abendmahl!

Kein Pfaffe kann Brot und Wein in Fleisch und Blut verwandeln, schon deshalb nicht, weil Fleisch und Blut Teil der körperlichen Hülle und damit ein Machwerk des Teufels sind.

Vergiss die Taufe!

Denn es ist Unsinn zu glauben, nur der Getaufte habe eine unsterbliche Seele. Die Taufe ist kein reinigendes, sondern ein offenbarendes Sakrament. Das setzt die Einwilligung und Mitarbeit des Täuflings voraus. Aus diesem Grund können nur Erwachsene getauft werden. Säuglinge und Schwachsinnige sind wie Tiere davon ausgenommen.

Vergiss die Hölle!

Es gibt im Jenseits weder Fegefeuer noch Höllenstrafen. Die Hölle befindet sich hier und jetzt auf Erden.

Vergiss die Pfaffen!

Mittler zwischen Gott und Menschen sind die Parfaits. Sie sind Eingeweihte, die allem Irdischen entsagt haben, um die verborgenen Kräfte des Lichtleibes zu wecken und hervortreten zu lassen.

»Und wie wird das erreicht?«, fragte Thekla.

»Durch strengste Askese«, erklärte Pater Arnaud, »und durch langwierige spirituelle Schulung, die mehrere Prüfungen einschließt.«

»Was sind das für Prüfungen?«

»Wasser-, Wind- und Feuerweihen in finsteren Höhlen und auf windgepeitschten Berggipfeln. Was dabei wirklich geschieht, ist ihr Geheimnis. Es heißt, sie benutzen die Kräfte einer wundersamen Reliquie, die so wertvoll sein soll, dass sie nicht mit allem Geld der Welt aufgewogen werden könnte.«

»Habt Ihr sie je gesehen?«, fragte Thekla.

»Nur der Eingeweihte kennt das Geheimnis des Grals.«

»Des Grals? Ihr meint, sie seien im Besitz des Heiligen Grals?«

»Du sollst es herausfinden«, sagte Pater Arnaud, »deshalb schicken wir dich zu ihnen.«

»Erzählt mir mehr über diesen Lichtleib der Parfaits«, bat Thekla.

»Es heißt, sie seien von einer leuchtenden Aura umgeben, einem Kraftfeld, ähnlich den Aureolen auf den alten Kirchenbildern.«

»Einem Heiligenschein?«

»Ja, so eine Art Heiligenschein.«

»Habt Ihr dergleichen mit Euren Augen gesehen?«, fragte Thekla ungläubig.

»Nur Eingeweihte vermögen den Lichtleib zu erblicken, so sagen sie, Eingeweihte und Tiere.«

»Tiere?«

»Ja, auch Tiere. Sie nähern sich den Reinen ohne Scheu und ohne Wildheit.«

»So wie bei Daniel in der Löwengrube?«

Pater Arnaud nickte bestätigend.

»Glaubt Ihr daran?«

»Nein«, sagte er. »Diese Katharer sind wie alle Häretiker gottverdammte Lügner.«

Thekla lernte, wie die Katharer die Hände zum Gebet erheben, wie sie sich bewegen, begrüßen und im Gottesdienst verhalten. Zusammen mit Pater Arnaud las sie die Apokryphen des Johannes. In ihnen spielt der Apostel eine wichtige Verkündigungsrolle. Es sind nicht nur Weltuntergangsbotschaften wie in der Apokalypse, sondern Darstellungen der Schöpfungsgeschichte. Allerdings ist hier nicht Gott der Schöpfer des Menschen, sondern Satan. Wörtlich stand dort zu lesen:

»Und Satan erschuf den Menschen nach seinem Bild zu seinen Diensten. Er formte ihn aus Lehm und befahl dem Engel des zweiten Himmels, in den Körper aus Lehm zu gehen. Er nahm ein Stück davon und machte einen anderen Körper in der Gestalt der Frau und befahl dem Engel des ersten Himmels, dort hineinzugehen. Und er befahl ihnen die fleischliche Paarung. Sie aber wussten nicht, wie man sündigt. Darauf erschuf er das Paradies, setzte das Menschenpaar dort hinein und mit ihm die Schlange, die kein anderer als Satan persönlich war, auf dass sie in Eva die fleischliche Lust wecke, damit die Fortpflanzung der Leiber gesichert sei, immer wieder und wieder durch neue Lust.«

»Wie vermag eine Schlange in einem Weib Lust zu wecken?«

»Auch das wird in der Interrogatio genau beschrieben: Mit dem Schwanz in Evas Vulva.« Pater Arnaud legte die Schriftrolle, aus der er vorgelesen hatte, beiseite und sagte: »Das erste Menschenpaar war von Anfang an in dem von Satan geschaffenen Paradies verloren. Der Sündenfall beginnt nicht erst mit dem Verzehr der verbotenen Frucht.«

»Aber das ist doch völlig unsinnig«, empörte sich Thekla.

»Nun, so ganz abartig ist das nicht. Im ersten Brief des Johannes steht: ›Liebt die Welt nicht und nicht, was in der Welt ist. Wenn einer die Welt liebt, so ist nicht des Vaters Liebe in ihm, denn alles in der Welt stammt nicht her vom Vater.‹«

Später sprachen sie über die Verbote.

»Warum ist ihnen der Genuss von Fleisch verboten und der von Fisch erlaubt?«, fragte Thekla, die sich nicht viel aus Fleisch machte.

»Weil sich Fische ungeschlechtlich vermehren«, belehrte sie der Pater.

Und als Thekla ihn verständnislos anblickte, erklärte er ihr: »Alles Vieh vermehrt sich durch Kopulation, wobei das weibliche vom männlichen Tier penetriert wird. Die weiblichen Fische jedoch legen ihre Eier im Wasser ab, wo sie außerhalb ihres Leibes besamt werden.«

»Das tun doch die Frösche auch.«

»Richtig. Deshalb essen sie auch Frösche, die sie übrigens sehr schmackhaft zubereiten.«

Am Tag der heiligen Donata verließ eine bunt gemischte Gesellschaft von Händlern Piacenza. Noch bevor die Sonne den Horizont rot färbte, hatten sie die Stadt verlassen: zwölf Planwagen, acht Reiter und ein Dutzend Ersatzpferde. Die Fracht bestand in der Hauptsache aus toskanischem Tuch. Die Händler kamen aus der Lombardei und dem Piemont, und mit den Piemontesen reiste Thekla in einem Karren, der Ziegenleder geladen hatte. Zwei Nonnen ihres Ordens begleiteten sie.

Über Voghera, wo sie die erste Rast machten, quälte sich der Zug durch Tortona und schließlich auf gewundenem Weg den Giovipass hinauf, mit Peitschenknall, Fluchen und Stoßgebeten.

Außer der traurigen Tatsache, dass es immer wieder regnete, gab es keine Abwechslung. Einmal musste ein gebrochenes Wagenrad ersetzt werden. Und in Tortona wurde ein hinkendes Zugpferd ausgetauscht.

Die Klosterfrauen hatten den ersten Tag der Reise mit Rosenkranzbeten verbracht. Nun hockten sie stumpf auf den Ledersäcken, teilnahmslos ihre Gebete herunterleiernd. Man sah ihnen an, wie verloren sie sich fühlten.

Thekla empfand Mitleid mit ihren Ordensschwestern, obwohl eigentlich sie es war, die Anteilnahme verdient hätte. Denn ohne die gewohnte Klosterkluft fühlte sie sich wie entblößt, entblößt von allem, das ihr Halt gegeben hatte. Sie war gekleidet wie eine verheiratete Bürgersfrau aus Piacenza: langes Kleid mit gekraustem Hemd, Schnürweste, Mantel und Pelzkappe.

Am fremdartigsten aber empfand sie ihr Haar. Seit der Novizenzeit kahl geschoren, spross nun auf ihrem Kopf ein richtiges Stück Weizenfeld, erst stoppelig wie Bürstenborsten, dann pferdefellartig, sich immer mehr zur Mähne entwickelnd. Wenn sie die Mütze abnahm, brachen ihre Ordensschwestern jedes Mal in verschämtes Gelächter aus, so wie das kleine Mädchen tun, wenn sie sich voreinander entblößen.

Seltsam, dachte Thekla, dass solch äußerliche Dinge wie Kleidung und Haartracht Menschen miteinander verbinden und trennen.

In den Herbergen, wo sie die Nächte verbrachten, schliefen die Frauen zu dritt in einem Bett, ohne sich zu entkleiden. Sie aßen nur wenig. Das Rütteln und Schaukeln auf dem ungefederten Wagen verursachte ihnen Übelkeit und Kopfweh.

Als sie am Abend des vierten Tages endlich das Meer erblickten, fielen die Ordensfrauen auf die Knie und dankten Gott. Für die beiden Mitschwestern war die Überquerung des ligurischen Apennins ein unvergleichliches Abenteuer. Aber wie gering war dieser kurze Ausflug im Vergleich mit dem, was Thekla noch zu bewältigen hatte. Sie wurde in Genua verabschiedet, als ginge sie auf eine Reise ohne Rückkehr.

»Wir werden für dich beten«, beteuerten die Schwestern immer wieder. »Wir werden alle täglich für dich beten.«

Die Losung, die die Äbtissin Thekla mit auf den Weg gegeben hatte, lautete: Solum Deum oculis habentes. Nur Gott vor Augen und sonst nichts!

Die Santa Maria war ein Dreimaster, der im Auftrag der Tempelherren Pferde von Genua nach Narbonne schiffte. Thekla als einzige Frau an Bord begriff gleich am ersten Tag, dass man ihr wichtige Dinge vorenthalten hatte. Wie zum Beispiel sollte eine Frau auf einem Schiff ihre Notdurft verrichten? Die acht Männer der Mannschaft hockten sich über die Reling, nachdem sie ohne Schamgefühl die Hosen heruntergelassen hatten. Was aber machte eine in klösterlicher Zucht erzogene Nonne? Keiner von denen, die ihre Reise bis ins Detail geplant hatten, hatte sich Gedanken über solche Kleinigkeiten gemacht. Oft sind es aber gerade die kleinen Dinge, die am meisten ins Gewicht fallen. Wie viel Wichtigkeit liegt selbst im Kleinsten!

Nach längerem Umherirren fand sie schließlich Erlösung bei den Pferden im Unterdeck. Für die Dauer der Reise bewohnte sie die kleine Kajüte neben der Kapitänsbleibe: Bett, Tisch, Truhe, Tranlampe – mehr hatte nicht Platz in der engen Behausung.

Den größten Teil des Tages verbrachte sie an Deck oder bei den Pferden, edle, hoch gewachsene Kaltblüter, wie sie der Ritteradel für seine Turniere bevorzugte. Die Augen voller Angst vor der lichtlosen Enge in dem schwankenden Schiffsleib, wagten sie sich nicht niederzulegen. Mit erhobenen Köpfen und aufgestellten Ohren standen sie ständig unter höchster Anspannung. Nachts hörte Thekla sie ängstlich schnauben und mit den Hufen schlagen, besonders bei bewegter See. Nach Umsegelung des Kap Kamarat wurde das Schiff von starken ablandigen Nordwinden erfasst. Trotz rasch gerefter Segel geriet es äußerst bedrohlich in Schräglage, so steil, dass verschiedene Wasserfässer über Bord gingen. Die Rösser rissen an ihren Ketten, drängten sich schutzsuchend aneinander. Thekla versuchte, sie zu beruhigen, schlang den Tieren die Arme um den Hals und sprach mit ihnen, wie man mit Kindern spricht.

Als die Wut der Wellen ihren Höhepunkt erreichte, begann eine der Zuchtstuten zu gebären. Thekla nahm den Hergang erst wahr, als das Fruchtwasser an ihr herabrann. Im spärlichen Licht der Stalllaterne sah sie, wie das Fohlen aus dem Leib herausgequetscht wurde. Eine Frühgeburt, viel zu klein für ein Pferd. Das Geschöpf, das da zappelnd auf dem Stroh lag, hatte mehr Ähnlichkeit mit einem Ferkel als mit einem Fohlen. Fledermäuse haben so pergamentartige faltige Haut. Und all der Schleim, das Blut und die übel riechende Flüssigkeit! Wie abscheulich war das! So abscheulich, dass Thekla sich erbrechen musste.

Am darauf folgenden Tag war der Himmel wieder wolkenlos und azurblau. Die Sonne stieg hinter dem Massif des Maures wie ein Feuerball empor und spiegelte sich in der ruhigen, glatten See. Thekla beobachtete die Seeleute, die mit nackten Oberkörpern in der Takelage arbeiteten. In Gedanken verglich sie die braun gebrannten muskulösen Männerbrüste mit den Brüsten der Nonnen, schamhaft weggeschnürtes Fleisch, weiß wie Bohnenkeime, engerlingsblass. Zu ihrem eigenen Erstaunen musste sie sich eingestehen, dass die Körper der Männer weniger abstoßend waren als die der Frauen mit ihrem blutigen Ausfluss und all den Scheußlichkeiten der Geburt. Aber dafür hatten Frauen mehr Seele, mehr Gefühl, mehr Charakter. Wenn sie nur daran dachte, wie grausam diese Kerle mit den armen Pferden umsprangen. Als beim Einschiffen in Genua die verängstigten Tiere sich geweigert hatten, den schmalen Brettersteg zum Boot zu betreten, hatten ihnen die Männer brennende Strohbüschel unter die Schwänze gesteckt.

In der Nacht erwachte Thekla vom Hufschlag der Pferde. Obwohl die See ruhig war, schienen die Tiere äußerst beunruhigt zu sein. Barfuß tastete sie sich im Dunkeln zum Abstieg. Bevor sie die Schiffsleiter erreichte, hörte sie von unten das Stöhnen. Es hörte sich an, als ob jemand gewürgt wurde. Erschrocken schlich sie sich näher heran. Der Schein einer Lampe drang von unten herauf. Bewegte sich da nicht ein Mensch? Und dann sah sie die beiden Männer. Der eine hielt die Stute. Der andere stand dahinter, erhöht auf einer Kiste mit entblößtem Unterleib. Er drehte Thekla den Rücken zu und bewegte seinen nackten Hintern vor und zurück. Thekla fuhr sich über die Augen, als könne nicht wahr sein, was sie sah. Ein Mensch und ein Tier – gab es das wirklich? Sie schlug die Hand vor den Mund, um nicht aufzuschreien. Sie war Zeugin eines Verbrechens, für das der Herr Sodom und Gomorrha zerstört hatte.

In ihrer engen Kabine fand sie keinen Schlaf. Das Schiff war dem Untergang geweiht. Davon war sie fest überzeugt. Es würde zugrunde gehen, so wie Sodom und Gomorrha untergegangen waren. Sie dachte an eine Abbildung, die sie in einem Buch über die Antike gesehen hatte. Ein Ross mit dem Oberkörper eines Mannes. Zentaur hatte darunter gestanden. Eine Missgeburt aus Mensch und Pferd. Wie abscheulich war das alles!

Seemänner sind raue Gesellen, hatte die Äbtissin sie gewarnt. Aber waren diese Männer hier an Bord nicht auch Templer? Waren am Ende alle Männer so? Ja, sie waren alle so. Wurde nicht vor der Priesterweihe der angehende Geistliche in der Sündenoffenbarung gefragt, ob er Sodomie betrieben habe? Auch wenn das nur eine theoretische Frage war, so offenbarte sie doch, dass man es grundsätzlich jedem Mann zutraute, sich an einem Tier zu vergehen.

In der Nacht träumte sie von Zentauren, Sphynxen und Nixen, Menschen mit Tierleibern und Fischschwänzen, schauderhafte Kreaturen abartiger Wollust, Ausgeburten der Hölle ohne unsterbliche Seele.

11. Kapitel

So wie der Mensch in der Landschaft lebt, die ihn umgibt, so lebt auch die Landschaft in den Menschen. Der Graf wirkte auf Leander so grau und versteinert wie die Berge, die seinen burgartigen Besitz trugen. Blass wie Birkenrinde war seine Haut, faltig und mit weißem Barthaar bewachsen. Der alte Simon de Clermont war ein asketischer Greis mit den Augen eines alten Wolfs. Er sagte: »Ich verabscheue alle Doktores. Ihre stümperhafte Kunst beschränkt sich auf ekelhafte Arznei, auf Aderlass und Afterspülung. Da ist keiner, der sich mit Knochen und Sehnen so auskennt wie du. Du bist ein wahrer Heiler, ein Medikus.«

»Ihr irrt Euch«, erwiderte Leander. »Ich bin der Carnifex von Carcassonne.«

»Kein Gift, das nicht in der richtigen Dosierung ein Heilmittel wäre«, widersprach der Alte. »Das Wappentier des Äskulap war eine Giftschlange. Ohne deine Kunst hätte mein Erstgeborener sein Leben als Krüppel zugebracht. Nach dem Sturz vom Pferd vermochte er keinen Schritt mehr zu gehen. Sein linkes Bein hing schlaff an seinem Leib.«

»Der Oberschenkelknochen war aus der Gelenkpfanne gesprungen.«

»Soso«, sagte der Graf, »aus der Gelenkpfanne. Ich habe gar nicht gewusst, dass der Mensch eine Pfanne im Leib hat. Aber was soll's, er kann laufen wie zuvor. Und das verdanken wir dir. Kann ich dir irgendeinen Gefallen erweisen?«

»Ich sammle alte Schriften. Wenn Ihr so etwas besitzt und Euer Herz nicht daran hängt, so würdet Ihr mir eine große Freude bereiten.«

»Du liest?«, fragte der Alte erstaunt. »Ein Scharfrichter, der liest! Du bist ein ungewöhnlicher Mensch. Ich selber habe es nie erlernt. Ich glaube, es gibt da ein paar alte Pergamentrollen in der Waffenkammer. Sie befanden sich in der Kriegsbeute, die mein Oheim aus dem Orient mitgebracht hat. Ich werde sie heraussuchen und sie dir nach Carcassonne schicken. Bis dahin aber nimm das hier.«

Er schob einen mit Münzen gefüllten Lederbeutel über den Tisch. Leander steckte das Geld ein und wollte sich erheben.

»Nein, bleib noch«, sagte Simon de Clermont. »Für ein Glas Wein hast du noch Zeit.« Er füllte ihre Becher, erhob den seinen und sagte: »Auf dein Wohl!«

»Auf Euer Wohl und auf das Wohl Eures Adlernestes.«

»Ja, dieser Besitz hier oben ist wirklich mein Adlerhorst«, erwiderte der Alte. »Ich habe Ländereien in Albi und Agen, größer und fruchtbarer als das Land hier oben unter den Wolken. Aber hier bin ich am liebsten. Hier bin ich daheim.«

»Ist es bisweilen nicht recht einsam?«

»Einsam ja, aber nie zu einsam. Die Schrecken des Krieges gegen die Katharer sind uns in dieser Abgeschiedenheit erspart geblieben. Viele Verfolgte haben hier oben letzte Zuflucht gesucht und gefunden. Sie sind bis heute meine besten und treuesten Arbeiter. Die Aufforderung des Papstes, alle Katharer zum Teufel zu jagen, erschien mir damals wie heute so unsinnig, als würde man von mir verlangen, ich sollte meine besten Weinstöcke ausreißen und verbrennen. Und glaub mir, so denken die meisten Herren in diesem Land.«

Der Graf blickte zu den Pferdeställen, wo Bero damit beschäftigt war, Leanders Hengst zu satteln.

»Auch du hältst deine Hand über einen tüchtigen Knecht«, sagte er. »Wer oder was hat dem armen Teufel Gesicht und Stimme geraubt?«

»Das Feuer oder richtiger: der Scheiterhaufen. Aber das ist eine lange und traurige Geschichte. Ich erzähle sie Euch ein andermal.«

Sie tranken ihre Becher leer. Leander erhob sich und meinte: »Der Ritt durch die Berge ist beschwerlich. Ich muss vor Schließung der Stadttore zurück sein.«

»Das hört sich ganz so an, als würdest du erwartet«, sagte der Alte. Der spöttische Unterton war nicht zu überhören.

Leander blickte zum Himmel. Er musste sich beeilen. Der Graf führte ihn zur Freitreppe des Herrenhauses. Die Aussicht über das weite Tal war atemberaubend schön. Bero, begleitet von einem Knecht des Grafen, führte Leanders Pferd herbei.

»Nur eins?«, fragte Leander. »Wo ist Beros Pferd?«

»Es hat sich losgerissen und ist zum Bach hinuntergelaufen«, antwortete der Knecht. »Wir werden es gemeinsam wieder einfangen. Aber das kann eine Weile dauern.«

»Ich werde vorausreiten«, sagte Leander. »Folge mir, Bero, sobald du dein Ross zurückhast.«

Der Graf streckte die Hand aus, um Leander Lebewohl zu sagen. Und als der zögerte, meinte er: »Ich weiß, dem Henker gibt man nicht die Hand, so heißt es. Aber die gleichen Leute, die dir den Händedruck verweigern aus Grauen vor dem Henker, schrecken nicht davor zurück, dem Inquisitor die Hand zu küssen. Komm, gib mir deine Hand, damit ich dir danken kann, wie es sich unter Ehrenmännern geziemt. Gott mit dir!«

»Gott mit Euch!«

Einen Augenblick später trabte Leander durch das Burgtor mit dem Bärenschädel darüber, der, dort festgenagelt, die Zähne fletschte, als wollte er den Davonreitenden letztes Lebewohl entbieten. Vor ihm lag eine Welt aus Steinen und Stille. Da war nur das metallene Zirpen der Zikaden und der Hufschlag des Pferdes. Leander liebte die Einsamkeit dieser rauen, unberührten Bergwelt, die so ganz und gar verschieden war von der Welt der engen Gassen innerhalb der Stadtmauer. Die Glut der Sonne schien alle Farben auszulöschen, alle Geräusche zu ersticken. Gräser gebleicht von der Gewalt des Lichts. Krüppelwüchsige Bäume reckten ihre verdorrten Äste gegen das gleißende Blau des Himmels. Das Land war menschenleer. Leander lenkte das Pferd vorbei an aufgerissenem Gemäuer: die Ruine eines Schafstalls, zerborstene Schieferplatten, Dachbalken, rauchgeteert, überwuchert von Brennnesseln und wildem Majoran. Ein Bild ungestörten Friedens. Der Schatten eines großen Vogels fiel auf ihn. Er rührte von einem Geier, der mit unbeweglichen Schwingen hoch oben kreiste. Zugleich wehte mit dem Wind ein zäher, süßer Hauch der Verwesung heran, der das Pferd ängstlich erzittern ließ. Sie ritten an einem toten Schaf vorüber, umschwärmt von grünschillernden Schmeißfliegen. Bei einer umgestürzten Kiefer stieg Leander vom Pferd, um seiner Blase Erleichterung zu verschaffen. Er war noch keine zwei Schritte gegangen, als der Hengst die Ohren aufstellte und zu schnauben begann, wie er es immer tat, wenn er Gefahr witterte.

Prüfend blickte sich Leander um. Er nahm nichts wahr, das Anlass zur Besorgnis gegeben hätte. Als er sich die Hosen wieder zuknöpfte, sah er sie. Sie standen im Schatten der steil aufragenden Bergwand, halb verdeckt vom dornigen Gestrüpp der Macchia: drei Männer, keine hundert Schritte entfernt von ihm. Die Art, wie sie zu ihm hinüberspähten, war beunruhigend. Sie traten aus dem Schatten und kamen auf ihn zu, verwilderte Gestalten, die nichts Gutes verhießen.

Leander hätte sich auf sein Pferd schwingen und davonreiten können. Aber er gehörte nicht zu denen, die sich ängstlich aus dem Staub machen. Er war es gewohnt, dass man vor ihm davonlief. Als er aufsaß, tat er das nicht, weil er an Flucht dachte, sondern weil ein Mann hoch zu Ross über mehr Macht verfügte als ein Mensch auf zwei Beinen.

»Ein edles Pferd habt Ihr da«, sagte der Älteste der drei Männer. Er sprach mit lauter, herrischer Stimme, wie einer, der es gewohnt ist, Befehle zu erteilen.

»Ja, wirklich sehr schön«, sagte sein Begleiter mit der Lederkappe und griff Leander ans Bein. Er hatte Hände wie ein Holzfäller, wettergegerbt mit schwarz geränderten Fingernägeln.

»Nimm deine schmutzigen Finger von meinem Pferd. Ich mag es nicht, wenn man mich anfasst.«

»Er mag es nicht, wenn man ihn anfasst«, höhnte der Alte. »Habt Ihr das gehört, meine Söhne?«

Ein hässliches Lachen war die Antwort.

Leander spürte, wie ihm das Blut in die Schläfen schoss, aber er ließ sich nicht aus der Ruhe bringen. Er betrachtete die Männer, so wie er seine Todeskandidaten begutachtete, bevor er ihnen das Genick brach.

Der Alte wog gut hundertsechzig Pfund. Er hatte schwere Knochen, aber steife Gelenke. Seine verwundbarste Stelle war sein Genick. Die beiden anderen bezogen ihre Kraft aus der Anwesenheit ihres Leittiers. Wenn er den Alten niederstreckte, würden sie das Weite suchen. Aber Teufel, sie waren zu dritt! Wo Bero bloß blieb?

Jetzt griff der Jüngste, ein Pickelgesicht mit Haupthaar so verfilzt wie Schaffell, nach dem Steigbügel. Leander setzte ihm die Stiefelspitze ins Gesicht. Der Stoß erfolgte so unerwartet und mit solcher Wucht, dass der Junge rückwärts auf den steinigen Boden stürzte. Dort lag er mit offenen Augen wie ein erschossener Hase.

Leander sah, wie der Alte sich bückte und einen Stein aufhob. Der Bursche mit der Lederkappe zog ein Messer unter seinem Wams hervor.

Der Stein traf Leander an der linken Schulter. Dem Dolchstoß ins Bein konnte er gerade noch ausweichen. Die Klinge glitt am glatten Stiefelleder ab und fuhr dem Pferd in die Flanke. Mit wildem Entsetzensschrei erhob sich der Hengst auf die Hinterbeine und schlug mit beiden Vorderhufen auf seinen Peiniger ein. Die Tritte trafen den Kopf. Es klang wie Nüsseknacken. Das verwundete Tier gebärdete sich so wild, dass Leander abgeworfen wurde. Bevor er auf die Beine kam, stand der Alte vor ihm, breitbeinig und drohend wie das leibhaftige Strafgericht. In seiner Faust blinkte das blanke Eisen einer Axt.

Leander sah, wie die Axt sich hob. Es war wie bei einer Hinrichtung. Nur dieses Mal war er es, der unter dem Beil lag.

Nein, schrie es in ihm, nein. So durfte er nicht enden, nicht so! Ein Schatten fiel auf ihn, ein höllisches Krächzen. War das der Tod? Oder der Teufel in Person? Eine schwarze Wolke von Rabenvögeln ließ sich auf der umgestürzten Kiefer nieder.

Der Alte wandte erschrocken sein Gesicht zum Himmel, nur einen Lidschlag lang, aber dieser eine Augenblick rettete Leander das Leben. Mit einem Satz war er auf den Beinen. Der Axthieb verfehlte ihn um drei Finger Breite. Leander sah noch, wie der Alte erneut die Axt hob … dann stürzte er in bodenlose Bewusstlosigkeit.

Die Glocken läuteten zur Vesper. Von Leander kein Lebenszeichen. Dabei wollte er bereits gestern zurück sein.

Der Tag verging. Die Türmer bliesen zur Schließung der Stadttore. Leander kam nicht. Beatrice war zutiefst beunruhigt. Unheil lag in der Luft. Sie spürte es mit jeder Faser ihres Herzens. Unendlich lang war die Nacht, dunkel und voller Albträume. Mit dem ersten Tageslicht erwachten hoffnungsvolle Gedanken: Heute wird er kommen.

Hufgeklapper vor dem Turm. Wurde da nicht der Schlüssel ins Schloss gestoßen. Aber es war nur der Wind, der an den Fensterläden rüttelte.

Am Ende der Woche wusste sie, dass ihm etwas zugestoßen war. So viele Tage würde er sie nicht warten lassen. Sie war in dem Turm gefangen wie eine zum Hungertod Verurteilte. Leander würde sie nicht so lange eingesperrt lassen, ohne Vorsorge getroffen zu haben.

In der zweiten Woche fand sich nichts Essbares mehr im Haus. Die Nahrung, die sie zum Leben brauchten, hatte Leander stets frisch vom Markt mitgebracht, weil er glaubte, zu viele Vorräte im Haus lockten die Ratten an.

Sie lag auf ihrem Bett und beobachtete die Stubenfliegen.

»Ihr habt es gut«, sagte sie. »Ihr kennt keinen Hunger. Für

euch ist die ganze Erde ein gedeckter Tisch. Ihr findet immer etwas Fressbares. Euch schmeckt jeder Dreck.«

Ihre Gedanken kreisten ständig um Nahrung: Ein gefräßiges Tier ist unser Körper. Wenn wir ihn nicht füttern, beginnt er sich selber aufzufressen. Besser, ich esse andere als mich selbst. Aber da gab es nichts.

Der Verzweiflung nahe, beschloss sie, im Schutz der Nacht auszubrechen. Wenn die Stadt im Schlaf lag, könnte sie es wagen. Aber selbst wenn ihr der Ausstieg gelänge, wie sollte es dann weitergehen? Das Stadttor wurde erst bei Tagesanbruch geöffnet. Bis dahin musste sie sich irgendwo innerhalb der Mauern verstecken. Aber man wird sie erkennen. Eine wie sie vergaß man nicht. Und wenn sie ihnen in die Hände fiel, dann gnade ihr Gott!

Trotzdem, sie musste es wagen. Aber wie? Es gab nur eine Tür, die in den Turm führte, und sie war von Leander verschlossen worden. Den Schlüssel hatte er mitgenommen. Das eisenbeschlagene Tor aus armdickem Eichenholz aufzubrechen war unmöglich. Die Fenster waren mit daumendicken Eisen vergittert. Unter dem Dachgebälk gab es ein unbewehrtes, kleines Fenster, aber es lag viel zu hoch, um von dort hinabzusteigen. Es war das Fenster, in dem die Raben gefüttert wurden. An dieser Stelle ihrer Überlegung drängte sich der Gedanke auf, dass Raben essbar waren, so essbar wie Hühnervögel. Sie hatte seit Tagen nichts gegessen.

Da auch die Raben kein Futter mehr erhalten hatten, flatterten sie gierig herbei, als sie das Fenster öffnete. Der größte unter ihnen, den Leander Barnabas getauft hatte, ließ sich auf ihrem ausgestreckten Arm nieder. Er blickte sie mit seinen blanken, klugen Augen erwartungsvoll an. Beatrice betrachtete ihn liebevoll: »Verzeih mir.«

Dann ergriff sie ihn und brach ihm das Genick. Er starb ohne Gegenwehr, als wüsste er, dass sie keine andere Wahl hatte. Einige Vögel hatten sich so weit in das Turmzimmer hineingewagt, dass sie eingesperrt waren, als Beatrice den Fensterladen zustieß. Zwei kochte sie noch am gleichen Tag, die anderen legte sie als Notration zurück, was sich als Fehler erwies, denn sie wurden von den Ratten gefressen.

Verdammte Ratten! Der Teufel soll sie holen! Nein, nicht der Teufel, sondern Minerva. Beatrice öffnete den Vogelkäfig und ließ die Eule frei. Die plusterte ihr Federkleid auf und flog – so wie sie es jeden Abend tat – mit lautlosem Flügelschlag von Raum zu Raum, in völliger Finsternis und ohne irgendwo anzustoßen. Der Turm war ihr Jagdrevier.

Es dauerte nicht lange, und sie kehrte mit einer fetten Ratte in ihren Fängen zurück. Wie ein Jagdfalke ließ sie sich auf Leanders Schreibpult nieder, stolz aufgerichtet, als wollte sie sagen: Schau mal, was ich erlegt habe.

»Heute musst du mit mir teilen«, sagte Beatrice. Der Vogel beäugte sie mit wissendem Eulenblick, so als verstünde er, was von ihm verlangt wurde. Er überließ ihr den Fang, flog erneut davon und kehrte schon nach kurzer Zeit mit einer noch größeren Ratte zurück. Vor Schreck gelähmt lag sie da wie tot, die Beine starr in die Luft gestreckt, nur der nackte Schwanz bewegte sich schlangenartig. Beatrice erstach sie mit dem Brotmesser und trug sie mit weit von sich gestrecktem Arm in die Küche. Sie briet sie in der Pfanne und erbrach sich.

In der Nacht schreckten sie schaurige Bilder. Ihr träumte, sie läge tief unter der Erde in einem Grab, nein, nicht in einem Grab, sondern im Kellerverlies unter dem Henkersturm. Sie fror, fürchtete sich vor der Finsternis. Und dann sprach Leander zu ihr. Aus weiter Ferne hallten seine Worte in dem Gewölbe, brandeten gegen die Mauern wie die Posaunen am Jüngsten Tag. Ihr Herz erzitterte vor Angst. Aus dem erstickenden Dunkel der Grabkammer löste sich lichtloses Grauen, der Schatten des Todes.

Leicht wie ein Hauch glitt eine verhüllte Gestalt aus der Wand. Der Tod? Der Schleier über dem Kopf wurde davongeweht. Sie blickte in Leanders blasses Gesicht. Traurigkeit umgab ihn. Bevor er verschwand, wies er mit dem Finger zur Stirnwand des Gewölbes. Beatrice fuhr aus dem Schlaf: »Er ist tot. O mein Gott, er ist tot!«

Er hatte aus der Unterwelt zu ihr gesprochen. Aber was wollte er ihr sagen? Worte, leer wie ein frisch ausgehobenes Grab. Und warum sprach er aus dem Kellerverlies zu ihr? Gab es dort etwas, das er ihr zeigen wollte? Vielleicht einen geheimen Gang, in dem sie den Turm verlassen konnte? Hatte er nicht mit dem Finger in eine bestimmte Richtung gewiesen?

Mit brennender Fackel stieg sie noch in der Nacht hinab in den Keller, tappte durch die verwinkelten Gänge, versuchte sich zu erinnern, wie das Gewölbe in ihrem Traum ausgesehen hatte. Ein langer Raum, ein Tonnengewölbe. Zur Stirnseite hatte Leander gezeigt. War da nicht eine Öffnung in der Wand? Im Näherkommen entdeckte sie die Pforte, gerade groß genug, um einen Menschen hindurchzulassen. Ihre Hand ertastete einen Riegel, schob ihn zurück. Knarrend öffnete sich die Tür. Sie schlüpfte hindurch und befand sich in einem hohen Gewölbe, getragen von mehreren Säulen. In der Mitte ein mächtiger Tisch. Darauf gläserne Gefäße. Sie trat näher. In klarer Flüssigkeit schwamm ein dunkler Gegenstand, rostrot und faustgroß. Eine faulige Frucht oder ein Herz, ein Schweineherz. Daneben … Es sah aus wie eine Hand. O mein Gott, es war wirklich eine Hand. Sie erkannte die Handlinien, die Fingernägel. Unten beim Gelenk hingen aus dem blutigen Fleisch die Sehnen und Adern heraus. Angewidert stellte sie das Glas zurück. Dabei stieß sie an ein anderes. Ein Auge schaute sie an. Ein Tierauge? Sie blickte auf die Hand. Nein, das hier war kein Schweine- oder Rinderauge. Dieser Augapfel hatte einem Menschen gehört. Ekel überfiel sie, Grauen. Bloß weg hier! Raus! Sie wandte sich zur Flucht und hielt den Atem an. Vor ihr stand der Tod, nicht als Albtraum oder als schauerliche Vision, sondern leibhaftig in Person. Er grinste sie mit gefletschten Zähnen an. Die flackernden Schatten der Flamme huschten über knöchernes Gebein. Sie bewegten sich in den leeren Augenhöhlen, als würde der Sensenmann mit den Augen rollen.

Die Fackel entglitt ihrer Hand. Die Dunkelheit war erdrückend, raubte ihr den Atem. Sie wollte fliehen, stürzte zu Boden.

12. Kapitel

Leander erwachte und blickte in zwei schwarze Augen, die ihn durch die Schlitze einer ledernen Maske ängstlich musterten: Bero! Daneben eine füllige Frau mit faltiger, weißer Haut. Ihre nackten Arme waren fleischig wie ihr Hals. In ihrer Jugend musste sie ein schönes Mädchen gewesen sein, doch jetzt waren ihre Haare zerzaust, ohne Glanz, die Fingernägel abgenagt und schwarz gerändert. Sie roch nach Holzkohlenasche, Zwiebeln und Ziegenmilch.

Sie stand da so selbstverständlich, als wäre sie ein Teil seiner Träume. Leander lag in einem Raum, den er nicht kannte: die Wände wie von Tierfell, der Boden aus gestampftem Lehm. Er fuhr sich über die Augen. Dabei berührten seine Finger den Stoff, der seine Stirn bedeckte. Eine Mütze? Nein, ein Verband. Warum trug er einen Kopfverband? Er wollte sich aufrichten. Bero drängte ihn zurück.

»Wo bin ich? Was ist mit mir geschehen?«

Ein junger Bursche, den Leander bis dahin nicht bemerkt hatte, antwortete aus dem dunklen Teil des Raums: »Wir sind Schäfer, unterwegs mit unserer Herde nach Cavaers. Wir haben dich gefunden, in den Bergen, bei Montallion. Du lagst neben einem toten Jüngling und neben einem Alten mit gebrochenem Genick. Nicht weit davon ein Mensch mit einer Lederkappe, dem man den Schädel eingeschlagen hatte. Und hundert Schritte weiter ein Pferd in seinem Blut mit Messerstichen in der Flanke. Es lebte noch, als wir es fanden. Die Raben hatten ihm die Augen ausgehackt. Wir gaben ihm den Gnadentod. Du warst der Einzige, der noch lebte, du und dein stummer Knecht mit der Maske. Er kniete neben dir und ließ keinen an dich heran. Wir haben dich hierher geschafft. Dein Knecht hat deine Wunden versorgt. Du musst einen guten Schutzengel haben. Du warst mehr tot als lebendig.«

»Wann war das? Wann habt ihr mich gefunden?«

»Wie lange ist das her?«, fragte der Hirte.

Die Frau antwortete: »Zwei Nächte nach Vollmond. Jetzt ist der Mond fast verschwunden. Gut eine Woche.«

Leander erhob sich von seinem Lager, schob Bero beiseite: »Eine Woche! O Gott, ich muss gehen. Ich werde dringend gebraucht. Habt ihr ein Pferd für mich?«

»Mit der Kopfverletzung dürft Ihr nicht reiten.«

»Ich muss. Gebt mir ein Perd, wenn ihr eins habt. Es soll euer Schaden nicht sein. Ich bezahle euch gut.«

»Warum nehmt Ihr nicht das Pferd von Eurem Knecht?«

»Richtig. Beros Ross – wo ist es?«

»Ihr wollt wirklich aufbrechen, noch heute? Unmöglich. Der Tag ist fast um. Ihr kämt nicht mehr weit. Ihr seid nach so langem Krankenlager auch viel zu schwach. Bitte ruht Euch noch etwas aus.«

Auch Bero schüttelte seinen massigen Kopf und ließ ein bärenhaftes Brummen vernehmen, wie er es immer tat, wenn er erregt war. Er drängte seinen Meister zurück auf das Lager und deckte ihn mit dem Schaffell zu. Die Geste war unverkennbar: Ihr müsst Euch noch schonen.

Leanders Augen hatten sich inzwischen an das Halbdunkel des Zeltes gewöhnt. Jetzt vermochte er ihre Gesichter deutlich zu erkennen. In ihren Augen lag so etwas wie ehrfürchtige Scheu. Die Frau verneigte sich vor ihm, bevor sie ihm die Schale mit Tee reichte. Sie beugte ihr Knie wie vor dem Allerheiligsten in der Kirche.

»Wer seid Ihr? Wo kommt Ihr her?«, fragte der Mann.

»Ich bin der Carnifex von Carcassonne.«

»Der Henker?!« Das Entsetzen stand ihnen ins Gesicht geschrieben: »Ihr scherzt.«

»Nein.«

»Habt Ihr diese Männer in den Bergen hingerichtet?«, fragte die Frau.

»Sie wollten mich hinrichten. Sie haben mir aufgelauert, um mir Pferd und Leben zu nehmen. Ich musste mich wehren. Mein Knecht kam mir im letzten Augenblick zu Hilfe. Ohne ihn wäre ich jetzt tot.«

Sie betrachteten ihn wie ein Wesen aus einer anderen Welt.

»Was ist das für ein Amulett, das Ihr um den Hals tragt?«, fragte der Hirte schließlich. »Woher habt Ihr es?«

»Eine Frau gab es mir.«

»Welche Frau?«

»Sie war Katharerin, eine Reine.«

Es entstand eine längere Pause. Dann fragte der Hirte: »Habt Ihr sie hingerichtet?«

»Nein, sie starb an der Endura in ihrer Zelle.«

»Und Ihr habt diesen Karneol an Euch genommen?«

»Nein, sie gab ihn mir.«

»Sie hat ihn Euch gegeben?«

»Ja.«

Sie blickten ihn ungläubig an.

»Sie hat mir diesen – wie nennt ihr ihn ...?«

»Karneol.«

»... diesen Karneol um den Hals gelegt und gesagt ...«

»Was hat sie gesagt?«, fragten der Mann und die Frau wie aus einem Mund.

»Es war nur ein Wort. Es klang wie Baphomet queribus. Sie war eine rätselhafte Frau. Sie wollte, dass ich sie segne.«

»Segne uns«, bat die Frau und sank vor ihm auf die Knie.

»Ja, gib uns deinen Segen«, sagte der Mann.

Verrückt, dachte Leander, sie sind alle völlig verrückt, diese Hirten. Die Einsamkeit der Berge bringt sie um den Verstand. Er segnete sie und schlug das Kreuz über ihren Köpfen.

Im ersten Morgenlicht brachten sie ihm das Pferd, einen alten Wallach, der auf dem linken Hinterhuf lahmte. Die Schäfer schauten ihm nach, bis ihn der Morgennebel verschluckt hatte.

»Es ist unglaublich«, sagte die Frau, »ein Henker vom Heiligen Gral. Wie kann das sein? Vandalmonde de Castanier war eine unserer Besten. Sie hätte ihm ihren Karneol nicht gegeben, wenn er nicht…«

»Und wenn er lügt? Wenn er ihr den heiligen Stein abgenommen hat?«

»Sie hätte den Karneol eher verschluckt als zugelassen, dass er in falsche Hände gerät. Nein, glaub mir, sie hat ihn erkannt, so wie auch ich die Kraft des heiligen Blutes in ihm gespürt habe, als ich seine Wunde versorgte«, sagte die Frau.

»Ein Henker vom Heiligen Gral! Wie kann sein, was nicht sein darf?«, erwiderte der Mann.

Sie lag im Wasser wie eine tote Katze, und das Wasser war kalt, eiskalt. Sie fror. Sie haben mich ersäuft. Ich bin tot.

Einen Atemzug lang schwebte sie zwischen Traum und Erwachen, zwischen Tod und Leben. Dann riss sie die Kälte aus der Ohnmacht. Wo bin ich? Sie lag auf hartem Untergrund. Eine Totengruft? Sie bewegte ihren Fuß, biss sich in die Hand. Nein, sie träumte nicht. Aber was war mit ihr geschehen? Und dann fiel es ihr wieder ein: das Kellerverlies!

Ich muss fort von hier, bevor ich erfriere. Schlotternd vor Kälte tastete sie sich an der Wand entlang, bis sie in der Finsternis die Türöffnung fand. Nur gut, dass sie sich in dem angrenzenden Kerkerkeller gut auskannte. Wer weiß, ob sie sonst den Weg nach oben gefunden hätte. Sie erreichte das Turmzimmer. Der Mond schien durch das Fenster. Wie schön war sein Glanz. Sie fühlte sich wie eine Blinde, die ihr Augenlicht zurückgewonnen hat.

Sie wickelte sich in wärmende Decken. Wenn nur der Hunger nicht wäre. Wie lange ein Mensch wohl ohne Nahrung zu leben vermag? Es muss doch irgendeinem auffallen, dass es Leander nicht mehr gibt. Vielleicht findet mich jemand, bevor ich verschmachte. Und dann? Dann werden sie mich ersäufen wie eine Katze. Mir bleibt keine andere Wahl als der Tod.

Schlafen, dachte sie, ich will schlafen. Schlafen ist so gut wie tot sein.

Im Traum war sie daheim. Die Sonne schien in ihr Zimmer. Sie hörte den Gesang der Erntehelfer im Weingarten. Ihre Amme Leonora streichelte ihr Haar, wie sie es immer tat, wenn ihr kleiner Liebling traurig war.

»Schön, dass du zurückgekehrt bist«, sagte sie.

Beatrice lag in ihrem Bett, umgeben von ihren Katzen. Wie wohlig sie schnurrten, und wie weich ihr Fell war.

Mutter brachte das Essen ans Bett: »Nudelbrühe, dein Leibgericht. Iss, damit du schnell wieder gesund wirst.«

Wie gut das duftete! Sie griff danach, verschüttete alles und erwachte.

Sie träumte von gebratenem Fleisch, von frisch gebackenem Brot, von Hirsebrei und Birnenmus. Der Duft der Speisen stieg ihr in die Nase, aber sie kam nicht dazu, auch nur einen Bissen an den Mund zu führen. Eine Hand, von irgendwoher, nahm ihr, wonach sie sich sehnte. Ein Windstoß wehte die Speisen davon. Die Ratten fraßen ihr das Essen vom Teller, Ratten und Küchenschaben.

Der Tod saß mit ihr am Tisch. Er beugte sich über die Tischplatte, bot ihr den Mund zum Kuss, zwischen den Zähnen eine reife Feige. Sie öffnete die Lippen, spürte die Berührung mit der Frucht. Ein Kuss. Welch ein Kuss!

Sie schlug die Augen auf. »Leander!« Sie schloss die Augen. Und als sie sie wieder öffnete, war er noch immer da. »Leander!«

Sie griff nach ihm. Er war es leibhaftig.

Sie lagen sich in den Armen, weinten und lachten vor Freude, wollten einander nicht mehr loslassen.

»Ich dachte, du wärst tot.«

»Ich hatte solche Angst, du wärst in dem Turm verschmachtet. Mein Gott, wie mager du bist.«

»Wo warst du so lange? Es war schrecklich ohne dich. Lass mich nie mehr allein.«

Sie küssten sich, streichelten sich die Tränen von den Wangen, freuten sich, wie man sich freut, wenn man aus hoffnungsloser Lage errettet worden ist.

»Warum trägst du einen Verband um den Kopf?«

Und dann musste Leander erzählen. Sie kauerten auf dem Fußboden. Er hielt ihren Kopf im Schoß und fütterte sie mit Trauben.

Das Kerzenlicht spiegelte sich im Glanz ihrer Augen.

Sie freuten sich aneinander, erschöpft und doch voller Leben. Die ersten Stunden ihrer Wiederbegegnung waren erfüllt von Vorfreude, Vorfreude auf das, was ihnen jetzt unweigerlich geschehen würde. Sie spürten einander, warm und weich. Ihre Kleidung war ein Hindernis, das sie am liebsten abgestreift hätten wie die Erinnerung an die vergangenen Tage. Zu erschöpft, um sich zu lieben, war jede Geste eine Verheißung, jeder Blick eine zärtliche Berührung.

Als sie eng umschlungen erwachten, schien die Sonne ins Zimmer. Leander spürte ihren Atem an seinem Ohr, weiche, warme Lippen auf seinem Hals. Ihr Duft stieg ihm in die Nase, ein herber, schweißiger Geruch. Er streckte seine Hand nach ihr aus und fühlte die feuchte Hitze zwischen ihren Brüsten. Im Halbschlaf schob sie ihren Unterleib vor, öffnete die Beine. Seine Finger glitten über die Innenseite ihrer Schenkel. Sie ließ es widerstandslos geschehen. Das alles ereignete sich wie im Traum. Leander sah, wie sie ihre Lippen leckte und schluckte. Völlig gelöst lag sie da, so als schliefe sie. Sie drückte ihren Schoß gegen Leanders Finger und wiegte sich ihm sanft entgegen, erst langsam, dann immer schneller werdend. Bei jedem Stoß stöhnte sie leise auf. Ihr Körper war angespannt wie ein Bogen. Unvermittelt bog sie ihren Hals weit zurück, presste ihre Schenkel fest um Leanders Hand. Ein Schauer durchlief sie. Sie schlug die Augen auf. Ihr Blick flackerte vor Erregung. Leander versank in ihren Augen.

Sie umschlang ihn mit ihren Armen und Beinen, warf sich über ihn. Ihre Lippen suchten seinen Mund: »Ich will dich.«

»Ich weiß nicht ...«

»Was weißt du nicht?«, fragte sie. »Schämst du dich vor mir?«

»Nein ... doch, ja. Ich bin ...«

»Was bist du?«

»Ich bin ...« Leander suchte nach den richtigen Worten. »Ich weiß nicht, wie ich es dir erklären soll.« Er zog sich das Hemd über den Kopf, streifte die Hose von den Beinen, die Wäsche darunter, bis er nackt vor ihr stand: »Schau mich an!«

Sie betrachtete ihn mit weit aufgerissenen Augen. Ungläubig schlug sie die Hand vor den Mund: »O mein Gott, du bist eine Frau.«

»Ja, ich bin eine Frau.«

»Wie kann das sein?«

Sie vergaß vor lauter Staunen, den Mund zu schließen. »Wer bist du?«

»Ich bin der Henker von Carcassonne.«

»Aber wie ist das möglich? Kann eine Frau Henker sein, eine Henkerin. Gibt es das? Darf das sein?«

»Es darf nicht sein. Aber wie du siehst, gibt es mich.«

Und als sie ihn aus ungläubigen, verständnislosen Augen anblickte, sagte er: »Komm, setz dich zu mir. Ich werde dir mein Geheimnis verraten:

Am Tag Mariä Lichtmess wurde in Carcassonne ein Kind in einem falschen Körper geboren. Man gab ihm den Namen Leander. Sein Vater war der Henker der Stadt, seine Mutter eine begnadigte Totschlägerin aus dem Geschlecht der Merowinger. Das Kind mit den mandelförmigen Augen und dem weich geschwungenen Mund hatte schon bald seine Freude an den zarten Dingen des Lebens, an der Anmut geschickter Bewegungen, an Musik und Gesang. Es liebte Märchen und spielte mit Puppen. Als es zum ersten Mal fahrendes Volk, Tänzer, Sänger und Schauspieler sah, glaubte es, die Bühne für sein Leben gefunden zu haben, vollendete Sprache, ausgelebte Gefühle, Verwandlungen, Passionen, Träume. Ein König wollte es werden, ein Heiliger, ein großer Künstler, ein Weiser aus dem Morgenland. ›So wie in alten Adelsgeschlechtern die Nachkommen häufig zu degenerieren pflegen, so ist auch der letzte Latour ganz und gar aus der Art geschlagen‹, meinten die Leute in Carcassonne, wenn der Henker mit seinem Sohn über den Markt schlenderte. Zart und feingliedrig wie ein Mädchen war dieser Knabe. Die blonden Locken fielen ihm bis über die Augen, Augen so leuchtend blau wie der Himmel über dem Aude-Tal. ›Aus dem wird nie ein richtiger Henker‹, sagten die Männer, und die Frauen fügten seufzend hinzu: ›Schade um ihn.‹ Ein Geheimnis umgab ihn, denn er war nicht der, für den man ihn hielt.«

Leander machte eine Pause und blickte Beatrice an, wie einer, der sich schuldig gemacht hat und um Verständnis bittet.

»Ich war acht Jahre alt, als mir mein Vater offenbart hat: ›Du bist kein Mann.‹ ›Ich weiß‹, habe ich geantwortet. ›Ich bin ein Kind.‹ ›Ja, du bist noch ein Kind. Aber aus dir wird nie ein Mann werden, weil du ein Mädchen bist.‹«

Beatrice fragte ungläubig: »Und das ist dir vorher nicht aufgefallen?«

»In der Abgeschiedenheit unseres Turms bin ich nie mit anderen Kindern in Berührung gekommen. Nie habe ich einen Menschen mit entblößtem Unterleib gesehen. Ich dachte, da gebe es keine Unterschiede. Ich war mir ganz sicher, dass ich eines Tages so aussehen würde wie mein Vater. Und dann die Feststellung, dass ich anders war. Ich war verwirrt, stellte Fragen. Doch der Alte schnitt mir das Wort ab: ›Hör mich an und unterbrich mich nicht!‹ Ich sehe ihn noch heute leibhaftig vor mir. Er saß da, wo du jetzt sitzt. Die Hände wie zum Gebet gefaltet. Das Geständnis fiel ihm sichtlich schwer. Er sagte: ›Ich habe dich selbst ans Licht der Welt geholt, mit diesen Händen.‹ Er streckte mir seine großen behaarten Pranken entgegen, mit denen er schon so manchem armen Sünder das Leben genommen hatte. Die Hebamme hatte sich geweigert, dem Weib des Henkers bei der Geburt ihres Bastards zu helfen. ›Es geht nicht‹, hat sie gesagt, ›es geht wirklich nicht. Ich wäre verfemt und brotlos obendrein.‹ Sie ließ sich nicht erweichen, wie viel ich ihr auch bot. Der Alte fuhr sich über die Bartstoppeln und meinte aufstöhnend: ›Ich habe schon Katzen gebären sehen, auch Kühe und Esel, aber natürlich noch nie ein Weib. Das kann nicht sehr viel anders sein als beim Vieh, hab ich mir gesagt. Auch Mutter hatte keine Ahnung.‹ Sie sagte: ›Was tausend Frauen vor mir geschafft haben, das werde auch ich schaffen, mit deiner und mit Gottes Hilfe.‹ ›Und Gott half, wenn auch nur mäßig. Es wurde eine schwere Geburt. Weiß Gott, daneben ist die Folter ein Fliegenschiss! Du wolltest und wolltest nicht kommen. Sie lag da auf dem Bett und schrie. Am Ende habe ich sie mit einem Tau unter den Achselhöhlen am Deckenhaken hochgezogen. Halb hängend, halb hockend hat sie dich endlich aus ihrem gemarterten Leib herausgepresst. Wir waren beide schweißnass und am Ende unserer Kräfte. Mutter weinte vor Glück. Und dann die Enttäuschung: ein Mädchen! Ich hatte so fest mit einem Nachfolger gerechnet, dass mir nicht ein einziges Mal der Gedanke gekommen war, es könnte ein Mädchen werden. Eine Henkerstochter – das ist wie ein Kalb mit zwei Köpfen, eine erbarmungswürdige Missgeburt, die niemals ein Kind gebären wird, weil sie niemals einen Mann finden wird. Eine alte Jungfer von Geburt an. Nicht einmal ein Kloster würde sie aufnehmen. Es wäre mir nicht schwer gefallen, dich mit einem Kissen zu ersticken. Bevor ich meine Absicht in die Tat umsetzen konnte, nahm dich deine Mutter und legte dich an ihre Brust, womit sie dir das Leben rettete, denn nach uraltem Gesetz darf ein Neugeborenes nur getötet werden, solange die Mutter es noch nicht gestillt hat. Danach ist es Mord. Und Mord an Hilflosen und Schlafenden ist ein Verbrechen, das vor Gott keine Vergebung findet.

Die ganze Nacht bin ich durch den Turm gelaufen, treppauf und treppab, denn nur laufend vermag ich klar zu denken. Am Morgen stand mein Entschluss fest. Ich brauchte einen Nachfolger, koste es, was es wolle. Wer weiß, ob Mutter noch so eine Geburt überleben würde? Und vielleicht war es dann wieder ein Mädchen. Nein, es gab nur diese eine Chance. Und die durfte ich mir nicht entgehen lassen. Wir hatten ein Kind, ein gesundes Kind mit dem falschen Geschlecht, aber das ließ sich korrigieren. Es gab keine Zeugen außer mir und deiner Mutter. Wem würde auffallen, ob da ein Mädchen oder ein Knabe heranwuchs? Niemand außer uns würde mit dir spielen. Keiner würde dich taufen oder unterrichten. Kinder sind geschlechtslose Geschöpfe. Ob aus ihnen ein richtiger Mann oder eine richtige Frau wird, ist auch Erziehungssache. Ich werde einen Mann aus dir machen.‹ So hat der Alte zu mir gesprochen. Ich erinnere mich an jedes Wort.

Er unterließ nichts, um aus dem Mädchen einen Mann zu machen. Ich war acht Jahre alt, als der Alte mich zwang, ein Lamm zu schlachten. Er hielt das zappelnde Tier an den Hinterbeinen hoch, und ich musste ihm, unter Androhung von Prügeln, die Gurgel durchschneiden. Es hagelte Ohrfeigen, als ich mich weigerte, dem noch warmen kleinen Schaf die Augen auszustechen. Vater sagte: ›Als ich so alt war wie du, hat mir mein Vater die Tortur an lebenden Schweinen beigebracht. Nur so lernst du, wie man einem Verurteilten die Knochen bricht, bevor man ihn aufs Rad flechtet. Finger abhacken kann jeder, aber die Tortur will gekonnt sein. Die Henkerei ist ein Handwerk, und gut Handwerk will erlernt werden.‹ Oder er sagte: ›Was soll ich mit einem Nachfolger anfangen, der kein Blut sehen kann, der aus Mitleid mit dem Vieh kein Fleisch isst? Hat man je von einem Henker gehört, der sich selber das Schreiben beigebracht hat, um in einem Buch lesen zu können? Du sollst dich nicht mit deinem Pferd unterhalten. Du sollst es reiten, reiten wie ein Mann!‹

Mit zwölf Jahren stand ich zum ersten Mal in Vertretung meines Vaters auf dem Schafott, um durch meine Anwesenheit die Verstümmelungsstrafe zu legalisieren, die von den Henkersknechten ausgeführt wurde. Ich fühlte mich auf dem im

Blut schwimmenden Podest wie ein Racheengel, eine verlorene Kinderseele. Starre Haltung und trotziger Stolz ließen mich älter erscheinen, als ich in Wirklichkeit war. Hinter den jungen Gesichtszügen von erschreckender Härte verbarg sich ein dünnhäutiger Mensch, der sich seiner Würde und Sonderstellung bewusst war, ein Mädchen im Gewand des Scharfrichters.«

Die letzten Worte hatte Leander fast geflüstert. Er wirkte so verloren, dass Beatrice ihren Arm um ihn legte und ihn küsste.

»Du Lieber«, sagte sie, »ich liebe dich, egal, wer du bist. Nein, nicht egal. Du bist mir viel vertrauter als ein Mann. Männer haben mir immer Angst eingeflößt. Ihr Wesen ist mir fremd. Meine erste Liebe war eine Frau: Leonore. Ich habe dir von ihr erzählt.«

Leander nahm sie in die Arme und küsste sie. Es gab kein Zögern mehr, kein Überlegen.

»Ich bin glücklich«, sagte Beatrice, »ganz und gar glücklich. Ich habe das tiefe befriedigende Gefühl, dass unsere Liebe so ist wie sie ist, dass nichts, aber auch gar nichts fehlt. Wir beide können miteinander alles tun, was Mann und Frau miteinander tun, alles und noch viel mehr. Nur eine Frau weiß, wie eine Frau empfindet. Unsere Möglichkeiten sind unbegrenzt. Nie könnte ich mich dem anderen Geschlecht so hemmungslos hingeben wie dem eigenen. Es gibt so viele Formen der körperlichen Liebe, unzählige Spielarten, sich miteinander zu vergnügen, Sehnsucht zu wecken und zu erfüllen. Wir wollen sie alle auskosten.«

Aus dem Henkersturm wurde in jenen dunklen Herbsttagen ein Paradies mit einem nackten Menschenpaar.

»Zieh dich aus, bitte. Ich will dich sehen, nur sehen.«

Sie legte ihr Kleid ab. Leander blies die Kerzen aus.

»Warum tust du das?«, fragte sie erschrocken. »Es ist dunkel. Wie kannst du mich sehen?«

»Ich will dich nicht mit meinen, sondern mit deinen Augen sehen. Beschreibe mir deine Brüste.«

»Schau sie dir an. Sie sind unverhüllt.«

»Ich möchte, dass du sie mir beschreibst.«

»Sie sind sehr blass, von zarter Haut, voll und rund.«

»Das ist mir zu ungenau. Ich glaube, sie sind mehr spitz als rund. Beschreibe mir deine Brustwarzen. Zupfe vorsichtig an ihnen, und sage mir, wie sie sich anfühlen.«

»Wie frische Oliven, wie das feste Fleisch vom Kamm eines jungen Hahns.«

»Das ist gut. Welche Farbe haben sie?«

»Wie Sandelholz.«

»Wonach sehnen sie sich?«

»Ich weiß nicht.«

»Du weißt es nicht? Feuchte deine Fingerspitzen an, und streichle deine Brüste. Lass dir Zeit. Lass sie schwellen. Sie lieben es, nackt zu sein und berührt zu werden. Ist es nicht so?«

»Ich weiß nicht.«

»Doch, du weißt es. Sie sehnen sich nach meinen Lippen. Oder ist es eine Katzenzunge, feucht und zärtlich-rau?«

»Warum machst du das?«, fragte sie irritiert, als die Kerzen wieder brannten.

»Ich möchte wissen, wie du dich in deinem Leib erlebst. Ich will dich mit den Augen der Phantasie betrachten. Die Wirklichkeit hat ihre Grenzen. Die Phantasie ist grenzenlos. Ich mag es, wenn du meine Phantasie anregst, wenn ich von dir träume.«

Sie blickte ihm lachend ins Gesicht: »Warum träumst du nur? Gefalle ich dir nicht?«

Er erwiderte: »Ich habe Angst, du verschwindest, wenn ich dich umarme.«

»Ich bin kein Traumgebilde. Ich bin eine Frau.«

Ihre Stimme lud ein, sie zu umarmen. Verlangen ergriff ihn. Milchweiß schimmerte ihre nackte Haut. Sie spürte seine Blicke auf ihren Brüsten und genoss seine Erregung.

Sie machten den Tag zur Nacht und die Nacht zum Tag, denn im Innern des Turms gab es kaum Unterschiede zwischen den Tageszeiten. Gleichmäßiges Halbdunkel umhüllte alle Gegenstände, machte sie unwirklich, nahm den Räumen die Begrenzung. Wände und Decken traten zurück, verloren sich wie in nebliger Landschaft. Kerzen und Öllampen schufen neue Räume, Scheinräume, ließen das Zinngeschirr aufleuchten und legten einen warmen Schimmer auf poliertes Holz und nackte Haut.

Sie liebten sich mit jener zärtlichen Hingabe, die Wirklichkeit und Alltag verdrängt. Es gab keine Stadt, keine Menschen mehr. Wann war gestern? Gab es ein Morgen?

»Wie schrecklich war es hier ohne dich«, sagte Beatrice. »Und wie himmlisch ist es mit dir. Aber schlimmer als der Hunger waren die Albträume, so deutlich, als hätte ich sie wirklich erlebt. Unten im Keller, gleich hinter dem Verlies ein düsterer Raum wie eine Gruft. Dort sah ich Gefäße mit deiner Hand, deinem Herzen und deinem Auge. Und dann der Tod. Er stand in voller Größe vor mir. Er hat mich mit seiner Knochenhand berührt. Es war schrecklich. Glaube mir, ich habe ihn wirklich gespürt. Welch ein Traum!«

»Das war kein Traum«, sagte Leander.

»Kein Traum …?«

»Komm, ich will es dir erklären.« Er nahm sie bei der Hand und stieg mit ihr hinab in die Unterwelt. Sie durchquerten den Gefängnisbereich und erreichten die schmale Pforte, durch die Beatrice schon einmal geschlüpft war. Leander entzündete eine zweite Fackel und gab sie ihr: »Damit du dich nicht vor der Dunkelheit fürchtest.« Er stieß die Tür auf.

Und da stand er im grellen Licht der lodernden Flammen: der Tod. Beatrice schlug die Hand vor den Mund, um nicht laut aufzuschreien. Leander hielt ihr die Fackel vors Gesicht und sagte: »Schau ihn dir an, diesen morschen Knochenmann. Er lebte lange, bevor du das Licht der Welt erblickt hast. Er stand in der Universität von Cordoba als Lehrmodell für die Scholaren. Mein Vater erwarb das Skelett von einem spanischen Juden.«

»Und die Leichenteile?«, fragte Beatrice und zeigte angewidert auf die Gefäße im Wandregal.

»Das sind Organe, die ich Hingerichteten entnommen habe.«

»Warum tust du so etwas?«

»Weil ich wissen will, wie der Mensch beschaffen ist. Ich möchte wissen, was in unseren Köpfen geschieht, wenn wir denken. Warum müssen wir atmen? Warum werden wir krank? Warum klopft mein Herz so wild, wenn ich dich küsse?«

»Weshalb willst du das alles wissen?«, fragte Beatrice verwundert.

»Um die Welt zu verstehen, um mich zu verstehen, um ein guter Henker zu sein. Jeder Mensch hat einen Auftrag zu erfüllen, ob gut oder schlecht, liegt ganz an ihm.«

»Meine Aufgabe ist es, dich zu lieben«, sagte Beatrice und umschlang ihn mit den Armen, als wollte sie ihn für immer festhalten. »Versprich mir, dass du mich nie wieder einsperrst. Ein zweites Mal würde ich das nicht überstehen. Wenn dir etwas zugestoßen wäre, hätte ich Hungers sterben müssen, wenn ich nicht vorher vor Angst gestorben wäre.«

»Du hast Recht. So kann es nicht weitergehen«, sagte Leander. Er küsste sie und meinte: »Man kann nicht in einer Höhle hausen, wenn man wie du mit Flügeln geboren wurde.«

»Willst du mich wegschicken?«

»Wie könnte ich. Nein, ich will, dass du bleibst für immer und ewig.«

»Aber wie soll das gehen?«

»Wir werden einen Mann aus dir machen.«

»Einen Mann, aus mir?«

»Darin habe ich ja schließlich Erfahrung. Du wirst Männerkleider tragen so wie ich. Mit abgeschnittenem Haar wirst du einen prächtigen Burschen abgeben.«

»Ist das dein Ernst?«

»Ich brauche schon seit langem einen jungen Galgengehilfen. Hier im Turm bist du natürlich weiter eine Frau, die schönste, die mir je begegnet ist. Und draußen kannst du dich so frei bewegen wie der Carnifex von Carcassonne.«

»Glaubst du wirklich, dass das keiner merkt?«

»Schau mich an. Ich bin der lebende Beweis dafür, dass es geht.«

»Du bist von Kindheit an in diese Rolle hineingewachsen, so sehr, dass du schon selber daran glaubst«, widersprach Beatrice.

»Vertraue mir. Keiner wird dir zu nahe kommen. Der Henker ist dein Meister.«

Sie fiel ihm um den Hals und sagte lachend: »Du hast mich zur Katze gemacht. Mach mich zum Mann!«

Später, als er ihr das Haar abschnitt, fragte sie: »Findest du mich noch schön?«

»Schöner als zuvor.«

»Du lügst, ohne rot zu werden.«

»Nein, es ist wahr. Man sieht erst jetzt, was für einen aufregend schönen Nacken du hast! Und was für bezaubernd kleine Ohren!«

Beatrice schlüpfte in Leanders Hosen und meinte: »Schau nur, wie schrecklich ich aussehe.«

»Ich bin ja auch viel größer als du. Wir werden dir Männerkleidung anfertigen lassen.«

»Und wie soll das gehen? Beim Anpassen merkt doch jeder Schneider, dass ich kein Mann bin.«

»Das lass meine Sorge sein«, beruhigte sie Leander. »Ich kenne einen Schneider in der Vorstadt, der macht auch meine Sachen, ohne den Henker berühren zu müssen. Er hat einen Sohn so schlank und groß wie du. Den nehmen wir uns zum Vorbild.«

Und so geschah es.

»So wie du aussiehst«, lachte Leander, als sie in Jacke und Hose vor ihm stand, »wird sich so manche Maid in dich vergucken.«

13. Kapitel

Es war abgemacht, dass Thekla sich einer Gruppe von Pilgern anschließen sollte, die auf dem Weg zur schwarzen Madonna von Montauban waren. Da die Pilger jedoch noch nicht eingetroffen waren und auch nicht abzusehen war, wann sie im Hafen von Narbonne an Land gehen würden, beschloss Thekla, allein weiterzureisen. Die Strecke von Narbonne nach Carcassonne war nach Angabe der Templer an einem Tag zu bewältigen. Thekla war eine gute Reiterin, und der Wallach, den ihr die Tempelherren zur Verfügung stellten, war ein hervorragendes Ross. Thekla hatte lange genug untätig auf dem engen Schiff herumgesessen, und der Wallach wollte laufen. Die Sonne lachte vom Himmel. Worauf warten? Wie schön war dieses Land!

Sie bewunderte die blühende Mittelmeerlandschaft mit ihrer Fülle an biblischen Bildern und Symbolen: Weinstock und Feigenbaum, Lamm und Ölkrug. Frauen am Brunnen, Tonkrüge auf dem Kopf balancierend. Lang gehörnte Ochsen beim Pflügen. Die Madonna mit dem Kind. Mädchen mit aufgeschürzten Röcken durchwateten lachend einen Bach, aus dem Kühe tranken. Daneben ein Bauer. Er stand auf seinen Stock gelehnt und schaute den Mädchen nach.

Dann wieder einsame, wilde, sich selbst genügende Natur. Der schmale Pfad umwuchert von blühendem Gesträuch: Oleander, wilde Feigen, Spartium, Geißblatt und zart blühende Clematis. Ein großer Garten Eden war das weite Tal.

Hinter Lezignan wurde die Landschaft immer einsamer und waldiger. Thekla hatte sich und dem Pferd eine längere Pause in einem schattigen Pinienwäldchen gegönnt. Sie wollte gerade wieder in den Sattel steigen, als sie ihn bemerkte.

Er stand breitbeinig auf dem Weg und kaute an einem Grashalm. Er sah wie ein Holzknecht aus. Das Gesicht wettergegerbt und von den Jahren gezeichnet: graue Augen, graue Bartstoppeln. Die aufgekrempelten Hemdsärmel gaben ein Paar kräftige, sonnengebräunte Arme frei. Der Mann nahm den Hut ab. Sein Schädel war kahl, rot und verschwitzt. Er kratzte sich den Kopf und sagte: »Gott zum Gruß, schöne Frau.«

Thekla spürte, dass Unheil drohte. Sie fasste die Zügel kürzer und erwiderte den Gruß.

Mit dem Hut in der Hand kam er näher. Er betrachtete sie. Seine Augen funkelten. Es war ein gefährlicher Glanz, eine Mischung aus Selbstzufriedenheit und Verschlagenheit. Seine feuchten Lippen kräuselten sich. Dann schnalzte er mit der Zunge und sagte lächelnd: »So ganz allein unterwegs, ist das nicht gefährlich?«

Es war ein böses Lächeln.

Thekla griff nach der Reitpeitsche. Der Fremde bemerkte es. Sein Grinsen verstärkte sich. Er fasste das Pferd beim Zügel, schlug ihm die Faust aufs Auge. Ein Satz! Und Thekla lag auf dem Boden, bevor sie Zeit gefunden hatte, die Reitpeitsche zu heben. Sie wollte sich aufrichten, doch da kniete der Fremde bereits auf ihrer Brust. Mit allen zehn Fingern fuhr sie ihm ins Gesicht.

»Aber, aber, du bist mir ja eine rechte Wildkatze«, lachte der Mann. »Ich mag es, wenn ein Mädchen sich wehrt. Wir werden viel Spaß miteinander haben.«

»Lass mich, bitte lass lass mich. Ich bin eine Ordensfrau.«

»Eine Nonne, du? Sag mal, für wie dumm hältst du mich eigentlich? Meinst du, ich hätte noch nie eine Nonne gesehen? Ich beliefere zwei Klöster mit Holz. Eine Nonne erkenne ich aus hundert Schritt Entfernung. Und lass dir sagen: Du bist keine. Die laufen auch außerhalb des Klosters in ihrer Kutte herum. Vor allem tragen sie ihr Haar nicht so lang wie du. Und falls sie überhaupt reiten, dann nicht im Herrensitz. Wer immer du auch bist, eine Braut Christi jedenfalls nicht.« Er erhob sich und befahl: »Zieh dich aus!«

Als sie zögerte, griff er zum Messer am Gürtel: »Oder soll ich dir die Kleider vom Leib schneiden?«

»Du willst, dass ich mich ausziehe?«, fragte Thekla ungläubig.

»Wer Fleisch will, muss das Täubchen rupfen.«

»Du solltest dich schämen.«

»Ich habe das Gefühl, Schwester, dass du dich schämst. Aber ich mag schamhafte Mädchen. Das erhöht den Reiz. Komm, zier dich nicht, als wäre ich der Erste. Eine wie du ist bestimmt keine Jungfrau mehr.« Er steckte das Messer zurück. »Du willst doch nicht, dass ich dir wehtu, oder? Ich verspreche dir, dass auch du dein Vergnügen haben wirst.« Als er sah, dass Thekla keine Anstalten machte, seinem Begehr nachzukommen, sagte er: »Ich wiederhole mich nicht gern. Zieh dich aus!«

Thekla warf einen Blick zurück. Bis zum Pferd waren es keine drei Schritte. Mit einem Satz war sie bei dem Wallach. Doch bevor sie im Sattel saß, hatte der Mann sie erreicht. Seine Arme umfassten ihren Leib von hinten wie ein Schraubstock.

»Gut fühlst du dich an.« Er drehte ihr die Arme auf den Rücken und fesselte sie mit seinem Leibgürtel. Sie trat nach ihm, traf ihn am linken Knie. Er versetzte ihr einen Schlag ins Genick, der sie zu Boden streckte. Sie lag auf dem Rücken, hilflos und benommen. Er rammte mit einem Stein links und rechts von ihrem Hals Holzpflöcke in die Erde und fesselte ihren Hals so dazwischen, dass sie sich nicht erheben konnte, ohne gewürgt zu werden. Der Hanfstrick, der ihren Hals einschnürte, roch nach Pferdeschweiß. Dann pflockte er ihren linken Fuß fest, und im Abstand von zwei Ellen den anderen. Er arbeitete so zielsicher, als hätte er das schon öfter gemacht. Mit gespreizten Schenkeln lag sie da wie gekreuzigt.

Der Mann betrachtete sie mit grausamem Spott: »Nicht sehr

bequem, Schwester, aber du wolltest es nicht anders.« Er beugte sich über sie: »Lass mal sehen, was du da vor mir verbirgst.« Er fuhr ihr mit der Messerklinge in den Kragen und zerschnitt das Kleid bis zum Gürtel. Mit der Messerspitze schob er den Stoff auseinander: »Nicht schlecht.« Er betastete ihre Brüste: »Zwei Paradiesäpfel so weiß und fest wie Fischfleisch.«

Thekla bäumte sich mit durchgedrücktem Rücken auf. Zorn und Scham standen ihr ins Gesicht geschrieben. Aber sie gab keinen Laut von sich.

»Du kannst es wohl nicht abwarten, was?«, lachte der Mann. »Nur nicht so stürmisch. Wir haben Zeit, viel Zeit.«

Thekla rann der Schweiß in die Augen. Das Haar klebte ihr an Stirn und Gesicht.

»Ich sehe, dir ist warm«, sagte der Fremde. »Wir wollen dich ein wenig mehr entblößen.« Er schob sein Messer unter ihren Gürtel und schlitzte den Rock vom Nabel bis zu den Knöcheln auf. Langsam, sehr langsam, mit Pausen zwischendurch. Er schob den Stoff beiseite und genoss, was er sah.

Sie lag da wie eine Tote. Die Augen geschlossen. Die Lippen fest aufeinander gepresst. Die gefesselten Hände auf dem Rücken zu Fäusten geballt. Nach einer Weile stieg der Mann aus seinem Beinkleid. Er stellte sich mit entblößtem Unterleib zwischen ihre Schenkel und sagte: »Schau ihn dir an, diesen Prachtkerl. Er kann es kaum erwarten.«

Thekla hielt die Augen fest geschlossen. Sie wusste, was ihr bevorstand. Sie hatte im Klostergestüt mit angesehen, wie der Hengst die Stuten bestieg.

Als er in sie eindrang, schrie sie vor Verzweiflung, Schmerz, Scham, Zorn und Ekel. Ihr Leib bäumte sich auf. Die Halsfessel würgte sie. Sie spie ihm ins Gesicht. Er lachte. Ihre Fingernägel gruben sich ins eigene Fleisch. Hilflos war sie ihm ausgeliefert, seinem schweißnassen Fleisch und seinem stinkenden Atem. Speichel floss über seine Lippen. So muss einer Maus zumute sein, wenn sie von einer Schlange verschlungen wird.

Wenn ich ein Messer hätte und eine freie Hand, dachte sie, ich würde ihn ermorden. Sterben wollte sie oder wenigstens besinnungslos werden. Aber ihr blieb nichts erspart. Bei vollem Bewusstsein erlebte sie das Martyrium bis zum bitteren Ende.

»Ich habe es mit eigenen Augen gesehen, so wahr mir Gott helfe.« Der zahnlose Alte musste seinen Bericht an diesem Abend mehrmals wiederholen.

»Ich war unten am Fluss, um Weidenruten zu schneiden. Da hörte ich im hohen Schilf Hufschlag. Ein Pferd preschte in vollem Galopp auf mich zu. Kurz vor mir kam es zum Stehen.« Der Alte bekreuzigte sich. »Es hätte nicht viel gefehlt, und es hätte mich totgetrampelt. Ich konnte nichts sehen, aber da war eine Stimme, die hörte sich an wie das Winseln eines Tiers oder Kinderweinen. Ich stellte mich auf die Zehenspitzen. Und da sah ich sie.«

Er blickte sich in der Runde der Zuhörer bedeutungsvoll um.

»Was sahst du da?«

»Die Frau. Sie keuchte und wimmerte wie ein verwundetes Tier, war wie von Sinnen. Sie riss sich die Kleider vom Leib und warf sich in den Fluss, so als stünde ihre Haut in Flammen.«

»Du meinst, sie war völlig nackt?«, fragten seine Zuhörer.

»Ja, ganz nackt. Sie rieb sich mit dem schwarzen Flussschlamm ein, als wollte sie etwas Ekelhaftes, Ätzendes abwaschen, Bauch, Brüste, Schenkel, immer wieder.«

»Mit dem schwarzen Schlamm?«, fragten die Frauen ungläubig. »Du meinst, sie wollte sich mit dem Schlamm waschen, Bauch und Brüste. Pfui Teufel!«

»Ja, sogar das Gesicht, die Lippen, den Mund.«

»Er ist übergeschnappt«, lachten die Männer, und die Frauen schüttelten angeekelt die Köpfe.

»Ihr glaubt mir nicht? Sie hat einen Stofffetzen von ihrem

Kleid verloren. Seht her. Das ist der Beweis, dass ich nicht geträumt habe. Bei meiner Seele, es ist wahr.«

Die alten Frauen betrachteten den Fetzen. »Wie sah ihr Gewand denn aus?«

»Es war vorne aufgeschnitten, von oben bis unten.«

»Du bist uns der rechte Aufschneider«, lachten die Männer und schlugen ihm auf die Schulter.

Die Wächter, die an jenem Morgen die Tore von Carcassonne öffneten, wichen erschrocken zurück vor dem Reiter, der sich aus dem Morgennebel löste und an ihnen vorbeiflog wie ein Spuk. Ein wildes Weib, das wehende Haar voller Kletten, das Gewand in Fetzen, die Augen vom Grauen geweitet. Oder war es Wut, Wahnsinn, unverhohlener Hass? Welch ein Weib! Nein, kein Weib: eine Furie, ein apokalyptischer Reiter, eine Schimäre aus dem Reich der Toten! Die Männer bekreuzigten sich. Als der Spuk vorüber war, wussten sie nicht zu sagen, ob das, was sie da eben wahrgenommen hatten, Wirklichkeit oder Vision gewesen war. Es gab so viele unglaubliche Dinge. War nicht erst zu Laurentius den Hirten an der Garonne die heilige Mutter Gottes erschienen, und hatte der Glöckner zu Albi nicht mit einem Werwolf gerungen? Was hatte das zu bedeuten?

Thekla war die ganze Nacht geritten. Endlich im Schutz der Mauern und am Ende ihrer Kräfte schleppten sich Ross und Reiter durch die noch menschenleeren Gassen bis zum Platz vor der Basilika Saint Nazaire. Dort hielt das Pferd mit bebenden Flanken, unfähig, noch einen Schritt weiterzugehen. Der Schaum quoll ihm aus dem Maul. Thekla ließ sich vom Pferd gleiten, fiel kraftlos auf die Knie und verharrte so zusammengesunken wie im Gebet.

Als Beatrice wenig später aus dem Turm trat, fand sie Ross und Reiter nebeneinander ausgestreckt auf dem Pflaster. Sie lagen da wie tot, die Frau mit aufgelöstem Haar und zerrissenem Gewand, die Brüste halb entblößt.

Beatrice beugte sich über sie und sah, wie sich ihre Lippen bewegten. Sie bedeckte die Ohnmächtige mit ihrem Mantel und lief zurück ins Haus, um Leander zu wecken.

»Komm, komm rasch! Vor unserer Tür liegt eine Frau mit ihrem Pferd.«

»Eine Frau mit einem toten Pferd? Du träumst. Was suchst du zur halben Nachtzeit draußen vor dem Turm?«

»Die Freiheit. Ich kann nach all dem Eingesperrtsein gar nicht oft genug den Himmel sehen.«

Sie zog ihn ans Turmfenster – und wahrhaftig, da lagen ein Pferd und ein Mensch. Die Raben waren auch schon da. Mit schräg gelegten Köpfen und in respektvollem Abstand begutachteten sie den verheißungsvollen Fund.

Gemeinsam trugen sie die Ohnmächtige in das große Turmzimmer. Beatrice flößte ihr heißen Holunderbeersaft ein, während sich Leander um das Pferd kümmerte.

Später saßen sie am Lager der immer noch bewusstlosen Frau.

»Wer sie wohl ist?«, fragte Beatrice.

»Sie stammt nicht von hier.«

»Sie hat im Schlaf gesprochen. Es klang wie Latein.«

Leander betrachtete sie: »Latein? Nun, eine Ordensfrau ist sie ganz gewiss nicht. Wer sie wohl so zugerichtet hat? Dieses zerschnittene Gewand. Schlachttiere werden so aufgeschlitzt, um sie auszuweiden. Und dieser seltsame Haarschnitt.«

»Ja, sie muss Schlimmes erlebt haben. Läge sie sonst halb tot vor unserer Tür? Sie muss geritten sein, als wäre sie dem Teufel begegnet. Sie hat ihr Ross fast zu Schanden geritten.«

»Vielleicht ist sie dem Teufel begegnet. Hast du die Flecken an ihrem Hals und auf ihren Brüsten gesehen? Sie sehen aus wie Bisse, Vampirbisse.«

»Seltsam«, sagte Leander, »jahrzehntelang hat keine Frau den Henkersturm betreten, und jetzt liegt hier schon wieder eine auf meinem Lager. Der Henkersturm – ein Siechenhaus für verlorene Frauen.«

Als er am Nachmittag nach ihr sehen wollte, lag sie noch immer da wie tot. Er beugte sich über sie. Da fuhr sie ihm mit beiden Händen ins Gesicht: »Lass mich!«, schrie sie. »Scher dich zum Teufel! Verflucht, verflucht, verflucht seist du bis in alle Ewigkeit, dass du es wagst, eine Braut Christi zu schänden.«

Leander musste seine ganze Kraft aufwenden, um sie niederzuhalten. Aber je mehr er sich anstrengte, umso wilder wehrte sie sich, verkrallte sich in seinem Haar, verbiss sich in seinem Ärmel. Erst gemeinsam mit Beatrice vermochte er die Frau zu bändigen.

»Niemand will dir Böses tun, Schwester. Du hast Schlimmes durchgemacht, hier bist du in guten Händen. Komm, trink den heißen Holundersaft. Er wird dir gut tun.«

Beatrice gab ihr den Becher. Thekla trank ihn leer. Danach legte sie sich mit geschlossenen Augen zurück auf ihr Kissen. Die Erinnerung kehrte zurück. Sie tastete nach ihrer Brust, spürte den Stoff des Leinenhemds.

»Es gehört mir«, sagte Beatrice. »Dein Gewand war völlig zerschnitten und schmutzig.«

»Wo bin ich?«

»In Carcassonne.«

»Ist es noch weit bis nach Toulouse?«

»Einen Tagesritt.«

»Ich muss weiter.«

»Dein Pferd braucht ein paar Tage Ruhe, um sich von dem Gewaltritt zu erholen. Du hast ihm viel zugemutet.«

»Ja, das habe ich.«

»Du bist geritten wie ein Hunne und nicht wie eine Braut Christi.«

»Woher weißt du, wer ich bin?« Thekla richtete sich in ihrem Bett auf. Sie heftete besorgt ihren Blick auf Leander.

»Du hast davon gesprochen.«

»Was habe ich gesagt?«

»Dass du eine Braut Christi bist. Bist du eine?«

»Ich war eine. Ich bin eine entlaufene Nonne«, antwortete Thekla, getreu der Absprache mit ihrem Orden. Es war die einzige Unwahrheit. Den Rest schilderte sie so, wie er sich zugetragen hatte: den Landgang in Narbonne, die Vergewaltigung und ihre Flucht zu Pferde.

Als sie ihren Bericht beendet hatte, fragte Beatrice: »Was hat dich veranlasst, von der Lombardei bis ins Languedoc zu reisen? Was suchst du hier?«

»Den rechten Glauben.«

»Und den glaubst du hier zu finden?«

»Ja«

Tags darauf wurde Leander vom Bürgermeister ins Rathaus gerufen. Er mochte den alten Loubatiere nicht: ein Mann mit den Augen einer Kröte. Von Statur schwächlich, untersetzt und klein, mit einem Zahn im Ober- und einem im Unterkiefer. Er zwirbelte seinen spitz zulaufenden Schnurrbart und sagte: »Ihr habt einen neuen Henkersknecht eingestellt?«

»Ja.«

»Die Stadtkasse zahlt aber nur für einen. Wozu jetzt einen zweiten?«

»Henkersknechte sind dünn gesät. Wer will schon sein Brot unter dem Galgenholz verdienen? Ich bin froh, diesen Menschen gefunden zu haben.«

»Wie heißt der Mann?«

»René Roquebert«, log Leander.

»Wo kommt er her?«

»Von einem Hof bei Besançon.«

»Man sagt, er sei noch sehr jung, vielleicht ein wenig zu jung für den Carnifex.«

»So alt wie David, als er den Goliath erschlug, und älter als unsere Metzgergesellen, wenn sie das Schlachten erlernen.«

»Er wohnt bei Euch?«, fragte der Bürgermeister.

»Wo sonst? Wer will einem wie ihm Quartier gewähren?«

»Ihr bürgt für ihn?«

»Ich bürge für ihn.«

»Dann nehmt ihn in Gottes Namen. Er soll den gleichen Sold erhalten wie Bero.«

Als Leander schon an der Tür zur Ratsstube war, fragte der Bürgermeister: »Ist es wahr, dass Ihr eine Frau in Eurem Turm beherbergt?«

»Ja.«

»Was macht sie hier?«

»Sie ist auf der Durchreise.«

»Seit wann nehmen reisende Damen im Henkersturm Quartier? Ich will die Frau sprechen. Schickt sie mir!«

Der Ratsdiener öffnete Leander die Tür, aus Angst, der Carnifex könne die Türklinke berühren. Aus dem gleichen Grund hatten sie ihm auch keinen Stuhl angeboten. Wer will schon auf einem Stuhl Platz nehmen, auf dem der Henker gesessen hat?

Thekla schien sich in dem Henkersturm wie daheim zu fühlen. Die dunklen Kammern erinnerten sie an die heimatlichen Klosterzellen, in denen sie ein gut Teil ihres bisherigen Lebens verbracht hatte. Eine Klosterfrau ohne Kloster ist wie eine Schnecke ohne Schneckenhaus. Der Satz stammte von der Äbtissin. Wie Recht sie hatte.

Thekla bewohnte eine Kammer im Obergeschoss neben dem Raum, in dem Beatrice schlief. An der Innentür gab es einen eisernen Riegel, den Thekla zur Nachtzeit vorschob. Denn wenn der Henker und sein Knecht René sie auch mit Respekt behandelten, so war das Misstrauen, das sie grundsätzlich gegen alle Männer hegte, doch stets gegenwärtig.

Am Abend saßen sie in dem Kaminzimmer am viereckigen Tisch unter der Öllampe. Die Buchenscheite im Kamin verbreiteten wohlige Wärme. Im Teekessel brodelte Wasser.

Die Gespräche kreisten um Henker und entlaufene Nonnen.

»Warum bist du fortgelaufen, Schwester? Was war verkehrt in eurem Kloster?«

»Ich bin Nonne geworden, um Gott zu dienen. Wie aber kann ich das, wenn ich eingesperrt bin? Beten, Singen, Fasten war mir zu wenig. Ich möchte den Armen helfen, die Kranken trösten. Ich will dienen und gebraucht werden. Auch Jesus und seine Jünger lebten nicht in Klausur.«

»Hast du nicht bei der Aufnahme in deinen Orden einen Eid geleistet, einen heiligen Eid auf die Bibel? Eidbrüchigen werden bei uns die Schwurfinger abgehackt, bisweilen auch der Kopf und zuvor die Zunge.«

Das hätte ich auch verdient, dachte Thekla, wenn ich mich zu solch schändlicher Tat erniedrigen könnte. Stattdessen sagte sie: »Ich tat es für Gott. Er wird mir verzeihen.« Und damit sprach sie die Wahrheit, denn alles, was sie hier an Verstellung auf sich nahm, tat sie für Gott.

»Ihr schneidet Eidbrüchigen wahrhaftig die Zungen ab?«, fragte sie angewidert. »Warum werden Verbrecher nicht einfach getötet, so wie man tollwütige Tiere tötet? Warum werden sie so unbarmherzig gefoltert und gequält? Ist das christlich?«

»Ja, das ist es«, sagte Leander. »Ohne Folter kein Christentum. Das Kreuz ist der Marterpfahl. Rom liebt die Folter. Papst Gregor, den sie den Großen nennen, hat verkündet: Für jede einzelne Sünde gibt es eine eigene Folterstrafe in der Hölle. Er behauptet es, obwohl dergleichen nirgendwo in der Heiligen Schrift zu finden ist. Von hundertvierundvierzigtausend Höllenstrafen will er wissen. Das sind mehr Qualen, als es Fische in der Aude gibt.«

»Das klingt so, als ob du Rom nicht magst.«

»Die Nähe zu Gott wächst mit der Distanz zur Kirche.«

»Du sprichst wie ein Katharer«, sagte Thekla.

So kamen sie auf die Katharer zu sprechen.

Leander erzählte von der Reinen, die er verbrennen sollte, von den Gesprächen mit ihr und von ihrem Tod durch Endura. »Sie war eine bemerkenswerte Frau. Ich werde sie stets in Erinnerung behalten: Vandalmonde de Castanier.«

»Was sagst du da?«

»Vandalmonde de Castanier, so hieß sie.«

Sie tranken von dem Wein, den Leander zu Ehren des seltenen Besuches kredenzte.

»Bevor ich es vergesse«, sagte er, »der Bürgermeister will dich sprechen. Du sollst morgen früh zu ihm ins Rathaus kommen.«

»Was will er von mir?«

»Er will dich in Augenschein nehmen. Es gehört zu seinen Pflichten als Bürgermeister.«

»Was ist er für ein Mensch? Muss ich ihn fürchten?«

»Ich mag ihn nicht, aber er ist kein schlechter Mensch. Man sagt, er sympathisiere mit den Katharern.«

Als Thekla den Bürgermeister Loubatiere am Morgen in seiner Amtsstube besuchte, thronte er in seinem ledernen Armstuhl wie ein Ordensgeneral. Er musterte sie und fragte dann: »Wer bist du? Wo kommst du her?«

»Ich komme aus Piacenza. Man nennt mich Thekla.«

»Aus Piacenza? Das liegt weit weg von hier. Was willst du bei uns?«

»Ich bin auf der Durchreise.«

»Ganz allein, ohne Begleitung?«

»Ja.«

»Seit wann nächtigen durchreisende Damen beim Henker?«

»Ich wurde überfallen. Der Henker fand mich und half mir.«

Der Bürgermeister schüttelte missmutig den Kopf, so als könnte er nicht glauben, was sie ihm da erzählte.

»Warum unternimmt eine Frau eine so weite und gefährliche Reise ohne Begleitung? Gehörst du zum fahrenden Volk? Bist du eine Wahrsagerin, eine Kräuterhexe oder eine Hübscherin? Wir dulden keine unehrlichen Leute in unserer Stadt.«

»Ich gehöre nicht zum fahrenden Volk.«

»Zu wem denn?«

»Ich bin eine Ordensfrau.«

»Eine Ordensfrau? Sag mal, für wie dumm hältst du mich?«

»Quare splendidum te, si tuam non habes, aliena claritudo non efficit«, erwiderte Thekla.

»Was sagst du da?«

»Das war Latein. Spricht das fahrende Volk Latein?« Sie nahm ihre Kappe ab: »Trägt eine Hübscherin ihr Haar so?«

»Wahrhaftig, nein«, sagte der Bürgermeister. »Eine entlaufene Nonne! Wer hätte das gedacht. Was treibt eine wie dich zu uns?«

»Ich bin auf der Suche nach Gott.«

»Und du glaubst, ihn hier zu finden?«

»Ja.«

»Warum?«

»Ich hatte einen Traum. Eine Frau sprach zu mir.«

»Die Madonna?«

»Nein, nicht die Madonna. Eine Reine.«

»Eine Reine? Was für eine Reine?«

»Vandalmonde de Castanier, so nannte sie sich.«

»Vandalmonde ...« Das Erstaunen stand ihm ins Gesicht geschrieben.

»Ihr kennt sie, Herr?«

»Nein«, sagte der Bürgermeister, und man sah ihm an, dass er log. Er erhob sich und gab ihr die Hand: »Du kannst vorerst bleiben.«

Die Erwähnung der Vandalmonde hatte ihm Respekt eingeflößt. Wie hatte Pater Arnaud gesagt: Halte deine Augen und Ohren offen. Bisweilen ist eine Kleinigkeit von großem Nutzen. Wie gut, dachte Thekla, dass der Henker von dieser Reinen gesprochen hatte. Der erste Kontakt zu den Katharern war geknüpft.

In der Nacht hörte Thekla aus der Nachbarkammer beängstigende Geräusche. Es klang so, als würde dort jemand ermordet: Keuchen, Stöhnen. Sie sprang aus dem Bett, legte ihr Ohr an die Wand, vernahm Möbelknarren, scharrende Bewegungen. Ein unterdrückter Aufschrei! Was ging dort drüben vor sich? Sie wagte kaum zu atmen. Da war es wieder, das Keuchen: »Ja, ja, so ist es gut!«

Es waren die gleichen lustvollen Laute wie auf dem Schiff: der Mann hinter dem Pferd.

»Um Gottes willen«, entfuhr es ihr. »Der Henker und sein Gehilfe! Sodomie! Überall Sodomie, Sünde und Schmutz.«

Die Welt war ohne Scham. Nein, nicht die Welt, die Männer waren ohne Scham.

Den größten Teil der Nacht lag sie wach. Erst gegen Morgen verließ der Henker das Zimmer des Jungen. Ob er ihm wohl Gewalt antat? Endlich versank sie in unruhigem Schlaf. Im Traum erlebte sie noch einmal alle Schrecken der Vergewaltigung. Dieses Mal waren es sogar mehrere Männer, die ihr die Kleider vom Leib schnitten. Der Henker und sein Gehilfe waren auch dabei.

Nur zögernd wagte sich Thekla am Morgen aus ihrer Kammer. Sie wurde begrüßt, als wäre nichts geschehen. Die beiden Männer benahmen sich wie ganz normale Menschen. Während Thekla vor Scham am liebsten im Boden versunken wäre, bewegten sie sich so unbekümmert und mit solch heiterer Gelassenheit, als wäre fleischliche Wollust zwischen Männern die natürlichste Sache der Welt. Daheim in Piacenza gab es ein eigenes Amt zur Ermittlung und Verfolgung widernatürlicher Sodomie zwischen Männern, das Officiali di Notte. Bordelle hatte man einrichten müssen, um der Männerwelt das schlimmere Übel abzugewöhnen. Wie scheußlich war das alles!

»Du siehst heute Morgen so aus, Schwester, als wärst du mit dir und der Welt unzufrieden«, sagte Leander.

Thekla erwiderte: »Es ist besser, ein unzufriedener Mensch zu sein als ein zufrieden gestelltes Schwein.«

Auf dem Weg zu ihrem Pferd, das in einer Scheune bei der großen Mauer untergebracht war, wurde Thekla von einer jungen Frau angesprochen. »Gott zum Gruß, Schwester Thekla. Wir haben von dir gehört. Die Gemeinde der Rechtgläubigen heißt dich willkommen.«

Der Kontakt zu den Katharern war hergestellt.

14. Kapitel

Der Tag begann mit einem Blauton kalt wie Eisen. Der helle Streifen über dem Horizont hatte die Farbe von Flussfischen mit nassbleichem Bauch. Die fernen Bergkuppen der Pyrenäen färbten sich rosa. Die Türme, die die Stadtmauer überragten, schienen zu glühen. Immer deutlicher zeichneten sich die Umrisse der verwinkelten Häuser ab. Die Gassen verloren ihre Düsternis. Danach versank alles in gleißender Sonnenglut.

Im ersten Licht des Tages hatten sie Carcassonne verlassen. Nun trabten ihre Pferde den schmalen Ufersaum der Aude entlang. Schweif und Mähnen wehten im Morgenwind.

Die Sonne stand schon hoch am Himmel, als sie Rast machten. Sie ließen die Pferde weiden und breiteten am Fluss die mitgebrachten Lederdecken aus.

»Hier ist gut sein«, sagte Leander. Er zog sich die Stiefel aus und stieg in den Fluss. Das Wasser reichte ihm bis zum Knie.

»Du stehst so steif da wie ein Storch«, lachte Beatrice. Sie streifte ihre Kleidung ab und sprang nackt in das kühle, frische Wasser, vergnügt planschend und prustend.

»Nun komm schon!«, rief sie und spritzte ihn mit den Füßen nass. Da sprang er, so wie er war, mit Hemd, Hose und Wams in den Fluss, griff nach ihr, tauchte sie unter. Sie balgten sich verspielt wie junge Ottern.

Später lagen sie in der Sonne und spürten den Wind auf ihrer Haut. Sie beobachteten die davonschwebenden Wolken, lauschten dem Schwirren der Insekten in dem hohen Gras und dem Ruf einer Wacholderdrossel.

»Mich hat nie ein Mensch geliebt«, sagte Leander.

»Da irrst du dich«, erwiderte Beatrice. »Bero liebt dich. Und er liebt nur dich, dich ganz allein.«

»Er ist mir treu ergeben, aber ist das Liebe?«

»Wenn du das nicht erkennst, bist du blind. Er würde sich für dich in Stücke reißen lassen.«

»Woher willst du das wissen?«

»Frauen spüren so etwas. Seine Liebe zu dir ist ebenso wenig zu übersehen wie sein Zorn auf mich.«

»Warum sollte er dir zürnen?«

»Aus Eifersucht. Wie wäre dir zumute, wenn du über dem Pferdestall hausen müsstest, während ich mich mit einem schönen jungen Mann hier im Turm vergnügen würde?«

»Ich würde den Kerl umbringen.«

»Nun weißt du, warum ich mich bisweilen vor Bero fürchte. Die Art, wie er mich anschaut, macht mir Angst.«

»Ach, Unsinn«, belehrte sie Leander, »das liegt nur an seiner Ledermaske. Die hat mich anfangs auch erschreckt.«

Als sie auf dem Heimritt an einem Bärenzwinger vorbeikamen, sagte Beatrice: »Schau nur, der kleine Bär. Er tut mir Leid.«

»Nein«, sagte Leander, »wir tun ihm Leid.«

»Wieso sollte er Mitleid mit uns haben?«

»Weil wir aus seiner Sicht unfrei sind.«

»Aber *er* ist doch eingesperrt.«

»Für ihn leben *wir* hinter Gittern. Er sieht uns hinter Eisenstäben. Das Draußen dauert ihn. Der Zwinger ist für ihn die Welt, in die er hineingeboren wurde und die ihm ganz allein gehört, so wie uns der Turm.«

Ein sanfter Wind wehte durch das offene Fenster und ließ die Kerzenflammen flackern.

»Bist du glücklich?«

»Wie im Himmel.«

»Lass uns lieber auf der Erde bleiben«, meinte Leander. »Himmlische Wesen wie Götter und Engel sind körperlos. Für das, was wir Menschen Glück nennen, seliges Außersich sein und grenzenlose Lust, benötigen wir unsere körperlichen Sinne. Ohne sie gibt es keine Sinnlichkeit und kein Glück.«

»Dann kann Gott nicht glücklich sein«, erwiderte Beatrice.

»So wird es wohl sein.«

»Aber im Alten Testament ist er häufig zornig. Ob *wir* wohl seinen Zorn erregen?«

»Warum?«

»Weil wir uns nicht an seine Gebote halten.«

»Tun wir das nicht? Wir stehlen und wir morden nicht. Wir legen nicht falsches Zeugnis wider andere ab. Wir brechen nicht die Ehe. Wir haben nicht einmal unerlaubten Beischlaf miteinander. Unzucht ist nur, was Männer miteinander treiben und unverheiratete Paare. Zuneigung unter Frauen gilt im Buch der Bücher als Engelsliebe.«

»Außerhalb der Ehe ist alle fleischliche Lust Sünde«, sagte Beatrice. »So erklärten die Richter, die mich verurteilt haben.«

»Eine Henkerin und eine tote Hexe – welcher Priester würde uns seinen Segen erteilen?«, widersprach Leander. »Was können wir für den verworrenen Zustand der Welt, in der wir leben? Henker und Hingerichtete haben nicht Teil am Gesetz und an den Gnadenmitteln der Kirche. Dafür trifft uns auch kein Fluch und kein Bann. Für uns gilt nicht, was für andere gilt. Wir haben Rechte, die kein anderer hat. Wir sind frei.« Er nahm sie in die Arme. Durch den schmalen Saum zwischen Kleid und Haut atmete er die süße Wärme ihres Körpers ein, den Duft ihres Fleisches.

Später, nach Stunden seliger Bewusstlosigkeit, sagte sie: »Ich musste sterben, um wirklich zu leben. Und ich vergehe immer wieder in deinen Armen. Ob der Tod auch so schön ist?«

»Er ist weder schön noch schrecklich. Denn alles Schöne und Schreckliche beruht auf Empfindung. Mit dem Tod aber endet alle Empfindung. Der Sinn des Lebens ist es, das Leben zu erfahren. Auch die Sünde erfüllt eine Aufgabe. Man muss sich verlieren, um sich zu finden. Peccatum necessarium. Felix culpa. Der Mensch wurde erst durch den Sündenfall zum Menschen.«

»Woher weißt du solche Dinge?«, fragte Beatrice verwundert.

»Wer steht dem Tod so nah wie der Henker? Er ist mein Lehnsherr.«

»Fürchtest du ihn?«

»Nein. In Schrecken versetzt mich der Gedanke, er könnte dich mir nehmen.«

»Du hast mich einmal vor ihm bewahrt. Du wirst es wieder tun.«

»So wahr mir Gott helfe«, sagte Leander und küsste sie.

»Glaubst du an Gott?«

»Wie kannst du fragen? Um ich zu sein, brauche ich ihn. Aber ich mag nicht die, die behaupten, in seinem Auftrag zu handeln. Die schlimmsten Gräueltaten werden nicht von Verbrechern verübt, sondern von Fanatikern, die davon überzeugt sind, den einzig wahren Weg ins Paradies weisen zu können.«

»Du sprichst wie ein Ketzer.«

»Ich kann es mir leisten. Ich bin der Henker, Gladius Dei, das Schwert Gottes. Im Zimmer meines Vaters hing ein Kruzifix, ein Holzkreuz, drei Fuß hoch, mit einem Jesus daran, der sich in Schmerzen wand. Ich konnte nie an ihm vorübergehen, ohne von Entsetzen gepackt zu werden. Wie kann man sich einen gefolterten Menschen übers Bett hängen?, habe ich den Alten gefragt.

›Alle tun das‹, hat er erwidert, ›aber keinem steht das Kruzifix besser als uns. Es ist unser Zunftzeichen. Hängt sich nicht auch der Jäger die Trophäe des erlegten Wildes an die Wand? Und der Metzger beim Markusturm hat ein hölzernes Schwein herausgehängt mit einem Messer im Rücken.‹

Der Alte hatte einen galligen Humor. Ich aber träumte des Nachts von Golgatha, wurde selbst ans Kreuz geschlagen, spürte jeden Hammerschlag, mit dem sie mir die Nägel durch Hände und Füße trieben. Die Schmerzen waren höllisch.

Schon damals habe ich mir geschworen, niemals einem Geschöpf mutwillig Schmerz zuzufügen. Als Henker werde ich töten. Das ist mein Beruf. Ich werde töten, aber nicht quälen. Das schließt die Tiere mit ein. Es tut mir bis in die Seele weh, wenn ich mitansehen muss, wie herzlos die Menschen mit den Tieren umgehen.

Hast du einmal mitangesehen, wie sie am Tag der heiligen Perpetua in unseren Kirchen die zuvor gefangenen Singvögel frei lassen? Zur Freude der Menschen flattern sie so lange gegen die bleiverglasten Fenster, bis sie tot zu Boden fallen. Dort werden sie dann weggefegt wie welkes Laub.«

15. Kapitel

Im März 1242 reiste Henri de Marcy zum zweiten Mal nach Okzitanien. Mit den Befugnissen eines päpstlichen Legaten versehen, wollte er erreichen, was den Dominikanern mit ihren Predigten nicht gelungen war. Die grausame Bestrafung des armen Pierre Maurand in Toulouse war den Menschen noch gegenwärtig. Es würden weitere folgen, getreu seiner Devise, den Garten Gottes von allem Unkraut zu befreien.

Seine Heiligkeit reiste mit eindrucksvollem Gefolge: Lanzenreiter und Bannerträger und in ihrer Mitte die von vier Pferden gezogene Karosse mit dem päpstlichen Wappen. Die Fenster verhüllt von Vorhängen, durch die man hinaus-, aber nicht hineinblicken konnte – so wurde er durch das Land gefahren, unsichtbar wie Gott, das gestaltlose Strafgericht. Wenn sie sich einer Ansiedlung näherten, schlugen die Trommler ihre Pauken wie vor der Schlacht oder vor der Hinrichtung eines armen Sünders.

Die Sonne berührte den Saum der fernen Berge, als der Zug die steinerne Brücke über die Aude erreichte. Die Ebene leuchtete blutrot, lodernd wie Feuer. Der Himmel hatte die weiß-gelbliche Farbe von Knochen angenommen. Seine Heiligkeit, wie er sich anreden ließ, streckte die Hand aus dem Fenster, zum Zeichen, dass er zu rasten wünschte. Die Kutscher sprangen vom Bock, öffneten die Wagentür und halfen beim Aussteigen.

Henri de Marcy verweilte ein paar Atemzüge auf der Brücke, krumm und steif vom stundenlangen Sitzen. Er blickte hinab auf das gurgelnde Wasser. Ihn fror. Die Reiter waren abgestiegen, führten ihre Rosse zum Fluss, um sie zu tränken.

Den Kutschpferden wurde Wasser in ledernen Eimern gebracht. Auch die Männer labten sich an mitgeführtem Wein. Zwei junge Burschen waren auf das steinerne Geländer geklettert. Von dort aus pinkelten sie in hohem Bogen in den Fluss. Da war Lachen und Schwätzen wie in einem Feldlager.

Unbeachtet von den anderen hinkte Seine Heiligkeit zu dem Forst, der sich hinter der Brücke erstreckte, um dort seine Notdurft zu verrichten, nicht vor aller Augen, wie es sich für sein Amt geziemte.

Die Zeit verrann. Die Sonne war bereits untergegangen. Der Legat war immer noch nicht zurückgekehrt.

»Der Heilige Stuhl scheint einen harten Stuhl zu haben«, lästerte der Hauptmann der Lanzenreiter. »Wir müssen weiter. Seht mal nach ihm!«

Die beiden Kutscher machten sich auf, ihren Fahrgast zurückzuholen. »Los, beeilt euch!«

Schon nach wenigen Minuten waren sie wieder da, kreidebleich, unfähig, einen zusammenhängenden Satz zu sprechen: »Tot... o mein Gott!... Tot... wie schrecklich!... Blut, überall Blut.«

Die Männer hasteten über die Brücke, drangen in den Wald ein, prallten entsetzt zurück gekehrt. Halb verdeckt von Farn und dichtem Brombeergestrüpp lag der Legat in seinem Blut. Mit ausgebreiteten Armen wie ein Gekreuzigter, die offenen Augen gen Himmel gerichtet. Jemand hatte ihm die Kehle durchschnitten. Das Messer lag noch neben ihm im Gras. Der Schnitt verlief von einem Ohr zum anderen.

»Ihm ist nicht mehr zu helfen«, stellte der Hauptmann fest. »Lasst uns den Mörder fassen! Er kann noch nicht weit sein.«

Inzwischen war die Nacht hereingebrochen. Es war so finster in dem Forst, dass zwei der Lanzenreiter sich fast gegenseitig umgebracht hätten. Nach mehrstündiger vergeblicher Jagd teilten sie sich auf. Ein Teil unter Führung des Hauptmannes blieb zurück, um die Suche bei Tageslicht fortzusetzen. Die anderen zogen mit dem Toten in Richtung Carcassonne weiter, wo sie gegen Mitternacht eintrafen und von den Torwächtern nicht eingelassen wurden; denn das Gesetz der Stadt bestimmte, dass die Schlüssel nach Schließung der großen Tore vom Bürgermeister in Verwahrung genommen wurden. Erst als man der Wache den toten Legaten zeigte, wurde der Schlüssel geholt und das Tor geöffnet.

Man brachte den Leichnam zur Basilika Saint Nazaire und bahrte ihn dort auf. Zwei Lanzenreiter hielten die Totenwache.

Seine Heiligkeit sollte auch im Tod noch Staat machen. Bekleidet im vollen Ornat des päpstlichen Legaten lag er in seinem Sarg. Ein seidener Schal verdeckte die Schnittwunde. Nur das silberne Kreuz, das er ständig auf der Brust zu tragen pflegte, fehlte. Wie sehr sie auch am Tatort danach gesucht hatten, es blieb verschwunden. Der Mörder hatte es vermutlich an sich genommen.

Die Nachricht von der Ermordung des päpstlichen Legaten verbreitete sich in der Stadt wie ein Steppenbrand. Das Entsetzen darüber war den Bürgern ins Gesicht geschrieben. Nicht dass ihnen dieser Hundling Henri de Marcy Leid getan hätte – zur Hölle mit ihm! –, aber schon einmal hatten bei einem ganz ähnlichen Attentat auf einen päpstlichen Legaten Zehntausende von Menschen ihr Leben lassen müssen.

Am Tag des heiligen Antonius anno 1208 war der Legat Pierre de Castelnau in der Nähe von Saint Gilles erschlagen worden. Obwohl sich der Mord unter mysteriösen Umständen ereignet hatte, war für Rom der Fall klar: Niemand anders als die Katharer konnten den Anschlag geplant haben.

»Raimond VI., der Freund der Ketzer aus Toulouse, ist der wahre Mörder«, so tönte es damals aus Rom. Denn dieser hatte sich geweigert, die Katharer aus der Stadt zu vertreiben, wie der päpstliche Legat in beleidigender Weise von ihm gefordert hatte. ›Ich verfüge über die päpstliche Vollmacht zu zerstören, was ich für zerstörenswert erachte‹, hatte er dem Grafen gedroht, und der hatte ihn hinauswerfen lassen. Vorausgegangen war eine öffentliche Debatte in einem kleinen Ort zwischen

Carcassonne und Fanjeaux, wo nach Anhörung aller Argumente die unparteiischen Richter sich geweigert hatten, den Katharismus als Häresie zu verurteilen. Schäumend vor Wut musste Pierre de Castelnau das Feld räumen. Er sagte: ›Ich habe euch gepredigt, vergeblich. Wo der Segen nicht hilft, hilft der Stock. Wir werden die ganze Welt gegen euch zusammenrufen, eure Städte zerstören und euch und euren Hochmut brechen. Wenn die Sanftmut versagt, so herrsche Gewalt!‹ Wenige Wochen nach dem Attentat rief Papst Innozenz zum Völkermord auf, ein Kreuzzug nicht gegen ungläubige Sarazenen, sondern gegen Christenmenschen.

Darüber sprachen die Bürger an jenem Morgen in den Werkstätten, daheim und auf dem Markt. Es gab kein anderes Thema in der Stadt. Unheil hing in der Luft.

Graf Simon de Clermont war am Abend zuvor nach Carcassonne gekommen, um Pferde zu kaufen – eine gute Gelegenheit, um Leander die versprochenen Schriftrollen zu geben. Sie hatten sich in Leanders Garten getroffen. Und auch sie sprachen natürlich von nichts anderem als von dem Mord an dem päpstlichen Legaten. Die schrecklichen Bilder der Vergangenheit wurden wieder lebendig. Knapp dreißig Jahre war es her, dass das Heer der Kreuzritter vor Béziers gelegen hatte. Zwanzigtausend Ritter und zweihunderttausend Mann Fußvolk, ein wilder Haufen von Abenteurern und raubgierigem Gesindel: der Abschaum Europas. Herbeigelockt durch die Aussicht auf reiche Beute und Vergebung aller Sünden durch päpstlichen Ablass. Die Kreuzfahrer forderten die Auslieferung aller Ketzer, die sich innerhalb der Stadtmauer aufhielten. Die Bürger von Béziers wiesen diese Forderung empört zurück. Es begann ein beispielloses Morden. Als ein Feldhauptmann den Heerführer, Abt Almarich von Citeaux, fragte, wie man denn die Kirchentreuen von den Katharern unterscheiden könne, gab ihm der Gottesreiter zur Antwort: ›Erschlagt sie alle. Gott wird die Seinen schon erkennen.‹ Béziers wurde vollständig zerstört. Selbst die Kathedrale brannte. Ein

Meer von Blut und Feuer. Es gab kein Entrinnen. Ich glaube, nicht ein Einziger von ihnen ist damals mit dem Leben davongekommen«, sagte Simon de Clermont. »Wenig später fiel Carcassonne den Kreuzfahrern zum Opfer.«

»Ich war zu dieser Zeit noch ein Kind«, sagte Leander. »Wir flohen nach Latours, wo wir Aufnahme beim Grafen Pierre Roger de Cabernet fanden. Niemand brauchte in jenen Tagen einen Henker. Die Arbeit erledigte das päpstliche Kreuzritterheer. Sie henkten, zerhackten und verbrannten mehr Christenmenschen als alle Scharfrichter auf Erden, und das mit solcher Erbarmungslosigkeit gegen Unschuldige, dass mein Vater sagte: ›Neben diesen Schlächtern ist jeder Henker ein Heiliger.‹«

»Unsere ehrwürdigen alten Städte«, fuhr der Graf fort, «Montreal, Fanjeaux, Castres, Limoux und schließlich Lambers und Albi, eine nach der anderen wurden sie unter dem Befehl des Simon de Montfort Opfer der päpstlichen Horden. Obwohl sie uns zahlenmäßig vielfach überlegen waren, stießen sie auf erbitterten Widerstand, so wie vor Cabaret und Minerve, das selbst nach zweimonatiger Belagerung der hundertfachen Übermacht standhielt. Erst als sie mit ihren riesigen Steinschleudern alle Aquädukte zerstört hatten, mussten sich die Verteidiger, vom Verdursten bedroht, ergeben. Die Garnison kam mit dem Leben davon, doch alle Katharer endeten im Feuer. Zweihundert sollen es gewesen sein.«

Leander sagte: »Einer von denen, die öffentlich und bei lebendigem Leib verbrannt worden sind, war mein Henkersknecht Bero. Eine Frau fand ihn in der Asche neben dem Scheiterhaufen, bis zur Unkenntlichkeit verschmort. Die Glut hatte ihm die Ohren vom Kopf geschmolzen, Lippen, Lider und Nase versengt. Überlebt hat er nur durch den Vater, der sein Kind schützend umfing und ihm so die Flammen vom Leib hielt.«

»Auch ich habe einen Sohn im Feuer verloren«, sagte der Graf.

»Einen Sohn, im Feuer?« Leander blickte ihn ungläubig an.

Der Alte machte eine längere Pause und begann dann zu erzählen: »Im Frühjahr 1211 stand Simon de Montfort mit seinem Kreuzritterheer vor der Stadtfestung Lavour. Fünfzehntausend Angreifer gegen eintausend Verteidiger. Zu Jakobus, am 3. Mai, wurden die übernächtigten Mauerwachen im Schlaf niedergemetzelt. Es wurde verbissen gekämpft. Das Blutbad war fürchterlich. Wer überlebte, wurde hingerichtet. Als die Galgen unter dem Gewicht der Gehenkten zusammenbrachen, schnitt man den übrigen die Kehle durch. Sie wurden wie Vieh geschlachtet. Das Blut stand knöcheltief auf dem Marktplatz. Der Himmel war schwarz vor Rauch. Guiraude de Lavour, die Gattin des Festungskommandanten, wurde den Soldaten zur Vergewaltigung ausgehändigt. Danach warf man sie nackt in einen Brunnen und begrub sie unter einem Steinhagel. Es war ein Doppelmord, denn sie war hochschwanger. Alle, die nicht das Ave Marie aufsagen konnten, wurden verbrannt. Auch mein Sohn starb so. Und glaub mir, er war kein Katharer.«

Der Graf fuhr sich über die Augen. Da war nur das Summen der Bienen. Er hatte Leander den Rücken zugekehrt und starrte in den Himmel, als suche er dort eine Antwort auf all das Schreckliche, das diesem Land widerfahren war.

»Nicht von Mördern und Räubern werden die schlimmsten Verbrechen begangen, sondern von religiösen Fanatikern, die glauben, im Besitz der einzig gültigen Wahrheit zu sein.«

»Ja, die Welt ist ein Tollhaus.«

»Nun weißt du, warum ich mein Adlernest in den Bergen so liebe. Dort bin ich dem reinen Himmel näher als anderswo. Vor allem aber bin ich dort frei. Die Freiheit ist ein Gut, das der Mensch nur zu einem einzigen Preis verkaufen darf, nämlich dem noch größerer Freiheit.«

Leander fragte: »Wie geht es Eurem Jüngsten? Kann er wieder reiten?«

»So gut wie zuvor. Seitdem du ihn kuriert hast, fehlt ihm

nichts mehr. Er lässt dich grüßen und hofft, dass dir die Schriftrollen gefallen.«

»Ich hatte noch keine Gelegenheit, einen Blick darauf zu werfen, werde das aber heute Abend tun. Habt herzlichen Dank. Wann reitet Ihr zurück?«

»Noch heute, so Gott will.«

Aber Gott wollte nicht. Als der Graf kurz nach dem Mittagsläuten die Stadt verlassen wollte, wurde er beim Passieren der Porte Narbonnaise arrestiert und ins Schloss des Vizegrafen gebracht.

16. Kapitel

Spät in der Nacht brannte im oberen Fenster des Henkersturms noch Licht. Leanders Schatten lag über vergilbtem Pergament. Die Blätter waren, wie nicht anders zu erwarten, unvollständig und stark beschädigt. Man sah ihnen an, dass sie als Kriegsbeute durch viele Hände gegangen waren.

Leander las laut, wie das alle seine Zeitgenossen taten: »Die Kirche Christi ist gebenedeit, weil sie wegen ihres Glaubens Verfolgung erleiden muss. Ketzer dagegen werden wegen ihres Unglaubens verfolgt. Wir verfolgen aus Liebe, jene aber aus Hass, wir um zu bessern und vom Irrtum zu befreien, jene Gottlosen aber, um auszurotten und um Irrtum zu verbreiten.«

Leander hielt beim Lesen inne und dachte: Wie verlogen ist das, was Augustinus hier predigt. In Wahrheit irrt der, der andere verbrennt, um sie vom Irrtum zu befreien. Nein, er irrt sich nicht, er begeht ein Verbrechen. Manchmal empfinde ich wie ein Ketzer. Wie kann es anders sein. Mehr als alle anderen ist der Henker eine von der Erbsünde belastete Kreatur, ein schuldlos Schuldiger, ein Judas. Bin ich das wirklich? Gott allein weiß es. Ich bin der Carnifex von Carcassonne, der Vollstrecker der hohen Werke der Gerechtigkeit. Aber was ist Gerechtigkeit wert, wenn sie so schändlich missbraucht wird wie hier vom Kirchenvater Augustinus?

Leander war so vertieft in seine Gedanken, dass er das Poltern an der Turmpforte erst beim zweiten Mal hörte. Mit dem Harzlicht in der Hand stieg er die Stufen hinab.

»Wer da?«, fragte er.

»In Gottes Namen, mach auf! Ich bin es, Raimond, der Sekretär des Vizegrafen. Du sollst zu ihm kommen.«

»Jetzt, um diese Tageszeit?«

»Ja, es eilt.«

Barhäuptig, mit wehendem Mantel folgte Leander dem Sekretär zur Stadtburg. Ihre Schritte hallten auf dem Pflaster der menschenleeren Gassen wider. Durch eine Hintertür gelangten sie in die Festung. Sie überquerten den Innenhof, stiegen eine Wendeltreppe empor und betraten einen Saal. Die Kerzen in den Kandelabern flackerten beim Schließen der Tür, als sei der Sturm in sie gefahren. Ihr bewegter Schein fiel auf den Vizegrafen und auf zwei Männer in schwarzem Priesterornat. Der eine war Berengar, Inquisitor in Toulouse, den anderen kannte Leander nicht. Er blinzelte aus stark kurzsichtigen Augen. Ohne Begrüßung oder ein paar Worte der Erklärung winkte er Leander herbei, gab ihm ein geöffnetes Buch: »Lies!«

Leander ergriff es und las: »Ut sementem feceris, ita metes.«

Die drei Männer tauschten erstaunte Blicke aus: »Wahrhaftig, er kann lesen. Ein Henker, der lesen kann. Weißt du auch, was das heißt?«

»Wie du gesät hast, so wirst du ernten.«

»Der Graf hat die Wahrheit gesagt. Der Henker kann wahrhaftig lesen.«

»Welcher Graf?«, fragte Leander.

»Hier stellen wir die Fragen«, sagte der Inquisitor. »Du hast dich vor zwei Tagen mit Graf Simon de Clermont getroffen. Worüber habt ihr gesprochen? Was war der Grund für euer Treffen?«

»Der Graf hat mir ein Pergament gebracht.«

»Ein Pergament und weiter nichts?«

»Nein.«

»Was für ein Pergament war das, eine ketzerische Schrift?«

»Seit wann ist der heilige Augustinus ein Ketzer?«

»Der Kirchenvater Augustinus? Ist von ihm dieses Pergament?«

»So ist es.«

»Und wovon handelt es?«

»Von der gerechten und ungerechten Verfolgung. Ihr könnt es gern sehen.«

Der Vizegraf winkte ab: »Schon gut. Das reicht.« Zu den Geistlichen gewandt fügte er hinzu: »Die Aussage des Carnifex deckt sich mit dem, was uns der Graf gesagt hat.«

»Und wenn er lügt?«, fragte der unbekannte Priester.

»Warum sollte er?«, fragte der Inquisitor.

Er strich sich den Bart und betrachtete Leander: »Welchen Eindruck hat der Graf auf dich gemacht? War er bei eurem Treffen erregt? Hast du Flecken an seiner Kleidung bemerkt?«

»Was für Flecken?«

»Blut. Wenn einem Menschen die Kehle durchtrennt wird, spritzt das Blut in hohem Bogen heraus. Das muss ich dir als Henker doch nicht erklären.«

»Ihr meint ... das ist doch nicht Euer Ernst. Der Graf ...? Nein, niemals ...«

»Er hat den päpstlichen Legaten ermordet«, sagte der Inquisitor.

»Warum sollte er das tun?«, fragte Leander.

»Weil er ein Katharer ist.«

»Aber das ist doch kein Grund, einen Mord zu begehen. Heißt es nicht, den Katharern sei jede Gewalt fremd?«

»Der ermordete Legat hat vor einem Jahr an dem Schwager des Grafen ein strenges Exempel statuiert. Der Häresie überführt, wurde der Elende nackt durch die Stadt geschleift, gedemütigt und enteignet.«

»Pierre Maurand war ein Schwager des Grafen?«, fragte Leander.

»So ist es«, antwortete der Vizegraf. »Hast du das nicht gewusst?«

»Und deshalb, meint Ihr, wurde der Legat ermordet?«

»Nicht nur deshalb. Simon de Clermont war voller Hass auf den päpstlichen Legaten, weil die Kreuzfahrer seinen Sohn nach dem Fall von Lavour verbrannt haben. Allesamt Katharer sind sie, die ganze Sippe Clermont, Gotteslästerer und Totschläger.«

Leander wollte widersprechen: »Aber der Graf…«

»Gib dir keine Mühe, ihn zu verteidigen. Er hat den Mord bereits gestanden«, sagte der Inquisitor. »Er ist des Todes. Und du wirst ihn zur Hölle schicken.«

»Ist das Urteil schon gesprochen?«, fragte Leander den Vizegrafen.

»Morgen früh tritt das Gericht zusammen. Das ist auch der Grund, weshalb wir dich so spät in der Nacht noch anhören. Das Urteil soll so bald wie möglich vollstreckt werden. Die Bestrafung von Meuchelmord duldet keinen Aufschub.«

Der Vizegraf erhob sich, zum Zeichen, dass das Gespräch beendet war.

Als Leander den Saal verlassen hatte, sagte der Inquisitor: »Ein Schriftstück über die gerechte und ungerechte Verfolgung. Er fühlte sich also verfolgt, zu Unrecht verfolgt. Und so etwas bringt er Eurem Henker. Sie stecken doch alle unter einer Decke. Man sollte ihn gleich mit aufs Rad flechten.«

»Wen?«

»Den Henker.«

»Und wer sollte dieses blutige Geschäft erledigen?«, fragte der Vizegraf.

»Habt Ihr den Prälaten zur Hölle geschickt?«, fragte Leander, als er den Grafen in der Kerkerzelle aufsuchte.

»Einem Wehrlosen die Kehle durchschneiden – ich bin doch kein Metzger.«

»Aber warum habt Ihr dann den Mord gestanden? Euer Name steht unter dem Schuldbekenntnis. Hat man Euch Gewalt angetan? Wurdet Ihr gefoltert?«

»Nein.«

»Aber warum in drei Teufels Namen habt Ihr dann ein Geständnis abgelegt? Ihr seid des Todes.«

»Sind wir das nicht alle? Es gibt Schlimmeres als meinen

Tod. Erinnerst du dich an unser letztes Gespräch in deinem Garten? Wir sprachen über die Gräuel des Albigenser Kreuzzugs. Damals mussten Tausende ihr Leben lassen, weil Rom davon überzeugt war, die Katharer hätten den päpstlichen Prälaten Pierre de Castelnau ermordet. Das darf sich nicht wiederholen.«

»Ihr könnt doch nicht…«

»Mir bleibt keine andere Wahl. In ihren Augen bin ich schuldig. Sie haben keinen anderen als mich. Sie würden mich foltern, bis ich die Tat gestehe. Ich bin ein schwacher alter Mann. Ich hätte in der Tortur alles unterschrieben. Die Frage, die sie mir am häufigsten gestellt haben, lautete: Wer sind deine Mitverschwörer? Deine Söhne, deine Sippe, die Katharer? Nein, ich ganz allein war es! Ich habe es geschworen bei Gott und den Heiligen: Ich ganz allein. Gott wird mir den Meineid verzeihen. Ich habe aus Liebe gelogen. Ich musste es tun, um sie von dem Wahn abzubringen, es könnte sich um eine Verschwörung handeln.«

Leander betrachtete den weißhaarigen Alten und fragte: »Das haben sie Euch geglaubt? Was für einen Grund sollte einer wie Ihr haben, solch einen Mord zu begehen?«

»Die Vendetta hat in den Bergen Tradition. Rache ist eine Angelegenheit der Ehre und hat mit Religion und Politik nichts zu schaffen. Niemand außer mir muss dafür büßen.«

»Ihr seid ein…« Leander suchte nach dem rechten Wort.

»Ein Opfertier«, ergänzte der Alte den Satz. »Aber sind wir das nicht alle? Meine Frau starb im Wochenbett, mein Sohn im Kampf gegen unsere Feinde. Sie gaben ihr Leben für mich. Jetzt bin ich an der Reihe. Ärgern tut mich nur, dass ich keine Zeit mehr habe, die Ernte einzubringen. Liebe, Geburt und Tod – nichts davon kommt zum richtigen Zeitpunkt. Wann soll ich geschlachtet werden?«

»Morgen früh.«

»Schon morgen. Sie haben es verdammt eilig, mich umzubringen. Aber je schneller wir es hinter uns bringen, umso besser. Je länger ich in diesem dunklen Rattenloch liege, umso mehr graut mir vor dem Sterben.«

Leander sagte: »Ich werde Euch eine Droge geben, die Arme und Beine gefühllos macht. Der Tod wird rasch eintreten. Kann ich sonst noch etwas für Euch tun?«

»Ich möchte, dass das, was von mir übrig bleibt, in unserer Familiengruft die letzte Ruhe findet. Den Abschied von meinen Söhnen haben sie mir verwehrt. Den Priester, den sie mir schicken wollten, habe ich abgelehnt.«

»Glaubt Ihr an ein Leben nach dem Tod?«

Statt einer Antwort sagte der Graf: »Stell dir vor, du kommst in den Himmel und blickst in all die selbstzufriedenen Schafsgesichter der Pfaffen, die überheblich auf dich herabsehen. Und ganz oben an der Tafel zur Rechten Gottes sitzt sein Stellvertreter: der Papst. Das wäre nicht der Himmel, das wäre die Hölle. Was für ein fürchterlicher Glaube ist das, den man uns da aufgedrängt hat! Gott straft die gesamte Menschheit für eine einzige Sünde eines weit entfernten Vorfahren. Und diese Strafe soll mit erbarmungsloser Pein ewig währen. Keiner kann ihr entgehen ohne Vermittlung durch den Sohn, der qualvoll sterben musste, weil sein Vater es so wollte. Welch ein Schreckensbild der Feindseligkeit Gottes gegen seine sündigen Kinder. Wenn er wirklich so ist, wie die Pfaffen uns weismachen wollen, so stellt sich mir die Frage: Wer beschützt mich vor meinem Gott?«

Der Alte betrachtete Leander, als sähe er ihn zum ersten Mal.

»In was für einer entsetzlichen Welt leben wir«, fuhr er fort. »Vor ein paar Tagen warst du mir so nah wie ein Sohn, und morgen wirst du mir antun, was man seinem schlimmsten Feind nicht wünscht. Die Katharer haben Recht. Die Hölle liegt nicht irgendwo. Wir leben mittendrin.«

Und als Leander schon in der Zellentür stand, sagte er: »Glaub mir, es ist besser, im Stehen zu sterben, als auf Knien zu leben.«

»Wie kannst du ihn töten, wenn er den Prälaten nicht erschlagen hat?« Beatrice war so erregt, wie Leander sie noch nie erlebt hatte. »Was seid ihr nur für Menschen! Er ist dein Freund. Er ist unschuldig. Und du hackst ihm den Kopf ab.«

»Niemand wird ihm den Kopf abschlagen … leider.«

»Leider?«

»Das Urteil lautet Rädern. Rädern und anschließend Aufhängen; denn der Tod durch das Schwert ist nicht unehrenhaft. Der Strick jedoch schändet. Deshalb wird er gehenkt. Davor wollen sie ihn jedoch leiden lassen. Hast du schon einer Hinrichtung beigewohnt?«

»Nein.«

»Aber du weißt, wie das Rädern vor sich geht?«

»Nein.«

»Dem Verurteilten werden Arme und Beine gebrochen. Danach wird er auf ein Wagenrad geflochten.«

»Geflochten?«

»Die zerbrochenen Gliedmaßen werden wie Weidenruten durch die Speichen gezogen.«

»Bei lebendigem Leib?«

»Bei lebendigem Leib.«

Beatrice schlug die Hände vor den Mund. Das Grauen stand ihr ins Gesicht geschrieben: »Wie lange kann ein Mensch das überleben?«

»Einen Tag. Manchmal auch länger.«

»O Gott, wie schrecklich!«

»Es kommt noch schlimmer, denn du wirst den Ärmsten aufs Rad flechten.«

»Nein.«

»Doch, denn das ist deine Aufgabe als Henkersknecht. Bero wird dem Grafen die Knochen brechen, und du wirst seine Glieder durch die Speichen winden. Ich werde dir dabei helfen.«

»Nein, bitte nicht!«

»Doch, es muss sein. Es ist der Preis, den wir zahlen müssen, damit wir beisammen sein dürfen.«

»Können wir ihm nicht irgendwie helfen?«

»Ich habe ihm bereits geholfen. Ich habe ihm ein Gift gegeben, das seine Glieder gefühllos macht und sein Sterben beschleunigt. Mehr kann ich nicht für ihn tun.«

Im Süden über den Pyrenäen ballten sich dunkle Wolken, im Osten war der Himmel hell und voller Heiterkeit. Die Raben hielten sich noch zurück, aber die Wildenten badeten schon laut schnatternd in der Aude. Die Pferde beim Kreuzgang der Domherren ließen schläfrig ihre Köpfe hängen. Als die ersten Sonnenstrahlen die Zinnen der äußeren Ringmauer vergoldeten, war der Platz vor der Basilika Saint Nazaire dicht gedrängt mit Menschen. Anders als bei den üblichen Hinrichtungsspektakeln, bei denen der Lärm der Masse noch meilenweit außerhalb der Stadtmauer zu vernehmen war, lag an jenem Morgen Friedhofsstille über dem Platz, so als gelte es, einem Freund das letzte Geleit zu geben.

Dicke Taue umspannten das Schafott, um die Zuschauer auf Abstand zu halten. In dem inneren Bezirk zwischen der Absperrung und dem Blutgerüst standen Stühle für den Vizegrafen, den höheren Klerus und den Magistrat.

Barfuß im Büßerhemd aus rauem Nesselstoff wurde der Graf von einem Büttel herbeigeführt, mit Halsband und eiserner Kette wie ein Hund. Nicht einmal den Schinderkarren mit dem Esel davor hatten sie ihm gewährt. Als die Trommeln zu schlagen begannen und die Arme-Sünder-Glocke ertönte, nahmen die Männer die Hüte vom Kopf, und die Frauen bekreuzigten sich.

Mit hoch erhobenem Haupt überquerte der Graf den Platz, ungebrochen in seinem Stolz. Einmal blieb er stehen und blickte eine junge Frau an, die laut aufschluchzte, als er an ihr vorüberging. Niemand sprach.

Leander stand schon auf dem Gerüst und erwartete ihn, zur Linken Beatrice, zur Rechten Bero, alle drei mit den Insignien der Menschenschlachtung angetan. Es war das erste Mal, dass

Beatrice die lederne Henkersmaske trug. Der Schweiß rann ihr den Hals hinab, und ihr Herz schlug lauter als die Totentrommel. Sie lehnte sich an den Galgen, dessen herabhängende Schlinge für alle sichtbar darauf wartete, den Gemarterten zu erwürgen.

»Erst wenn er stirbt, wird er vom Rad genommen«, hatte der Inquisitor befohlen. »Keinen Atemzug früher und keinen später. Er muss noch leben, wenn wir ihn aufhängen.«

Der Graf stieg die Stufen zum Schafott empor. Er begrüßte Leander mit leichtem Kopfnicken. Das Laufen fiel ihm sichtlich schwer. Das Schierlingsgift entfaltete seine Wirkung. Er hinkte bis an den Rand der Plattform und schaute auf die Menschen hinab. Ein paar Herzschläge lang war es auf dem Platz so still, dass man das Fallen einer Nadel vernommen hätte.

»Worauf wartet Ihr?«, rief der Inquisitor dem Henker zu. »Waltet Eures Amtes!«

Bero war der Erste, der sich bewegte. Doch bevor er den Grafen erreichte, griff dieser nach der Schlinge, die dicht über ihm hing, zog sie sich über den Kopf, warf einen triumphierenden Blick auf den Inquisitor und sprang.

Das alles ging so schnell, dass selbst Leander, der in unmittelbarer Nähe stand, völlig überrascht wurde. Alle waren wie erstarrt. Doch dann löste sich ein Schrei aus den Kehlen der Menschen, ein tierischer Schrei, wilder Triumph.

»Hast du den Blick gesehen, den er dem Inquisitor zuwarf: Ich bin ein Clermont. Einen wie mich schlachtet man nicht. Ich entscheide, wann und wie ich aus dem Leben scheide.«

»Der Teufel soll ihn holen«, sagte der Inquisitor. «Und er wird ihn holen. Es gibt nur ein Verbrechen, das noch schlimmer ist als Meuchelmord, und das ist Selbstmord. Die Hölle ist diesem Hundesohn gewiss, auf ewig und ohne Erbarmen.«

17. Kapitel

Theklas Quartier lag beim Turm Moulin d'Avar, in einer Straße, in der vor allem Handwerker wohnten: Schreiner, Zimmerleute, Dachdecker, Maurer – alles Katharer und fest verbunden durch den gemeinsamen Glauben. Das Haus gehörte der Familie Tavernier, einem Steinmetz mit Frau und zwei kleinen Kindern. Im Keller unter der Werkstatt fanden regelmäßig geheime Gottesdienste statt. Thekla half im Haushalt und wurde dafür im Glauben der Katharer unterwiesen. Seit Jahren an klösterliches Leben gewohnt, erschien ihr die brüderliche Gemeinschaft dieser einfachen und freundlichen Menschen vertraut. Es wurde gesungen und gelacht. Bei Tisch waren sie oft so viele, dass die Männer Türen aushängen mussten, um die Tafel zu verlängern. Waagrecht aufgebockt, mit einem Tuch darüber, boten sie dann Platz für die Nachbarn aus den umliegenden Häusern. Essen, Teller, Holzlöffel und Messer brachten die Gäste mit. Unfassbar erschien es Thekla, wenn sie abends in ihrer Kammer lag, dass sie alle Ketzer sein sollten.

Beim Einkauf auf dem Wochenmarkt wurde sie von einer jungen Frau angesprochen: »Bist du die Frau, die zu Pferd aus der Lombardei nach Carcassonne kam?«

Und als Thekla ihre Frage bejahte, sagte sie: »Der Jude Jakob Roth möchte dich sprechen. Er lädt dich ein in sein Haus.«

»Jakob Roth – wer ist das? Wo wohnt er?«

»Deine Freunde werden es dir sagen.«

Die Taverniers wollten es nicht glauben: »Eine Einladung in das Haus des Juden Roth? Das gibt es nicht. Was will er von dir? Kennst du ihn?«

»Nein. Was für ein Mensch ist dieser Roth? Was macht er?«

»Er handelt mit Leder und Fellen. Ein blasser, hagerer Mann mit Vollbart und Gehstock. Sein Haus liegt gleich an der Mauer beim Turm Balthazard. Man sagt, er sei sehr reich. Er hat Niederlassungen in Toulouse und Narbonne und sogar in der Lombardei. Er genießt den besonderen Schutz des Vizegrafen.«

Von außen wirkte das Haus, als sei wäre ein Teil der Stadtmauer. Ein paar schmale, schießschartenartige Fenster blinzelten auf die Straße.

Thekla betätigte den Türklopfer. Die junge Frau vom Markt öffnete ihr: »Schalom. Es freut uns, dass du gekommen bist.«

Sie liefen durch einen Korridor in einen hohen Raum. Die Fenster blickten in einen Innenhof. Aus einer Brunnenschale floss Wasser in ein darunter liegendes Becken. Ein bärtiger Mann stand dort und fütterte die Zierkarpfen.

»Schön, dass du gleich Zeit für mich hast«, sagte er. Er gab ihr die Hand und führte sie in einen Raum, der mit Teppichen ausgelegt war. Darauf stand ein niedriger Tisch und ein Diwan nach Art der Mauren.

»Trinkst du eine Schale Tee mit mir?«

Er klatschte in die Hände. Ein Junge brachte auf einem silbernen Tablett Tee und Gebäck. Sie tranken und musterten sich über den Tassenrand hinweg.

»Du weißt, wer ich bin«, sagte er. »Und ich weiß, wer du bist.«

»Woher wisst Ihr, wer ich bin?«, fragte Thekla.

»Es gehört zu meinem Geschäft zu wissen, was sich um mich herum ereignet.«

»Ich bin ein Ereignis?«

»Aber natürlich. Eine Frau, die allein durch die Welt reist und beim Henker Quartier nimmt, ist in einer Stadt wie Carcassonne ein Ereignis.«

»Deshalb wisst Ihr aber immer noch nicht, wer ich bin.«

»Nun, lass es mich herausfinden. Eine Frau in deinem Alter

hat einen Mann und meist auch Kinder, es sei denn, sie ist hässlich oder entstellt. Du bist keins von beidem und hast keine Familie, sonst wärst du an dein Heim gebunden. Eine Frau ohne Mann und Kinder – das könnte eine Nonne sein, aber die werden weggesperrt in Klosterzellen. Wenn so eine allein durch die Welt zieht, dann hat sie ihr Gelübde gebrochen, oder ihr Verstand triumphiert über den blinden Glauben.«

Er betrachtete sie und sagte: »Wenn du deine Kopfbedeckung abnimmst, wird die Länge deines Haares mir verraten, ob ich Recht habe.«

Statt einer Antwort nahm Thekla die Kappe vom Kopf.

»Nun, habe ich es doch gewusst!«, sagte der Alte. »Ich suche eine Frau mit dem Verstand einer Klosterfrau und mit viel Chuzpe.«

»Du suchst eine Frau?«

»Nein, nicht eine Frau. Dafür bin ich zu alt. Ich suche eine Mitarbeiterin, die lesen, schreiben und rechnen kann, die mehrere Sprachen beherrscht. Du sprichst Okzitanisch, Italienisch, Französisch. Das höre ich an deinem Akzent. Ich brauche jemanden, der meine Geschäfsbücher führt. Meine Augen werden von Tag zu Tag schlechter. Ich kann nicht mehr lesen, was in meinen Abrechnungen und Bestellungen steht. Und mein Gedächtnis ist auch nicht mehr das beste. Drei Stunden am Tag. Mehr Arbeit ist es nicht, und ich bezahle dich gut. Du kannst, wenn du willst, auch hier wohnen. Das Haus ist groß. Ich teile es mit ein paar Angestellten. Die meisten Räume stehen leer.«

»Eine Christin im Haus eines Juden – ist das erlaubt?«

»Nein, das ist es nicht. Aber der Vizegraf wird mir eine Ausnahmegenehmigung erteilen. Das ist nur eine Frage des Geldes.«

»Des Geldes?«

»Was meinst du, was deine katharischen Freunde zahlen müssen, damit ihre Häresie nicht zur Kenntnis genommen wird.« Er trank von seinem Tee und sagte: »Wir sitzen in einem Boot. Der Kampf gegen die Katharer richtete sich gleichermaßen auch gegen uns. Als das Kreuzritterheer Narbonne belagerte, gab es dort kaum Katharer, dafür aber reiche Juden. Nach Übergabe des jüdischen Besitzes an den Befehlshaber der Kreuzfahrer blieb Narbonne unbehelligt.« Er betrachtete sie mit zusammengekniffenen Augen: »Du hast gut daran getan, dein Kloster zu verlassen. Du siehst nicht aus wie ein Schaf.«

»Wieso ein Schaf?«

»Um ein mustergültiges Mitglied einer Schafherde zu sein, muss man vor allem ein Schaf sein.«

Thekla wusste, dass sie soeben einen sehr wichtigen und einflussreichen Freund gewonnen hatte. Natürlich nahm sie das Angebot an. Die vor ihr liegende Arbeit schreckte sie nicht. Hatte sie nicht auch im Kloster die Buchführung verwaltet? Zunächst galt es zu überprüfen, ob sich die Warenbestände im Lagerhaus mit den Eintragungen in den Büchern deckten. Dabei halfen ihr die beiden Knechte, zwei muselmanische Bulgaren, die der alte Roth auf einem Sklavenmarkt freigekauft hatte. Sie dankten es ihrem Herrn mit fast hündischer Treue. Wenn er das Haus verließ, folgten sie ihm auf drei Schritt Entfernung, grimmig dreinblickend wie Leibwächter. Im Übrigen waren sie jedoch friedliebende Gesellen. Sie redeten untereinander in ihrer wohlklingenden Muttersprache und hielten sich von den übrigen Bewohnern der Stadt fern.

Nachdem der alte Roth Thekla in alle Besonderheiten seines Geschäfts eingeführt hatte, zog er sich zurück, so als wollte er ihr zu verstehen geben, dass er ihr vertraute. Die ein- und ausgehenden Ladungen und Bestellungen allerdings kontrollierte er persönlich. Es gab einen von den Templern betriebenen Postdienst zwischen Paris und Narbonne, der zweimal im Monat in Carcassonne Halt machte. Er versorgte die Händler im Aude-Tal mit den Nachrichten, Aufträgen und Bestellungen, ohne die es keinen Handel gibt.

Die bestellten Waren wurden dann von Fuhrleuten mit Planwagen ins Landesinnere oder zu den Mittelmeerhäfen verfrachtet: lange Karawanen von großrädrigen Karren mit weißen Ochsen davor. Maulesel, bepackt mit Säcken und Fässern. Herden von Rindern und Rössern. Schon von weitem zu erkennen durch die Staubwolken, die den Zug begleiteten wie die Rauchsäulen der Kinder Israel bei ihrem Zug durch die Wüste. Für Thekla, die einen großen Teil ihres Lebens in klösterlicher Abgeschiedenheit verbracht hatte, war es jedes Mal ein aufregendes Erlebnis: Peitschenknall, das Knarren der Wagenräder, Rinderblöken, Flüche, dazu das Hufgetrappel der berittenen Kuriere und Waffenträger, die die kostbare Fracht bewachten. Eine wilde Prozession lärmender Geschäftigkeit.

Thekla liebte die Gespräche, die sie abends im Innenhof des Hauses mit dem alten Juden führte. Er war weit in der Welt herumgekommen und wusste viel zu berichten aus dem Heiligen Land und dem himmlischen Jerusalem.

»Ist es wahr«, fragte er an jenem Abend, »dass die Nonnen im Kloster so abgeschieden leben, dass sie nicht wissen, was in der Welt geschieht? Man erzählt sich, dass im Kloster Lutzerath eine Nonne beim Anblick eines Ziegenbocks, der auf die Mauer des Obstgartens gestiegen war, gefragt haben soll: ›Was ist das?‹ Die Äbtissin, die die Einfalt ihrer niederen Mitschwester kannte, antwortete: ›Eine Frau von der Außenwelt.‹ Und sie fügte hinzu: ›Wenn die Weltweiber alt werden, wachsen ihnen Hörner und Bart.‹ Worauf die gutgläubige Nonne Gott lobte, dass sie hinter Klostermauern leben dürfe.«

Thekla musste laut lachen: »Nein, ganz so zurückgezogen leben die Klosterfrauen nun doch nicht.«

»Wie leben sie dann?«, fragte Roth.

»Der Tag im Kloster ist mit anstrengender Arbeit gefüllt. Er beginnt früh und endet spät. Von Ostern bis zum Sankt Emmeramstag arbeiten die Nonnen schon morgens von vier bis um acht im Garten. Nach kaum vierstündigem Schlaf stehen sie eine Stunde nach Mitternacht auf, um Psalmen zu singen.

Um drei Uhr werden die Laudes gebetet und beim ersten Tageslicht die Prim. Da gibt es wenig Schlaf bei viel Arbeit und nur zwei Mahlzeiten am Tag. Aber selbst während des Essens werden noch Texte in lateinischer Sprache vorgelesen und gelernt: Homilien, Ordensregeln und Lehrreiches. Die Räume sind auch im Sommer kalt, die Kleidung ist unangenehm rau. Nach der Ordensregel sind wir verpflichtet, voll bekleidet zu schlafen. Gebadet wird zweimal im Jahr: vor Weihnachten und vor Ostern.«

»Das klingt mühevoll«, sagte Roth. Er füllte ihre Becher mit Traubensaft, trank davon und meinte: »Verzeih mir die Frage, aber es interessiert mich sehr: Gibt es unter den Klosterfrauen auch so etwas wie Liebesgefühl?«

»Entsagung kann höchste Lust sein. ›Als ich am Kreuz stand‹, heißt es bei der Mystikerin Angela von Perugia, ›legte ich meine Kleider ab und bot mich Ihm selbst dar.‹ Es gibt keine größere Sehnsucht als die unerfüllte. Und auch keine größere Freiheit. Denn wer der Welt entsagt, bedarf des anderen nicht und hält sich die Lasten des Alltags vom Leib. Er bleibt Herr über sich selbst.«

Der alte Jude entgegnete: »Entsagung – das ist die Liebe des Egoisten zum eigenen Ich.«

Nie zuvor war ihr Leben so abwechslungsreich verlaufen, so angefüllt mit erfolgreicher praktischer Tätigkeit. Niemals war sie so vielen Menschen begegnet, die ihr, einer Fremden, so viel Wohlwollen und Vertrauen entgegengebracht hatten. Sie hätte allen Grund gehabt, glücklich zu sein, wenn da nicht der Zwang zur Falschheit und Verstellung wie ein Splitter in ihrem Herzen gesteckt hätte. Seit frühester Novizenzeit hatte sie sich um die Wahrheit bemüht, und jetzt wurde von ihr erwartet, so falsch wie eine Schlange zu sein.

Aber es war nicht nur ihr schlechtes Gewissen, das sie quälte, sie vermisste vor allem die vertraute Teilnahme an der heiligen Messe, am Abendmahl und an der Beichte, die ihr nun verschlossen war. Was hatte eine Klosterfrau, die ihr Gelübde gebrochen hatte und zu den Katharern geflohen war, in der heiligen Messe zu suchen?

Am Tag der heiligen Gundula war ihr Verlangen nach seelischem Beistand stärker als alle Bedenken. Am späten Vormittag, an dem die meisten Frauen der Stadt in der Küche und die Männer in ihren Werkstätten beschäftigt waren, schlich sie sich zur Basilika Saint Nazaire. Die Gassen waren leer. Vor dem Kirchenportal zankte sich eine Schar Raben um eine tote Ratte. Im Innern des Kirchenschiffs herrschte feierliche Stille. Das Sonnenlicht rieselte wie farbige, fein geriebene Kreide durch die Fenster. Über dem ewigen Licht hing der Gekreuzigte.

Sie war ganz allein in dem hohen Raum, allein mit Gott. Sie benetzte ihre Stirn mit geweihtem Wasser und wollte vor dem Marienbild niederknien, als eine Männerstimme zu ihr sprach: »Ich habe auf dich gewartet.«

Sie fuhr herum. Da war niemand zu sehen.

»Komm her zu mir!«

Die Stimme kam aus dem Beichtstuhl. Oder sprach der Gekreuzigte zu ihr? Sie stand da wie erstarrt.

»Nun komm schon!« Und diesmal gab es keinen Zweifel: Es war jemand im Beichtstuhl. Als sie sich näherte, sah sie hinter der halb geöffneten Tür den schwarzen Rock eines Geistlichen. Es war Pater Zyprian, der Priester von Saint Nazaire.

Sie betrat den Beichtstuhl und kniete nieder.

»Ich habe auf dich gewartet«, wiederholte Pater Zyprian.

O Gott, dachte sie. Er hält mich für eine, die ihr Gelübde gebrochen hat, das heilige Gelübde mit Gott. Gibt es ein schlimmeres Verbrechen? Er wird mich verdammen, und ich darf mich nicht rechtfertigen, ohne meine geheime Mission zu verraten. Selbst im Beichtstuhl muss ich mich verstellen und lügen. Wie entsetzlich ist das alles. Mit gesenktem Kopf wartete sie auf den Bannstrahl.

»Ich weiß, warum du zu uns gekommen bist, Schwester.

Man hat mich eingeweiht in euren Plan. Der Bischof lässt dir ausrichten, du sollst nicht, wie ursprünglich abgemacht, nach Toulouse reiten, sondern hier bleiben. Ich bin beauftragt worden, die Verbindung zwischen dir und der heiligen Mutter Kirche aufrechtzuerhalten. Wir werden uns in Zukunft nicht mehr hier in der Kirche treffen. Ich erwarte dich am kommenden Freitag nach Sonnenuntergang in meinem Haus. Der Herr sei mit dir. Und nun, Schwester, kannst du dein Herz erleichtern und beichten, was dich bedrückt.«

Vater Zyprian war ein ungewöhnlich kleiner Mann. Mit dem hellen Haarschopf über dem glatt rasierten Gesicht und dem Priesterrock wirkte er von weitem eher wie ein kleines Mädchen. Dabei war er gewiss doppelt so alt wie Thekla. Er saß ihr gegenüber am Tisch in der Mitte seiner ärmlich eingerichteten Kammer: zwei Hocker, eine Truhe, ein Bett und darüber an der weiß gekalkten Wand ein Kruzifix. Obwohl draußen die Mittagssonne schien, rieselte nur spärliches Licht durch die mit Schweinsblasen bespannten Fenster. Thekla verglich in Gedanken die höhlenhafte Behausung des Priesters mit ihrem hellen Zimmer im Haus des Juden Roth.

»Dem Herrn sei Dank«, sagte Pater Zyprian, »dass er dich zu uns geführt hat.«

Thekla dachte daran, wie sie geschändet und am Ende ihrer Kraft Carcassonne erreicht hatte. Sie konnte sich dem Dank nicht anschließen. Der Priester sah den Zweifel in ihrem Gesicht und meinte: »Wenn du wie beabsichtigt nach Toulouse gegangen wärst, so hättest du ganz gewiss nicht so schnell Zugang zu den Katharern gefunden wie hier. Die Häretiker dort sind eine stolze Gesellschaft, reich und zum großen Teil von Adel. Du hättest es schwer gehabt, dort Fuß zu fassen. Die Katharer hier sind kleine Leute.« Er sagte das fast liebevoll.

»Haltet Ihr sie nicht für Ketzer?«

»Ja, schon, wie kann es anders sein, aber sie sind tüchtige

Handwerker, die wir in der Stadt so dringend benötigen wie der Bauer den Regen. Sie sind fleißig, ehrlich und entrichten ihre Steuern. Mit ihnen verhält es sich wie mit unseren Rössern und Maultieren. Wir spannen sie vor unsere Wagen, ohne Skrupel, dass ihnen das ewige Leben verwehrt ist. Wenn mein Esel nicht meinen Glauben mit mir teilt, muss ich ihn doch nicht gleich verbrennen.«

Ein Lächeln flog über sein faltiges Gesicht. Es sollte ein Scherz sein. »Nein, von den kleinen Leuten werden wir nichts über das Geheimnis der Katharer erfahren, aber sie werden uns den Weg nach oben ebnen. Dabei trifft es sich gut, dass du die Gunst des Juden Roth gewonnen hast und sogar in seinem Haus lebst. Keine Nonne würde so etwas tun. Das beseitigt den letzten Zweifel an der Echtheit deiner Flucht aus dem Kloster. Die Tatsache, dass einer der reichsten Männer der Stadt dich mit der Führung seiner Geschäfte beauftragt hat, zeigt allen, dass du eine ganz außergewöhnliche Frau bist. Du wirst sehen, Schwester, es ist nur eine Frage der Zeit, dass sie dich nach Montsegur berufen.«

»Was hat es mit diesem Montsegur auf sich?«, wollte Thekla wissen.

»Ein Berggipfel in den Pyrenäen, kahl, wild, abweisend und unzugänglich. Seine Spitze ragt bis zu den Wolken empor, und über allem die Mauern der mächtigen Burg Montsegur, uneinnehmbar, so heißt es. Montsegur ist die mythische Mitte der Katharer, ihre Gralsburg, ihr Mekka und Rom. Noch nie ist es einem Nichtkatharer gelungen, diese heiligen Hallen – wie sie es nennen – zu betreten. Dort verbirgt sich das Geheimnis, nach dem wir suchen.«

18. Kapitel

Ich werde gebraucht«, sagte Leander. »Der Verwalter eines Weinguts bei Alet-les-Bains bittet mich um Hilfe. Es steht schlimm um ihn.«

»Alet-les-Bains? Dort komme ich her. Da steht mein Elternhaus.« Beatrice bekam vor Aufregung rote Ohren. »Du musst dort unbedingt vorbeischauen. Oder nein, nimm mich mit! Ja, ich will mit dir reiten. O ja, bitte.«

»Hältst du das für richtig?«, fragte Leander. »Hast du nicht Angst, dass dich dort jemand erkennt?«

»Keiner wird in dem Henkersknecht, der ich jetzt bin, das Mädchen vermuten, das ich einmal war. Außerdem bin ich tot.« Und als Leander immer noch mit dem Kopf schüttelte, sagte sie: »Ich werde mir einen Schnurrbart ankleben und den Hut tief in die Stirn ziehen. Ich will unser Haus nur aus der Ferne betrachten.«

Am Ende gab Leander nach.

Alet-les-Bains liegt einen Tagesritt von Carcassonne entfernt. Sie mussten zeitig aufbrechen, um ihr Ziel zu erreichen, und ritten am linken Ufer der Aude gen Süden. Träge wie die Zeit floss der Fluss dahin, begleitet vom Rauschen des Schilfs, in dem der Morgenwind erwachte. Der Tag würde schön werden.

Nie ist der Himmel so blau, der Mond so blank und bei Tag das Licht so klar wie im Frühjahr über dem Aude-Tal. Erste Falter wagen sich hervor, übereifrige Immen, verfrühtes Käfervolk und mancher Frosch. Ein Schmetterling ließ sich auf Leanders Schulter nieder. Beatrice betrachtete ihn und sagte: »Du bist schön.«

Leander gab ihr Recht: »Welch erstaunliche Kreatur. Erst ist er eine Raupe, gefräßig und ekelhaft wie ein Wurm, und am Ende wird aus ihm eines der schönsten Geschöpfe auf Erden.

Dabei ist es nicht so, dass der Raupe Flügel wachsen, wie viele meinen, nein, sie verwandelt sich völlig. Eines Tages hört sie auf zu kriechen und zu fressen, baut sich eine Puppenhülle und legt sich dort hinein wie in einen Sarg.

Ihr Körper löst sich auf, verwest und zersetzt sich zu wässrigem, klaren Brei. Über eine lange Zeitspanne liegt sie so, weder Raupe noch Schmetterling. Dann formt sie sich zu etwas völlig Neuem. Sie ist nicht mehr gefräßig, fett und faul, sondern schlank mit zart gefiederten Fühlern und eingerolltem Saugrüssel, geflügelt, zum Schweben und Gaukeln geschaffen, leicht und leuchtend bunt wie ein Blumenbeet. Ob sich dieser Falter wohl daran erinnert, dass er einmal eine Raupe war? Oder erlebt die Raupe ihre Auflösung als Tod?«

»Ich bin gestorben, um eine Katze zu werden«, sagte Beatrice.

»Und die Katze hat sich in einen Henkersknecht verwandelt. Ist das nicht ebenso wunderbar wie die Verwandlung der Raupe?«

Der Ritt zurück in die verlorene Welt ihrer Kindheit weckte alte Erinnerungen, ließ farbige Bilder der Vergangenheit wieder lebendig werden.

»Weißt du«, sagte Beatrice, »es gibt Orte, mit denen man immer verbunden bleibt. Man bewahrt sie in seinem Herzen und seinen Träumen. Sie prägen unser Leben, erfüllen uns mit Freude und Schwermut. Man kann ihnen nicht entrinnen. Nachts liegt man wach und sehnt sich heimlich dorthin zurück. Die Vernunft sagt uns, dass wir dort eigentlich nicht wirklich glücklich waren. Die Menschen, die wir kannten, waren nicht alle gut zu uns, oft waren sie unfreundlich, boshaft oder nur dumm. Aber die Wiesen standen jeden Sommer voller Blumen. Am Fluss gab es Anemonen und Sumpfdotterblumen, und der Wald war grün und erfüllt vom Duft der Piniennadeln.«

Gegen Mittag erreichten sie Limoux: Weinberge, so weit das

Auge reichte. Sie machten eine längere Rast, wärmten sich in der Mittagssonne und ließen die Pferde grasen.

Nach kurzem Ritt tauchten die Zinnen der Stadtmauer von Alet-les-Bains auf. Sie durchquerten die Stadt, ohne sich lange dort aufzuhalten, und erreichten noch bei Tageslicht ihr Ziel südlich von Saint Salvayre.

Der Gutshof lag auf einem Hügel. Eine Pappelallee führte zum Herrenhaus. Hundegebell schlug ihnen entgegen, als sie sich dem Tor näherten, das in den Hof führte. Ein Knecht ließ Leander und Beatrice ein, nachdem er die Doggen angeleint hatte.

»Ihr werdet erwartet. Es steht schlimm um unseren Herrn.«

»Was ist geschehen?«

»Ein Wolf. Wir haben ihn in der Schlagfalle gefangen. Die Vorderpfoten im Eisen, so fanden wir ihn, tobend vor Wut und Schmerz, die Augen blutunterlaufen. Der Geifer rann ihm aus dem Rachen. Als wir ihm den Schädel einschlagen wollten, passierte es. Er verbiss sich in die Hand unseres Herrn, und obwohl ich im gleichen Augenblick zuschlug, riss ihm die Bestie drei Finger der rechten Hand ab.«

Sie hatten jetzt die große Stube des Hauses erreicht, ein Raum wie ein Rittersaal, den mächtige Holzbalken überspannten. An den Wänden hingen Waffen und Jagdtrophäen. In einem mannshohen Kamin brannte ein Feuer. Davor lag auf einem Lager aus Fell ein Mann. Er erinnerte Leander an den Gekreuzigten in der Kirche Saint Sernin. Der schwarze Vollbart ließ das schmerzverzerrte Gesicht noch fahler erscheinen, als es war. Der Mann hatte die Augen geöffnet, schien aber durch die Ankömmlinge hindurchzublicken. Neben dem Lager kniete eine Frau. Sie erhob sich und eilte Leander entgegen: »Um der Wunden Christi willen flehe ich dich an, hilf ihm. Er stirbt. Das Fieber frisst ihn auf.«

Leander beugte sich nieder, um die Hand in Augenschein zu nehmen. Umhüllt von dickem Verband lag sie auf der Brust des Mannes, plump und schwer wie ein Elefantenfuß.

»Ich will sie sehen. Nehmt ihm den Verband ab!«

Der Knecht, der sie eingelassen hatte, befreite die Hand von dem Tuch. Als sie zum Vorschein kam, hielten alle den Atem an. »O mein Gott!«, entfuhr es der Frau.

Die Hand war schwarz wie die eines Mohren.

Leander warf einen Blick darauf und sagte: »Er wird sterben.«

»Nein!«, schrie die Frau. »Er darf nicht sterben. Du musst ihm helfen. Bitte!«

»Es gibt nur eine Möglichkeit, aber auch die garantiert nicht sein Überleben.«

»Und die wäre?«

»Wir müssen ihm die Hand abtrennen.«

»Nein«, sagte der Knecht. »Dann stirbt er.«

»Das kann gut sein«, erwiderte Leander. »Aber wenn wir es nicht tun, stirbt er ganz gewiss.«

Es war die Frau, die als Erste das Schweigen brach: »Worauf warten wir? Wir haben keine Zeit zu verlieren.«

»Dann los!«, befahl Leander. »Ich brauche kochendes Wasser, Lederriemen, Leinentuch und ein scharfes Messer. Habt ihr Branntwein im Haus?«

Während die Frau und der Knecht damit beschäftigt waren, die geforderten Gegenstände herbeizuschaffen, fragte Beatrice: »Willst du ihm wirklich die Hand abschneiden?«

»Ich habe keine andere Wahl.«

»Hast du so etwas schon gemacht?«

»An Toten schon öfter, an Lebenden erst einmal: Ein Dieb, der gehängt werden sollte und der dann zum Handabhacken begnadigt wurde. Natürlich habe ich sie nicht abgehackt – das wäre Stümperarbeit. Ich habe sie mit dem Messer abgetrennt. Der Bursche hat überlebt und wurde zwei Jahre später wegen weiterer Räubereien bei bester Gesundheit aufgehängt.«

Als alle zum Krankenlager zurückgekehrt waren, sagte Leander zu dem Knecht: »Du bindest ihm den gesunden Arm an den Leib und setzt dich auf seine Beine. Mein Famulus hält mit mir den anderen Unterarm, an dem ich schneide. Und du«, wandte er sich an die Frau, »wirst seinen Kopf halten und ihn beruhigen. Am besten, ihr schließt die Augen. Ich verspreche euch, es wird schnell gehen. Es muss schnell gehen, sonst verblutet er. Zuvor aber gebt ihm Branntwein.«

Er prüfte die Schneide des Messers, fand sie nicht scharf genug und ließ sie nachschleifen.

»Werft Reisig ins Feuer! Ich brauche Licht. Und gebt ihm mehr Branntwein.«

Er band sich eine lederne Kutscherschürze um, setzte das Messer am inneren Handgelenk an, holte tief Luft und trennte unter Umgehung aller Knochen mit raschen Schnitten die Hand vom Unterarm. Es ging so rasch, dass selbst der Kranke erst zu schreien begann, als Leander die Hand abgetrennt und ins Feuer geschleudert hatte, wo sie sich mehrfach zur Faust schloss und wieder öffnete, bevor sie endgültig verschmorte. Der bluttriefende Unterarmstumpf wurde mit Ledergurten abgebunden und mit frischem Verband versehen.

Der Patron war schweißgebadet. Er hatte sich in den Knebel verbissen, den sie ihm zwischen die Zähne geschoben hatten. Sein Stöhnen und Wimmern wurde übertönt von dem lauten Bittgebet, das seine Frau in endloser Folge wiederholte, wie ein trotziges Kind, das seinen Willen durchsetzen will.

Der Knecht, der das Blut vom Boden aufwischte, fiel immer wieder in den Schlussakkord der Beschwörung mit ein: »Heilige Jungfrau, hilf! Heilige Jungfrau, hilf!«

»Jetzt braucht er Ruhe, viel Heilkraft und einen tüchtigen Schutzengel«, sagte Leander. »Die Wunde wird eitern, und das ist gut so. Denn die Eiterbildung ist nach der Lehre der Bologneser Schule bonum et laudabile. Sie reinigt die Wunde. Sollte sie zu heftig werden, so lasst ihn zur Ader, haltet strenge Diät und wechselt den Verband zweimal am Tag.«

Er wusch sich die blutigen Hände in einer Schüssel, die ihm der Knecht brachte und sagte: »Jetzt brauche ich nichts weiter als ein Bett.«

In der Nacht sah Leander zweimal nach dem Operierten. Er fieberte, atmete aber tief und gleichmäßig. Er würde die Amputation überleben.

Beim ersten Hahnenschrei wurden die Pferde gesattelt. Gestärkt mit warmem Dinkelbrei, Eiermus und Ziegenmilch brachen sie auf. Der Rückweg würde sie über Beauville führen.

»Du hast ihn behandelt wie ein Arzt«, sagte Beatrice.

»Ich bin ein Arzt«, erwiderte Leander.

»Nimmt der Henker nicht Leben?«

»Das tun die Ärzte auch. Glaube mir, die meisten Menschen sterben nicht an ihren Krankheiten, sondern an ihren Ärzten, denn die sind in der Regel noch dümmer als die Pfaffen, was nicht wenig heißen will.«

Je näher sie ihrem Ziel kamen, umso aufgeregter wurde Beatrice. Der Vater würde nicht mehr leben, da war sie sich ganz sicher. Der Schlag, der ihn getroffen hatte, war tödlich. Aber die Mutter! Wie sie wohl lebte, ohne Mann und Kind? Und all die anderen. Die Mägde, die Knechte! Und die Katzen!

Sie ritten über einen bewaldeten Hügel. Beatrice stieß einen Freudenschrei aus. Unten im Tal lag Beauville: eine Gruppe weiß getünchter Häuser, locker um einen Hof gruppiert, umwuchert von Efeu und Heckenrosen. Rauch stieg aus dem Schornstein, Wäsche trocknete im Wind. Ein paar Hühner liefen im Hof umher. Menschen waren nicht zu sehen.

Beim Anblick ihres Elternhauses verließ Beatrice der Mut: »Nein, es geht nicht. Ich kann dort nicht hingehen wie ein Fremder. Wie kann ich ihnen gegenübertreten, ohne in Tränen auszubrechen, ohne sie zu umarmen?«

Wie sie dasaß auf ihrem Pferd und mit tränenüberströmtem Gesicht hinabsah auf die für immer verlorene Welt, wirkte sie so verlassen wie ein kleiner Vogel, der aus seinem Nest gefallen ist.

»Wir hätten nicht herkommen dürfen«, sagte sie. »Es ist nicht gut, wenn Tote wiederauferstehen. Ich wünschte, ich wäre tot, wirklich tot.«

»Du bleibst hier!«, sagte Leander. »Ich werde hinunterreiten. Warte auf mich, und rühr dich nicht vom Fleck!«

Er gab seinem Hengst die Sporen und galoppierte ins Tal.

Die Haustür stand offen. Als auf sein Klopfen und Rufen niemand antwortete, ging er hinein. Eine Frau kam ihm entgegen. Die Ähnlichkeit mit Beatrice war unverkennbar, die gleichen Gesichtszüge, die gerade schmale Nase, Mund und Stirn. Nur die Augen schienen nicht dazuzugehören. Leander hatte das Gefühl, in die Augen eines gehetzten Tiers zu blicken. Sie zitterte am ganzen Leib: »Was wollt Ihr von mir? Ich habe alles gesagt, was ich weiß, alles, wirklich alles.«

Bevor Leander etwas entgegnen konnte, fiel sie vor ihm auf die Knie und flehte: »Nein, nicht schon wieder. Bitte nicht!«

Eine junge Frau eilte herbei, half ihr auf und führte sie zu einer Bank am Fenster. Zu Leander sagte sie: »Verzeiht, Herr, sie ist nicht bei Sinnen und weiß nicht, wovon sie spricht. Sie hat Schlimmes erlebt.«

»Ich weiß«, sagte Leander. »Ich war ein Freund ihres Mannes.«

»Der Herr starb vor Gram, die Tochter durch den Henker, und sie hat den Verstand verloren. Sie fürchtet sich vor jedem Fremden.«

Die Magd betrachtete Leander und fragte: »Wer seid Ihr, und was führt Euch zu uns?«

»Ich schulde deinem Herrn noch Geld.«

»Euch schickt der Himmel. Wir können jeden Silberling gebrauchen. Wir haben nicht viel geerntet, wie Ihr Euch denken könnt. Unsere Knechte sind aus Angst vor dem Inquisitor in die Berge geflohen. Die Reben sind an den Stöcken verfault. Darf ich Euch etwas anbieten, Herr?«

»Ein Becher Wein und ein Stück Brot für mich und meinen Begleiter wären mir recht.«

»Ihr seid nicht allein? Wo ist der andere? Bittet ihn ins Haus.«

Während die Magd mit einem Weinkrug in den Keller hinabstieg, beeilte sich Leander, Beatrice herbeizuholen. »Ich habe mit deiner Mutter gesprochen. Sie wird dich nicht erkennen. Der Schmerz hat sie verwirrt. Die Magd, die bei ihr ist, scheint mir eine treue Seele zu sein. Sie wird dich selbst dann nicht erkennen, wenn sie dich erkennen würde.«

»Wie sieht sie aus?«

»Strohblond mit großem Busen.«

»Anne! Ja, sie ist eine treue Seele.«

Als sie ihre Pferde an dem hölzernen Treppengeländer vor der Haustür festmachten, griff Leander in die Satteltasche und nahm den Geldbeutel an sich, den er tags zuvor für die Handabnahme erhalten hatte.

»Was soll das?«, fragte Beatrice.

»Zur Bezahlung von Schulden.«

Bevor sie die Küche betraten, taumelte ihnen wieder die Herrin des Hauses entgegen: »Was wollt Ihr von mir? Ich habe Euch alles gesagt, was ich weiß.«

Dabei hob sie die Hände vors Gesicht, als wollte sie einen Schlag abwehren.

»Wir kommen in freundlicher Absicht«, sagte Beatrice. Sie ergriff ihren Arm und führte sie zurück zu der Bank am Fenster. Dort saß sie steif aufgerichtet, stumm, mit großen Augen wie ein Eulenvogel. Immer wieder wanderte ihr Blick zu Beatrice, so als sähe sie etwas, das sie nicht einzuordnen wusste. Nach einer Weile sagte sie: »Beatrice.«

»Sie spricht von ihrer Tochter«, erklärte die Magd. »Das tut sie oft.«

»Beatrice!« Ein freudiges Leuchten erhellte ihre Gesichtszüge. Sie erhob sich, ging zu Beatrice und streichelte ihre Wange.

»Verzeiht, Herr, sie weiß nicht, was sie tut. Sie hält Euch für ihre Tochter«, sagte die Magd und wollte eingreifen.

»Nein, bitte lass sie«, bat Beatrice. »Ich glaube, es tut ihr gut.« Sie erwiderte die Liebkosungen, berührte Haar und

Wangen, flüsterte mit zärtlicher Stimme. Ihre Gesichter waren sich so nah, dass sich ihre Wangen fast berührten.

»Das hat sie noch nie mit jemandem gemacht«, verwunderte sich die Magd. »Jetzt ist es aber genug.« Sie legte ihrer Herrin den Arm um die Schulter und führte sie aus dem Zimmer, und die folgte glücklich lächelnd, als habe sie soeben ein Wunder erlebt.

»Ich hoffe, sie hat Euch nicht belästigt.«

Beatrice schüttelte den Kopf. Der Schmerz schnürte ihr die Kehle zu. Durch die geöffnete Tür kamen zwei Katzen vom Hof herein. Misstrauisch, mit gekrümmtem Rücken, betrachteten sie die Fremden. Sie strichen um Leanders Beine, sprangen dann aber mit freudigem Gemaunze Beatrice auf den Schoß und ließen sich laut schnurrend kraulen.

»Mir scheint, Ihr habt nur Freunde in diesem Haus«, sagte die Magd.

Beatrice erwiderte: »Ich liebe Katzen.«

»Und die Katzen lieben Euch, wie man sieht.«

»Ich möchte die Katzen kaufen«, sagte Leander. »Was wollt ihr dafür haben?«

Die Magd zeigte auf den prall gefüllten Geldbeutel und meinte: »Ihr habt sie längst bezahlt. Sie gehören Euch.«

»Mutter hat mich erkannt«, sagte Beatrice auf dem Heimritt.

»Was habt ihr miteinander geflüstert?«

»Sie hat gesagt: Du lebst. Ich habe es gewusst.«

19. Kapitel

Zwei Katharer im Haus Tavernier sagten zu Thekla: »Man hat dich mit dem Priester gesehen. Was machst du im Haus des Zyprian?«

»Der Hirte versucht, ein verlorenes Schaf wieder einzufangen«, erwiderte sie.

»Und hatte er Erfolg?«

»Sehe ich wie ein Schaf aus?«

»Nimm dich in Acht. Dieser Zyprian ist hartnäckig. Er gibt so schnell nicht auf.«

»Glaubt ihr, ich bin aus dem Kloster geflohen, um mich von einem wie ihn wieder einfangen zu lassen?«

»Leg dich nicht mit ihm an. Der Friede mit ihm kostet uns viel Geld.«

»Ihr bezahlt ihn?«

»Er kassiert eine Zehntsteuer von uns. Dafür nimmt er nicht zur Kenntnis, dass wir des Abendmahls und der Beichte nicht bedürfen. Wenn du nicht zum rechten Glauben zurückkehrst, wird er dich schröpfen. Das eine ist ihm vermutlich so lieb wie das andere. Im Übrigen ist er ein geiler Bock. Er versucht es bei allen Weibern.«

»Ihr übertreibt.«

»Er ist wie alle Pfaffen. Der einzige Mann in dieser Stadt, der im Zölibat lebt, ist der Henker.«

So kann man sich irren, dachte Thekla. Dieser Leander trieb es sogar mit seinem eigenen Geschlecht. Als hätte er ihren Gedanken erraten, fragte der Ältere der beiden Katharer: »Hast du im Henkersturm gewohnt, als du in die Stadt kamst?«

»Ja.«

»Ist dir da etwas Besonderes an ihm aufgefallen?«
»An wem?«
»Na, an dem Henker.«
»Wie meinst du das?«
»So, wie ich es sage.«
»Nein, mir ist nichts aufgefallen«, log sie.

Am Abend des gleichen Tages erfuhr Thekla von den Frauen im Haus Tavernier, dass es da ein Geheimnis um den Henker von Carcassonne gebe, ein Geheimnis von höchster Wichtigkeit.

»Er wird ständig überwacht.«

»Und warum?«

Die Frauen zuckten mit den Schultern, schüttelten die Köpfe: »Wir wissen es nicht. Befehl von ganz oben: Montsegur.«

Thekla nahm zur Kenntnis, mit welcher Ehrfurcht sie dieses geheimnisvolle Wort aussprachen: Montsegur!

Welches Interesse konnten die Katharer an einem Henker haben? War ihnen nicht alle Gewalt verhasst? Der Gedanke ließ Thekla nicht mehr los.

Bei ihrem nächsten Treffen mit Pater Zyprian fragte sie: »Was wisst Ihr von Leander, dem Henker?«

»Warum willst du das wissen?«

»Er war gut zu mir. Warum fürchten ihn die Leute in der Stadt mehr als den Teufel?«

»Wohl weil er wie kein anderer den Tod verkörpert. Er ist ein unheimlicher Geselle.«

»Wie kann es anders sein, wenn einer von Berufs wegen Menschen tötet?«, erwiderte Thekla.

»Es ist nicht nur seine Tätigkeit, vor der allen graut. Es ist sein Aussehen.«

»Aber er sieht doch gut aus.«

»Zu gut, finde ich. Ein Henker mit einem Engelsgesicht. Wie ist das möglich? Seine Wangen sind so glatt, als wären sie nie von einem Rasiermesser gestreift worden.«

»Ja, ihr habt Recht. Was hat das zu bedeuten?«

»Satan hat viele Gesichter. Er kann abschreckend hässlich sein, aber auch gleißend schön, ahrimanisch und luziferisch. Dieser Leander verkörpert das luziferisch Böse wie kein anderer in dieser Stadt. Sein Knecht Bero dagegen sieht aus wie der leibhaftige Ahriman.«

»Luzifer und Ahriman«, sagte Thekla. »Ich habe nie dergleichen gehört. Ich kenne nur Gut und Böse.«

»Das Gegenteil von Mut ist nicht nur Feigheit, sondern auch Übermut. Die Sparsamkeit hat zwei Gegenpole: die Verschwendung und den Geiz. Alle Tugend liegt zwischen zwei Lastern. Gut ist das rechte Maß dazwischen.«

Pater Zyprian fuhr sich über seinen weißen Haarschopf und verschränkte die Hände hinter dem Kopf: »Wenn ich den Weibern im Beichtstuhl Angst einjagen will, dann drohe ich ihnen nicht mit dem Teufel oder dem Henker, sondern mit Bero. Und das verfehlt nur selten seine Wirkung. Hast du ihn gesehen?«

»Nein. Ist er wirklich so abstoßend?«

»Schlimmer, als du dir das in deiner Phantasie vorstellen kannst«, erwiderte Pater Zyprian. »Stell dir einen Riesen vor, einen Enak aus dem Alten Testament, groß wie der Goliath, den David erschlug. Bären bewegen sich so, Tanzbären, die auf heißem Eisenrost das Tanzen lernen. Wenn er dich mit seinen Pranken packt, gibt es kein Entrinnen. Das Schlimmste an diesem Bero aber ist, dass er kein Gesicht hat. Wo alle anderen Augen haben, hat er zwei Sehschlitze, seelenlos wie Schlüssellöcher: eine Maske des Grauens, und um das Maß voll zu machen, ist er auch noch stumm. Lautlos und ohne eine erkennbare Spur von Mitgefühl tötet dieser Menschenschlächter, unbarmherzig wie eine herabsausende Axt. Sein Anblick allein genügt, um einem armen Verurteilten die Sinne zu rauben.«

»Trägt er immer eine Maske?«, fragte Thekla.

»Immer. Es heißt, er habe kein Gesicht mehr. Die Flammen haben ihm Nase, Lippen und Ohren vom Kopf geschmolzen.«

»Geht er niemals in die Kirche?«

»Ich habe ihn nur einmal dort angetroffen. Er kam sehr früh am Morgen vor der ersten Messe, als die Kirche noch leer war. Als er ging, lag die lebensgroße Holzskulptur des heiligen Florian zerstört am Boden. Er hat dem Schutzpatron gegen Feuersbrunst den Kopf vom Rumpf geschlagen.«

»Ein armer Mensch«, sagte Thekla.

»Manche meinen, er sei gar kein Mensch.«

»Was soll er sonst sein?«

»Ein Gnom aus dem Reich der Sagen und Märchen. Bero und Leander! Zwei Wesen, wie sie gegensätzlicher nicht sein können: der Schöne und das Biest. Das Phantom ohne Gesicht und der Henker mit dem Engelsgesicht.«

Pater Zyprian begann im Zimmer auf und ab zu laufen: »Ich habe Unglaubliches erlebt mit diesem Carnifex. Eine junge Hexe, die sich in seinem Gewahrsam befand, hat sich in eine Katze verwandelt, in eine böse schwarze Katze, die nicht einmal vor dem geweihten Kruzifix zurückschreckte.«

»Ist das wahr?«, fragte Thekla ungläubig.

»So wahr wie Christus am Kreuz starb.«

»Was habt Ihr mit der Höllenbrut gemacht?«

»Wir haben sie ersäuft und anschließend verbrannt. Und trotzdem ...«

»Trotzdem was?«, wollte Thekla wissen.

»Du wirst mir nicht glauben. Es ist zu phantastisch.« Pater Zyprian blieb stehen und beugte sich zu Thekla hinab. »Ich habe sie danach noch gesehen.«

»Wen? Die Katze?«

»Nein, die Hexe. Sie stand oben am Fenster im Henkersturm und fütterte die Raben. Ich habe sie sofort erkannt. Sie war von luziferischer Schönheit, die Fleisch gewordene Versuchung.«

Zyprian schüttelte sich vor Entsetzen: »Ihr Geist geht um im Henkersturm.«

»Sie hat wirklich die Raben gefüttert?«, fragte Thekla.

»Sie haben ihr aus der Hand gefressen. Eine scheußliche Brut, diese Galgenvögel. Sie ernähren sich vom Fleisch der Gehenkten, Höllengeschmeiß wie die Fliegen. Und so wie man den Teufel ›Herr der Fliegen‹ heißt, so ist dieser Bero der Herr der Raben. Sie lieben ihn. Wenn er einen Kadaver in den Hof hinter dem Henkersturm karrt, begrüßen sie ihn mit so gierigem Gekrächze, dass man es noch am anderen Ufer der Aude hört, ein höllischer Chor wie zur Walpurgisnacht, eine wirbelnde Wolke aus Rabengefieder, und dieser Bero mittendrin.«

»Was haltet Ihr von dem neuen Henkersknecht René?«

»Er ist noch sehr jung, ein wenig zu jung.«

»Und zu schön«, sagte Thekla.

»Ja, ein zweiter Luzifer. Diese Menschenschlächter sind eine höllische Zunft.«

Eigenartig, dachte Thekla, obwohl ich mich hier viel mehr bewege als im Kloster, nehme ich ständig zu.

Schon zweimal hatte sie sich neue Gewänder machen lassen, die ihr nach kurzer Zeit zu eng wurden. Anfangs hatte sie geglaubt, der Stoff sei beim Waschen eingelaufen. Doch als sie feststellen musste, dass auch die Löcher im Ledergürtel nicht mehr ausreichten, um ihren Leib zu umspannen, begann sie sich Sorgen zu machen. Wann hatte sie das letzte Mal ihre Monatsblutung gehabt? Im Kloster, wo jeder Tag und jeder Monat einer festen Regel unterlag, wusste sie immer ganz genau, wie es um sie stand. Aber hier bei der hektischen Tätigkeit, die ihr kaum Zeit ließ, die wichtigsten Gebete einzuhalten, hatte sie sich selbst nur wenig Beachtung geschenkt, zumal sie von Natur aus kein Verhältnis zu ihrem Leib besaß.

Sie versuchte sich zu erinnern und kam zu dem Ergebnis, dass sie seit ihrer Ankunft in Carcassonne zwei Monate zuvor keine Monatsblutungen mehr gehabt hatte. Lag das an der Umstellung der gewohnten Lebensführung? Wohl kaum. Zwei Monate waren eine lange Zeitspanne. Aber dann … Sie wagte die Vermutung nicht zu Ende zu denken.

Die Vergewaltigung! Ein Kind! Ein Kind von diesem Teufel! Sein Bastard in meinem Leib! Die Vorstellung verursachte ihr solche Übelkeit, dass sie sich erbrechen musste. Nein, diese Satansfrucht würde sie nicht austragen. Das war so gewiss wie das Amen in der Kirche.

Zwei Wege gab es, eine ungewollte Schwangerschaft abzubrechen: die Austreibung, bei der die Gebärmutter sich krampfartig zusammenzog und so eine Fehlgeburt einleitete. Die Kräuter, die man dafür benötigte, waren schon Hippokrates bekannt: Nießwurz, Bibergeil, Schlangenkraut und Tausendgüldenkraut. Daneben gab es Gewächse, die das Ungeborene im Mutterleib vergifteten. Das Ergebnis war eine Totgeburt. Dafür eigneten sich vor allem Heilkräuter, die ätherische Öle oder Bitterstoffe enthielten. Das bekannteste und wirksamste war der Sadebaum, der im Volk auch Totengräberkraut genannt wurde. Und das nicht nur, weil dabei die Ungeborenen ihr Leben lassen mussten, sondern häufig auch die Mütter.

Eine lebensgefährliche Prozedur stand ihr bevor, aber sie hatte keine andere Wahl. Thekla wusste, mit der Einnahme der Kräuter war es nicht getan. Es bedurfte anstrengender Vorbereitungen. Der Körper musste durch Hunger und Aderlass geschwächt werden. Erst danach konnten die Drogen ihre volle Wirkung entfalten. Sie entschied sich für das Totengräberkraut, weil es das wirksamste war, und vor allem, weil es im Umkreis der Stadt Sadebäume gab.

Noch am gleichen Tag begann sie zu fasten. Nachts fand sie keinen Schlaf. Gewissensbisse quälten sie. Die Beseelung der Leibesfrucht im Mutterleib erfolgte für Knaben nach vierzig, für Mädchen nach achtzig Tagen, so wusste es schon Aristoteles. Die Abtreibung eines beseelten Menschleins aber war Mord.

Was wird aus meiner Mission, wenn ich es nicht tue? Ich bin hier, um einen Auftrag zu erfüllen. Soll dieser Plan durch einen Bastard durchkreuzt werden? Nein. Sie war sich ganz sicher, die Absolution war ihr gewiss. Sie musste handeln, und zwar rasch.

Ihre Losung lautete: Solum Deum oculis habentes. Nur Gott vor Augen und sonst nichts!

Sie empfand das Kind, das da in ihr heranreifte, nicht als natürliche Leibesfrucht, sondern als bösartige Krebsgeschwulst. Die Mutterschaft begriff sie als Krankheit, so wie die Cholera oder die Beulenpest. Sie war nie wirklich krank gewesen. Schmerzen schreckten sie nicht. Lust erfreute sie nicht. Sie lebte in ihrem Körper, ohne ihn richtig wahrzunehmen. Er war einfach da wie der Atem und der Herzschlag, eine verlässliche Selbstverständlichkeit.

Sie war eine gute Reiterin, körperliche Arbeit fiel ihr leicht. Das Verhältnis zu ihrem Leib wäre harmonisch gewesen, hätte es da nicht diese Widerwärtigkeit ihres Geschlechts gegeben, den Sündenfall des Fleisches, der Monat für Monat mahnend ihren Schoß mit unreinem Blut füllt: ein Kainsmal, das immer wieder aufbrach wie die Wunde eines Stigmatisierten. Ein Menetekel der Sünde, so hatte der heilige Bernhard es genannt.

20. Kapitel

In Carcassonne kannte jeder jeden. Die Häuser hinter der hohen Stadtmauer drängten sich aneinander wie Bienenwaben. Die Gassen waren so eng, dass man sich aus gegenüberliegenden Fenstern die Hand reichen konnte. Die Wände waren dünn, die Fenster unverglast. Hier ließ sich nichts verbergen. Wenn einer sein Weib schalt, so hörten es die anderen. Sie bekamen auch mit, wie oft und wie heftig er sie liebte. Man roch, was der Nachbar auf dem Herd hatte und wie reinlich er war. Man wusste, mit wem er verkehrte, und sah, was er tat. Der Korbflechter verrichtete seine Arbeit vor dem Haus wie der Spengler und der Gürtelschneider. Zähne wurden auf dem Markt gezogen. Der Sterbende wurde auf die Straße getragen, wo er umgeben von Nachbarn und Bürgern seinen letzten Willen verkündete. Der Alltag war öffentlich.

Der Klatsch gehörte zur Stadt wie das Brummen zum Bienenstock oder das Gackern zum Hühnerhof, und eine Frau wie Thekla war immer ein willkommener Anlass, um die Köpfe zusammenzustecken.

Aus dem Grund konnte sie sich nicht wie ein verwundetes Tier verkriechen, ohne Aufsehen zu erregen. Größere Lieferungen von Lamm- und Ziegenleder waren fällig, und der alte Roth war ins Rheinland gereist, um neue Märkte aufzutun.

Die Katharer, derentwegen sie ja hier war, durften auch nicht vernachlässigt werden, zumal ausgerechnet jetzt hoher Besuch aus Montsegur angekündigt war. Remigius Auxerre, die rechte Hand des Großmeisters, bereiste die Gemeinden Okzitaniens.

Wie sehr sehnte sie sich nach der Ruhe im heimatlichen Kloster. Normalerweise fiel Thekla das Fasten nicht schwer.

Sie hatte sich immer bescheiden ernährt. Jetzt aber litt sie an quälendem Hunger. Der Schmarotzer in ihr verlangte mit vampirhafter Gier nach Nahrung, die er so dringend für sein Wachstum benötigte wie die Pflanzen das Licht. Die ersten zwei Tage Verzicht waren die schlimmsten. Danach begann ihr Körper einen Widerwillen gegen die meisten Speisen zu entwickeln. Allein der Geruch von Haferbrei, Zwiebeln oder Fleischmus verursachte ihr Brechreiz. Dafür wurde das Verlangen nach Fruchtsäften oder frischer Milch übermächtig.

Reichlich Wasser und ein wenig hartes Brot, mehr gönnte sie sich nicht. Drei Wochen lang wollte sie so fasten, bevor sie den Saft der Sadepalme nehmen würde. Kraftlos mühte sie sich durch den Tag. Wenn sie abends auf ihr Lager sank, fiel sie in tiefen Schlaf, erwachte aber nach Mitternacht und lag dann bis zum Morgengrauen wach. Kraft fand sie vor allem im Gebet. Manchmal sprach sie auch mit dem Teufel, der in sie gefahren war. »Anathema sit! Und wenn du dich noch so fest in mir verkrallst, ich werde dich austreiben. Und wenn es mich mein Leben kostet, du boshafter Bastard, du wirst das Licht der Welt nicht erblicken. Ich schwöre es bei den Wunden des Gekreuzigten.« Sie dachte an den schleimigen, froschartigen Fötus in der Hand der Äbtissin bei der Fehlgeburt im Schafstall. In diesem Monstrum hatte sich die ganze Ekelhaftigkeit der Sexualität offenbart. Die Schwangerschaft und vor allem das Gebären degradierte die Frau zur Kuh. Sie hatte es auf dem Schiff aus nächster Nähe miterlebt, wie widerwärtig diese blutige Entleerung der Gebärmutter war.

Am Ende der dritten Woche war ihr Verlangen nach geistlichem Beistand so groß, dass sie glaubte, ohne die Tröstung des heiligen Abendmahls sterben zu müssen.

»Du siehst schlecht aus«, sagte Pater Zyprian, als sie ihn aufsuchte. »Ist dir nicht gut?«

»Ein wenig überarbeitet.«

»Du solltest dir vom Stadtmedikus eine Arznei geben lassen.«

»Die Medizin, die ich brauche, könnt nur Ihr mir geben«, sagte Thekla.

Als Pater Zyprian ihr die Hostie auf die Zunge legte, fühlte sie sich befreit von aller Last, so leicht wie eine Daunenfeder. Sie wurde emporgehoben, schwebte durch die Luft und versank in einem Blumenbeet.

Als sie wieder zu sich kam, fiel ihr Blick auf den Gekreuzigten in Pater Zyprians Zimmer. Sie lag auf seinem Bett. Agatha, die Haushälterin des Priesters, tätschelte ihr die Wange. In der Hand hielt sie eine Tonschale. Der Geruch von heißer Fleischbrühe stieg Thekla in die Nase. Angewidert schloss sie die Augen: »Wie komme ich in dieses Zimmer?«

»Du bist in Ohnmacht gefallen«, sagte Agatha. »Wir haben dich hierher getragen. Sollen wir den Medikus rufen?«

»Nein, es geht schon wieder. Ein Schwächeanfall.«

Thekla erhob sich. Die Haushälterin wollte ihr helfen. Der Priester kam ins Zimmer, eilte auf Thekla zu: »Bleib doch noch liegen. Du hast uns einen gehörigen Schrecken eingejagt.«

»Frauen haben das bisweilen«, sagte Thekla. Sie versuchte zu lächeln. Es misslang.

»Soll dich Agatha nach Hause begleiten?«

»Nein. Es geht schon wieder.«

Als sie fort war, sagte Agatha: »Sie ist schwanger. Da gibt es keinen Zweifel.«

»Schwanger? Unmöglich, ganz und gar unmöglich. Ich habe ihr die Beichte abgenommen, wiederholt abgenommen. Sie ist eine tief gläubige Seele. Eine so schwer wiegende Sünde hätte sie mir gestanden. Dafür würde ich meine Hand ins Feuer legen. Nein, solch eine Sünde würde sie nicht verschweigen.«

»Vielleicht ist es gar keine Sünde«, entgegnete Agatha.

»Eine Nonne, die ein Kind erwartet! Wenn das keine Sünde ist!«

Agatha sagte: »Ihr habt Recht. Eine Frau wie sie laviert sich nicht schamlos durch die Beichte. Aber vielleicht verschweigt sie aus Scham ein Verbrechen, das an ihr begangen wurde.

Eine Frau, die vergewaltigt wird, ist keine Sünderin, sondern Opfer eines grausamen Verbrechens.«

»Warum verschweigt sie uns das?«

»Aus Scham. Vielleicht auch aus Furcht vor dem, der ihr das angetan hat. Vielleicht gibt es da Gründe, die sie berücksichtigen muss.«

Dieser Satz ging Zyprian nicht mehr aus dem Sinn. Worauf musste Thekla Rücksicht nehmen? Sie war hier, um einen Auftrag zu erfüllen. Der Auftrag war das Wichtigste. Ihm hatte sie sich verschrieben. Wer hatte ihr das angetan?

Von den Katharern kam keiner in Frage. Er wäre in den Augen der anderen erledigt gewesen. Sie waren eine eingeschworene Gemeinschaft. Aber da war dieser Jude Roth. Thekla war in hohem Maß abhängig von ihm. Die herausgehobene Tätigkeit in seinem Geschäft sollte ihr Zugang zur Zentrale der Katharer verschaffen. Sie wohnte in seinem Haus und war ihm ausgeliefert wie keinem anderen in dieser Stadt. Dieser Roth hatte das ausgenutzt. Er war reich und mächtig. Wie konnte sie, die entlaufene Nonne, den Freund des Vizegrafen anklagen, er habe ihr Gewalt angetan? Sie würde sich zum Gespött der ganzen Stadt machen. Gab es nicht genug Spottlieder über die Geilheit der Nonnen? Erst in das Haus eines allein lebenden Mannes ziehen – welche ehrbare Frau würde das tun? – und dann hochschwanger zu behaupten: Ich bin vergewaltigt worden. Wer würde ihr das glauben?

Je länger Zyprian darüber nachdachte, umso sicherer war er sich: Es gab nur einen, der für diese Schandtat in Frage kam: der Jude Roth.

Ein paar Tage später wusste Agatha zu berichten: »Ich habe der Thekla das Geständnis abgerungen, sie sei vergewaltigt worden; von wem, wollte sie nicht sagen. Sie würde die Frucht des Frevels abtreiben. Hilfe brauchte und wollte sie nicht. Ich musste ihr versprechen zu schweigen. Bitte lasst Euch nicht anmerken, dass Ihr Bescheid wisst.«

Der Schmerz fuhr Thekla in den Leib wie glühendes Eisen. Sie war mit ihrer Stute über die Felder geritten, um sich zu bewegen und damit die Fehlgeburt auszulösen. Seit zwei Tagen nahm sie den Sadesaft. Die Krämpfe zwangen sie in die Knie. In einem Distelfeld jenseits der Aude kam sie nieder. Sie lag auf dem harten Boden und krümmte sich wie ein Wurm. Unendlich lang zog sich die Qual hin. Sie schrie, dass ihre Stute verstört das Weite suchte. In ihren blutigen Händen hielt sie den ausgetriebenen Fötus. Er war nicht größer als eine Fledermaus, genauso nackt und von Häuten umspannt und nicht weniger ekelhaft. Er starrte sie aus seelenlosen Knopfaugen an. Der Kopf viel zu groß für den winzigen Leib. In seinem gallertartigen, fast durchsichtigen Körperchen pulste das Leben.

Als sie sich in der Aude wusch, begannen in Carcassonne die Abendglocken zu läuten. Unter einer Weide verscharrte sie ihren Erstgeborenen mit eigenen Händen. Ein paar Raben schauten ihr dabei zu. Heilige Mutter Gottes, vergib mir.

Fieberschauer schüttelten sie. Ihre Zähne schlugen aufeinander wie die Knochen beim Totentanz. Am Ende schwanden ihr die Sinne.

Sie erwachte von dem Gefühl, hochgehoben zu werden. Als sie die Augen öffnete, blickte sie in das Gesicht des Teufels, dicht vor dem ihren, schauerlich beleuchtet vom kalten Mondlicht. Eine entsetzliche Fratze! Schrecklicher als der schlimmste Albtraum!

Sie wollte schreien und brachte keinen Laut hervor. Die Angst schnürte ihr die Kehle zu. Sie schloss die Augen, versuchte in einen anderen Traum zu fliehen. Vergeblich, denn das hier war kein Albtraum. Es war die Wirklichkeit: Der Teufel hatte sie geholt.

Hinter der Maske des Bösen funkelten seine Augen so kalt wie Eis. Er roch nach Ziegenbock und Pferdeschweiß. Sie blickte auf seine Hände, die sie gepackt hatten: braunschorfige Pranken voller Brandnarben, verätzt vom Höllenfeuer.

Sie wollte sich wehren, mit den Beinen strampeln. Es misslang. Sie war zu schwach. Der Teufel hatte sie fest im Griff.

Lasciare omni speranza! Lass alle Hoffnung fahren! Ich bin verloren.

Bero trug sie auf seinen Armen bis zum Portal der Basilika Saint Nazaire. Hier fand sie Pater Zyprian vor der ersten Morgenandacht.

21. Kapitel

Es war ein warmer Frühlingsabend, windstill und sonnig. Im Garten hinter dem Turm blühten die Apfelbäume, umschwirrt von summenden Bienen.

»Sie sind nicht nur fleißig, sondern auch klug«, sagte Leander zu Beatrice. »Anders als bei uns Menschen, wo ein Töpfer nur Töpfe macht und ein Schuhmacher nur Schuhe, beherrschen sie ein ganzes Dutzend verschiedener Berufe.«

»Du meinst, jede Biene beherrscht mehrere Berufe? Hat nicht jede ihre eigene Aufgabe zu erfüllen?«

»Im Lauf ihres Lebens erledigt jede einzelne von ihnen alle im Stock erforderlichen Aufgaben in der Reihenfolge ihres Alters. Nach dem Ausschlüpfen aus ihrer Zelle versorgt sie die junge Brut. Dann wird sie zum Baumeister, formt Waben aus Wachs. Und wenn sie das lange genug gemacht hat, verstaut sie die eingebrachten Futtervorräte, schafft die Abfälle aus dem Bau. Danach versieht sie wichtigen Wächterdienst am Flugloch. Ganz zuletzt beginnt sie mit dem Honigsammeln. Die Bienen, die du hier umherfliegen siehst, sind alle ältere, erfahrene Tiere.«

Eine Biene landete auf Leanders Finger. Ihr Pelz glänzte in der Abendsonne. »Ist sie nicht schön?«

»Und du meinst, sie sind wirklich gescheit?«, fragte Beatrice.

»Ja, denn sie handeln durchaus mit Verstand. Ihre Entwicklung verläuft nicht selbstständig, wie das Wachsen der Pflanzen, die keimen, Blätter ansetzen, blühen und Frucht tragen. Nimmt man dem Bienenvolk die Bauarbeiter weg, so unterlassen die älteren Bienen das Honigsammeln und werden wieder zu Wabenbauern. Das gilt auch für alle anderen Berufe im

Stock. Diese kleinen Tiere handeln wie die Bürger einer Stadt, Überlegung und Gemeinsinn folgend.«

»Gibt es auch Henker unter ihnen?«, wollte Beatrice wissen.

»Nein, keine Henker, aber jede Menge Henkerinnen.«

»Ist das wahr?«

»Sie richten nach dem Hochzeitsflug die Männchen hin. Bienen sind eine eingeschworene Gemeinschaft von Weibchen.«

»So wie wir«, sagte Beatrice. »Du bist die Königin,und ich bin deine Arbeitsbiene.«

»Nein«, sagte Leander. »Du bist der Honig.«

Er küsste sie und lachte: »Wahrhaftig, du bist so süß wie der Honig.«

Als sie sich später am Abend vor dem Kamin liebten, sagte Beatrice: »Ein Glück, dass du keine Drohne bist, sonst müsste ich dich jetzt töten.«

»Noch schlimmer erginge es mir, wenn ich ein Spinnenmännchen wäre«, lachte Leander, »die werden nach dem Liebesspiel von den Weibchen aufgefressen.«

Sie biss ihm ins Ohrläppchen und meinte: »Ich habe dich zum Fressen gern.«

»Weißt du«, sagte Leander, »dass es eine Zeit gab, in der ich nichts so widerwärtig fand wie Essen, vor allem gemeinsames Essen? So habe ich früher nie verstanden, warum Menschen zusammenkommen, um in Gesellschaft Essen in sich hineinzustopfen.«

»Hast du nie mit anderen an einem Tisch gegessen?«, fragte Beatrice.

»Als Kind mit meinem Vater, bisweilen. Er war fast zahnlos und roch aus dem Mund. Es war eine Qual, ihm beim Essen zuzusehen. Er hat es wohl selbst so empfunden und aß meist allein.«

Als sie am anderen Morgen durch das Stadttor ritten und von den Wächtern achtungsvoll gegrüßt wurden, sagte Beatrice: »Gewiss gibt es in der ganzen Stadt nicht eine Frau, der so viel Ehrerbietung entgegengebracht wird wie uns.«

Leander antwortete: »Wenn sie wüssten, wer wir wirklich sind, würden sie uns steinigen, denn ein Bauer, der sich als Graf ausgibt, macht sich lächerlich, aber eine Frau, die Männerkleider trägt, begeht ein Verbrechen.«

Beatrice wagte nicht zu fragen, was sie erwartete, falls man ihr falsches Spiel entlarven würde. Nur nicht daran denken! In letzter Zeit quälten sie angstvolle Vorstellungen, besonders nachts, wenn sie keinen Schlaf fand, während Leander neben ihr in tiefem Schlummer lag.

Sie fühlte sich beobachtet. »Sieh nur«, sagte sie, »der Alte da drüben, der mit dem braunen Barett, ist uns erst vorgestern gefolgt. Jetzt steht er da drüben bei der Kirchenpforte und blickt zu uns herüber.«

»Das ist ein harmloser alter Mann«, erwiderte Leander. »Er schaut sich nur die Vorübergehenden an.«

»Nein, glaube mir, wir werden beobachtet.«

Der Mond schien durch das Fenster. Sein Licht erhellte den Raum. Wolkenfetzen glitten als Schatten über Wände und Dielen.

Leander lag mit offenen Augen auf seinem Lager und verfolgte das Lichtspiel. Eben noch Sichtbares wurde von der Finsternis verschluckt. Zinnbecher blitzten auf. In den Falten der Vorhänge bewegten sich die Schatten. Es sah aus, als sei der Wind in sie gefahren. Truhe, Tisch und Stühle schienen von Unruhe ergriffen. Minerva, die Eule im Käfig an der Wand, knackte mit ihrem Schnabel, wie sie es immer tat, wenn sie erregt war.

Unheil lag in der Luft, namenloses Grauen aus jener Welt, zu der unsere fünf Sinne keinen Zugang haben. Eine dunkle Wolke schob sich vor den Mond. Leander schloss die Augen.

Er stand vor einem Kirchenportal. Die bronzenen Flügeltüren öffneten sich wie von Geisterhand. Musik ertönte. Er lief durch das hohe Kirchenschiff dem ewigen Licht entgegen. Ein Priester in weißem Gewand erwartete ihn. War das nicht ...? Aber ja, er war es: Graf Simon de Clermont. Wie jung er aussah. Leander kniete nieder, empfing die Hostie: »Siehe, das ist mein Blut, das vergossen wurde zur Vergebung für viele.« Die Hostie brannte wie Feuer auf der Zunge. Erschrocken schlug Leander die Augen auf. Er befand sich im Turm, in seinem Zimmer. Aber, was war das? Träumte er? Vor ihm stand ein Engel oder, richtiger, der Schatten eines Engels. Lebensgroß schwebte er an der Wand gegenüber dem Bett. Er hing da steil und stolz aufgerichtet mit Flügeln wie ein Cherub. Sie überragten seinen Kopf, bewegten sich sanft auf und nieder, leicht wie ein Lufthauch. Leander hielt den Atem an. Da vernahm er die Botschaft. Sie bestand nicht aus Worten, war der Musik verwandter als der Sprache, farbige Töne, Klangbilder, die er verstand, so wie die Sprache der Vögel und vor allem der Raben. Sie lautete: »Du trägst ein Kind unter deinem Herzen.«

»Ein Kind! Ich? Wie kann das sein?«

Und der Engel wiederholte seine Botschaft.

Leander erhob sich von seinem Lager. Ein Rabe, der im Fenster hockte, flog erschreckt davon. Der Schatten des Engels verschwand.

Leander weckte Beatrice. Sie schlug die Augen auf und fragte: »Was hast du?«

»Ein Engel. Er war hier im Zimmer.«

»Du träumst.«

»Nein, er war wirklich hier, dort drüben an der Wand. Er hat zu mir gesprochen.«

»Was hat er gesagt?«

»Dass ich ein Kind unter dem Herzen trage.«

»Wie kann man nur solchen Unsinn träumen«, lachte Beatrice. »Siehe, ich verkündige euch große Freude: Der Henker von Carcassonne ist gebenedeit unter den Weibern. Komm, leg dich zu mir, und schlaf weiter.«

»Es war kein Traum.«

Beatrice strich Leander über die Wange. Er schien wirklich sehr erregt zu sein. »Was genau hast du gesehen und gehört?«

»Einen Engel, so groß wie du.«

»Wie sah er aus? War er weiß?«

»Nein, schwarz.«

»Ein schwarzer Engel?«

»Es war der Schatten eines Engels.«

»Und er hat sich bewegt?«

»Ja, mit den Flügeln.«

»Vielleicht war es der Schatten eines Vogels. Schau!« Beatrice ging zum Fenster und hielt die Hand ins Mondlicht. Vielfach vergrößert fiel der Schatten auf die gegenüberliegende Wand. »Vielleicht hat dort eine Eule gesessen.«

»Ja, vielleicht«, erwiderte Leander und dachte an den Raben im Fenster. »Ja, vielleicht hast du Recht.« Aber er fand in dieser Nacht keinen Schlaf mehr. Selbst wenn er einen Vogelschatten gesehen hatte, die Botschaft blieb. Galten die Raben nicht seit altersher als Wahrsager? Auf den Schultern von Odin saß ein Rabe, der ihm die Zukunft prophezeite.

Die seltsame Verkündigung ging Leander nicht mehr aus dem Kopf. Sie hatte ihm vor Augen geführt, dass er als Frau ein Kind empfangen konnte. Nie war ihm dergleichen in den Sinn gekommen. Die Vorstellung schien ihm völlig abwegig zu sein. Kinder hatte es in seiner Welt nie gegeben. Wohl erinnerte er sich an eine Puppe, die er vor dem Vater versteckt hielt, aus Angst, er könnte ihr den Kopf abschneiden. Natürlich zog es ihn als Kind in die Nähe anderer Kinder. Aber stets stieß man ihn beiseite: »Bleib weg!« »Lass den kleinen Bastard des Henkers nicht zu dicht an die Wiege!« Nicht einmal dem hölzernen Christkind in der Weihnachtskrippe durfte er zu nahe kommen.

Ich – eine Mutter mit Kind? Unvorstellbar. Dazu bräuchte

ich einen Gatten. Einen Mann! Er musste lachen. Zu irrwitzig war der Gedanke, von einem Mann geschwängert zu werden.

Er rückte näher an Beatrice heran, legte seinen Arm um ihre nackte Hüfte und atmete den Duft ihrer Haut.

22. Kapitel

Leander strich sich über den nackten Leib: »Ich glaube, ich bin wirklich schwanger.«

»Aber wie kann das sein?«, widersprach Beatrice. »Dazu braucht es einen Vater. Hast du mit einem Mann …«

»Unsinn«, schnitt Leander ihr das Wort ab. »Du weißt, dass das Unsinn ist.«

»Das kann auch ohne dein Wissen passiert sein.«

»Ohne mein Wissen? Wie soll das gehen?«

»Du hast mir erzählt, dass du nach dem Überfall in den Pyrenäen mehrere Tage bewusstlos bei Schafhirten gelegen bist.«

»Ja, du hast Recht. O Gott!« Leander war aufgesprungen und lief im Zimmer hin und her. »Nein, das kann nicht sein. Sie waren fromme Katharer. Außerdem hat Bero keinen an mich herangelassen.«

»Du meinst, er war Tag und Nacht bei dir?«

»Ja, er wich nicht von meiner Seite.«

»Dann kann nur er der Vater sein.«

»Bero? Bist du von Sinnen? Er ist mir treu ergeben. Er liebt mich.«

»Und da fragst du noch, wer der Vater sein könnte!«

»Nein«, widersprach Leander, »das würde er nicht tun.«

»Er ist auch nur ein Mensch, ein Mann und einsam obendrein. Er liebt dich. Du bist schön.«

»Ich war schwer verletzt, mehr tot als lebendig, hilflos wie ein Kind.«

»Ja, er hat dich umsorgt wie ein Kleinkind und dich nicht nur gefüttert, sondern auch gewaschen. Das heißt: Er hat sich an deinem Unterleib zu schaffen gemacht. Weiß er, dass du eine Frau bist?«

»Ja, das weiß er.«

»Und weil er der Einzige ist, der das Geheimnis kennt, von dem niemand erfahren darf, weiß er auch, dass du nichts gegen ihn unternehmen kannst, ohne dich selbst zu verraten.«

»Das würde Bero mir niemals antun.«

»Wer war es dann?«

»Keiner.«

»Eine Jungfernzeugung«, sagte Beatrice. Der spöttische Unterton war nicht zu überhören.

»Warum nicht. Es wäre nicht das erste Mal, dass eine Frau ein vaterloses Kind zur Welt bringt. Es mag sehr selten sein. Aber was besagt das schon? Gold ist auch seltener als Sand, und trotzdem ist jeder, der an der Existenz dieses Edelmetalls zweifelt, ein Narr. Fliegen und Mäuse entstehen aus Schmutz, ganz allein und ohne Zeugung wie die Alraunen.«

»Du bist weder eine Fliege noch eine Maus«, widersprach Beatrice.

»Das war Maria auch nicht«, entgegnete Leander, »denn auch sie war eine jungfräulich Geborene.«

»Das war einmalig.«

Am anderen Tag ging Leander zu Bero. Er fand ihn im Pferdestall, wo er auf der Futterkiste saß und mit seinem steifen Glied spielte. Er war so sehr mit sich selbst beschäftigt, dass er ihn erst wahrnahm, als er schon vor ihm stand.

»Was machst du da?«, fragte Leander.

Die Frage war unsinnig, aber ihm fiel nichts Besseres ein.

Erschrocken bedeckte Bero sein Geschlecht. Obwohl die Maske sein Gesicht verhüllte, sah man seiner Körperhaltung an, dass er sich schämte.

»Du brauchst dich vor mir nicht zu schämen«, beruhigte ihn Leander. »Natürliches ist mir nicht fremd. Ich schäme mich ja auch nicht vor dir, weil ich dir während meiner Ohnmacht ausgeliefert war wie ein Kleinkind in den Windeln. Du weißt, dass ich eine Frau bin.«

Er nickte, ein wenig nur, aber es war unverkennbar. »Hat das während meiner Ohnmacht sonst noch jemand bemerkt?«

Dieses Mal schüttelte er heftig den Kopf.

»Niemand darf das je erfahren, hörst du, niemand. Nur du und ich.«

Er bewegte den Kopf, als wollte er sagen: Da gibt es noch jemanden.

»Wer?«

Er deutete zum Henkersturm.

»Ach, René. Ja, du hast Recht. René weiß es auch.«

Bei der Erwähnung von Renés Namen ging ein Ruck durch Beros Körper. Leander sah, wie er die Hände zur Faust ballte.

Als er Beatrice von dem Gespräch erzählte, sagte sie: »Er ist eifersüchtig auf mich, weil du mich in den Turm geholt hast und er im Stall haust. Früher bist du mit ihm zu den Kranken geritten. Jetzt nimmst du mich mit, und er muss hier bleiben.«

»Aber das ist doch etwas ganz anderes«, widersprach Leander. »Er ist mein väterlicher Freund. Ich war noch ein Kind, als Vater ihn mitgebracht hat. ›Du brauchst einen kräftigen Gehilfen, einen Vertrauten, der unser Geheimnis zu bewahren weiß. Keiner ist dafür besser geeignet als ein Stummer.‹ Das waren seine Worte. Und Bero war mir immer ein treuer Begleiter.«

»Hast du ihn nie mitgenommen in den Turm?«

»Nein. Ich glaube, das hätte er auch gar nicht gewollt. Daran gewöhnt, dass sein Aussehen die anderen Menschen entsetzt, hält er von sich aus Abstand. Er würde mir niemals zu nahe treten.«

Sie hatten den Nachmittag am Fluss verbracht. Der Blick reichte über Wiesen und Gärten bis zu den blauen Höhenzügen in der Ferne. Schweigend gaben sie sich der Verzauberung des schwindenden Tages hin. Das trockene Gras verwob sich golden mit dem Dunst des letzten Lichts. Auf dem Heimritt kam ihnen eine junge Bäuerin mit einem Wickelkind entgegen. Sein Gesicht lag an ihrer halb entblößten Brust. Sie war barfuß und trug einen Kranz aus Feldblumen im Haar. Als sie den Henker erkannte, verbarg sie das Gesicht ihres Kindes mit der Hand, um Unheil von ihm abzuwenden.

»Ist es ein Junge oder ein Mädchen?«, fragte Beatrice.

»Ein Mädchen.«

»Und wie heißt es?«

»Antoinette.«

»Ein schöner Name.Gott mit dir und deiner Antoinette.«

Zu Leander gewandt fragte Beatrice: »Und wie soll dein Kind …?«

»Unser Kind«, unterbrach sie Leander.

»Wie soll unser Kind heißen? Soll es den Namen des Heiligen erhalten, an dessen Namenstag es das Licht der Welt erblicken wird? So machen es wohl die meisten. Ich wurde an dem Tag geboren, an dem auch die heilige Beatrice zur Welt kam.«

»Du irrst dich«, sagte Leander, »die Namenstage der Heiligen sind nicht die Tage, an denen sie geboren wurden, sondern die Tage, an denen sie hingerichtet wurden.«

»Hingerichtet?«

»An dem sie das Martyrium erlitten. Origines lehrte, man müsse das irdische Leben als leeren Schein ansehen, als eine glücklicherweise nur kurze Zeit. Erst der Tod erlöse die Seele vom Körper und mache sie frei für das wahre Leben. Deshalb sei der Tag des Todes nicht Ende, sondern Anfang, sei Wiedergeburt zum Leben, sei kein Anlass zur Trauer, sondern Grund zur Freude. Der Geburtstag aber, an dem der Mensch ins irdische Leben tritt, sei ein Grund zur Trauer.

»Das hört sich schlimm an«, meinte Beatrice.

»Das ist es auch«, erwiderte Leander. »Genug, dass ich ein Henker bin, wie kann ich da meinem Kind einen Namen geben, der als Erinnerung an eine Hinrichtung im Kalender festgeschrieben wurde? Wenn es ein Junge wird, so soll er Merowin heißen. Merowin nach dem Geschlecht der Merowinger, dem meine Mutter entstammt. Wird es ein Mädchen, so soll es heißen wie du.«

November: Nebel, Nässe, frühes Dunkel. Der Regen prasselte vom Himmel, und von den Bergen wehte ein kalter Wind durch das Tal.

Leander und Beatrice verbrachten ganze Tage im Bett, träumten, liebten sich, sprachen über Gott und die Welt.

»Ob wir Menschen wirklich Gottes Ebenbild sind?«, wollte Beatrice wissen.

»Wie schrecklich für Gott, wenn ich ihm ähnlich bin«, erwiderte Leander.

»Du bist ihm nicht nur ähnlich«, lachte Beatrice, »du bist Gott. Die Menschen empfinden so viel ehrfurchtsvolle Scheu vor dir wie vor ihrem Herrgott.«

»Ein Herrgott, der eine Frau ist.«

»Glaubst du an Gott?«

»Wie kannst du fragen? Um ich zu sein, brauche ich ihn wie die Luft zum Atmen. Aber mein Gott ist nicht der, dessen Stellvertreter in Rom sitzt.«

»Es gibt nur einen Gott«, sagte Beatrice.

Leander widersprach: »Die Muselmanen beten zu Allah, die Juden zu Jahve, die Chinesen zu Ich-weiß-nicht-Wem. Die Katharer kennen einen guten und einen bösen Gott. Alle beten etwas anderes an. Und das sind nur die lebenden Götter.«

»Gibt es auch tote?«, fragte Beatrice verwundert.

»Gewiss doch. Unsere Vorfahren haben Jupiter verehrt, Zeus, Apollo, Baal, Zarathustra, Wotan und viele andere Gottheiten, die es alle nicht mehr gibt. Auch Götter haben eine begrenzte Lebenszeit.«

»Vielleicht war und ist er immer derselbe.«

»Ja, vielleicht. Warum lässt er dann aber zu, dass sich seine Anhänger gegenseitig zerfleischen?«

»Mein Gott ist ein guter Gott«, sagte Beatrice. »Er hat mein Gebet erhört und mich vor dem Tod im kalten Wasser bewahrt. Er hat das Wunder vollbracht, meinen Henker in meinen Geliebten zu verwandeln.«

Leander fiel auf, dass er für sie nicht die Geliebte, sondern der Geliebte war, wenn sie von ihm sprach. Aber wie konnte es auch anders sein. Ein Henker war immer ein Mann.

Wie aber kann ein Mann ein Kind gebären?

23. Kapitel

Beatrice hatte sie zuerst entdeckt: »Eine Schlange! Nimm dich in Acht! Eine Schlange!«

Diese lag im Garten auf einem Stein in der Mittagssonne.

Leander wollte sie aufheben. Beatrice trat dazwischen. »Bist du von Sinnen. Sie ist giftig.«

»Sie ist nicht gefährlich. Siehst du den gelben sichelförmigen Fleck hinter dem Kopf: eine Ringelnatter.«

Mit geschmeidigen Bewegungen wollte sich die Natter davonmachen. Leander ergriff sie, und im selben Augenblick geschah Unglaubliches. Sie führte sich auf wie toll, ringelte sich zusammen, schnellte auseinander, verknotete ihren langen Leib in abenteuerlichster Weise, wirbelte umher wie im Todeskampf. Leander ließ sie fallen. Und da lag sie, die weiße Unterseite zum Himmel gekehrt, das Maul weit aufgerissen.«

»Du hast sie umgebracht«, sagte Beatrice.

»Nein, sie ist eine Meisterin der Verstellung. Während die meisten Tiere die Flucht ergreifen, stellt sie sich einfach tot, und zwar so überzeugend, dass ihre Feinde, die nur lebendes Getier fressen, von ihr ablassen. Auch dich hat sie getäuscht«, lachte Leander.

Sie entfernten sich ein paar Schritte, und siehe da: Die kleine Schauspielerin erwachte zu neuem Leben und glitt davon.

»Ich liebe Schlangen«, sagte Leander. »Die Bibel hat ihnen Unrecht getan, indem sie sie verteufelte. Bei den Griechen und den alten Okzitaniern verkörperten die Nattern Heilkunst und Weisheit. Kreuzottergift in der richtigen Dosierung ist ein sehr wirksames Schmerzmittel. Ich habe einmal …«

»Verzeih, wenn ich dich unterbreche«, sagte Raimond, der Sekretär des Vizegrafen, der unbemerkt in den Garten getreten war, »du sollst sofort zum Grafen kommen.«

Leander warf Beatrice einen Blick zu. Sie verstanden sich ohne Worte: Das bedeutet nichts Gutes!

Beatrice blieb sorgenvoll zurück. Hieß es nicht: Der Schrei einer Eule und der Anblick einer Schlange bringen Unglück.

O Heiland, gütige Mutter Gottes, beschütze uns!

Endlich kehrte er zurück. Sie lief ihm entgegen: »Was wollte er von dir?«

»Wir sollen nach Toulouse gehen. Der dortige Henker ist erkrankt.«

»Und du sollst ihn kurieren?«

»Nein, ich soll ihn vertreten und einem zum Tode Verurteilten den Kopf abschlagen.«

»Wann?«

»Am Freitag. Wir müssen morgen früh aufbrechen, du und ich. Bero bleibt hier. Wir benötigen sein Ross als Packpferd.«

Es wurde ein mörderischer Ritt. Seit Sonnenaufgang goss es in Strömen. In Castelnaudry hielten sie längere Rast in einem alten verwinkelten Wirtshaus bei der Kirche St. Michel. Sie wärmten sich mit heißem Beerenwein und trockneten ihre nassen Mäntel am Kamin, während die Pferde im Stall mit Heu versorgt wurden. Es hätte nicht viel gefehlt, und es wäre ihnen nicht gelungen, Toulouse vor Schließung der Stadttore zu erreichen. Die Wächter wiesen ihnen den Weg zur Herberge Le Pied de Cochon, wo sie am Ende ihrer Kräfte ohne Abendspeise ihr Bett aufsuchten. Sie hatten eine Kammer für sich allein, während die anderen Schlafgäste sich zu mehreren Personen Zimmer und Betten teilen mussten.

»Lasst euch nicht anmerken, dass ihr Henker seid«, bat der Wirt sie, »weil sonst niemand mehr in dem Zimmer schlafen mag.«

Die Hinrichtung sollte auf dem Platz vor der Kirche Les Jacobins erfolgen. Die dem heiligen Jakob geweihte Kapelle war von den Dominikanern gegründet worden, um die Ketzerei der Katharer zu bekämpfen, und hatte schon so manche Hinrichtung erlebt.

Der Henker von Toulouse war ein viel beschäftigter Mann. Die Galgen am Ufer der Garonne waren nie leer. Die Aufgehängten wurden erst abgenommen, wenn der Platz für einen neuen Todeskandidaten gebraucht wurde. Beatrice zählte zwölf.

Es war das erste Mal, dass Leander außerhalb von Carcassonne einen Auftrag auszuführen hatte. Die Tätigkeit würde die gleiche sein wie immer. Aber die fremde Umgebung verunsicherte ihn. Daheim im Schatten seines Turms war er ein Bär vor seiner Höhle. Hier fühlte er sich wie ein Vogel, der sich verirrt hat. Hinzu kam, dass er Toulouse nicht mochte. Carcassonne lag auf einem Hügel über dem Aude-Tal. Die Stadt war klein und übersichtlich. Bei klarem Wetter reichte der Blick bis zu den Bergen. Toulouse hingegen war ein Häusermeer. Die Straßen waren schmutzig und so voller Kot, dass man sie nur an bestimmten Stellen überqueren konnte. Überall suhlten sich Schweine. Der Gestank in den engen Gassen war an windstillen Sommertagen so infernalisch, dass die Patrizier die heißen Wochen des Jahres in den Bergen verbrachten.

Am Morgen nach der Ankunft erhielt Leander Gelegenheit, den Verurteilten zu sehen. Er lag im Kellerverlies unter dem Rathaus, ein dicker Mann mit kahlem Schädel. Sein Kopf saß nahezu ohne Hals auf dem fetten Leib: gut zum Aufhängen, aber schlecht zum Enthaupten. Der Kerl würde Schwierigkeiten machen.

Er hatte seine Frau getötet. Erschwerend kam hinzu, dass er sie im Schlaf erschlagen hatte. Damit war es heimtückischer Mord; und darauf stand nach geltendem Recht die Todesstrafe.

»Ich habe einen großen Fehler gemacht«, sagte er zu Leander. »Ich hätte ihr bei Tag den Schädel einschlagen sollen. Sie war ein böses Weib. Sie hat den Tod verdient.«

Reue war ihm fremd. Das Töten war sein Beruf. Er war Metzger.

Noch nie hatte Leander so viele Menschen gesehen wie an jenem Morgen. Die Menge drängte sich bis hinunter zum Flussufer der Garonne. Das Geschrei war noch wüster als in Carcassonne. Schmalzbäcker, Wurstverkäufer und Pillendreher versuchten lauthals, ihre Ware an den Mann zu bringen. Die Gassenjungen der Stadt forderten in Sprechchören den Kopf des Metzgers. Dazu wurden Rasseln gedreht und Trommeln geschlagen. Es herrschte ein solcher Höllenlärm, dass die Raben sich vor Schreck im Gebälk des Glockenstuhls verkrochen.

Als Leander sein Henkersgewand anlegen wollte, erlebte er eine böse Überraschung: Beinkleid und Wams passten ihm nicht mehr. Sein Bauch war so angeschwollen, dass er sich nur mit Mühe hineinzuzwingen vermochte. Das Atmen fiel ihm schwer.

Schon begann das Arme-Sünder-Glöcklein zu läuten. Sie mussten hinaus auf den Platz vor der Kapelle. Der Verurteilte wurde auf den Schinderkarren gehoben. Er hockte da wie ein Schwein, das zum Schlachter gebracht wird, dachte Beatrice. Sie trug bereits die Henkersmaske. In ihren Händen hielt sie das entblößte Richtschwert. Seine Scheide blitzte bedrohlich auf, wenn sich die Morgensonne darin spiegelte.

Das Schafott überragte den Platz so hoch wie ein beladener Heuwagen, damit auch die weit entfernt Stehenden an dem Spektakel teilhaben konnten.

Der Metzger, der sich weigerte, die Leiter emporzuklettern, wurde von den Bütteln an einem Strick hinaufgezogen wie ein Sack Haferkorn. Das Gejohle der Zuschauer spornte die Büttel an, ihn dabei kräftig durchzurütteln. Immer wieder rissen sie an dem Hanfseil, das der Dicke jedes Mal mit einem schrillen Quieken quittierte.

Endlich oben, war er zu erschöpft, um auf die Beine zu kommen. Mit verbundenen Augen wurde er auf einen Stuhl gehoben und festgebunden. Die Rückenlehne reichte bis fast zu den Schulterblättern.

Wo ist der Klotz, auf den er seinen Kopf legen muss?, fragte sich Beatrice. Da war nur der Korb mit den Sägespänen.

Wollten sie ihm etwa aufrecht sitzend den Kopf vom Rumpf schlagen? Aber ja, das wollten sie, damit jeder miterleben konnte, wie der Kopf fiel. Beatrice schlug das Herz bis zum Hals.

Sie reichte Leander das Schwert. Er schwankte ein wenig, als er es aufnahm. Sie hörte ihn hinter der ledernen Maske keuchend atmen. Es schien ihm nicht gut zu gehen. Sie spürte es.

Seine Fäuste umschlossen den Knauf des Schwerts. Leander holte aus. Die Stimmen auf dem Platz erstarben. Der Tod betrat das Schafott. Wie ein gewaltiger Sensenschwung fuhr der scharfe Stahl durch die Luft. Ein Schrei!

Aber es war nicht nur die Menge, auch der Metzger schrie, schrie wie ein Schwein, dem das Messer an der Kehle sitzt. Das Schwert war ihm eine Handbreit unter dem Genick in die Schulter gefahren.

Ein bedrohliches Grollen ging durch die Menge. Leander holte zum zweiten Schlag aus und verfehlte erneut den Hals. Der Metzger war vornüber gesunken. Das Blut rann ihm den Rücken hinab. Zugleich erhob sich wildes Geschrei. »Holt diesen Stümper vom Schafott! In die Garonne mit ihm! Der Teufel soll ihn holen!« Schon flogen die ersten Steine, da schlug Leander zum dritten Mal zu. Der Kopf fiel, rollte über die Bretter des Blutgerüstes, verschwand im Gedränge der wild gestikulierenden Menschen. Ein beherzter Bursche hob ihn auf und schleuderte ihn zurück, zielgenau in den Korb mit den Sägespänen. Die Menschen lachten über den gelungenen Wurf. Leander nutzte die Gelegenheit, um sich vor der Volkswut in Sicherheit zu bringen.

Es war der schwärzeste Tag seines Lebens.

Die Toulouser ließen den Vizegrafen wissen, dass er sie in

Zukunft vor einem Nichtskönner wie diesen Leander bewahren möge. Dieser Mensch trüge die Bezeichnung Carnifex zu Recht. Er sei ein Fleischmacher, ein Hackfleischmacher.

Der Vizegraf führte mit Leander ein Gespräch unter vier Augen. Zu seiner Gattin sagte er am Abend des gleichen Tages: »Ich glaube, er ist krank. Er wirkt so aufgedunsen. Wenn er ein Weib wäre, würde ich sagen, er ist schwanger.«

Eine Bemerkung, die die Gräfin köstlich amüsierte: »Unser Henker ist guter Hoffnung.«

Danach lag Leander tagelang im Bett. Er fieberte und nahm keine Nahrung zu sich: »Ich bin ein Nichtsnutz, ein elender Nichtsnutz, schlechter als ich kann man nicht sein.«

Diesen Satz hörte Beatrice immer wieder. Sie entgegnete: »Du bist nicht schlecht, du bist schwanger. Und wenn du das nicht sein willst, dann müssen wir darüber nachdenken, wie wir das ändern können.«

»Du willst es abtreiben?«

»Und du?«

»Ich weiß nicht.«

Beatrice meinte: »Zu verheimlichen, eine Frau zu sein, ist schon schwer genug, aber im Henkersturm ein Kind so zu verstecken, dass es niemand bemerkt – ist das überhaupt möglich?«

»Magst du Kinder?«

»Wie kannst du fragen.«

Am Abend sagte Leander: »Ich will es haben.«

Gegen Ende des Monats hatte Leander nicht nur einen beachtlichen Leibesumfang, auch seine Brüste schwollen an und wölbten sich immer deutlicher hervor. Die Schwangerschaft veränderte sein ganzes Verhalten. Hatte er früher nur selten und flüchtig in den Spiegel geschaut, nahm er jetzt jede Gelegenheit wahr, sich lange und ausgiebig zu betrachten, so als wollte er herausfinden, wer er wirklich war.

»Ich bin ein Mann im Körper einer Frau«, sagte er zu Beatrice. »Ich bringe ein Kind zur Welt und werde ihm mehr Vater als Mutter sein.«

Bei Tisch bemerkte er: »Seit meiner Kindheit habe ich Fleisch verabscheut. Mit einem Mal verspüre ich Heißhunger auf gebratenes Huhn, auf Wurst und Geselchtes.«

Dann wieder streichelte er seinen Leib und sinnierte laut: »Ich habe so manchen Burschen ins Jenseits befördert; das hier wird der Erste sein, den ich in die Welt setze.«

Bei allem Ernst der Situation war das, was er sagte, nicht ohne Komik. Die Situation war einfach zu unglaublich.

»Wir müssen uns vor allem Gedanken darüber machen, wie wir das Wunderkind zur Welt bringen«, sagte Beatrice. »Wir haben beide keine Erfahrung im Gebären, und keine Hebamme wird uns helfen.«

»Ich werde mir Rat holen.«

»Bei wem?«

»Bei Giselle, der Hebamme.«

»Und wie? Willst du ihr sagen, dass du guter Hoffnung bist?«

»Das lass nur meine Sorge sein.«

24. Kapitel

Leander besuchte nur selten die heilige Messe. Sein Erscheinen in der Basilika verursachte immer Aufsehen, so auch diesmal, als er durch die Henkerspforte trat. Alle Augenpaare waren auf den Carnifex gerichtet, der sich, ohne das Weihwasserbecken berührt zu haben, auf seinem Platz niederließ. Erst als die Glöckchen der Ministranten mehrmals ertönten, wandten die Menschen ihre Aufmerksamkeit wieder dem Allerheiligsten zu.

Während Pater Zyprian mit lateinischen Zauberformeln Gott und die Heiligen beschwor, fand Leander Gelegenheit, sich umzublicken. Die Rangordnung im Gotteshaus war nicht zu übersehen. Dem Altar am nächsten saßen auf kunstvoll geschnitzten Bänken die Patrizier und Ratsherren, hinter ihnen die Kaufleute der Gilde und die Zunftmeister des ehrbaren Handwerks, alle mit Frauen und Kindern. Dann die Bauern, stehend wie die Hirten und Schäfer. Am Ende dieser Rangordnung standen die Gaukler, die Spielleute, Bärenführer und Bettler und natürlich der Henker und die Hebamme.

Ihretwegen war Leander hier. Sie stand nur wenige Schritte entfernt von ihm, stolz und aufrecht. Leander betrachtete sie von der Seite: eine hagere Frau mit früh ergrautem Haar, kräftigem Kinn und einem harten, entschlossenen Zug um den Mund, aber mit gütigen Augen.

Sie hat mehr von einem Mann als von einer Frau, dachte Leander. Vielleicht ist sie einer. Die Vorstellung belustigte ihn: eine männliche Hebamme und ein weiblicher Henker!

Als er sie nach der Messe ansprach, sah sie ihn aus großen erstaunten Augen an. »Du brauchst meinen Rat?«

»Ich kann nicht zu dir kommen und du nicht zu mir. Deshalb schlage ich vor, dass wir uns nach dem Abendläuten an der steinernen Brücke treffen, wenn es dir Recht ist.«

Es war ihr Recht.

Leander erwartete sie auf seinem Pferd sitzend bei der Brücke. Das Läuten war bereits verklungen, da kam sie in gestrecktem Galopp den Hügel herab. Sie ritt im Herrensitz. Es gab nur wenige junge Menschen in der Stadt, die sie nicht ins Leben geholt hatte. Bei einem dieser nächtlichen Ritte zu einer Wöchnerin war sie gestürzt, und Leander hatte ihr den Arm wieder richten müssen. Seitdem fühlt sie sich in seiner Schuld.

Sie banden ihre Pferde am Brückengeländer fest und liefen den Uferpfad entlang. Leander sagte: »Wir beide dienen der gleichen Sache, nämlich dem Leben. Du hilfst den Menschen hinein, und ich befördere sie wieder hinaus.«

»Bisweilen ist es aber auch umgekehrt«, erwiderte Giselle. »Manchmal nehme ich einem unerwünschten Menschlein das Leben, bevor es geboren wird. Und du spielst den Medikus und rettest bedrohtes Leben.«

»Ja, Tod und Leben, Gebären und Sterben liegen dicht beieinander. Vom Letzteren verstehe ich viel, vom Ersten gar nichts. Das ist der Grund, warum ich mit dir reden will. Du weißt so vieles, das ich nicht weiß. Ich möchte von dir lernen, will wissen, wie wir das Licht der Welt erblicken. Als Henker habe ich keinen Zugang zu solchen Dingen.«

»Warum willst du das wissen?«

»Will nicht jeder wissen, woher er kommt? Selbst die dümmsten Bauern erlernen alles, was nötig ist, um die Ernte einzubringen. Warum sollte die Ernte eines Menschleins eine Ausnahme machen?«

Sie sah ihn kopfschüttelnd an: »Was bist du nur für ein Mensch? Man sagt, dass du lesen und schreiben kannst, dass du die Natur studierst wie ein Alchemist. Warum tust du das?«

Leander zuckte mit den Schultern: »Es gibt so vieles, das ich wissen möchte.«

Sie bückte sich, hob einen Stein auf und warf ihn in den Fluss. »Die Geburt ist ein Kampf auf Leben und Tod. Zwei, die bisher ein Leib waren, werden in ein schauriges Ringen verwickelt. Die Mutter muss sich von ihrer Last befreien, wenn sie überleben will. Das Kind muss aus dem Gefängnis des Mutterleibs ausbrechen, sonst stirbt es. Ein schmerzhafter Zweikampf mit ungewissem Ausgang, bei dem einer den anderen töten kann. Bisweilen bringen sie sich beide um.«

»Und welche Rolle spielst du in diesem Kampf?«

»Das Kind schläft im Mutterleib. Zunächst muss man es aufwecken und zum Kommen anspornen.«

»Wie machst du das?«

»Am besten mit Mutterkorn, aufgelöst in Fleischbrühe oder warmem Wein. Das zieht die Gebärmutter zusammen. Manche Hebammen verwenden auch Ekel erregende Mixturen. Diese *cueils de secrets* lösen Brechreiz aus und damit die Wehen.«

»Und wenn die Wehen einsetzen, was dann?«

»Kinder können auf vielerlei Art zur Welt gebracht werden: im Sitzen, in der Hocke, auf Knien oder auf allen vieren. Ich halte das Niederkommen im Stehen für die beste Gebärhaltung. Am schlechtesten ist es, dabei flach auf dem Rücken zu liegen.«

»Wie kann man dabei stehen, ohne umzufallen?«

»Die Ellbogen werden auf einem Tisch abgestützt, möglichst beim Herdfeuer. Das ist der einzig wahre Platz dafür.«

Sie waren weitergegangen. Leander dachte über das Gehörte nach.

»Ganz wichtig sind Topika«, fuhr Giselle fort.

»Topika, was ist das?«

»Zum Beispiel der Adlerstein. Man findet ihn im Horst. Der König der Vögel holt ihn von weit her in sein Nest, vornehmlich aus China. Er will damit seine Brut vor Blitzschlag schützen. Es gibt auch pflanzliche Hilfen. Am bekanntesten sind die Alraune und die Rose von Jericho. Für Erstgebärende gibt es nichts Besseres als Schlangenhaut. Um den rechten Oberschenkel geschlungen, verkürzt sie die Wehen ganz erheblich.«

»Und wie verhält es sich mit dem praktischen Gerät?«, wollte Leander wissen.

»Du meinst, welche Gegenstände ich für meine Arbeit benötige?«

»Ja.«

»Oh, das sind viele. Ein großer Wasserkessel darf nicht fehlen, und viele Lappen, um die Mutter und den Boden sauber zu halten; feines Leinen für die zarte Kinderhaut, Kissen, die man unter Knie und Hüfte schiebt, ein Tisch zum Abstützen, ein Strohsack beim Feuer zum Ausruhen, eine Schere zum Durchtrennen der Nabelschnur und ein Leinenfaden zum Abbinden. Sehr hilfreich ist auch ein Fläschchen mit Weihwasser und ein Knebel aus Tuch, gefüllt mit Schlafmohn und Honig zum Hineinbeißen. Die meisten Frauen schreien bei der Geburt, einige so laut und so lange, dass sie am Ende keine Stimme mehr haben. Manche Niederkunft verläuft so leicht wie Bohnenpflücken. Ich kenne Frauen, die bis zuletzt auf dem Feld arbeiten. Sie haben lediglich eine Schere und ein Knäuel Garn dabei. Am Abend kehren sie dann mit einem Säugling in der Schürze heim.«

»Gibt es Mittel, um die Wehenschmerzen zu lindern?«, fragte Leander.

»Es gibt sie, aber sie sind bei Todesstrafe verboten. Linderung der Leiden im Zusammenhang mit der Fortpflanzung ist ein Verbrechen. Wer das tut, widersetzt sich Gottes Willen, denn er hat bestimmt, dass Eva und alle weiblichen Nachkommen unter Schmerzen gebären sollen.«

Als sie schon wieder bei ihren Pferden angekommen waren, sagte die Bonne mère: »Du bist der erste Mann, der sich bei mir über meine Arbeit erkundigt. Selbst die meisten Frauen wollen davon nichts wissen, wenn sie nicht gerade guter Hoffnung sind. Wir Hebammen erfüllen eine undankbare Aufgabe. Weißt du, wie unser Stadtmedikus meine Arbeit nennt: den schmutzigsten Teil der Heilkunde. Und der Pfarrer hält meine Tätigkeit für die niedrigste von allen. Sie sei befleckt von Schande, Schmutz und Teufelei. Hexe und Engelmacherin heißt er mich.«

»Warum Engelmacherin?«

»Weil ich den Frauen helfe, ihre unerwünschte Leibesfrucht loszuwerden.«

»Kommt es häufig vor, dass dich eine Mutter bittet, sie von ihrer Leibesfrucht zu befreien?«, fragte Leander.

»Nein, nicht sehr oft. Die meisten wollen das Kind, vor allem die Männer.«

»Auch die Katharer?«

»Warum fragst du?«

»Man sagt, die Katharer verachten die Leiblichkeit als Werk des Bösen. Sie glauben, es sei besser, nicht geboren zu werden.«

»Sie verachten auch Abtreibungen.«

»Gibt es körperliche Liebe unter ihnen?«

»Natürlich lieben sie sich«, antwortete Giselle, »aber anders, als ihr das tut.«

»Warum sagst du ›als ihr das tut‹? Gehörst du zu den Katharern?«

»Gewiss! Wie kann jemand, der so von der Kirche verteufelt wird wie ich, ihr angehören?«

Sie liefen ein paar Schritte schweigend nebeneinander her. Dann fragte Leander: »Und wie lieben sich die Katharer?«

»Nach Art der Minnesänger. Sehnsucht bedeutet ihnen mehr als Erfüllung. Es ist kein Zufall, dass die Kultur der Minne hier in Okzitanien ihren Ursprung hatte. Sie ist ganz und gar katharisch. Und glaube mir, sie ist sehr viel reizvoller als die schnell zur Sache kommende Befriedigung der Hähne und Kaninchen.«

»Muss nicht, wer Appetit hat, auch essen?«, wollte Leander wissen.

»Ja, aber der Hunger des Fleisches lässt sich auch ohne Penetration stillen. Das Reich der Zärtlichkeit kennt keine Grenzen, vom Liebesgedicht bis zum Spiel der Lippen, von erregenden Berührungen bis zur erlösenden Liebkosung. Nach der Lehre Roms ist die geschlechtliche Liebe, die nicht der Zeugung dient, Sünde. Bei den Katharern verhält es sich umgekehrt; denn Sehnsucht ist eine geistige Kraft, im Gegensatz zum Schwängern, dem Ursprung aller teufelgewollten Leiblichkeit. Ein Kind wird hier nur gezeugt, um die Nachfolge in der Werkstatt oder auf dem Hof zu sichern.«

»Und das gelingt den Katharern?«, fragte Leander ungläubig. »Was ist, wenn ein junges Paar sich vergisst und seinem natürlichem Verlangen erliegt?«

»Dann machen sie es so, wie das die jungen Männer untereinander tun«, erwiderte Giselle, *»a tergo.«*

»Das ist wie die gleichgeschlechtliche Liebe unter Christen ein Verbrechen«, sagte Leander. »Onan wurde sogar bestraft, weil er seinen Samen auf die Erde fallen ließ.«

»Das ist bei den Katharern alles ganz anders. Wir kennen nicht einmal die Ehe. Die Liebe bestimmt das Zusammenleben, gleichgültig, welchen Geschlechts die Partner sind.«

Als Leander am Abend Beatrice von dem Gespräch berichtete, meinte sie: »Dann sind wir beide Katharer.«

25. Kapitel

Der Tag der Niederkunft rückte immer näher. Leander hatte seit Tagen den Turm nicht mehr verlassen. Sein weit vorgewölbter Leib ließ sich auch unter einem weiten Gewand nicht mehr verstecken. Ausgerechnet jetzt brachten die Büttel eine Frau, die zum Tode verurteilt worden war. Ihre Hinrichtung sollte am kommenden Samstag stattfinden.

»Du kannst dich in deinem Zustand unmöglich unter Menschen wagen«, warnte Beatrice. »Du musst um Aufschub bitten. Sag ihnen, du bist krank, schwer krank.«

»Das geht nicht«, sagte Leander. »Eine Hinrichtung lässt sich nicht aufschieben. Bei einer Enthauptung würden sie den Henker von Toulouse rufen. Da es sich bloß um eine Hexentaufe handelt, wird das Gericht anordnen, dass du für mich einspringst.«

»Ich?«

»Als der von der Stadt eingesetzte Henkersknecht ist das deine Aufgabe.«

»O Gott!« Beatrice schlug die Hände vors Gesicht. »Es ist noch gar nicht so lange her, da sollte ich ertränkt werden, und jetzt soll ich ...« Ihr versagte die Stimme. Zu entsetzlich war der Gedanke. Sie zitterte am ganzen Leib.

»Es geht nicht anders«, sagte Leander. »Das ist der Preis, den wir für unser Zusammensein bezahlen müssen.«

»Ich kann das nicht. Ich werde alles falsch machen.«

»Bero wird dir helfen.«

»Was ist das für eine Frau?«

»Du wirst zu ihr in den Kerker gehen, so wie ich dich damals aufgesucht habe.«

Die Frau hatte das unschuldige Gesicht eines Mädchens. Ihr strohblondes Haar war zu Zöpfen geflochten. In den Augen flackerte die Angst. Von den Richtern des gräflichen Gerichts zum Tode verurteilt, sollten ihr vor dem Ertränken die Schwurfinger der rechten Hand abgehackt werden, mit denen sie im Namen Gottes einen Meineid geleistet hatte.

Nun lag sie im Verlies unter dem Henkersturm. Ihr Wehklagen erfüllte das dunkle Gewölbe. Sie hatte ihre Herrschaft bestohlen, mehrfach bestohlen: zwei geweihte Kerzen, ein Tuch und einen Ring. Sie hatte die Tat geleugnet und ihre Unschuld beteuert, bis man das Diebesgut bei ihr fand.

Beatrice hatte sie in der Zelle aufgesucht. Ein Gespräch war nicht zustande gekommen, weil sie vor lauter Schluchzen und Weinen kein Wort herausbrachte. Sie gab ihr ein starkes Beruhigungsmittel und beobachtete durch den Sehschlitz, wie sie in unruhigen Schlaf versank. Ihr Busen hob und senkte sich. Aus dem Mundwinkel rann Speichel.

Am Morgen würde man sie im kalten Wasser versenken. Zuvor jedoch musste sie ihr die Schwurfinger abhacken. Sie blickte auf die Hand, die im Schoß der Schlafenden lag. Es war eine wohlgeformte Frauenhand, wie geschaffen zum Streicheln. Der Meineid war aus Angst geschworen worden. Was taten die Menschen nicht alles aus Angst! Waren die Kerzen und der übrige Plunder mehr wert als das Leben dieses Mädchens? Ein gütiger Gott würde ihr die Notlüge verzeihen.

»Was empfindest du, wenn du einem Menschen den Kopf oder die Finger abhackst?«, fragte Beatrice Leander.

»Ich gebe mir Mühe, meinen Auftrag ordentlich auszuführen, sauber und möglichst ohne Qual.«

»Ohne Empfindung?«

»Wie kannst du fragen? Nur die mit kaltem Herzen und leeren Köpfen kennen keine Seelenqual. Mein Vater, der nie Schwäche zeigte, betrank sich nach jeder Hinrichtung. Das tun die Zimmerleute auch, wenn sie ihre Arbeit erledigt haben, sagte er lachend.

In Wahrheit tat er es, weil er sonst keinen Schlaf fand. Mir gab er den Rat: Hüte dich davor, dem Verurteilten auf dem Schafott in die Augen zu sehen. Er meinte: Der Leib, das ist nur Fleisch, aber aus den Augen blickt der Mensch selbst dich an.«

Pater Zyprian kam im ersten Morgengrauen. »Hoffentlich hat die Hexe sich nicht wieder in eine Katze verwandelt«, sagte er. Für ihn waren alle verurteilten Frauen Hexen.

Ein seidiger Himmel spannte sich wie ein Zelt über das Tal. An die hundert Schaulustige hatten sich eingefunden, die meisten waren Frauen. Vor dem Steg, der zum Weiher führte, stand der Hackklotz. Bero verband der Frau die Augen. Er stand hinter ihr. Seine Arme umspannten ihren Leib wie ein Schraubstock. Sie schien sich in ihr Schicksal gefügt zu haben.

Ihre Hand war mit gespreizten Fingern an den Klotz gefesselt. Alle Augen waren auf Beatrice gerichtet. Sie hob die Axt und erschrak vor ihrer eigenen Bewegung. War das ihr Arm, der da zum Schlag ausholte? Sie blickte auf die Mädchenhand, sah das rhythmische Pulsieren des Blutes in den Adern und das Zittern der Finger.

Nein, dachte sie, nein! Der Schweiß rann ihr in die Augen. Die Zuschauer wurden unruhig. Zyprian rief ihr etwas zu, das sie nicht verstand.

Nein! Schmerz durchfuhr sie. Bero hatte ihr einen Tritt gegen das Schienbein versetzt. Da schlug sie zu, so wie man aus Zorn, Trotz und wilder Verzweiflung eine Tür hinter sich zuschlägt, bevor man die Flucht ergreift.

Ein Schrei, nur kurz wie das Hacken der Axt. Blitzschnell zog Bero der Verurteilten den Sack über den Kopf. Ein kräftiger Stoß, und schon lag die Frau im Wasser.

Beatrice blickte voller Entsetzen auf die zappelnden Bewegungen in dem nicht versinken wollenden Sack, sah die stoßweise emporquellenden Luftblasen, hörte das Platschen und

Keuchen, das kein Ende nehmen wollte. Welch fürchterlicher Todeskampf!

Nein, schwor sie sich, nein, so werde ich niemals sterben. Jeder Tod ist besser als das qualvolle Ersticken in kaltem Wasser.

Der Morgenwind fuhr in die Weiden und ließ die Blätter aufwirbeln. Der klagende Ruf eines Eichelhähers wehte von der steinernen Brücke herüber. Dann war es wieder still, totenstill.

Die Augen der umstehenden Frauen waren voller Ekel und Entsetzen.

Pater Zyprian sagte laut und vernehmlich: »Wer einen blühenden Garten haben will, muss Unkraut jäten und verdorrtes Geäst abhacken.«

Die abgehackten Finger wurden in den nassen Sack gesteckt, in dem sie die Tote zum Schindanger karrten.

26. Kapitel

Seit Wochen lagen die Hilfsmittel bereit, die die Hebamme für unerlässlich erklärt hatte: Schere, Garn, Leinentücher, ein Korb, ausgepolstert mit weichem Tuch für das Kind. »Ein richtiges Nest«, hatte Beatrice gemeint. Selbst eine Schlangenhaut hatte sie von einem Quacksalber erstanden.

Alles war wohl geplant, ungewiss nur der Tag, an dem das große Ereignis stattfinden würde.

»Es kann nicht mehr lange dauern«, sagte Leander. »Ich spüre bereits seine Bewegungen. Er will kommen.«

»Wieso er?«, fragte Beatrice. »Vielleicht ist es ein Mädchen.«

»Es ist ein Junge. Da bin ich mir ganz sicher.«

»Hoffentlich wirst du nicht enttäuscht wie dein Vater, der einen Nachfolger wollte und am Ende ein Mädchen im Arm hielt.«

»Mir wäre ein Mädchen genauso lieb.«

»Noch eine Henkerin.«

»Nein, keine Henkerin. Niemand wird je erfahren, dass ich sein Vater bin.«

»Du bist seine Mutter«, lachte Beatrice.

Leander nahm sie in die Arme und sagte: »Du bist die Mutter. Ich bin sein Vater.«

»Ein Vater, der ein Kind gebiert.«

»Ein mütterlicher Vater ist nicht ungewöhnlicher als ein weiblicher Henker. Ich bin für alle ein Mann. Wie kann ich da bei ihm eine Ausnahme machen?«

Beatrice entgegnete: »Ein Kind, das eine Henkerin zum Vater und einen Henkersknecht zur Stiefmutter hat, wobei Letzterer eine Hexe ist, die als Katze ertränkt wurde und dann von einer Frau zur Frau genommen wurde. Nichts in unserem Leben ist so, wie es sich gehört. Wir sind anders als alle anderen.«

»Auch unser Kind wird anders sein«, erklärte Leander. Er sagte es mit so feierlichem Ernst, dass Beatrice ihn erstaunt anblickte.

In der Nacht Mariä Lichtmess ballten sich über dem Tal der Aude dunkle Gewitterwolken. Der Marin noir blies mit wachsender Gewalt feuchte Meeresluft durch das Tal. Schon am Abend war es so finster, dass die Torwachen ein Feuer entzündet hatten. Die Gassen waren leer, als sei die Stadt ausgestorben. Selbst die frei umherlaufenden Schweine hatten sich vor dem aufkommenden Unwetter verkrochen. Fenster und Türen waren aus Angst vor dem Sturm verhängt worden. Oben im Henkersturm flackerte Feuerschein hinter geschlossenen Fensterläden. Der Nachtwächter nahm es zur Kenntnis und schlug ein Kreuz: »Herr, sei der armen Seele gnädig und gib ihr deinen Frieden.«

Den hatte Leander bitter nötig. Er lag auf seinem Bett, die Hände zu Fäusten geballt. Der Schmerz verzerrte sein Gesicht. Beatrice tupfte ihm den Schweiß von der Stirn, flößte ihm krampflindernde Arznei ein. »Ich glaube, es ist so weit«, sagte sie. Aber das Ungeborene ließ sich Zeit.

Unendlich lang war diese Nacht.

Im Balkenholz tickte der Totenwurm, unterbrochen vom Schnabelknacken der Käfigeule und vom Prasseln der Flammen, die aus dem trockenen Kaminholz schlugen. Niemand sprach. Es gibt Augenblicke, in denen sich unsere Empfindungen nicht in Worte fassen lassen, in denen wir dem Leben ausgeliefert sind wie die Wolken dem Wind. Der Morgen war nicht mehr fern, da zuckten die ersten Blitze auf.

Leander hatte sich erhoben. Es hielt ihn nicht länger auf seinem Lager. Er schleppte sich zum Fenster. Über den Corbieren zerhackten Lichtblitze den Himmel. Das Krachen kam immer näher, wurde lauter, die Abstände zwischen den Entladungen immer kürzer.

»Mir ist, als wenn mir die Blitze in den Leib fahren. Der Herr sei mir gnädig. Ich habe im Garten unter dem Faulbeerbaum von Bero eine Grube ausheben lassen. Dort liegt auch mein Vater. Wenn ich die Geburt nicht überlebe, so soll Bero mich dort begraben.«

»Du darfst nicht sterben, ja nicht einmal daran denken. Was soll dann aus mir werden?«

»Dann bist du der neue Carnifex.«

»Nein, niemals!«

»Dann musst du dein Heil in der Flucht suchen. Gehe in die Berge. Es gibt keinen besseren Schutz. Die Menschen dort oben sind dem Himmel näher.«

Wirre Gedanken quälten ihn. Er hörte die Stimme der Bonne mère: »Die meisten Frauen schreien bei der Geburt, einige so laut und so lange, dass sie am Ende keine Stimme mehr haben.«

Zwischen dem Aufleuchten der Blitze und dem Flackern der Flammen im Kamin sah er wieder den Schatten des Engels an der Wand: Siehe, ich verkündige dir... Was verkündigst du mir? Ist es der Tod? Ja, der Tod! Er sehnte den Tod herbei, wie einer, den sie aufs Rad geflochten haben. Stehend, über den Tisch gebeugt, das harte Holz umkrallend, schweißgebadet und keuchend, versuchte er sich von der tödlichen Last zu befreien.

»Ein Kampf auf Leben und Tod.« Da war sie wieder, die Stimme der Bonne mère. »Die Mutter muss sich von der Last befreien, wenn sie überleben will. Das Kind muss aus seinem Gefängnis heraus, sonst stirbt es. Ein Zweikampf mit ungewissem Ausgang. An jedem Wochenbett steht der Tod. Manchmal holt er bloß einen, bisweilen auch beide.«

Endlich zwängte sich der Kopf hervor. Der Rest ging überraschend schnell. Am Ende hielt Beatrice das kleine schleimige Wesen in ihrem Arm: »Ein Junge. Es ist ein Junge!«

»Ich habe es gewusst«, sagte Leander. Er kniete vor dem Kaminfeuer auf blutigem Stroh, nackt, geschunden und erlöst: »Ich habe es gewusst.«

Es war ein auffallend kleines Kind mit langen Wimpern und dunklen Augenbrauen über hellblauen Augen. Seine Hände waren zu winzig, um Leanders Daumen zu umfassen. Das Kräftigste an ihm schien die Stimme zu sein. Kaum hatte es den ersten Atemzug getan, da begann es auch schon zu schreien.

»Mit dieser Stimme wird er gewiss einmal ein großer Prediger«, sagte Beatrice.

»Aber bis dahin müssen wir uns bemühen, dass sein Geschrei nicht nach draußen dringt«, meinte Leander. »Hast du gewusst, dass so kleine Geschöpfe schon einen solchen Lärm veranstalten können?«

»Nestvögel schreien auch.«

»Aber nicht so laut. Was er wohl hat?«

»Hunger.«

Leander legte ihn an die Brust. Nach mehreren missglückten Versuchen fanden die kleinen Lippen, wonach sie suchten. Dann schlief er ein.

»Schau nur, wie schön er ist.«

»Ja, das ist er. Ein kleiner Engel.«

Beatrice betrachtete den Säugling. »Er hat deine Augen und wird gewiss so werden wie du. Das Einzige, das er nicht von dir hat, ist dieses kleine Ding zwischen seinen Beinen. Mein Gott, ist das klein!«

Die nächsten Tage und Wochen verbrachten sie im Turm, ganz dem Kind zugewendet, das mit seiner Anwesenheit die düsteren Räume mit Licht zu erfüllen schien. Nicht nur Beatrice und Leander erlagen seinem Zauber, auch die Tiere wurden von ihm angezogen. Die beiden Katzen, die für gewöhnlich zu Füßen ihrer Herrin schliefen, hatten ihr Nachtquartier neben dem Kinderkörbchen bezogen und verließen auch tagsüber nur ihren Posten, um zu fressen und ihre Notdurft zu verrichten. Selbst die Wärme des Kaminfeuers vermochte sie nicht wegzulocken.

Tagsüber drängten sich die Raben vor dem Fenster. Nachts kamen die Eulen und Käuze. Alle wollten sie dem Neugeborenen nah sein. Wenn er schrie, flogen die Vögel herbei, einen Wurm im Schnabel, so als wollten sie ihn füttern. Zum Entsetzen von Beatrice legte die Käfigeule Minerva dem Kleinen tote Ratten ins Bettchen. Die Bienen kamen vom Garten heraufgeflogen, krochen dem Säugling über Gesicht und Hände. Nie wurde er gestochen, selbst wenn er mit seinen kleinen Händen nach ihnen griff.

»Wie Franz von Assisi«, stellte Beatrice fest. »Er wird einmal den Fischen und den Vögeln predigen.«

Leander, der nie ein anderes Kind aus der Nähe erlebt hatte, sagte: »Vermutlich sind sie alle so.« Doch dann verbesserte er sich: »Nein, er ist ein ganz besonderes Kind.« Und die Raben, deren wortlose Sprache er verstand, gaben ihm Recht.

27. Kapitel

Die Zypressen verströmten einen harzigen Duft. Von den Marmorstatuen, die den Weg im Park säumten, tropfte der Tau. Der Kies knirschte unter den Schritten der beiden Männer, die hinter dem Papstpalast nebeneinander herliefen.

»Ich hatte heute Nacht einen beängstigenden Traum«, begann Gregor. »Mir träumte, ich kniete vor dem Kruzifix in meiner Kapelle, und als ich aufblickte, war es leer. Der Heiland hing nicht mehr daran. Die rostigen Nägel steckten noch im Holz. Eine Hand berührte meine Schulter. Als ich mich umblickte, stand Er hinter mir.«

»Ihr meint, der Gekreuzigte stand hinter Euch?«, fragte Kardinal Crispiano. »Wie sah Er aus?«

»Du kennst das lebensgroße Kruzifix in meiner Hauskapelle. Genauso sah er aus, nur dass er nicht mehr mit ausgebreiteten Armen dort hing, sondern aufrecht vor mir stand, mit großen, tieftraurigen Augen. Sein Blick drang mir bis ins Herz.«

»Hat Er zu Euch gesprochen?«

»Nur einen Satz.« Der Papst war stehen geblieben und blickte seinem Neffen bedeutungsvoll in die Augen: »Er hat gesagt: Warum verfolgst du mich?«

»Das sind doch die Worte Christi an Saulus vor den Toren von Damaskus«, erwiderte Kardinal Crispiano. »Saulus war ein Christenverfolger. Ihr seid Gottes Stellvertreter auf Erden. Solch eine Frage an Euch ist blanker Unsinn. Träume sind Schäume.«

»Sind sie das? Als ich erwachte, fiel mein Blick auf den Bericht von Toulouse, den du mir gestern ausgehändigt hast von dieser … Wie heißt die Nonne, die wir zu den Katharern geschickt haben?«

»Thekla.«

»Ja, Thekla. Ich nehme an, du hast ihn gelesen.«

»Aber ja, gewiss doch.«

Gregor verschränkte seine Handflächen wie zum Gebet und sagte: »Was sie da von den Katharern berichtet, klingt beunruhigend.«

»Wieso beunruhigend?«

»Haben wir das Recht, Menschen mit so christlichen Tugenden zu verfolgen?«

»Sie glauben nicht an die heiligen Sakramente, weder an die Taufe noch an das Abendmahl.«

»Glaubst du daran?«

Der Kardinal war mit einem Ruck stehen geblieben. Er blickte den Papst an, als habe er nicht recht verstanden. »Wie könnt Ihr …?« Ihm fehlten die Worte.

»Crispiano, du bist mein Neffe. Seien wir ehrlich zueinander. Du hast genau wie ich die griechischen Philosophen studiert, die Logik der Vorsokratiker und das Gedankengebäude des Aristoteles. Du verfügst über gesunden Menschenverstand, bist ein Mann der Tat. Glaubst du wirklich, dass unsere Priester in der Lage sind, einem Täufling eine Seele einzuhauchen, wie das Gott mit Adam getan hat? Glaubst du wirklich, dass einer von uns es fertig brächte, roten Wein in Blut zu verwandeln, nicht symbolisch, sondern in das wahre Blut Christi? Wenn du den geringsten Zweifel daran hegst, bist du ein Ketzer und gehörst verbrannt wie die Katharer. Und was die Steuer angeht, die diese Menschen uns verweigern – kannst du mir eine Stelle in der Bibel zeigen, wo von solch einer Pflicht die Rede ist? Die Verweigerung der Kirchensteuer ist keine Angelegenheit des Glaubens. Sie ist streng genommen nicht einmal ein Verstoß gegen weltliches Gesetz. Hast du je von einem Fürsten gehört, der Menschen, die nicht einmal seine Untertanen sind, verbrennt, weil sie nicht bereit sind, Steuern an ihn zu zahlen? Die Frage des Gekreuzigten an mich ist berechtigt, denn als sein Stellvertreter auf Erden begehe ich Unrecht. Als Papst aber habe ich die Pflicht, die Macht der Kirche zu erhalten. Macht beruht auf Gewalt. Gewalt und Liebe sind Gegensätze wie Feuer und Wasser. Mit dieser Gegensätzlichkeit muss ich leben, so wie Judas, der den Herrn verraten musste, damit dieser sein Werk vollenden konnte. Patior ut potiar – Ich muss Leid ertragen, um zu herrschen.«

Und nach einer Pause nachdenklichen Schweigens fuhr Gregor fort: »Wir predigen Tugenden, die wir selber nicht besitzen.«

»Welcher Wegweiser geht in die Richtung, die er anzeigt«, erwiderte Crispiano. »Der Bote ist immer unbedeutender als die Botschaft.«

Sie liefen über eine schmale Holzbrücke. Crispiano spielte nervös mit dem silbernen Kreuz auf seiner Brust. Er betrachtete sein Spiegelbild in dem schlammschwarzen Wasser: »Hegt Ihr wirklich Zweifel an der wundertätigen Kraft Gottes?«

»Du missverstehst mich. Ich zweifle nicht an Gott. Ich hege berechtigte Zweifel an unserer Fähigkeit, Wunder zu vollbringen. Wenn wir Wein in Blut verwandeln könnten, warum machen wir dann nicht Wasser zu Wein? Das wäre gewiss eine leichtere Übung, als Wein in das Blut eines Menschen umzuwandeln, der vor über tausend Jahren in Israel sein Leben gelassen hat. Nein, wir sind keine Wundertäter – wir sind Machthaber. Wir verbrennen, was sich uns nicht unterwirft. Die Katharer haben weder Macht noch Geld. Sie sind so sehr gegen alle Gewalt, dass sie nicht einmal Tiere töten. Der Ketzerei angeklagt lassen sie sich widerstandslos verbrennen. Keiner von uns würde das auf sich nehmen. Sie sind uns in ihrem Glauben überlegen.«

»Ratten sind sie.«

»Wenn ein Fuchs eine Ratte jagt, wer ist dann im Vorteil?«

»Der Fuchs, denn er ist der Stärkere.«

»Nein«, widersprach Gregor, »der Fuchs läuft nur um eine Mahlzeit, die Ratte aber um ihr Leben. Für den Fuchs steht wenig auf dem Spiel, für die Ratte alles.«

Im Weitergehen sagte er: »Crispiano, du unterschätzt diese Menschen. Sie sind uns überlegen. Woher nehmen sie diesen unerschütterlichen Glauben? Es gibt da etwas, das ihnen ungeheure Kraft verleiht. Eine Reliquie ohne Beispiel, eine heilige Lanze, eine himmlische Verheißung, wie sie Kaiser Konstantin zuteil wurde, die ihn unbesiegbar machte: Hoc signo vinces. In diesem Zeichen wirst du siegen! In dem Brief dieser Nonne steht, dass die Katharer einen Henker beobachten, weil er etwas an sich habe, das kein anderer hat, eine Art Aura, die ihn wie eine Glorie umgibt. Ist das nicht seltsam? Menschen, die ihr Leben der Gewaltlosigkeit verschrieben haben, fühlen sich zu einem Henker hingezogen. Ein Henker mit einem Heiligenschein, wie passt das zusammen? Ein Engel mit einem Richtschwert. Behaltet den Mann im Auge. Ich will alles über ihn wissen.«

Ein paar Tage später setzte Crispiano den Heiligen Vater davon in Kenntnis, dass der Priester von Carcassonne ihm mitgeteilt habe, die Nonne Thekla erwarte ein Kind.

»Du meinst, sie ist schwanger? Mein Gott, was für Menschen beherbergen wir unter dem Dach unserer Kirche? Eine Nonne, und noch dazu eine unserer besten, wie du mir versichert hast. Kaum der klösterlichen Zucht entronnen, schon verfällt sie der Wollust des Fleisches. Wir hätten doch einen Mann schicken sollen. Fortes adiuvat ipsa Venus – mutigen Männern hilft selbst Venus. Für die Weiber aber gilt, was Catull über sie gesagt hat: In cauda venum – ihr Verhängnis ist der Schwanz.« Er lehnte sich in seinem Sessel zurück und fragte mit geschlossenen Augen: »Wie soll es nun weitergehen?«

»Sie wird die Leibesfrucht abtreiben.«

»Der Teufel soll sie holen! Kann man einem Weib, das vor lauter Geilheit seine Mission vergisst, noch vertrauen?«

»Sie sagt, sie sei vergewaltigt worden. Sie beschwört es bei Gott und den Heiligen. Der Priester von Carcassonne glaubt ihr.«

»Die Vergewaltigung einer Nonne ist ein todeswürdiges Verbrechen. Weiß man, wer es getan hat?«

»Der Jude, bei dem sie wohnt, meint der Priester. Er hat sie in sein Haus geholt, damit sie ihm bei der Buchführung hilft. Wir hielten das für eine gute Entscheidung, weil wir damit die Aufmerksamkeit der Katharer auf ihre Person lenken konnten und dadurch eine günstige Verbindung zum Bischof von Toulouse gegeben war. Die Pferdetransporte des Juden passieren mehrmals im Monat die Bischofsstadt. Wer konnte wissen, dass dieser alte Bock die Abhängigkeit so schändlich ausnutzen würde. Der Mann hat einen guten Leumund in der Stadt.«

»Das sind die Schlimmsten«, entgegnete Gregor. »Aber dafür werden wir ihn zur Rechenschaft ziehen.«

»Er ist ein Freund des Vizegrafen. Und der wird Euch fragen, warum Ihr so viel Aufhebens um eine macht, die ihr Gelübde gebrochen hat. Gilt eine entlaufene Nonne nicht als vogelfrei?«

»Ja, du hast Recht. Aber dieser Jude soll trotzdem nicht ungestraft davonkommen. Fiat iustitia – die Gerechtigkeit soll ihren Lauf nehmen.«

28. Kapitel

Pater Zyprian hatte den Bürgermeister um ein Gespräch gebeten, um ein dringendes Gespräch, wie er betonte. Nun saßen sich die zwei in der Ratsstube gegenüber, Zyprian sichtlich erregt. »Der Teufel treibt im Henkersturm sein Unwesen.«

»Der Teufel – im Henkersturm? Hast du ihn gesehen?«

»Nein, aber gehört.«

»Und was hat er gesagt?«

»Er hat geschrien, geschrien wie ein Säugling.«

»Wie kommt ein Säugling in den Henkersturm?«, fragte der Bürgermeister. »Du hast dich getäuscht.«

»Ich weiß, was ich gehört habe. Es war keine Täuschung.«

Der Bürgermeister betrachtete den Priester mit ungläubigem Lächeln.

»Ihr glaubt mir nicht? Nun gut, wie aber erklärt Ihr Euch die folgende Tatsache: Die Frau des Bäckers vom Osttor hat mir berichtet, dass sie gesehen hat, wie der junge Knecht des Henkers auf dem Markt in Castelnaudary Windeln und Kinderwäsche erstanden hat. Wozu braucht er das? Und warum besorgt er sie sich in Castelnaudary und nicht hier bei uns? Weil ihn dort keiner kennt. Der Henker und sein Knecht – was verbergen die beiden da vor uns? Haben sie einen Homunkulus gezeugt, einen Golem aus dem Samen eines Gehenkten? Ich sage Euch, da geht eine Teufelei vor sich. Es ist Eure Sache, die Stadt vor Schaden zu bewahren.«

»Was erwartet Ihr von mir? Soll ich den Henker vorladen und zur Rede stellen?«

»Nein, er würde sich herausreden und wäre gewarnt. Wir müssen in den Turm und ihn durchsuchen.«

»Das gefällt mir nicht«, sagte der Bürgermeister.

»Mir auch nicht, aber wir haben keine andere Wahl.«

Das Eindringen in den Henkersturm wurde geplant wie die Erstürmung einer Burg. Pater Zyprian, der Stadtschreiber und der Sekretär des Vizegrafen sollten in Begleitung zweier Büttel in den Turm eindringen, um ihn in Augenschein zu nehmen. Aus Scheu vor dem Henker hatten sie Leander tags zuvor die falsche Botschaft zukommen lassen, er werde dringend in Castelnaudary gebraucht. Ein Holzknecht habe sich beide Beine gebrochen.

Vom Rathausfenster aus beobachteten sie, wie Leander allein davonritt. Diese Feststellung war wichtig, denn damit war sichergestellt, dass der Henkersknecht sich im Turm befand. Er würde sie einlassen. Man musste sich nicht mit Gewalt Einlass verschaffen.

Es war abgemacht, dass der Sekretär des Vizegrafen an der Turmpforte klopfen sollte. Sobald man ihm öffnete, würden die anderen, die unter dem Vordach bei der Treppe warteten, herbeieilen und in den Turm eindringen.

Nach kurzem Klopfen öffnete sich ein Fenster. Der Knecht des Henkers lehnte sich heraus und fragte: »Wer da?«

»Ich bin es, Raimond, der Sekretär des Grafen.«

»Der Henker ist nicht daheim.«

»Ich habe eine wichtige Botschaft zu überbringen.«

»Nennt sie mir!«

»Sie ist niedergeschrieben. Nimm sie in Empfang, und gib sie deinem Herrn. Es ist wichtig.«

Der Riegel wurde zurückgeschoben, knarrend öffnete sich die schwere Tür. Das war das Signal für die Wartenden. Bevor der Knecht des Henkers wusste, wie ihm geschah, waren die Männer im Turm.

»Was wollt ihr?«

»Eine Inspectio«, antwortete Pater Zyprian. »Wir sind beauftragt, eine Untersuchung vorzunehmen. Wir wollen nur nach dem Rechten sehen.«

Er bemerkte, wie der Knecht blass wurde. Starr vor Schreck und keines weiteren Wortes fähig, hielt er sich am Treppengeländer fest. Er stand da, als sei ihm ein Dolch ins Herz gefahren.

Die Männer drängten an ihm vorbei, die Treppe empor. Türen wurden aufgestoßen. Da war Poltern und Stiefelgetrampel, laute Stimmen. Und dann, mit einem Schlag, legte sich der Lärm. Alle hielten lauschend den Atem an. Hatten sie sich getäuscht? Aber da war es wieder und diesmal laut und vernehmlich: das Geschrei eines Säuglings.

Pater Zyprian stürmte als Erster in das große Kaminzimmer. Und da lag es, das höllische Kind, nicht weit vom Feuer, flankiert von zwei Katzen, die fauchend und mit ausgefahrenen Krallen aufsprangen, als die Fremden hereinpolterten. Im Käfig schlug Minerva ängstlich mit den Flügeln.

»Seht euch das an!«, rief Zyprian. »Ich habe es gewusst! Teufelsbrut, bewacht von Katzen und Eulen. Uriel in Urbe! Satan mitten in unserer Stadt!« Er bekreuzigte sich, und die anderen folgten seinem Beispiel.

Die Büttel zogen ihre Degen.

»Nein!«, schrie Beatrice, die in diesem Augenblick ins Zimmer stürzte. Sie riss dem jüngeren der beiden Büttel die Waffe aus der Hand und schlug damit nach dem anderen. Der Hieb traf das linke Ohr. Blut spritzte. Ein Stuhl wurde umgestoßen. Die Lehne fiel in die Glut. Funken sprühten. Die Katzen fuhren fauchend auf. Der Sekretär prallte zurück. Seine Hände suchten Halt und rissen den Vogelkäfig von der Wand; der fiel zu Boden und zerbrach. Minerva war frei. Flügelschlagend umflatterte sie die Eindringlinge. Dazu schrien das Kind und die Katzen. Es war ein Spektakel wie am Jüngsten Tag. Beatrice hatte das Kind an sich genommen und hielt es mit beiden Armen umklammert. Zyprian wollte es ihr entreißen, als die Tür aufgestoßen wurde und Bero hereinstürzte. Sein wuchtiger Leib füllte den ganzen Rahmen aus. Schlagartig war es still. Selbst die Tiere verstummten. Beros Augen hinter den

Sehschlitzen der Ledermaske funkelten vor Zorn. Er sah, wie Zyprians Hand den nackten Arm des Säuglings umklammerte. Mit einem furchtbaren Hieb schlug er den Priester zu Boden. Die anderen wichen entsetzt zurück. Unbehelligt mit dem Kind im Arm verließ er den Raum. Niemand rührte sich, als er polternd die Treppe hinabstieg.

»Lasst ihn«, sagte der Sekretär. »Er entkommt uns nicht.« Den Bütteln befahl er mit Blick auf Beatrice: »Fesselt ihn, und bringt ihn zur Stadtburg!«

Zyprian wurde mit einem Guss kalten Wassers wiederbelebt.

Als Leander am frühen Abend des gleichen Tages nach Carcassonne zurückkehrte, fand er die Pforte im Turm unverschlossen und nur angelehnt. Welch unverzeihlicher Leichtsinn!

Während er noch die Treppe hinaufstieg, rief er Beatrice' Namen.

Keine Antwort.

Der Säuglingskorb war leer. Leer! Von Beatrice keine Spur. Warum lag der Vogelkäfig am Boden? Der umgestürzte Stuhl. Der dunkle Fleck auf den Dielen. Leander bückte sich, berührte ihn mit den Fingerspitzen: Blut! Mein Gott, Blut!

Irgendetwas Schreckliches war passiert. Er lief in den Pferdestall. Die Stute, die er Beatrice geschenkt hatte, stand frisch und ausgeruht an ihrem Platz. Also musste sie irgendwo in der Nähe sein. Aber wo, wenn nicht im Turm? Und das Kind! Wie konnte sie mit dem Kind das Haus verlassen? Wie konnte sie nur!

Leander ließ sich auf einem Hafersack nieder und versuchte seine Gedanken zu ordnen. Welch ein Tag! In Castelnaudary wusste keiner etwas von einem Holzknecht, der sich die Beine gebrochen hatte. Den anstrengenden Ritt – vier Stunden hin, vier Stunden zurück – hatte er vergeblich unternommen. Und jetzt waren auch noch Beatrice und das Kind verschwunden.

Er rief nach Bero. In der Wohnung über dem Stall war er nicht.

In tiefer Sorge stieg er hinab zu den unterirdischen Verliesen. Irgendwo mussten sie doch sein. Vor der Zelle, in der Beatrice gelegen hatte, blieb er stehen. Er lehnte seine Stirn gegen die Gefängnistür: »Herr, halte Deine Hand über sie. Gib, dass ihr und dem Kind nichts geschehen ist.« Er sprach laut, wie das Menschen tun, die viel Zeit ihres Lebens allein verbracht haben.

Nach einer Weile lauten Betens war ihm, als erhalte er Antwort.

»Einer, der betet, spricht zu Gott«, hatte der Alte gesagt. »Aber einer, zu dem Gott spricht, ist verrückt.« Bin ich verrückt? Aber da war sie wieder, die Stimme. Sie kam aus dem hinteren Teil des unterirdischen Tunnels. Er packte die Fackel und stieg tiefer hinab in die Unterwelt. Einmal war ihm, als hörte er die Stimme seines kleinen Sohnes. Doch dann herrschte wieder Stille. Er drängte sich durch die enge Pforte und befand sich in seinem Laboratorium. Er entzündete eine zweite Fackel, blickte sich suchend um. Obwohl er nichts Ungewöhnliches wahrnahm, spürte er, dass er nicht allein war. Hinten, am äußersten Ende des Raums bei der Nische mit den Glaskolben, war da nicht etwas? Im Näherkommen erkannte er eine Gestalt. Sie kauerte mit angezogenen Knien auf dem Boden und hielt ein helles Bündel im Arm. Er richtete beide Fackeln darauf. Eine Ledermaske starrte ihn an. Bero! In seinen Armen lag, eingewickelt in warme Decken, das Kind.

»Bero, was machst du hier unten mit dem Kind? Wo ist René? Was ist geschehen?«

Aus den Gesten Beros erfuhr Leander, dass Männer in den Turm eingedrungen waren. Beatrice hatte sie eingelassen. Also musste sie sie gekannt haben. Es hatte einen Kampf gegeben. Bero hatte einen niedergeschlagen und war mit dem Kind geflohen. Beatrice war von den Männern mitgenommen worden.

Wer waren die Eindringlinge? Tödliche Bedrohung lag in

der Luft. Leander fühlte sich wie unter dem Galgen mit der Schlinge um den Hals. Sie würden herausfinden, dass Beatrice kein Mann war. Vermutlich wussten sie es bereits. Als Nächstes würde er an der Reihe sein. Leanders Sorge galt nicht sich selbst, sondern Beatrice und dem Kind. Bero hatte ihnen den Kleinen entrissen. Aber sie würden wiederkommen, und ihre Strafe würde fürchterlich sein. Er könnte mit dem Kind fliehen, doch was würde dann aus Beatrice? Nein, er musste sich seinem Schicksal stellen. Wenn er wenigstens wüsste, in wessen Gewalt sie sich befand. Die Inquisition? Großer Gott, bloß nicht die Inquisition! Aber wer war es dann?

Wie leer, wie entsetzlich leer war der Turm ohne sie!

Zyprian hatte den Bürgermeister veranlasst, unverzüglich einen Boten nach Toulouse zu schicken, um den Inquisitor herbeizurufen. Ein Abgrund an Teufelei habe sich aufgetan. Ein Inkubus mitten in der Stadt. Ein Homunkulus, gezeugt aus den sterblichen Überresten eines Hingerichteten, ein Heiland der Hölle, ein Antichrist. So hatte Zyprian den schaurigen Fund aus dem Henkersturm geschildert.

Er selbst wollte bis zur Ankunft des Inquisitors in dem vermaledeiten Fall nichts weiter unternehmen. Die Torwächter waren angewiesen, Leander und Bero nicht aus der Stadt hinauszulassen.

29. Kapitel

Wie kommt das Kind in den Henkersturm? Woher habt Ihr es?«

Pater Zyprian hatte nur diese Frage gestellt, immer wieder. Beatrice hatte geschwiegen. Nun lag sie im Keller der Burg, in einem Verlies, noch düsterer und feuchter als das Gefängnis im Henkersturm. Es wimmelte von Ratten und Kakerlaken. Sie wusste, der Priester würde den Inquisitor rufen, den Richter und die Büttel. Sie würden alle die gleiche Frage stellen: Woher stammt dieses Kind? Und sie konnte diese Frage nicht beantworten, ohne Leander zu verraten.

Grauenhafte Bilder schreckten sie in der Finsternis der Zelle. Ob sie auch das Kind töten würden? Dieses kleine zarte Geschöpf. Was konnte es dafür, dass es in so verworrene Verhältnisse hineingeboren worden war? Auch Bero, der tapfere Bero, würde nicht ungestraft davonkommen.

Aber vor allem Leander würde die ganze Härte ihrer grausamen Gesetze treffen. Sie würden ihn rädern, henken und vierteilen. An sich selber dachte sie am allerwenigsten. Sie hatte mit dem Leben abgeschlossen. Da war keiner mehr, der ihr noch einmal helfen könnte. Das alles war nur ein Traum gewesen, zu schön, um wahr zu sein. Glück war zerbrechlich wie Glas.

Wie werden diese Menschenschlächter erst schauen, wenn sie erfahren, wer ich wirklich bin? Sie werden mich verbrennen.

Als das Morgenlicht durch den Belüftungsschacht hereinsickerte, wusste sie, was sie zu tun hatte. Dem Kerkerknecht, der nach ihr sah, befahl sie: »Sag dem Vizegrafen, ich will ihn sprechen. Er soll die Wahrheit erfahren. Ich will ein Geständnis ablegen, jetzt sofort. Es eilt.«

Schneller als erhofft wurde der eiserne Riegel zurückgeschoben. Geblendet vom Licht und mit steifen Gliedern führte man Beatrice nach oben in ein Kabinett, in dem der Vizegraf und sein Sekretär sie erwarteten. Sie standen am Fenster und betrachteten sie neugierig: »Nun, was hast du uns zu berichten?«

»Das ist eine lange Geschichte.«

»Wir wollen hier keine Geschichten hören«, wies der Sekretär sie zurecht. »Wir wollen wissen, was es mit diesem Kind auf sich hat. Wem gehört es?«

»Mir.«

»Dir? Bist du sein Vater?«

»Ich bin seine Mutter.«

»Willst du uns für dumm verkaufen? Ich warne dich.« Die Augen des Sekretärs funkelten zornig. »Noch so eine törichte Bemerkung, und du verschwindest wieder im Kerker. Wir können dich auch in Eisen legen.«

»Lass ihn!«, sagte der Graf. Er betrachtete Beatrice. Ein Lächeln umspielte seine Lippen: »Du bist also seine Mutter. Das lässt sich nachprüfen. Würde die junge Henkersknechtmutter wohl die Güte haben, uns zu zeigen, was sie in ihrer Hose verbirgt?«

Nun musste auch der Sekretär grinsen. »Runter mit der Hose! Lügen haben kurze Beine, bisweilen auch lange Schwänze.«

Und als Beatrice zögerte, befahl er: »Runter damit! Oder sollen wir sie dir ausziehen?«

Da öffnete sie die Gürtelschnalle und ließ ihr Beinkleid fallen. Hätte sie sich in diesem Augenblick in eine Katze verwandelt, das Erstaunen der Männer hätte nicht größer sein können. Sie standen da wie erstarrt. Der Sekretär trat einen Schritt näher, so als könnte er seinen Augen nicht trauen: »Aber das …«

Beatrice zog ihre Hose wieder hoch: »Glaubt Ihr mir jetzt?«

Der Graf nickte.

»Bitte, hört mich an. Es ist eine Geschichte, die sich nicht mit einem Satz erklären lässt.«

»Wer bist du?«, fragte der Sekretär.

»Die Frau des Henkers.«

»Leanders Geliebte! Sieh an, unser Henker hat einen Bettschatz«, schmunzelte der Graf. »Und nicht nur das, jetzt hat er auch noch einen Sohn. Wir haben einen kleinen Henker. Wie erfreulich.«

Er betrachtete Beatrice wohlwollend und fragte: »Wie heißt du?«

»Beatrice.«

»Beatrice, warum läufst du in Männerkleidern herum? Was soll das?«

»Leander wollte es so. Wir sind nicht Mann und Frau. Wir wurden nicht getraut. Er meinte, es sei besser so.«

»Er meinte, es sei besser so. Hast du das gehört?«, wandte er sich an den Sekretär. »Das ist eine köstliche Geschichte. Ein Henkersknecht, der ein Kind kriegt. Es ist nicht zu glauben.«

»Was soll nun werden?«, fragte der Sekretär. »Soll ich ihn … ich meine, soll ich sie wieder einschließen?«

»Nein, lass sie laufen. Auch der Henker hat ein Recht darauf, sich an Frauenfleisch zu erfreuen.«

»Ich kann gehen?«, fragte Beatrice ungläubig.

»Ja, geh in Gottes Namen, aber lauf nicht länger wie ein Mann herum.«

Als Beatrice schon davongeeilt war, sagte der Vizegraf: »Ich habe diesen ganzen Unsinn mit dem Teufelskind – uriel in urbe – sowieso nicht geglaubt. Vieles, das wir für teuflisch halten, ist in Wirklichkeit Menschenwerk.«

Beatrice und Leander lagen sich in den Armen wie zwei zum Tode Verurteilte, die ein gütiges Geschick gerettet hat. Leander sagte: »Diesmal hast du mir das Leben gerettet; was sage ich: Du hast uns alle vor dem Untergang bewahrt. Ohne dich läge ich jetzt im untersten Kerker der Burg. Ich hatte solche Angst um dich. Ich glaubte alles verloren. Deine Geistesgegenwart hat uns gerettet.«

»Freue dich nicht zu früh«, entgegnete Beatrice. »Was ist, wenn jemand in Erfahrung bringt, wer ich wirklich bin?«

»Ich glaube an unseren Schutzengel. Er hat uns so oft geholfen und wird uns auch in Zukunft nicht im Stich lassen.«

Pater Zyprian konnte seine Enttäuschung nur schwer verbergen: »Leanders Sohn? Und dieser Bursche, den wir im Turm verhaftet haben, soll seine Mutter sein? Wie ist das möglich? Der Henkersknecht eine Frau? Das ist doch Unsinn!«

»Es ist die Wahrheit«, beteuerte der Sekretär. »Wir haben uns mit eigenen Augen davon überzeugt, der Graf und ich. Und glaubt mir: Sie ist ein hübsches Weib mit festem Hinterteil.«

Zu seiner Haushälterin sagte Zyprian: »Da stimmt etwas nicht. Müsste eine Mutter mit einem Säugling nicht volle Brüste haben? Der Knecht des Henkers aber hatte keine, sonst wären sie uns doch aufgefallen.«

»Im Gegensatz zu den meisten jungen Weibern, die ihren Busen hochschnüren, um die Blicke auf sich zu lenken, wird sie ihren umwickelt haben, um nicht aufzufallen«, sagte Agatha.

»Aber warum tut sie das? Warum verkleidet sie sich als Mann?«

»Vielleicht hat sie sich geschämt, der Bettschatz des Henkers zu sein.«

»Geschämt, du meinst, sie hat sich geschämt? Dann kommt sie aus gutem Haus. Glaubst du, dass eine solche Frau sich freiwillig den Henker zum Gatten nimmt? Nein. Und wenn sie keine herbeigelaufene Metze ist, wo stammt sie dann her?«

Der Inquisitor hatte bereits anspannen lassen, als ein zweiter Bote aus Carcassonne in den Hof galoppierte und die Meldung überbrachte, die Anwesenheit Seiner Heiligkeit sei nicht mehr erforderlich. Die Angelegenheit habe sich von selbst erledigt.

Der Henker hat ein Kind gekriegt! Von seinem Knecht! Welch aberwitzige Liebesgeschichte. Die Leute sprachen von nichts anderem. Beatrice wagte sich nicht mehr auf die Straße, nicht nur, weil sie angestarrt wurde wie ein Wesen aus einer anderen Welt, sondern vor allem aus Angst, erkannt zu werden, wenn sie sich nicht länger als Mann verkleiden durfte. Die Kleiderordnung untersagte es Frauen bei Strafe, Hosen zu tragen oder das Haar nach Männerart kurz zu schneiden. Sie unterschied sehr genau zwischen der Tracht einer verheirateten Frau, einer Ledigen oder einer Witwe, zwischen Adeligen, Bürgerlichen und Huren. Wenn es auch keine Kleidervorschrift für die Geliebte des Henkers gab, so stand doch zweifelsfrei fest, dass sie sich nicht als Mann ausgeben durfte.

Sie traute sich nicht mehr aus dem Turm. Die Freiheit, die sie als Mann gewonnen hatte, war dahin. Wenn sie sich in der Morgendämmerung nach draußen schlich und erkannt wurde, hagelte es Spott: Ach, schau nur, die schöne Henkershure. Die Carnifexmetze. Ist unser Scharfrichter auch im Bett scharf?

Leander tröstete sie dann: »Was kümmert es den Mond, wenn ihn die Hunde anbellen. Gesindel sind sie alle. Sie drängen sich um das Schafott wie Schweine um den Futtertrog und laben sich am Unglück der anderen.«

»Ich habe heute etwas Eigenartiges erlebt«, sagte Beatrice. »Ich war im Stall, um nach meiner Stute zu sehen. Da stand plötzlich Bero vor mir. Er betrachtete mich, als sähe er mich zum ersten Mal, erstaunt und ohne Feindschaft. Ich streckte ihm meine Hand entgegen. Er nahm sie und legte sie an seine lederne Wange. Es war eine unendlich liebevolle Bewegung, so als wollte er mich um Verzeihung bitten und mir zeigen, dass er mich mag. Er muss sich sehr erleichtert fühlen, dass ich eine Frau bin.«

Ihr ganzes Glück war in diesen Tagen das Kind. Es gedieh prächtig, zumal es nun nicht mehr im Turm versteckt werden musste, sondern bei schönem Wetter in den Garten gebracht und von Bero wie von einem Hütehund bewacht wurde. Es war ein Bild wie aus der Märchenwelt. Das Kleinkind: strampelnd, lachend, lebendig. Daneben starr wie ein Fels das Phantom, Maske ohne Gesicht. Wie rosa Blütenblätter neben der rissigen Rinde eines alten Apfelbaums wirkten die Hände des Kindes neben den Pranken mit den rostbraunen Brandnarben.

Er liebt das Kind wie sein eigenes, dachte Beatrice.

Aber sie schwieg, weil sie wusste, dass Leander das nicht hören mochte. Leander sagte: »Er ist in das Kind vernarrt, weil es der einzige Mensch ist, der bei seinem Anblick nicht erschrickt. Es jauchzt vor Freude, wenn es ihn erblickt. Es liebt ihn, wie ein Kind seine Puppe liebt. Für ihn muss das ein ungeheuer beglückendes Gefühl sein.«

»Nicht nur für ihn«, erklärte Beatrice, »auch für seine Mutter.«

Wenn sie den Jungen in den Garten brachten, kamen die Raben herbeigeflogen, als hätte Bero Futter für sie mitgebracht. Aber während sie sonst bei der Fütterung ein lautes Gezeter anstimmten, saßen sie jetzt still da, so als wollten sie sich wie die Katzen, die den Korb umlagerten, in der Sonne wärmen. Auch die Ringelnatter mit dem weißen Fleck auf dem Kopf lag dann auf ihrem Stein und starrte zu dem Kind herüber.

Der Tag war zu Ende. Nun wölbte sich der blauschwarze Nachthimmel mit seinen funkelnden Sternbildern über Carcassonne. Hunderte von Fledermäusen jagten in wildem Zickzackflug über Dächer und Türme. Unten bei den Hexenteichen ertönte die Liebesklage der Unken und Kröten.

Sie standen am weit geöffneten Turmfenster und ließen ihren Blick über die Dächer der Stadt schweifen.

»Du siehst traurig aus«, sagte Leander. »Was betrübt dich?«

»Das vollkommene Glück ist etwas, das der Traurigkeit sehr nahe kommt«, antwortete Beatrice lächelnd. »Ich glaube, man muss sich verlieren, um sich wiederzufinden.«

»Ich will dich nicht verlieren«, entgegnete Leander. »Ich will dich für immer – Tage, Jahre, Ewigkeiten.«

Sie küsste ihn. »Ich weiß, dass ich nicht lange leben werde. Aber ist ein Fest schöner, weil es länger währt? Mein Leben ist ein Fest, ein wildes, verrücktes Fest, ein Maskenball und Mummenschanz. Ich wollte immer wissen, wie es ist, ein Mann zu sein. Jetzt weiß ich es. Ich wollte ein Kind haben. Jetzt besitze ich eins. Und ich habe einen Geliebten, der mich so zärtlich liebt, wie nur eine Frau es vermag.«

Sie entkleidete sich und sagte: »Liebe mich.«

Und ein paar Atemzüge später, als sie schon nackt in seinen Armen lag, flüsterte sie: »Erwache und träume.«

Sie hatten den großen Holzzuber, in dem die Wäsche gewaschen wurde, vor dem Kaminfeuer aufgestellt und mit warmem Wasser vom Herd gefüllt. Nackt und aneinander geschmiegt wie zwei junge Vögel im Nest genossen sie ihre Körper, zwei Wasserhexen, die sich gegenseitig verzauberten. Kerzenlicht ließ ihre nasse Haut schimmern.

»Was ist die Vernunft der ganzen Welt gegen die Wonne dieses Wahnsinns! Man berührt den Himmel, wenn man seine Lippen auf die eines geliebten Menschen legt.«

»Deine Brüste sind wie zwei Kitzlein, wie die Zwillinge einer Gazelle, die in den Lilien weiden«, sagte Leander.

»Woher kennst du so schöne Worte?«

»Aus der Bibel.«

»Nein.«

»Doch, aus dem Hohen Lied des Salomo.«

»Seit wann besingt die Bibel Frauenbrüste? Sind sie nicht Teufelsköder? Äpfel vom Baum der Versuchung hat der heilige Antonius von Padua sie genannt.«

»Die meisten Heiligen sind seelisch und körperlich verkümmert«, erwiderte Leander. »Auf ein lustvolles Leben verzichten heißt: die Schöpfung beleidigen. Mohammed hat gelehrt: Lust soll nicht abgetötet, sondern ein Akt der Verehrung werden. Wohnt euren Weibern bei, als ob ihr betet. Liebe ist etwas Göttliches.«

»Dann lass uns beten«, forderte Beatrice Leander auf.

»Beten ist eine treffliche Bezeichnung für die innige Verzückung, die du mir bereitest, wenn ich über dir knie. Überhaupt bin ich der Meinung, wir sollten unserem Liebesspiel schönere Namen geben.«

Den Gipfelpunkt der Lust nannte sie *volupté admirable* und für den Weg dorthin erdachte sie das wohlklingende Wort *merveilleux plaisir*.

Sie hatte ihren Lebensmut wiedergefunden. »Ich war ein wohl behütetes Mädchen und hatte Angst vor dem Leben. Ich litt unter der Unkeuschheit, die man mir eingeredet hatte, und war unglücklich. Das Geheimnis des Glücks ist die Freiheit. Das Geheimnis der Freiheit aber ist der Mut.«

30. Kapitel

Remigius Auxerre, die rechte Hand des Großmeisters von Montsegur, wirkte auf Thekla wie einer der Apostel aus dem Heiligen Land. Selten hatte sie einen so hageren, asketischen Mann gesehen. Die Kutte aus grob gewebtem Linnen umgürtet mit einem Hanfstrick, die nackten Füße in Sandalen, so reiste er von Ort zu Ort, einfach wie ein Bettelmönch. Das Johannes-Evangelium war sein einziges Gepäck. Thekla begegnete ihm im Haus Tavernier. Er saß am Tisch und brach das Brot. Es war eine heilige Handlung. Alles an ihm war sakral, auch die Stimme. Er sagte: »Nach allem, was ich über diesen Leander gehört habe, besteht kein Zweifel daran, dass er ein Gral ist.«

»Ein Henker! Wie kann ein Henker ein Gral sein? Ein Menschenschlächter! Ein Judas.« Alle Anwesenden widersprachen.

Remigius entgegnete: »Die Bugomilen glauben, dass Judas der Allerheiligste gewesen sei, denn er habe im Gegensatz zu den anderen Jüngern, denen ewige Verehrung gewiss ist, die schwere Last auf sich genommen, für immer geschmäht und verdammt zu sein. Er wurde um Christi Willen zum Henker. Jesus erkannte beim letzten Abendmahl den, der ihn schon bald verraten sollte. Er schob ihm den besten Bissen zu und sprach: ›Was du tust, tue bald.‹

Der Kirchenvater Augustinus hat bestätigt, dass Judas im Auftrag Gottes gehandelt hat: ›Wissend gebrauchte Gott den unwissenden Judas.‹ Von Gott gebraucht! Wie kann einer unrein sein, der im Auftrag Gottes handelt? Das gilt auch für den Henker. Die Wege des Herrn sind verschlungen und für uns nicht durchschaubar. Behaltet ihn im Auge! Wenn er der ist, für den ich ihn halte, so ist er der einzige lebende Gral, von dem wir wissen. Es gibt die Prophezeiung, wonach in Okzitanien der Stamm Christi Knospen treiben wird. Der verborgene Quell Baphomete queribus wird wieder zutage treten. Wer Augen hat zu sehen, der sehe.«

Am anderen Tag fragte er: »Ich möchte mit dem Henker sprechen. Lässt sich das einrichten?«

»Das wird nicht ganz einfach sein. Er meidet die Menschen, so wie sie ihm aus dem Wege gehen, aber er kommt, wenn man ihn braucht, um einen gebrochenen Knochen zu schienen oder ein ausgekugeltes Gelenk einzurenken.«

»Das trifft sich gut. Ich habe Schmerzen in den Knien.«

Beim Aveläuten betrat Leander das Haus Tavernier. Thekla begrüßte ihn an der Tür: »Gott zum Gruß, Leander.«

Es kam nicht oft vor, dass man ihn mit seinem Namen anredete.

»Gott zum Gruß, Thekla. Wie geht es dir? Hast du dich eingelebt in unserer Stadt?«

»Ja, ich fühle mich wie daheim.«

»Was kann ich für dich tun?«

»Nicht für mich. Die Taverniers haben einen Gast, der über Schmerzen in den Knien klagt.«

»Wo ist der Mann?«

»Ich führe dich zu ihm.«

Im Haus war es bereits dunkel. Ein paar Öllampen verbreiteten spärliches Licht. Beim Kamin erwartete ihn Remigius. Er erhob sich, als Leander eintrat. »Setz dich zu mir ans Feuer, Bruder«, sagte er.

Sie musterten einander.

»Du siehst nicht aus wie ein Henker.«

»Die meisten Pfaffen sehen nicht wie Priester aus«, erwiderte Leander, »warum sollte da ein Henker wie ein Henker daherkommen.« Er blickte dem Alten ins Gesicht und meinte: »Ihr seht wie ein Priester aus und seid wahrscheinlich keiner.«

»Nein, ich bin ein Parfait.«

»Das ist mehr als ein Priester.«

Remigius blickte erstaunt auf: »Wer hat dir das gesagt?«

»Vandalmonde de Castanier. Sie war auch eine Parfait.«

»Woher kennst du sie?«

»Sie sollte verbrannt werden.«

»Hast du sie verbrannt?«

»Nein, sie starb an Endura.« Leander zeigte dem Alten das Amulett. »Sie gab mir diesen Stein.«

»Sie gab ihn dir?«

»Ja, am Abend, bevor sie starb.«

»Warum?«

»Sie war verwirrt.«

»Verwirrt. Woraus schließt du das?«

»Sie bat mich, sie zu segnen.« Leander spürte die Augen des Alten auf sich gerichtet. Hypnotische Kraft ging von ihnen aus. »Warum habt Ihr mich rufen lassen?«, fragte er.

Der alte Parfait fuhr sich über die Augen, als wollte er ein Bild fortwischen, um sich wieder dem Diesseits zuzuwenden: »Was hast du gesagt?«

»Warum habt Ihr mich rufen lassen?«

»Ich habe Schmerzen in den Knien.«

»Seit wann?«

»Seit längerem.«

»Entblößt Eure Knie, damit ich sie sehen kann.«

Der Alte hob den Saum seines Gewandes. Leander strich mit den Fingerspitzen über beide Knie, befühlte sie von allen Seiten. Am Ende umfassten seine Hände die knochigen Gelenke.

»Schließt die Augen, und konzentriert Euch auf Eure Knie«, forderte er ihn auf. Nach einer Weile, die Remigius wie eine Ewigkeit erschien, sagte Leander: »Ihr habt zu wenig Fleisch auf den Knochen. Esst mehr und salbt die Knie morgens und abends mit Terpentinöl und Melkfett. Mehr kann ich nicht für Euch tun.«

»Was bin ich dir schuldig?«

»Gebt die Hilfe, die ich Euch gewährt habe, weiter an einen anderen Hilfsbedürftigen.«

Als Leander gegangen war, rief Remigius die anderen Katharer herbei: »Ecce homo! Was für ein Mensch! Wenn ich es nicht am eigenen Leib erfahren hätte, ich würde es nicht glauben. Er hat seine Hände auf meine Knie gelegt, und der Schmerz war verschwunden. Diesen Menschen umgibt ein unglaubliches Kraftfeld. Seine Aura leuchtet wie brennender Schwefel, Mondlicht auf bewegtem Wasser. Fast hätte ich ihn um seinen Segen gebeten.«

31. Kapitel

Zu dem Rindermarkt, der einmal im Jahr vor dem Narbonner Tor abgehalten wurde, kamen die Menschen von weit her, nicht nur der Rinder wegen. Die ganze Stadt war dann ein prächtiger Jahrmarkt. Die Plätze und Straßen vermochten kaum die Menschen zu fassen. Die Häuser waren mit frischem Grün geschmückt. Girlanden überspannten die Gassen. Jedermann präsentierte sich in seiner besten Kleidung. Die Mädchen trugen Blütenkränze im Haar. Selbst die Rosse und Ochsen glänzten mit silberbeschlagenem Zaumzeug und bunten Schleifen. Honigmandeln wurden feilgeboten, Pfefferkuchen, Hefewecken und Rosinenbrot. In eisernen Kesseln kochte Sudfleisch. Spanferkel und Lämmer drehten sich über offenem Feuer. Würste, Tauben und Flussfische wurden geröstet.

Überall fiedelten Geigen, ertönten Schalmeien und Flöten. Trommeln, Zimbeln und Kastagnetten schlugen den Takt dazu. Die Menschen drängten sich in dichten Trauben um Spaßmacher, Bärenführer und Artisten, die Eisenstangen auf ihren Armmuskeln verbogen, mit ihren Leibern hohe Türme errichteten und Feuer schluckten.

Und natürlich gab es auch Zauberer und Wunderdoktoren, bei denen man für jedes Leiden die richtige Medizin erstehen konnte: Fledermausblut, Mumienlatwerge, Teufelswurz! Und bei Schlaflosigkeit Igelurin und Krötenschleim. Jordanwasser macht Blinde sehend. Zimtblüte nimmt den Zahnschmerz!

Eine Augenweide aber waren die weißen Ochsen, massige Tiere, so hoch, dass ein ausgewachsener Mann ihnen nicht über den Rücken schauen konnte. Zwei Ellen weit spannten sich die Hörner. Wenn sie sich bewegten, verschob sich über ihren Muskeln das Fell wie weißer Samt.

Leander sagte: »Ich könnte sie stundenlang betrachten, um ihr Wesen in mir aufzunehmen. Ganz in sich ruhend, verkörpern sie mehr als alle anderen Geschöpfe die Natur, die immer wieder neues Leben hervorbringt. Zu Recht war der Stier den alten Völkern heilig.«

Der wiederkäuende Riese gab einen dumpfen Muhton von sich.

»Spricht er zu dir?«, fragte Beatrice.

»Ja.«

»Was sagt er?«

»Das Leben ist schön.«

Sie hatte sich mit Leander unter die Menschen gemischt, in der Hoffnung, dass in dem Gedränge kaum einer Notiz von ihr nehmen würde. Das kräftig nachgewachsene Haar verbarg sie nach Art der Bäuerinnen aus den umliegenden Dörfern unter einem Kopftuch. Eine Haube, wie sie die verheirateten Frauen in Carcassonne trugen, war ihr verwehrt. Und natürlich durfte sie auch nicht den Kopfschmuck der Ledigen tragen. Trotz des wenig kleidsamen Tuchs aus grobem Stoff war sie eine schöne junge Frau, fand Leander.

Sie hatten einen Platz beim Turm Moulin du Midi erreicht, wo eine Gruppe von Schauspielern die biblische Tragödie Salomé aufführte. Eine bemalte Bretterwand mit erhöhtem Podest und Vorhang vor einem Planwagen war Bühne und Kulisse. In dem Wagen wechselten die Darsteller ihre Kostüme, verwandelten sich in Könige, Priester und Henker.

Salomé hatte gerade ihren Schleiertanz vor Herodes begonnen. Zwei Flöten und ein Tamburin begleiteten ihre schlangenartigen Bewegungen. Es hatte sich nach einigen vorangegangenen Vorstellungen herumgesprochen, dass die junge Salomé nicht nur eine gute Tänzerin, sondern auch eine auffallend reizvolle Frau war, mit glutvollen Augen und ungehemmt zur Schau gestellter haselnussbrauner Haut. Entsprechend viele Leute besuchten ihre Vorführung, vor allem Männer. Leander entdeckte in dem Gedränge der Glatzen und Bärte auch den Kopf des Priesters Zyprian.

Die aufgeregte Menge vor der Bühne erinnerte an das Menschengewühl vor dem Schafott. Die gleichen gierigen Blicke, als jetzt die junge Zigeunerin den letzten Schleier fallen ließ, um nackt mit wippenden Brüsten das Haupt Johannes des Täufers zu fordern.

Leander und Beatrice erlebten das alles aus unmittelbarer Nähe. Sie waren von den Nachdrängenden bis an den Rand der kleinen Bühne geschoben worden.

Es war totenstill, als ein Mohr das blutige Haupt auf einem silbernen Tablett präsentierte. Alle Augen waren auf die Bühne gerichtet.

Die atemlose Stille wurde von einem Schrei zerrissen. Eine Frauenstimme – sie rief nur ein Wort, aber alle hatten es gehört: »Beatrice!« Eine vollbusige, blonde Frau in der ersten Reihe starrte mit ungläubigem, erschrockenem Blick auf Beatrice, so als sehe sie ein Gespenst. Nur wenige Schritte trennten die beiden Frauen.

War die eine nicht die Frau des Henkers, der Henkersknecht, der ein Kind bekommen hatte? Was wollte die Blonde von ihr? Warum schrie diese dumme Gans nur so laut an der spannendsten Stelle der Tragödie? »Scht, scht, Ruhe!«, ertönte es aus dem Publikum.

Da verstummte die Frau und schlug die Hände vor ihr Gesicht. Jetzt erst merkte Beatrice, dass ihr im Gedränge das Tuch vom Kopf gerutscht war. Sie zog es sich über das Haar und verließ mit Leander den Schauplatz, bevor der Vorhang gefallen war.

»Beatrice!«, hatte die Frau gerufen. Und wie sie diesen Namen hervorgestoßen hatte, so als könne nicht wahr sein, was sie sah. Es gab keinen Zweifel, sie hatte die Geliebte des Henkers gekannt und nicht erwartet, sie hier anzutreffen.

Ich habe es immer geahnt, dachte Zyprian. Irgendetwas stimmt da nicht. Und das Gesicht dieser Beatrice! Sie war zu Tode erschrocken und hatte sich fluchtartig zurückgezogen. Warum?

Warum kommt auch mir ihr Gesicht bekannt vor? Ich bin mir sicher, ich habe es schon irgendwo gesehen.

Er musste unbedingt mit dieser blonden Frau sprechen. Wer ist sie? Woher kommt sie? Sie war nicht aus Carcassonne.

Er suchte sie. Vergeblich. Sie schien sehr erregt gewesen zu sein. Würde ein Mensch in dieser Verfassung einfach weiter durch die Stadt spazieren? Nein. Dann hatte sie die Stadt verlassen. Wohl kaum. Eine junge Frau wie sie war nicht allein angereist.

Wo würde ich hingehen, dachte Pater Zyprian, wenn mir etwas widerfahren wäre, das mir Angst macht?

Er schlug sich mit der flachen Hand vor die Stirn: Natürlich! Ja, das war es. Er eilte, so schnell es die mit Menschen voll gestopften Gassen erlaubten, zur Basilika. Und da sah er sie vor dem Standbild der Mutter Gottes. Sie schien ihre innere Ruhe zurückgewonnen zu haben. Als sie ihr Gebet beendet hatte, sprach der Priester sie an: »Was hat dich vorhin so erschreckt?«

»Ich habe eine Tote gesehen.«

»Eine Tote, mitten im Gedränge der Menschen?«

»Ja.«

»Du hast jemand gesehen, der dich an eine Tote erinnert hat.«

»Nein, sie war es. Sie sah ganz genauso aus. Kann es einen Menschen zweimal geben?«

»Von wem sprichst du?«

»Von Beatrice Bousquet.«

»Und die ist gestorben?«

»Sie wurde …«

»Was wurde sie?«

»Sie wurde hingerichtet.«

»Hingerichtet? Warum wurde sie hingerichtet?«

»Weil sie eine Hexe gewesen sein soll. Sie war aber keine Hexe. Das müsst Ihr mir glauben. Ich kannte sie von klein auf.«

»Sie wurde verbrannt?«

»Nein, ertränkt.«

»Wo?«

»Hier in Carcassonne.«

»Hier bei uns in Carcassonne! O mein Gott!« Die Erkenntnis überfiel Pater Zyprian wie eine Erleuchtung. Mit einmal wusste er, woher er die Geliebte des Henkers kannte: die Hexe, die sich in eine Katze verwandelt hatte. Der Geist, der oben im Turmfenster die Raben fütterte. Und jetzt spukte sie am helllichten Tage zwischen all den Menschen auf der Straße herum. Nein, das war kein Spuk. Das war ein Weib von Fleisch und Blut, das mit dem Henker das Bett teilte und Kinder in die Welt setzte. Die Verwandlung in eine Katze war ein übler Taschenspielertrick gewesen. Wie konnte ich nur auf so etwas hereinfallen? Das war auch der Grund, weshalb sie sich als Mann verkleidet hat. Dieser Henker hatte sie alle an der Nase herumgeführt. Aber dafür sollte er büßen!

32. Kapitel

Der Inquisitor war am Abend zuvor in Carcassonne eingetroffen. Pater Zyprian hatte ihn rufen lassen, ohne das Einverständnis des Vizegrafen einzuholen. Das hier war sein Tribunal. Zu oft hatte diese verdammte Henkersbande ihn getäuscht. Jetzt wurde abgerechnet. Gottes Mühlen malen langsam, aber gerecht.

Das Gericht tagte im Empfangssaal der Burg. Geführt wurde die Verhandlung vom Vizegrafen als oberstem Richter der Grafschaft. Der Inquisitor, unterstützt von Pater Zyprian, vertrat gewissermaßen die Anklage. Zwei Stadtbüttel und der Sekretär des Vizegrafen fungierten als Beisitzer.

Beatrice lag wieder in dem untersten Verlies der Burg, das sie bereits kannte. Leander hatte man die Einkerkerung erspart, obwohl er der Angeklagte war. Als er umgürtet mit dem Richtschwert den Saal betrat, ging ein Raunen durch die Reihen seiner Richter.

»Wie kannst du es wagen?«, fuhr ihn der Inquisitor an. »Nehmt ihm die Waffe ab!«

»Das ist keine Waffe«, erwiderte Leander. »Ich trage das Schwert an meinem Gürtel, wie Ihr das Kreuz auf Eurer Brust tragt. Es symbolisiert die mir von Gott verliehene Macht.«

»Die du schändlich missbraucht hast«, sagte der Inquisitor. »Anstatt die Hexe hinzurichten, wie es deine Pflicht gewesen wäre, hast du sie in dein Bett geholt. Du hast nicht nur Recht und Ordnung gebrochen, sondern uns alle durch falschen Zauber arglistig getäuscht. Wir sind gespannt, was du zu deiner Verteidigung vorzubringen hast.«

»Ich liebe sie. Ich liebe sie mehr als mein Leben.«

»Ihr habt es gehört«, sagte der Inquisitor. »Sie hat ihn in ihren Bann geschlagen. Das ist typisch für die teuflische Macht der Hexen. Das falsche Spiel mit der Verwandlung in eine Katze, war das ihre Idee?«

»Nein, das war meine.«

»Du glaubst, das sei deine gewesen. In Wahrheit hat sie sie dir in den Kopf gesetzt, so wie sie dir die Liebe ins Herz gesenkt hat. Hexenkunst. Die Protokolle der Inquisition sind voll von diesem Verführungszauber.«

»Warum hast du nicht um sie gefreit?«, fragte der Vizegraf.

»Um sie gefreit?« Der Inquisitor glaubte, nicht recht gehört zu haben.

»Es gibt ein Gesetz bei uns, das dem Henker das Recht einräumt, eine zum Tode Verurteilte zu freien. Nimmt sie die Werbung an, ist sie frei und wird des Henkers Gattin. Leanders Vater hat davon Gebrauch gemacht. Warum hast du darauf verzichtet?«

»Ich hatte Angst.«

»Angst wovor?«

»Dass sie mein Angebot ablehnen könnte. Dann hätte ich sie hinrichten müssen.«

»Warum hätte sie solch ein verlockendes Angebot ablehnen sollen?«

»Welches Mädchen will schon einen Henker zum Mann?«

Der Graf betrachtete Leander und sagte lächelnd: »Ich bin sicher, sie hätte dich genommen. Dann stündest du heute nicht hier.«

»Ihr sagt es: Ich werde verurteilt, weil ich versäumt habe, sie zu fragen, ob sie meine Frau werden will.«

»Hört euch das an«, höhnte der Inquisitor, »er glaubt, wir würden ihn wegen einer versäumten Frage verurteilen! Die Anklage gegen dich lautet: Rechtsbruch, Amtsanmaßung, arglistige Täuschung. Was glaubst du wohl, wie es in der Welt aussehen würde, wenn es im Ermessen jedes Einzelnen läge, die Gesetze einzuhalten oder zu brechen? Du hast eine ganze

Reihe von Verbrechen begangen. Eine Frau, die sich die Haare abschneidet, begeht Unzucht. Im Ersten Korinther Brief verlangt der Apostel Paulus von den Frauen, dass sie ihr Haar lang und bedeckt tragen müssen um der Engel willen. Wir haben in Toulouse eine Frau, die gegen das Gebot verstieß, verbrannt.

Du hast in betrügerischer Weise ein Weib mit einem Amt bekleidet, das Männern vorbehalten ist. Das ist mehr als ein Verstoß gegen das Gesetz. Das ist gotteslästerlicher Frevel, denn Gott verabscheut und straft alles, was wider die Natur ist.«

Leander erwiderte: »Alle Urberufe sind ihrer Natur nach weiblich. Im Lateinischen, der Sprache der Gelehrten, sind der Bauer, der Seemann, der Dichter und der Papst alle weiblichen Geschlechts. Es heißt: agricola, nauta, poeta und papa. Warum soll das nicht für den Henker gelten?«

Der Inquisitor erwiderte: »Sei dankbar, dass wir dir überhaupt die Gnade gewähren, dich anzuhören. Wir könnten dich und die Hexe auch ohne Gerichtsurteil am nächsten Baum aufhängen: Sie, weil sie schon rechtmäßig zum Tode verurteilt worden ist, und dich, weil ehrlose Menschen wie Aussätzige, Irre, fahrendes Volk und Henker außerhalb der Gesellschaft stehen und damit rechtlos sind.«

Leander blickte in das blasse, hochmütige Gesicht des Inquisitors und dachte: Er hat kein Laster als die Tugend. Menschen seines Schlages verdammen alles, was von ihren Prinzipien abweicht. Seine Verdammnis heißt Zerstörung. Sie sind die wahren Henker. Ich bin nur ihr Werkzeug.

Fragen über Fragen musste er über sich ergehen lassen. Die meisten waren dumm und gehässig: Wie habt ihr euch beigewohnt? Ist sie auf dir geritten? Hat sie deinen Samen geschluckt? Wie ist das Kind aus ihrem Leib herausgekommen, mit dem Kopf zuerst oder erst mit dem Steiß? Hat sie sich mit Hexensalbe eingerieben?

»Die einzige Hexerei, von der ich weiß«, erwiderte Leander, »hat im Kopf von Pater Zyprian stattgefunden, als der so töricht war zu glauben, die arme Katze im Verlies sei eine Ausgeburt der Hölle gewesen.«

»Zügle deine Zunge, Henker. Ich verbiete dir, so von einem Priester zu reden, sonst landest du im Kerker.«

Leander beantwortete alle Fragen und dachte: Warum tut ihr so, als sei euch an der Wahrheit gelegen? An welcher Wahrheit in diesem Sumpf von Aberglauben? Euer Urteil steht längst fest. Hier wird nicht Recht gesprochen, hier wird ein Opfer dargebracht.

Als ihnen keine Fragen mehr einfielen, zogen sie sich zur Beratung zurück. Leander wurde in den Burghof geführt, um dort das Urteil abzuwarten. Er saß in der Sonne und fror. Wie es Beatrice wohl erging? Das Kind befand sich bei Bero in guten Händen. Ein Glück, dass sie Gwendolin hatten. Ohne seine Amme wäre der Kleine längst verhungert.

Die Urteilsverkündung erfolgte durch den Vizegrafen. Er sagte: »Die Hexe wurde bereits vor zwei Jahren zum Tod verurteilt. Ihre Hinrichtung soll so bald wie möglich erfolgen. Die Forderung der Anklagevertretung, auch Leander Latour vom Leben zum Tod zu befördern, wird von Uns mit der Begründung abgelehnt, dass die Stadt ihren Henker nicht entbehren kann. Außerdem ist die Exekution seiner Geliebten Strafe genug. Selbstverständlich kann ihm nicht zugemutet werden, die Mutter seines Erstgeborenen eigenhändig zu töten. Wir werden Garwin, den Henker von Toulouse, rufen. Das Kind bleibt bei seinem Vater. Das garantiert uns auch in Zukunft einen tüchtigen Carnifex. Welche Stadt verfügt schon über eine Henkersdynastie, die auf vier Generationen zurückblicken kann!«

Der Inquisitor legte Protest ein: »Nach der Lehre der allein selig machenden Kirche gehören die Kinder Gott und nicht den Eltern. Mütterliche oder väterliche Besitzansprüche haben hinter denen der Kirche zurückzustehen. Wir erheben Anspruch auf das Kind.«

Der Vizegraf verwarf die Forderung und erklärte die Verhandlung für beendet. Leander nahm das Urteil gefasst auf. Er hatte nichts anderes erwartet. Als er darum bat, Beatrice noch einmal zu sehen, wurde ihm der Wunsch vom Vizegrafen gewährt.

Sie stand hinter der Zellentür.

»Ich habe so sehr auf dich gewartet.«

Der Gefängniswächter, der Leander begleitet hatte, entzündete eine kleine Kerze an seiner Fackel: »Wenn sie verlischt, ist eure Zeit um.«

Er schloss die Gefängnistür von außen und ließ die beiden Liebenden allein. Es war wie bei ihrer ersten Begegnung im Kellerverlies unter dem Henkersturm. Wie lange lag das schon zurück? Fast zwei Jahre!

»Sechshundertachtundachtzig Tage«, sagte Beatrice. »Ich habe sie gezählt. Jeden Tag und jede Nacht.«

Sie streichelte sein Gesicht, wollte wissen, wie es dem Kind geht. »Was wird mit ihm geschehen?«

»Sie werden es mir lassen.«

»Wo ist es jetzt?«

»Bei Bero.«

Sie küsste ihn und fragte: »Welche Strafe haben sie dir auferlegt?«

»Sie haben mich zum Tod verurteilt und begnadigt.«

»Du dauerst mich«, sagte sie. »Sterben ist für Überlebende schwer. Der Tote hat alles hinter sich.«

Sie lagen auf dem Stroh, das den Gefangenen als Lager diente.

»Ich habe mit dir das Leben entdeckt«, erklärte sie.

Leander erwiderte: »Die Welt ist voller Paare, die sich gleichgültig oder einander überdrüssig sind. Warum sucht der Tod sich immer die heraus, die am nötigsten gebraucht werden? Warum trennt er die, die sich am meisten lieben?« Er hielt sie in seinen Armen: »Mon petit corbeau.« Die Tränen rannen ihm die Wangen hinab.

»Weine nicht«, sagte sie. »Alles Leben ist Abschied, ein Abschied nach dem anderen. Du bist traurig, dass unser Glück vorüber ist. Ich bin glücklich, dass wir es erleben durften.«

»Du bist so stark. Woher nimmst du die Kraft?«

Sie versuchte zu lächeln und sagte: »Der Tod ist seit langem unser Begleiter, schon vom ersten Augenblick unserer Begegnung an. Meist umschlich er uns unbemerkt, verkleidet in einer Hoffnung, in blinder Leidenschaft oder in seligem Glücksempfinden. Du vergisst, ich bin schon einmal zum Tod verurteilt worden. Mit der Zeit gewöhne ich mich daran.«

Sie lagen sich schweigend in den Armen, küssten sich die Tränen fort, waren ein Leib. Die Kerze, die der Wächter ihnen gelassen hatte, war fast heruntergebrannt.

»So wie mein Leben«, sagte Beatrice. »Meine Kinderfrau hat mir erzählt, dass Sterbende im Augenblick des Todes noch wunderschöne Visionen haben. Ich werde davon träumen, dass du mich zum Traualtar und danach ins Brautbett führst.«

Kurz bevor der Wächter die Zelle betrat, sagte sie: »Ich habe einen letzten Wunsch …«

Die Tür wurde aufgestoßen. Schlüsselbundrasseln.

»Die Zeit ist um. Ich habe euch mehr Zeit gelassen als erlaubt.«

Sie umarmten sich. Ihr Mund lag dicht an seinem Ohr. Sie sprach mit beschwörender Stimme.

»Nein«, stieß er hervor. »Nein, bitte nicht. Alles, nur das nicht.«

»Doch, ich will es so. Es ist meine letzte Bitte an dich.«

»Los, komm«, befahl der Wächter.

Sie küssten sich zum letzten Mal. Dann wurde die eiserne Tür unbarmherzig zugeschlagen.

Als am Abend vor der Hinrichtung Pater Zyprian den Henker aufsuchte, um ihm geistlichen Beistand anzubieten, sagte Leander: »Ich brauche deine Hilfe nicht. Beten, Flehen, Verfluchen – alles Zeitvergeudung. Der himmlische Henker erhört uns ebenso wenig, wie ich meine Verurteilten erhöre. Das Schicksal ist unerbittlich.«

Zyprian versprach: »Ich werde für dich beten.«

»Lass das«, sagte Leander. »Keiner kann für mich essen, schlafen oder lieben, für mich beten oder sterben. Es gibt Dinge, die sind nur sinnvoll, wenn man sie selbst tut.«

33. Kapitel

Der Graf strich seiner Geliebten über den bloßen Rücken. Beim Halsansatz hielt er inne. Seine Fingerspitzen berührten die feinen Nackenhaare.

»Kannst du dir vorstellen?«, fragte er, »dass ich dir den Kopf abhacke? Hier an dieser Stelle würde mein Hieb dich treffen. Wumms!«

Er schlug mit der Handkante gegen ihren Hals. Es war nur ein leichter Schlag, aber sie fuhr mit einem Schreckensschrei auf und sprang nackt aus dem Bett. »Was soll das? Bist du von Sinnen? Ist der Teufel in dich gefahren?«

Der Graf betrachtete sie mit spöttischem Lächeln. Wie schön sie war! Der üppige Schwung der Hüften. Die aufwärts gewölbte Form ihrer Brüste. Er bewunderte das blasse Rosa ihrer Brustknospen, ihre seidige Haut und das lockende Rot ihres viel zu großen Mundes.

»Könntest du dir vorstellen«, wiederholte er seine Frage, »dass der Mann, den du liebst, dir den Kopf abschlägt?«

»Wie kannst du so etwas Entsetzliches auch nur denken?«

»Es gibt eine Frau, die das will.«

»Die was will?«

»Dass ihr der Geliebte, der über alles geliebte Vater ihres Kindes ihr den Kopf abschlägt.«

»Nein!«

»Doch.«

»Eine Verrückte.«

»Nein, eine zum Tode Verurteilte, die junge Frau des Henkers. Du hast gewiss von ihr gehört.«

»Der schöne Henkersknecht, der ein Kind bekommen hat?«

»Ja. Sie liegt in unserem Burgverlies und soll von Garwin, dem Henker aus Toulouse, ertränkt werden. Ich hielt es für unmenschlich, ihren Gatten damit zu beauftragen. Doch jetzt kommt dieser zu mir und fleht mich an, ich möge ihm die Gunst erweisen, den Kopf vom Rumpf seiner Frau zu hacken.«

»So sehr hasst er sein Weib?«

»Nein, so sehr lieben sie sich. Es ist ihr Wunsch, von seiner Hand zu sterben.«

»Wie entsetzlich! Allein der Gedanke daran verursacht mir eine Gänsehaut.« Sie schlüpfte zurück ins Bett und zog sich die Daunendecke bis unter das Kinn: »Erzähl!«

»Dieser Leander kam zu mir«, begann der Graf, »und bat mich darum, die Strafe des Ertränkens umzuwandeln in eine ehrenhafte Enthauptung, ausgeführt von ihm selbst. ›Frauen werden bei uns nicht enthauptet‹, habe ich ihm gesagt. Und weißt du, was er mir geantwortet hat? ›Sie war zwei Jahre lang ein Mann. Als Henkersknecht hat sie der Stadt treue Dienste erwiesen. Habt Ihr je einen Diener der Stadt wie eine Ratte ersäuft?‹«

Der Vizegraf ließ sich auf dem Bettrand nieder: »Und jetzt frage ich mich, was ich tun soll. Kann man einer zum Tode Verurteilten den letzten Wunsch verweigern? Außerdem stehe ich in der Schuld des Henkers. Er hat mir vor Jahren den Fuß gerichtet, den ich mir bei der Fuchsjagd gebrochen hatte. Und zudem gefällt mir diese Geschichte: Eine Frau wünscht von der Hand des Geliebten den Tod zu empfangen. Eine Liebe, von der alle Welt sprechen wird. Die Troubadoure werden davon singen. Wem schaden wir damit, wenn ich den beiden diese Gunst erweise?«

»Niemandem«, antwortete sie mit leuchtenden Augen. Die Erregung bei dem Gedanken an den unglaublichen Liebestod hatte auch von ihr Besitz ergriffen.

»Komm ins Bett. Ich will in deinen Armen sterben. Nimm mir den Leib vom Kopf!«

»Du sprichst fürwahr wie eine Sünderin«, lachte der Graf.

Sie erwiderte: »Christus starb für unsere Sünden. Dürfen wir zulassen, dass sein Martyrium umsonst war, indem wir diese nun nicht begehen?«

Der Platz vor der Basilika würde die Menschen nicht alle fassen. Aus diesem Grund hatte der Vizegraf den großen Burghof seiner Stadtfestung zur Verfügung gestellt. Dem kam entgegen, dass die Verurteilte im Verlies der Burg lag und somit nicht durch die engen Gassen gekarrt werden musste, in denen sich die Schaulustigen bis zu den Stadttoren hinausdrängten.

Das Schafott stand in der Mitte des rechteckigen Hofs, damit alle die Hinrichtung aus der Nähe miterleben konnten. Der Vizegraf und seine Mätresse hatten auf dem Balkon Platz genommen. Der Klerus und der Rat der Stadt drängten sich an den Fenstern. Der Hof war normalerweise für das Stadtvolk unzugänglich, und die meisten Bürger befanden sich an jenem Morgen zum ersten Mal innerhalb der bedrohlich hohen Mauern. Das hatte zur Folge, dass die Menge sich gesitteter verhielt, als das für gewöhnlich bei einem solchen Spektakel der Fall war. Zudem hatten die Wachen gedroht, jeden Störenfried einzukerkern.

Als Leander, gefolgt von Bero, das Blutgerüst bestieg, verstummten die Gespräche. Das Geschrei der Raben aber wurde in der plötzlichen Stille noch lauter. Die Arme-Sünder-Glocke ertönte vom Turm der Basilika. Es war wie am Altar, wenn die Messdiener mit dem Klingeln zum Abendmahl aufriefen: Siehe, das ist mein Blut, das vergossen wird zur Bezahlung für viele.

Eine Tür in der Burg öffnete sich. Heraus kam, flankiert von zwei Wächtern, Beatrice. Wie bei unserer ersten Begegnung, dachte Leander. Zwei berittene Büttel hatten sie gebracht. Sie saß zwischen ihnen im Sattel, als sei sie ihre Herrin und nicht ihre Gefangene. Ihr Haar hatte sich während des langen Ritts gelöst und wehte im Wind. Die Anstrengung hatte ihre Wangen gerötet. Leander sah das alles vor seinen Augen, als geschähe es noch einmal in diesem Augenblick. Wie jung sie war und wie schön!

Rabenschwarzes Haar umrahmte Stirn und Wangen, verlor sich in seidiger Fülle in ihrem Nacken. Das knöchellange Gewand umhüllte den hoch gewachsenen Körper. Ihr Mund drückte Trotz, Hochmut, aber auch mädchenhafte Anmut und Sehnsucht nach Zärtlichkeit aus. Ihr Blick war mutig und zögernd zugleich, scheu, aber ohne Angst.

Die Bilder der Erinnerung vermischten sich mit der Gegenwart, das Gewesene mit dem unerträglichen Sein.

Gibt es Schlimmeres, als den Menschen zu verlieren, den man am meisten liebt? Wenn es einen gerechten, gütigen Gott gibt, so ist das der Augenblick, in dem er eingreifen muss. Herr, lass nicht zu, was nicht sein darf! Andernfalls muss das Licht der Sonne verlöschen, die Erde versinken, müssen die Bäume verdorren, die Vögel tot vom Himmel fallen. Es kann nicht sein!

Sie schritt die Stufen zum Schafott hinauf, aufrecht, mit wehendem Haar. Sie lief auf Leander zu wie ein kleines Mädchen, das sich in die Arme seines großen Bruders flüchtet. Sie lehnte ihre Wange an seine Brust, und er hielt sie, als wollte er sie nie mehr loslassen, sie für alle Zeit beschützen. Am Ende nahm er die Maske vom Gesicht. Sie küssten sich unter dem Jubel der tausendköpfigen Menge. Die Männer warfen ihre Hüte in die Luft, und die Frauen schwenkten ihre Schals und Tücher wie bunte Fahnen. Es war ein langer und dennoch viel zu kurzer Kuss.

Danach ging alles sehr schnell. Sie nahm auf dem bereit stehenden Stuhl Platz. Bero wollte ihr die Augen verbinden. Sie nahm ihm die Binde aus der Hand und warf sie in die Menge, so wie es die Bräute in Okzitanien mit ihrem Brautschleier tun. Wer ihn fängt, ist als Nächster an der Reihe. Aufrecht, wie es ihr letzter Wunsch gewesen war, und mit einem Lächeln auf den Lippen erwartete sie den tödlichen Streich.

»Ich weiß, du wirst mir keinen Schmerz zufügen.«

Als Leander das Schwert hob, war es so still wie in der Kirche, wenn zwei Menschen vor den Altar treten, um ihr Leben in die Hand Gottes zu legen: Bis dass der Tod euch scheidet!

Die Glocken läuteten zur Bluthochzeit. Die Raben krächzten ihr schauriges Lied.

Willst du diesen Mann zum Gatten?

Ja, ich will.

Da fiel der Kopf.

34. Kapitel

Leander konnte sich später nicht erinnern, wie er in den Turm gelangt war. Als er aus totenähnlicher Ohnmacht erwachte, hoffte er, auf der Schwelle zwischen Sein und Nichtsein, dass alles nur ein Albtraum gewesen war. Er ruhte nackt auf seinem Lager. Henkersmaske, Haube und Schwert lagen verstreut am Boden. Er hatte sie abgestreift wie eine Schlange, die sich häutet. An der Klinge klebte noch ihr Blut.

Er schloss die Augen, wollte nicht wahrhaben, was geschehen war, wollte der Wirklichkeit entfliehen, sehnte sich zurück in Bewusstlosigkeit. Schlafen, tot sein, niemals mehr aufwachen.

Warum schrien die Raben bloß so schrecklich? Welch wilde Totenklage! Oder war es Gier? Bero würde doch wohl nicht … Der Gedanke an das Entsetzliche ließ ihn endgültig aus dem Schlaf auffahren.

Er kleidete sich rasch an und lief hinab zu den Ställen. Das Geschrei der Raben schwoll an. Eine schwarze Wolke aus gefiederten Leibern bevölkerte die Bäume des Gartens, krächzend und zeternd.

»Bero!«

Da stand er unter dem Faulbeerbaum neben der Grube, die er vor der Geburt des Kindes für Leander ausgehoben hatte. Jetzt türmte sich dort ein Grabhügel aus frisch aufgeworfener Erde.

Leander nahm ihm den Spaten aus der Hand und pflanzte den Efeu auf ihr Grab, den sie von ihrem Ritt nach Beauville mitgebracht hatten.

»Ich weiß, ich werde nicht lange leben«, hatte sie gesagt, »aber ist ein Fest schöner, weil es länger währt?«

Die Tränen rannen ihm über die Wangen.

»Du bist traurig, dass unser Glück vorüber ist. Ich bin glücklich, dass wir es erleben durften.«

Überall begegnete er ihr, hörte ihr Lachen, sah ihr Gesicht im Faltenwurf der Vorhänge. Selbst der Duft ihrer Haut lebte noch in den Kissen, auf denen sie gelegen hatte. In der Nacht fand er keinen Schlaf. Die Unruhe trieb ihn durch den dunklen Turm, treppauf und treppab bis in die unterirdischen Gewölbe, wo alles begonnen hatte. Er hatte seit Tagen keine Nahrung zu sich genommen. Wenn er am Morgen auf sein Bett sank, quälten ihn grauenvolle Bilder.

Sie lag in seinen Armen und lachte ihn an. Oh, wie er dieses Lächeln liebte, jenes unvergleichliche Lächeln, wie es nur Kindern und sehr jungen Frauen gegeben ist. Er wollte sie küssen, und dann rollte ihr Kopf von den Schultern. Ihr Blut ergoss sich über ihn, schwarz und kalt wie das Wasser im Hexenteich.

Der einzige Trost, den er hatte, war das Kind. Unser Kind hatte sie gesagt. Ja, es war ihr gemeinsames Kind!

Leanders Milchfluss war längst versiegt. Der Kleine verbrachte die Nacht bei der Amme, die nicht für Geld und gute Worte zu bewegen war, den Henkersturm zu betreten. Das Zimmer, das sie bewohnte, lag Wand an Wand mit dem Turm und besaß einen eigenen Zugang über ein paar steile Stufen im Hinterhof. Hier nahm Leander jeden Morgen seinen Sohn in Empfang. Der Kleine strampelte dann mit den Beinen, als könnte er es nicht erwarten, allein durchs Leben zu gehen.

Manchmal sprach Leander mit dem Kind, dann sagte er: »Ich könnte schreien vor Schmerz. Es würde mir helfen, aber nichts ändern. Ich kann nicht einmal trauern, denn ich begreife nicht, dass sie wirklich tot ist. Ich habe das Gefühl, dass sie jeden Augenblick durch die Tür tritt. Nachts höre ich ihre Stimme.«

Oder er sagte: »Ich wollte, irgendwer hätte sie erschlagen, einer, an dem ich meine Wut auslassen könnte. Wie kann man am Schicksal Rache nehmen? Was hilft es, mit Gott zu hadern? Das Schlimme ist, dass alles so weitergeht, als wäre nichts geschehen. Ich will nicht mehr in diesem Turm leben, in dem mich tausend Dinge an sie erinnern. Ich will nicht mehr die Luft dieser Stadt atmen. Ich werde niemals mehr das Schwert berühren, mit dem ich sie getötet habe. Ich werde fortgehen, weit fort. Aber kann man vor sich selbst davonlaufen?«

Merowin hörte ihm mit großen Augen zu. Er blickte so ernst drein, als verstünde er die Klage, als empfände er Leanders Schmerz.

»Wie kann man töten, was man liebt? Ich habe es getan und geschwiegen. Die ganze Stadt hat geschwiegen, dass es zum Himmel schrie. Sie haben gegessen und getrunken, gescherzt und getanzt, als ob nichts geschehen wäre. Sie haben sogar gut geschlafen, obwohl es jedem von ihnen das Herz zerreißen würde, wenn sie den, den sie am meisten lieben, töten müssten.«

Leander kniete auf der Erde beim Grab. Ein Rabe ließ sich vor ihm nieder. Er betrachtete den Menschen mit schräg gelegtem Kopf. Die schwarzen Augen funkelten.

»Du hast es gut«, sagte Leander, »du weißt nichts von Vergängnis. Du lebst den Augenblick. Dich erschreckt nicht die Zeit.«

Deine Zeit oder meine?, fragte der Rabe.

Ich meine die Zeit.

Jedes Geschöpf hat seine eigene Zeit. Ein Berg hat eine andere Zeit als eine Fliege. Ich habe eine andere Zeit als du. Aber selbst in deinem Leben gibt es noch große Zeitunterschiede. Ein Tag im Leben eines Kindes ist eine kleine Ewigkeit. Ein Tag im hohen Alter ist ein vorübergleitender Augenblick.

Und dennoch erwartet uns alle das gleiche grausame Ende, der Tod.

Warum nennst du ihn grausam?, wollte der Rabe wissen. Bist du nicht sein Gehilfe?

Ja, das bin ich. Und deshalb weiß ich, wie schrecklich das Sterben ist.

Sterben und Tod sind zwei völlig verschiedene Dinge, entgegnete der Rabe. Wir alle sterben täglich, ohne tot zu sein. Du stirbst mit jedem Haar, das dir vom Kopf fällt, mit jedem Zahn, der dir gezogen wird. Wir schwinden Stück für Stück. Man stirbt, so lange man lebt. Der Tod erlöst uns erst vom Sterben.

Wenn man dir zuhört, könnte man meinen, der Tod wäre nicht wirklich.

So ist es, bestätigte der Rabe. Ich will dir ein Geheimnis verraten: Nur der Tod der Menschen, die du liebst, ist wirklich.

Dann flog er davon. Sein Flügelschlag schreckte Leander aus seinem Dämmerschlaf.

Am Morgen wurde Leander vor dem ersten Hahnenschrei geweckt. Jemand hämmerte an die Pforte. Eine Frauenstimme. War das nicht Gwendolin? Er rannte die Treppe hinunter, öffnete die Tür. Und da stand sie mit rotem Kopf, nach Atem ringend.

»Was ist los?«

»Das Kind – habt Ihr es an Euch genommen?«

»Ich? Das Kind? Es ist doch bei dir.«

»Da war es. Ich habe es noch spät in der Nacht gestillt. Als ich erwachte, war das Körbchen leer.«

»Leer? Wie kann das sein?«

Die Morgensonne schien auf den Korb neben dem Bett der Amme. Kissen und Bettdecke des Kleinen lagen auf dem Fußboden. Wer immer das Kind entführt hatte, es war in großer Eile geschehen.

»War deine Tür verschlossen?«, fragte Leander.

»Ich verschließe sie nie. Wer sollte mir etwas wegnehmen?«

»Und du hast nichts gehört?«

»Nein, nichts.«

»Wer kann das getan haben?«

»Vielleicht war es Bero. Er liebt den Kleinen wie seinen eigenen Sohn. Vielleicht wollte er mit ihm spielen und mich nicht wecken.«

Sie eilten zu den Ställen. Bero striegelte die Pferde.

»Ist Merowin bei dir?«

Er zeigte auf die Amme.

»Nein, da ist er nicht. Als sie heute Morgen erwachte, war der Korb leer.«

Bero stieß ein bedrohliches Grollen aus. Er drängte die Amme beiseite und eilte davon, um sich mit eigenen Augen vom Verschwinden des Kindes zu überzeugen. Als er zurückkehrte, war er sehr erregt. Er gestikulierte mit den Armen, und sein Atem hinter der Maske kam keuchend und stoßweise.

»Wer kann das getan haben?«, wiederholte Leander.

Bero zeichnete mit der Hand ein Kreuz in die Luft.

»Die Kirche. Du meinst die Kirche?«

Heftiges Kopfnicken.

»Aber warum sollte sie das tun? Der Vizegraf hat mir das Kind zugesprochen.«

»Vielleicht hat das dem Inquisitor nicht gefallen«, gab Gwendolin zu bedenken. Sie weinte so herzzerreißend, als habe sie ihr eigenes Kind verloren. »Wie konnte mir das nur passieren. Ich hätte es besser behüten müssen.«

Leander tröstete sie und meinte: »Keiner wird ihm etwas antun. Sie werden versuchen, es mir wegzunehmen. Es wird ihnen nicht gelingen. Ich weiß es. Ich weiß es mit meinem Herzen.«

Kurz nach dem Mittagsläuten kam Bero zu Leander. Er war noch aufgeregter als am Morgen. Seine Gesten signalisierten: Komm mit! Ich will dir etwas zeigen.

Der Platz vor der Basilika Saint Nazaire war wie leer gefegt. Hinter der Apsis blieb Bero stehen und deutete hinüber zum Pfarrhaus. Seine Fensterläden waren geschlossen. Rauch stieg aus dem Schornstein. Da war nichts Auffälliges. Bero wies auf den Pfarrgarten. Und da sah Leander, was er meinte. Die Bäume waren voller Raben. Zyprian hasste die Raben. In seinen Predigten nannte er sie Teufelsbrut, schlimmer als Katzen, Ratten und Fliegen. Futter hatten die Vögel dort drüben ganz gewiss nicht zu erwarten. Was also zog sie dorthin, wenn nicht ... ja, das Kind! Es übte auf die Vögel eine magische Anziehungskraft aus wie der Honig auf die Bienen oder das Licht auf die Motten.

»Es befindet sich im Haus des Priesters.«

Sie klopften an der Tür. Niemand öffnete. Sie lauschten an den Fensterläden. Schrie da nicht ein Kleinkind? Bero versuchte, die Tür mit Gewalt zu öffnen. Es misslang. Das Eichenholz hielt aller Gewalt stand. Die Fenster waren vergittert.

Schon wurden in den Nachbarhäusern die Fensterläden aufgestoßen: »Was soll denn der Lärm?« Zu allem Überfluss begannen nun auch noch die Raben zu krächzen.

»Bleib hier, und behalte das Haus im Auge. Ich bin gleich zurück«, sagte Leander. »Ich laufe zum Vizegrafen. Er muss mir zu meinem Recht verhelfen.«

Als er eine Stunde später in Begleitung des gräflichen Sekretärs zurückkehrte, war Bero nicht mehr an seinem Platz. Auch die Raben waren fortgeflogen. Die Haustür stand offen.

Leanders erster Gedanke war: Bero hat das Kind gefunden und mitgenommen.

Sie klopften an der geöffneten Tür. Weinte da nicht jemand?

Am Ende des Flurs hinter halb geöffneter Tür ertönten Klagelaute. Eine Frau! Die beiden Männer liefen ins Haus und prallten entsetzt zurück: Vor ihnen auf dem Fußboden lag Zyprian in seinem Blut. Die Haushälterin kniete neben ihm, hielt seine Hand, als wollte sie nicht zulassen, dass er von ihr ging. Aber Leander erkannte auf den ersten Blick, dass dem Priester nicht mehr zu helfen war. Jemand hatte ihm den Schädel eingeschlagen. Sie untersuchten ihn flüchtig. Er atmete nicht mehr, sein Blick war ohne Leben. Leander schloss ihm die Augen.

»Was ist geschehen?«

»Das Phantom, die Ledermaske«, schluchzte sie. »Es war grässlich.«

Die Männer halfen ihr auf die Füße, brachten sie zum Tisch und ließen sie auf einem Schemel Platz nehmen.

»Was ist geschehen? Erzähl!«

»Wir waren in der Sakristei«, begann sie. »Und als wir zurückkamen, stand dieser Unmensch vor der Tür. Er folgte uns ins Haus. Er benahm sich so, als ob er etwas suchte. Und als er es nicht fand, begann er auf meinen Herrn einzuschlagen, bis dieser zu Boden stürzte. Es war fürchterlich.« Sie legte schluchzend die Hände vors Gesicht. Ihre mageren Schultern zuckten vor Schmerz.

»Diese Bestie mit der Maske«, sagte der Sekretär. »Ich habe immer vor ihm gewarnt.«

»Er ist keine Bestie«, widersprach Leander.

»Er hat den armen Priester umgebracht.«

»Ich kann das nicht glauben.« Und zur Haushälterin gewandt, fragte Leander: »Wo ist das Kind?«

»Was für ein Kind?«

»Mein Kind. Es befand sich hier in diesem Haus.«

»Hier war kein Kind«, entgegnete sie, und Leander sah ihr an, dass sie log. Er blickte sich im Zimmer um. Da war nichts, was auf die Anwesenheit eines Kindes hingewiesen hätte. Leander lief durch die angrenzenden Räume, ohne dass ihm etwas auffiel. Und dennoch war er sich ganz sicher, dass Merowin hier gewesen war. Wo hatten sie ihn versteckt? Was hatte Bero so erzürnt, dass er den Priester getötet hatte? Und warum log die Haushälterin?

»Wir haben keine Zeit zu verlieren«, unterbrach der Sekretär Leanders Gedankengang. »Wir müssen diesen Bero finden, bevor er weitere Morde begeht.«

»Ich werde mit ihm reden. Er wird sich freiwillig dem Gericht stellen.«

»Seit wann werden wilde Tiere vor Gericht gestellt?«, fragte der Sekretär. »Kreaturen wie er werden erschlagen wie tollwütige Hunde.«

Am Markttag zu Johannis wurden die beiden Katzen aus

dem Henkersturm in einem Korb über glühenden Kohlen aufgehängt, wo sie vor lauter Angst und Pein klägliche Jammerlaute von sich gaben, bis der Korb zu glimmen begann und die Katzen ins Feuer fielen, wobei die herbeigelaufene Menge ihr Wehgeschrei mit viel Gelächter und Fratzenschneiden nachäffte.

35. Kapitel

Thekla wollte es nicht glauben: »Zyprian tot? Wie ist das möglich? Und was ist mit dem Kind geschehen?«

Agatha wischte sich die Tränen aus den Augen. »Der Knecht des Henkers, dieses Ungeheuer ohne Gesicht, er war hier und wollte das Kind holen.«

»Woher wusste er, dass das Kind sich hier befand? Hat dich jemand beobachtet, als du bei der Amme warst?«

»Nein, ganz gewiss nicht. Da war niemand.«

»Woher wusste dieser Bero dann, dass das Kind sich im Pfarrhaus aufhielt?«

»Ich weiß es nicht.«

»Jemand muss dich gesehen haben, sonst hätte Bero das Kind nicht holen können.«

»Er hat es nicht geholt.«

»Er hat es nicht geholt?«

»Nein.«

»Wo ist es dann?«

»Ich weiß es nicht.«

Thekla blickte die Haushälterin an, als zweifelte sie an deren Verstand. Sie schob ihr einen Stuhl hin und meinte: »Das musst du mir erklären.«

»Wir waren in der Basilika, und als wir zurückkamen, war das Kind nicht mehr da.«

»Ihr habt es allein zurückgelassen?«

»Was sollten wir machen? Wir konnten es doch nicht mitnehmen.«

»Ihr hättet das Haus doch verschließen können.«

»Das haben wir getan. Der Schlüssel war in meiner Verwahrung. Aber als wir zurückkamen, stand die Haustür offen, und das Kind war verschwunden. Einige Zeit später tauchte dieser Bero auf und forderte wild gestikulierend das Kind zurück. Er hat uns gedroht und Zyprian geschlagen. Es war schrecklich. Wir konnten es ihm nicht geben, weil wir es nicht mehr hatten.«

Wie gut, dachte Thekla, als sie etwas später an der Bahre des toten Priesters stand, dass ihm der Fehler mit dem Kind unterlaufen war. Der Bischof von Toulouse war ein strenger Herr. Er würde sehr zornig sein, sich solch blamable Blöße vor dem Kardinal gegeben zu haben.

Die Nachricht von der Ermordung des Priesters verbreitete sich in der Stadt wie ein Lauffeuer. »Das Phantom hat ihm den Schädel eingeschlagen, mit bloßen Fäusten.«

Andere behaupteten, er hätte sein Opfer erwürgt.

»Weiß man, warum er es getan hat?«

»Aus Hass auf die Kirche und die Priester, die ihn zum Monster gemacht haben. Er hätte den Inquisitor gleich miterschlagen sollen.«

Die meisten empfanden Mitleid mit dem armen Bero.

»Was werden sie wohl mit ihm anstellen?«

»Hängen. Oder nein, sie werden ihn verbrennen.«

Alle fragten sich, wo er wohl steckte. In seiner Behausung über den Ställen beim Henkersturm war er nicht. Niemand machte sich die Mühe, nach ihm zu suchen. Einer wie er würde nicht weit kommen. Irgendwann musste er sein Versteck verlassen. Und dann gnade ihm Gott!

Seine Hinrichtung würde ein Spektakel ohnegleichen werden. Jedermann in der Stadt kannte Beros panische Angst vor dem Feuer. Ohne Maske würden sie ihn durch die Stadt schleifen, um ihn am Ende auf dem Scheiterhaufen zu rösten.

Leander glaubte, das Versteck des Armen zu kennen. Und richtig, er fand ihn, wo er ihn schon einmal aufgestöbert hatte: im hintersten Winkel seines unterirdischen Laboratoriums. Er kauerte dort wie ein verwundetes Wild, das sich vor seinen

Jägern verkrochen hat, um in Frieden zu sterben. Sein Leib war noch warm, aber sein Herz hatte aufgehört zu schlagen. In der Hand hielt er die Phiole, in der Leander die Droge aufbewahrte, die er den zum Tode Verurteilten gab, um ihnen das Sterben zu erleichtern. Er hatte den ganzen Inhalt geschluckt.

Nur mit äußerster Anstrengung gelang es Leander, den Toten auf den steinernen Tisch zu heben, auf dem er mit Beros Hilfe so manchen Hingerichteten seziert hatte. Jetzt lag sein treuer Freund darauf.

Leander nahm ihm die Ledermaske ab und betrachtete lange sein Gesicht. Der Tod hatte seine Züge entspannt. Die fratzenhafte Starre hatte sich gelöst. Friedlich wie ein schlafendes Kind lag er da.

Leander entkleidete ihn, um ihm den letzten Dienst, die Totenwäsche, zu erweisen. Bis auf die Brandwunden war Beros Körper schön, ebenmäßig gewachsen und kraftvoll.

Zu einer anderen Zeit, an einem anderen Ort wärst du ein prächtiger Mann gewesen, ein liebevoller Gatte und Vater. Nach allem, was du auf dieser Erde erleiden musstest, ist dir das Paradies gewiss.

Im Schutz der mondlosen Nacht zog er den toten Freund die Stufen hinauf und karrte ihn in den Garten, wo er ihn begrub. Niemand würde je davon erfahren. »Sucht ihn bis zum Nimmerleinstag! Er wird euch niemals in die Hände fallen.«

Pater Erasmus, der Nachfolger von Pater Zyprian, behauptete, der Teufel habe den Priestermörder geholt. Die Leute in der Stadt aber sagten zu ihren Kindern: »Den haben die Engel zur Mutter Gottes gebracht. Er war ein Märtyrer.«

Unter dem Strohsack, auf dem Bero geschlafen hatte, fand Leander einen Lederbeutel, wie ihn die Händler zur Aufbewahrung ihrer Münzen verwenden. Darin lagen zwei Gulden, ein Fingerring und ein silbernes Kreuz, wie es der ermordete Legat getragen hatte. Ob Bero …? Nein, er nicht. Aber wie kam er dann an das Kreuz des Legaten, nach dem alle vergeblich gesucht hatten? Alles ist denkbar. Beatrice hat es sogar für möglich gehalten, dass er der Vater meines Kindes ist. Was wissen wir schon von den Menschen, mit denen wir unser Leben teilen?

Als Thekla an jenem Nachmittag ins Haus Tavernier kam, war Bernadette damit beschäftigt, ihr Kind zu stillen.

»Ist er nicht süß?«, fragte sie.

Thekla betrachtete das Kind. Das war doch nicht die kleine Tavernier. Und warum sagte sie: Ist er nicht süß? Sie hatte doch eine Tochter, und die war kleiner und jünger. Thekla neigte sich tiefer zu dem Kind hinab. Das Herz schlug ihr bis zum Hals. Beinahe hätte sie gefragt: Wie kommt das Kind des Henkers hierher? Im letzten Augenblick hielt sie ihre Zunge im Zaum und tat so, als hätte sie nichts bemerkt. Aber wie konnte das sein? Was hatte das zu bedeuten?

Die Katharer hatten sich des Kindes bemächtigt. Was hatten sie mit ihm vor? Sie konnte keine Fragen stellen, ohne sich zu verraten, und zu allem Unglück auch nicht bleiben, da noch am gleichen Tag eine größere Ladung Rinderhäute aus dem Lager des alten Roth abgefertigt werden musste.

Als sie tags darauf zurückkehrte, stillte Bernadette wieder ihr eigenes Kind.

»Es erschien mir gestern viel größer«, sagte Thekla.

»Der Kleine, den ich gestern an der Brust hielt, war auch älter als meine Kleine.«

»Seit wann stillst du fremde Kinder? Bist du eine Amme?«

»Nein«, lachte Bernadette, »eine Amme bin ich nicht. Das war eine Ausnahme, für ein Kind, das auf der Reise nach Montsegur ist.«

»Hat das Kind keine Mutter oder Amme?«

»Doch, aber ...«

»Aber was?«

»Ich darf eigentlich nicht darüber sprechen. Du weißt, wir haben den Henker und seinen Sohn beobachtet und dabei gesehen, wie die Haushälterin des Priesters Zyprian das Kind gestohlen und ins Haus des Priesters gebracht hat. Nach den harten Urteilen, die gegen die Eltern des Kindes verhängt worden sind, mussten wir das Schlimmste befürchten. Wir sind in das Haus des Priester eingedrungen, als der in der Sakristei war, und haben das Kind in Sicherheit gebracht.«

Thekla hatte genug gehört. Nach dem Tod von Zyprian war sie in ihrer Mission ganz auf sich allein gestellt. Die Verbindung zwischen dem Priester Zyprian und seinem Bischof war ein natürlicher Vorgang gewesen. Aber eine entlaufene Nonne, die Briefe an den Bischof von Toulouse schrieb, würde Aufsehen erregen. Die erste Nachricht, die Thekla von dort erhielt, lautete: Omnia sunt conandi, ut puer in possessionem nostram redigatur. Alles muss unternommen werden, um den Knaben wieder in unseren Besitz zu bringen.

Eine klare Forderung. Wie aber ließ sie sich erfüllen?

Thekla benötigte zuverlässige Helfer. Je länger sie über das Problem nachdachte, umso klarer wurde ihr, dass es nur einen Menschen gab, der das Kind wieder zurückholen konnte.

Leander saß im Garten auf der Bank, die Bero noch vor wenigen Tagen gezimmert hatte. Jetzt lag er wie Beatrice unter der Erde, nicht unter geweihter wie all die anderen Toten in der Stadt. Für Hexen und Ungeheuer war auf dem Gottesacker kein Platz. Auch er und Merowin würden hier enden. Wo der Kleine nur steckte? Eine innere Stimme sagte ihm, dass er sich keine Sorgen zu machen brauchte. Dein Kind lebt, und es fehlt ihm an nichts. So wussten es die Raben.

Auch der Vizegraf hatte ihm Mut gemacht. »Niemand wird dem Kind etwas antun.« Aber auch er wusste keine Erklärung dafür, wo der Knabe sein könnte. »Wir werden alles tun, um ihn zu finden. Vielleicht hat ihn Bero mitgenommen. Man sagte mir, dass er sehr an dem Kind hängt.«

Die Sonne war schon untergegangen. Die ersten Fledermäuse jagten durch die Abenddämmerung. »Die Stunde der Eule« hatte Beatrice die kurze Zeitspanne zwischen Tag und

Nacht genannt, wenn alle Konturen verwischen und die Umwelt zum Schattenreich wird.

Ein Ast knackte. Leander blickte sich um. War da jemand?

Und da sah er sie. Sie stand an der Gartenpforte: unbeweglich, hoch aufgerichtet, in langem fließendem Gewand. Beatrice! Jetzt bewegte sie sich, kam auf ihn zu. Leander hatte sich erhoben. Sie kam näher. Es war Thekla.

»Thekla, du? Was suchst du um diese Tageszeit hier?«

»Ich muss mit dir reden.«

»Komm, setz dich zu mir.«

Sie blickte auf die frisch aufgehäufte Erde: »Ist das ihr Grab?«

»Ja.«

»Sie war eine gute Frau.«

Sie blickten schweigend auf das Grab. Nach einer Weile begann Thekla: »Du und Beatrice, ihr habt mir beide sehr geholfen, als ich damals am Boden lag. Jetzt brauchst du Hilfe. Ich bin gekommen, um dir deine Güte zu vergelten. Ich weiß, wo sich dein Sohn befindet.«

»Wo?« Leander war aufgesprungen. »Wo ist er? Wer hat ihn?«

»Er ist in Montsegur.«

»In Montsegur? Warum in Montsegur?«

»Die Katharer haben ihn entführt.«

»Seit wann rauben die Katharer Kinder?«

»Sie wollen nur sein Bestes. Sie glauben, dass dem Kind besondere Kräfte innewohnen. Es geht um die Erfüllung einer Prophezeiung, die ihnen sehr viel bedeutet. Aber glaube mir, sie sind nicht gewalttätig. Wenn du zu ihnen gehst und dein Kind zurückforderst, werden sie es dir nicht verwehren. Da bin ich mir ganz sicher.«

»Montsegur«, wiederholte Leander. Es klang ungläubig.

»Es ist die Wahrheit«, versicherte Thekla. »Ich habe Merowin mit meinen eigenen Augen bei den Katharern gesehen. Ich schwöre es im Namen aller Heiligen.«

»Wo hast du ihn gesehen? Hier in Carcassonne? Bei wem?«

»Ich darf nicht darüber sprechen. Aber ich versichere dir, dem Kind geht es gut. Mehr kann ich nicht für dich tun. Viel Glück und Gott mit dir!«

Es war dunkel geworden. Sie hatte sich erhoben.

»Soll ich dir leuchten?«

»Nein, bitte nicht«, sagte sie. »Ich möchte nicht, dass man mich hier sieht.«

36. Kapitel

Reiten, Reiten, Reiten. Den ganzen Tag war er geritten. Selbst der Regen hatte ihn nicht aufzuhalten vermocht. Der nächtliche Himmel war von gläserner Klarheit. Die Sterne funkelten wie Edelsteine.

Als gegen Morgen die Nebel aus den Niederungen aufstiegen und das noch kraftlose Licht zum Leben erwachte, gönnte er sich und seinem Pferd eine längere Ruhepause. Auf dem Stumpf eines alten, vom Blitz gespaltenen Olivenbaums versank er in kurzen Schlaf, während sein Pferd im knöchelhohen Gras am Weg weidete. Der Flügelschlag eines Vogels, der sein Nachtlager verließ, weckte ihn. Nachdem er sich in kaltem klarem Wasser gewaschen hatte, ritt er weiter. Er fühlte sich so frei wie ein Falke im Aufwind.

Gegen Mittag erreichte er bewaldete Höhen, genoss auf windstiller Lichtung die Sonne und ließ dem Pferd freien Lauf. Er selber stärkte sich mit Brot und Käse.

Das Gehölz wurde dichter, der Weg schmaler. Plötzlich war da Bewegung. Krachen und Knacken im Unterholz. Wildschweine oder gar ein Bär? Vorsichtig spähte er nach vorn. Sein Pferd signalisierte ihm Gefahr. Eine Horde Menschen brach laut johlend hervor, die Männer bewaffnet mit rostigen Schwertern, Sensen und Knüppeln. Sie reckten drohend die Fäuste.

Leander blickte in von Narbenwülsten verunstaltete Gesichter, auf mit schlotternden, schmutzigen Tuchfetzen verhüllte Skelette. Aussätzige! Mein Gott, Aussätzige!, schoss es ihm durch den Kopf. Der Gaul scheute vor den grauenvollen Gestalten, vor dem Geschrei, vor dem fauligen Gestank.

Leander löste die Geldkatze vom Gürtel und warf der Horde zwei Hände voll Münzen vor die Füße. Gierig wie hungrige Hühnervögel stürzten sie sich auf die Silberpfennige, griffen mit knochigen, fleischlosen Fingern nach dem blinkenden Metall.

Leander gab dem Pferd die Sporen und suchte das Weite. Erst in sicherem Abstand hielt er an, wandte sich in den Steigbügeln stehend um. Er blickte in die entstellten Gesichter der vom Tod Gezeichneten und dachte: Wie viel gnädiger ist dagegen der schnelle Tod auf dem Schafott.

Nie zuvor hatte Leander ein so atemberaubendes Bauwerk erblickt wie die Burg von Montsegur. Auch Carcassonne war eine stolze, unbezwingbare Festung, vom Heer der Kreuzritter nur eingenommen, weil die Belagerten, halb verhungert und von Krankheit geschwächt, dem Feind die Tore geöffnet hatten. Carcassonne lag in einem fruchtbaren grünen Tal, Montsegur aber ragte auf steinigen Felsen wie eine Götterburg bis in den Himmel hinein.

Der Weg war trotz vieler Windungen und Spitzkehren häufig so steil, dass Leander immer öfter absitzen und sein Pferd am Zügel führen musste. Herabgestürzte Felsbrocken versperrten den Pfad. Tief hängende Wolken nahmen Ross und Reiter die Sicht. Dazu bliesen eiskalte Fallwinde. Regenschauer und Hagelkörner prasselten auf sie nieder.

Beim ersten Licht des Tages war er am Fuß des Gebirges aufgebrochen. Im Abendrot erreichte er die Zugbrücke, die über einer Schwindel erregenden Schlucht in die Burg führte. Sie war herabgelassen. Außer ein paar Bergdohlen war keine lebendige Seele zu erblicken.

Atemberaubend in seiner massig abweisenden Schroffheit erhob sich Montsegur vor ihm. Er las die in Stein gemeißelte Inschrift: »Erst wenn du den Gipfel des Berges erreicht hast, wird dein Aufstieg beginnen.« Ihm war, als fiele ein dunkler, schwerer Schatten auf ihn, als griffe eine kalte Hand nach seinem Herzen. Und als er sich schutzsuchend umblickte, fiel sein Blick auf die zwei Raben in dem Wappen über dem Tor. Er deutete sie als gutes Omen, ritt bis zum Tor und zog an der Türkette, die dort im Wind pendelte. Eine Glocke ertönte laut und scheppernd.

Leander wartete eine Weile. Als sich nichts regte, wiederholte er das Läuten. In der Stille der Berge dröhnte das angeschlagene Eisen wie die große Glocke im Turm der Basilika. Die Felswände warfen das Echo zurück. Erschreckt flogen die Dohlen davon, aber niemand erschien. Erst beim vierten Läuten wurde ein Fensterladen oberhalb der Pforte geöffnet.

»Wer da?«

»Der Carnifex von Carcassonne.«

»Was willst du?«

»Ich will zu Remigius Auxerre.«

»Erwartet er dich?«

»Nein.«

»Dann kannst du nicht zu ihm.«

»Ich habe hier etwas, das ich ihm geben will.«

Ein Seil wurde heruntergelassen. Leander nahm das Amulett, das ihm Vandalmonde de Castanier vor ihrem Hungertod gegeben hatte, und knüpfte es an den Strick: »Zeig ihm das!«

Leander brauchte nicht lange zu warten. Die Pforte wurde geöffnet. »Folge mir, Bruder!« Ein junger Stallknecht übernahm das Pferd. Der bärtige Torwächter führte ihn. Sie überquerten mehrere Höfe, stiegen über steile Stufen und Treppen, durch ein Labyrinth von finsteren Fluren und Gewölben, gelangten am Ende in eine hell erleuchtete Halle.

Remigius Auxerre kam ihm mit ausgebreiteten Armen entgegen: »Willkommen auf Montsegur. Wir haben dich erwartet.«

»Ihr habt mich erwartet?«, Leander wollte seinen Ohren nicht trauen.

»Der Großmeister wird dir alles erklären. Aber zunächst brauchst du trockene Kleidung. Du holst dir sonst den Tod.«

Leander wurde in eine Kammer geführt, in der sich ein

Lager aus Lammfell befand. In einer Kupferschale glühte Holzkohle. Ein Junge brachte warme Wäsche, Wolldecken und heißen Tee. Leander versank in unruhigen Schlaf.

Schweißgebadet erwachte er von einem trommelartigen Geräusch. Wo bin ich? Beatrice. Er tastete nach ihr an seiner Seite. Der Platz war leer. Suchend blickte er sich um. In einer Ecke des Raums brannte eine Ölfunzel. Er wollte aufstehen. Stiche in der Brust quälten ihn. Er griff sich an die schmerzende Stelle. Es war sein Herz, das so laut klopfte. Wo bin ich? Was ist mit mir geschehen? Nur langsam erwachte die Erinnerung: Montsegur. Ich bin auf Montsegur. Ich bin krank. Wie lange liege ich hier wohl schon?

Jeder Atemzug bereitete ihm Pein. Er sehnte sich nach Schlaf. Als er erwachte, saß der Knabe, den er schon kannte, an seinem Bett. »Wie lange habe ich geschlafen?«

»Eine Nacht, einen Tag und eine Nacht.«

Leander trank die heiße Milch, die der Junge ihm reichte.

»Der Großmeister will dich sehen. Fühlst du dich kräftig genug? Auf dem Tisch steht eine Schüssel mit Wasser, damit du dich waschen kannst. Kleidung liegt auf der Truhe.«

Leander beeilte sich mit Waschen und Ankleiden. Er sah aus wie ein Verkündigungsengel: Über wollener Unterwäsche trug er ein Leinenhemd, das ihm bis zu den Knöcheln reichte, dazu einen geflochtenen Sisalgürtel und Sandalen aus dem gleichen Material.

»Wo sind meine Sachen?«

»Du erhältst sie zurück, wenn du uns verlässt.«

Wieder wurde er über viele Treppen und Gänge geführt. Nirgendwo erblickte er Menschen. Am Ende erreichten sie einen kreisrunden Raum. In einem mannshohen Kamin brannte Feuer. Davor saß in einem Sessel Merimé, der Großmeister von Montsegur, der Hüter des höchsten Geheimnisses, wie der Junge dem Gast erklärt hatte.

Er erhob sich, als Leander das Zimmer betrat, und sagte: »Willkommen auf Montsegur. Wir haben dich erwartet.«

Leander erwiderte: »Es liegt wohl in der Natur der Sache, dass ein Dieb damit rechnen muss, von dem Bestohlenen aufgesucht zu werden. Ich bin gekommen, um meinen Sohn zurückzuholen. Und erzählt mir nicht, dass er nicht hier ist.«

»Wir haben deinen Sohn nicht geraubt, sondern ihn aus den Fängen von Entführern befreit und in Sicherheit gebracht. Sein Leben war und ist immer noch in Gefahr.«

»Was geht Euch das an?«

Der Großmeister bedachte Leander mit einem viel sagenden Blick. »Verzeih mir, wenn wir dir Leid zugefügt haben, aber ich glaube, wir haben dich vor größerem Leid bewahrt. Wir hätten uns mit dir in Verbindung gesetzt, aber du hattest Carcassonne bereits verlassen.«

»Was hat das alles zu bedeuten?«, wollte Leander wissen. »Warum liegt Euch so viel an meinem Sohn?«

»Er ist ein ganz besonderes Kind.«

»Und was ist das Besondere an ihm?«

Der Großmeister legte ein Holzscheit in die Glut. »Ich kann dir das nicht in zwei, drei Sätzen erklären. Du würdest mich nicht verstehen.«

»Ich will es wissen.«

»Du sollst es erfahren, aber manche verborgenen Schätze sind von solchem Gewicht, dass ihre Hebung Zeit braucht. Um deines Kindes Leben willen bitte ich dich, ein paar Tage bei uns zu verweilen. Sei unser Gast. Außerdem kannst du uns jetzt sowieso nicht verlassen. Deine Lungen sind noch vom Fieber geschwächt, und der Winter hat die Berge erreicht. Hast du hinausgeschaut?« Merimé wies auf ein in Blei gefasstes Fenster aus venezianischem Glas gegenüber dem Kamin.

Leander blickte auf weiß gepuderte Hänge. Schneeflocken wirbelten in wildem Reigen vom Himmel.

»Du wirst dich bei uns nicht langweilen. Man hat mir berichtet, du interessierst dich für die Wissenschaft, für Anatomie und Insekten.«

»Woher wisst Ihr das?«

»Obwohl weit abgelegen, sind wir doch nicht aus der Welt.«

»Ich will zu meinem Sohn. Wo ist er?«

»Wir werden nach dem Essen zu ihm gehen. Du bist gewiss hungrig.«

»Ich will ihn jetzt sehen.«

Merimé öffnete eine Tür. Dahinter lag eine Wendeltreppe, die steil nach oben führte. Er gab Leander ein Zeichen, ihm zu folgen. Über einen Vorraum erreichten sie eine Kemenate, hell und warm wie das Gemach des Großmeisters. In der Mitte des Raums stand ein Kinderbett mit einem Baldachin darüber. Auf einem Schemel beim Bett saß eine junge Frau. Sie legte beim Eintreten der Männer einen Finger auf die Lippen, zum Zeichen, dass der Kleine schlief. Leander trat näher. Sein Sohn lag mit rosigen Wangen und blonden Locken da wie ein kleiner Engel. Leander musste an sich halten, ihn nicht aufzuwecken und in die Arme zu schließen. Die Amme schien seine Gedanken zu lesen. Sie hob abwehrend die Hände. Die Geste war eindeutig: Bitte nicht! Lass ihn schlafen!

Leander blickte sich um. Ein Zimmer wie im Schloss des Vizegrafen in Carcassonne. Wände und Decken waren mit Holz verkleidet. Ein Ofen aus grünen Kacheln verströmte Wärme. Ein gräfliches Gemach für den Sohn des Henkers. Was hatte das zu bedeuten?

Jetzt schlug der Kleine die Augen auf. Er blinzelte in das Licht, erkannte Leander. Mit einem Freudenschrei streckte er ihm die Arme entgegen. Leander hob ihn aus dem Bett, wiegte ihn, küsste ihn und schwenkte ihn hoch in die Luft. Es war ein so stürmisches Wiedersehen, dass die Amme um ihren Schützling bangte. »Nicht so wild! Nicht so wild! Du bringst ihn ja um.«

Sie legte den Jungen an ihre Brust, und Leander sah zu, wie er trank.

»Du kannst ihn jederzeit besuchen«, sagte der Großmeister.

»Nein, nicht jederzeit«, widersprach die Amme. »Er braucht seinen Schlaf.«

Während der nächsten Tage hatte Leander Gelegenheit, sich in Montsegur umzuschauen. Obwohl die Burg von außen betrachtet nicht groß erschien, konnte man sich leicht in ihr verirren. Sie war ein unübersichtliches Labyrinth von ineinander verschachtelten Räumen. Innenhöfe stießen an zinnenbewehrte Türme. Unterirdische Tunnel verbanden mächtige Gewölbe.

»Wozu der Aufwand?«, fragte Leander. »Was gibt es hier zu verteidigen? Ich sehe keine Menschen. Wo sind sie alle?«

»Im Notfall bietet Montsegur Schutz für alle Katharer aus den umliegenden Tälern«, erklärte Remigius, der Leander durch die Burg führte. »Aber das ist nicht unsere eigentliche Aufgabe. Montsegur wurde nicht als Fluchtburg errichtet. Wie die alten Pyramiden hat dieser Bau eine viel größere Aufgabe zu erfüllen. Diese Mauern bewahren einen Schatz, der mit allem Geld der Welt nicht aufgewogen werden kann.«

»Sind die Katharer so reich?«, verwunderte sich Leander.

»Ja, das sind wir«, antwortete Remigius.

Leander hatte viele Fragen, aber der Alte wiegelte sie mit den Worten ab: »Merimé wird dir deine Fragen beantworten.«

In der Nacht hatte es gefroren. Die Fenster im Zimmer des Großmeisters waren voller Eisblumen. Als Leander den Raum betrat, saß Merimé davor und betrachtete sie mit glänzenden Augen.

»Schau dir das an«, sagte er. »Dieser Reichtum an pflanzlichen Formen: Agaven, Farne und Grashalme, Koniferen, zierliche Moose und Flechten. Und hier«, er deutete auf ein anderes Fenster: »Blätter, herzförmig und gefiedert, eingekerbt wie Eichenlaub.«

Er erhob sich, ging ganz dicht heran, wies auf hohe, schlanke Schilfstängel, auf Algen und Pilze. »Welch ein wundersamer Eisgarten. Er lehrt uns, dass die Ideen eher da sind als das Erschaffene. Im Wasser lebt bereits, was später materiell in Erscheinung treten wird. Die Apriorität der Ideen, die

Vorexistenz des Geistes vor dem Fleisch, die Wahrheit des Wortes, dass der Geist Gottes über dem Wasser schwebte, ehedem die Welt war, das bestätigen uns diese Eisblumen.«

Der Großmeister ging zum Kamin und legte ein Buchenscheit in die Flammen. »So wie das irdische Leben im Wasser seinen Ursprung hat, so wurzelt das ewige im Feuer der Sonne und der Gestirne.«

»Glaubt Ihr an die Macht der Sterne?«, fragte Leander.

»Warum sollen mächtig wandelnde Gestirne, deren Lauf eine solche Ordnung offenbart, dass wir ihn für Jahrtausende im voraus berechnen können, nicht Einfluss auf uns haben? Wissen wir doch, dass die Kräfte des Mondes die Meere bewegen. Warum sollten sie dann vor den Menschen Halt machen? Glaube mir, Bruder, die Sonne ist der wahre Quell allen Lebens. Das Leben entspringt dem Feuer. Wir verbrennen in uns Nahrung und erzeugen damit Wärme und Bewegung. Der Tod ist kalt und starr. Die Hölle ist nicht Feuer. Die Hölle ist Eis, ewiges Eis.

Gott offenbart sich uns jeden Tag aufs Neue in der Sonne. Sie leuchtet, wärmt, heilt, spendet Leben. Sie ist wie Gott nicht Materie, sondern Licht, Wärme, Lebenskraft.«

Merimé füllte Tee in die Tassen, trank davon und setzte seine Rede fort: »Jesus soll gesagt haben: Selig sind, die nicht sehen, sondern glauben. Ich bin sicher, dass das nicht seine Worte waren. Das Gegenteil ist richtig: Selig sind, die nicht alles glauben, sondern mit wachen Augen sehen. Ein typisches Beispiel dieser falschen Betrachtungsweise ist der heilige Bernhard von Clairvaux, der behauptete: All unser Wissen basiert auf der Heiligen Schrift und dem Wissen der Kirchenväter. Eigene Ansicht ist Anmaßung, ja, Sünde.« Merimé schüttelte angewidert den Kopf.

Nach einer Weile nachdenklichen Schweigens fuhr er fort: »Denker, denen der heilige Bernhard geistig nicht gewachsen war, machte er mundtot, wie den großen Abaelard, den er beim Papst so anschwärzte, dass Innozenz ihn ungehört zum

Ketzer erklärte. Von diesem Lieblingsheiligen Roms stammt auch der Satz: Denn der Tod, den man um Christi willen erleidet oder zufügt, ist kein Verbrechen und verdient höchste Verehrung. Er forderte sogar die Vernichtung ganzer Stämme, wie beim Kreuzzug gegen die Wenden, wo er predigte, man solle sie bekehren oder ausrotten. Dieser Heilige ist ein Beispiel dafür, wohin blinder Glaube zu führen vermag.«

Nie war Leander einem so geistig lebendigen Menschen begegnet wie dem Großmeister. Es gab kein Thema, über das man mit ihm nicht reden konnte. Beim Essen hielt er eine getrocknete Erbse hoch und meinte: »Der Lagerverwalter beklagt sich, dass der Erbskäfer unsere Vorräte befallen hat. Er wünscht ihn zum Teufel, weil er nichts von der Großartigkeit dieses kleinen Überlebenskünstlers weiß. Wenn im Garten die Erbspflanzen blühen, legt das Weibchen des Käfers seine Eier an der jungen Schote ab. Die ausschlüpfenden Larven nagen sich durch die Hülle bis zu den grünen Erbsen. Sie dringen in den Samen ein, wobei sie ein Bohrloch hinterlassen, das sie sorgfältig wieder verschließen. Sie bleiben in der saftigen Erbse bis zu ihrer Verpuppung. Vorher aber müssen sie noch eine lebenswichtige Aufgabe erfüllen, denn die grüne Erbse bleibt ja nur für kurze Zeit weich. Sie wird schon bald gelb und steinhart, so wie die getrocknete, die ich hier in meiner Hand halte. Wenn in dieser harten Kugel der kleine Käfer ausschlüpft, so müsste er in seinem Gefängnis umkommen. Deshalb bohrt die Larve vor ihrer Verpuppung einen Gang in das noch grüne Erbsfleisch, der fast bis zur Oberfläche der Frucht führt. Wenn nun der Käfer ausschlüpft, braucht er nur diesen Gang entlangzukrabbeln und das hauchdünne Fensterchen zu durchstoßen.«

Merimé reichte Leander die Erbse und deutete auf den Ausstieg.

»Wie erkennt die Larve, dass ihre weiche Umwelt bald steinhart sein wird? Wie kann sie wissen, dass ihr eigener Körper sich während der Verpuppung völlig auflösen wird, um dann wieder zu neuem Käferleben zu erwachen? Und woher weiß der völlig neu entstandene Körper, welchen Weg er in der stockdunklen Erbse zu folgen hat, damit er nach draußen gelangt? Offenbart sich in diesem Winzling nicht der Satz: Nicht du findest den Weg; der Weg findet dich.«

Der Großmeister blickte Leander an und sagte: »Nun weißt du, warum du hier bist. Du hast nicht Montsegur, Montsegur hat dich gefunden.«

37. Kapitel

Am Tag des heiligen Eusebius fand vor dem Osttor ein Pferdemarkt statt, zu dem die Käufer und Verkäufer von weit her angereist kamen. Schon am Abend des vorangegangenen Tages schlugen viele Rosshändler ihre Zelte in den Wiesen der Aude auf, um gleich beim ersten Tagesgrauen ihre kostbare Ware anbieten zu können. Dann brannten am Fluss Lagerfeuer. Gesang und Gitarrenklang ertönte. Es roch nach gebratenem Fleisch, Sattelleder und Pferdeschweiß. Der Rossmarkt war ein Fest, an dem die ganze Stadt teilnahm.

Auch Thekla war nach dem ersten Läuten vor die Stadt geeilt, um die Pferde zu bewundern, edle Tiere mit feurigen Augen und wehenden Mähnen. Das sorgfältig gestriegelte Fell glänzte in der Morgensonne. Da war Wiehern, Schnauben und Hufgetrappel. Die warmen Leiber dampften in der kühlen Luft.

Menschentrauben umringten die Tiere, die meistbietend feilgeboten wurden. Die Händler priesen ihre Ware mit lauter Stimme an:

»Ein besseres Ross zu einem so geringen Preis werdet ihr in ganz Okzitanien nicht finden. Der hohe edle Wuchs, die schlanken Fesseln, das makellose Gebiss, so prachtvoll wie die Zähne einer Jungfrau von fürstlichem Geschlecht. Und seht euch sein Fell an. Es glänzt wie die Soutane eines päpstlichen Prälaten. Die Hoden – so prachtvoll geschwollen wie Pfaffeneier. Ein Hengst wie gemacht für die Zucht.«

Die Menschen lachten, und der Rappe wechselte seinen Besitzer.

Thekla wollte sich dem nächsten Schauspiel zuwenden, als

sie wie vom Blitz getroffen stehen blieb. Die Füße versagten ihr den Dienst. Die Männerstimme, die da vor ihr ein Pferd anpries, war die Stimme des Teufels. Sie brauchte ein paar Atemzüge, um sich aus der Erstarrung zu lösen. Sie näherte sich dem Halbkreis der Zuschauer und erblickte den, den sie bereits wiedererkannt hatte, bevor sie seiner ansichtig geworden war. Er trug dieselbe Mütze, dieselbe Hose und Jacke, hielt wie damals die Reitpeitsche in der Hand. Er stand breitbeinig und herrisch da, so wie damals, als er ihr den Weg versperrt hatte.

Thekla zitterte so sehr, dass sie sich an der Schulter eines alten Mannes festhalten musste. Er ließ sie gewähren, ohne Notiz von ihr zu nehmen. Das Ross, das angepriesen wurde, war ein auffallend schönes Tier, eine Stute, rehfarben mit blonder Mähne. Stolz wie das Tier war der Preis. Niemand bot.

»Sind die Leute von Carcassonne so arme Schlucker, dass sie sich kein anständiges Pferd leisten können?«, spottete der Teufel und ließ sein hässliches Lachen ertönen, das gleiche hämische Lachen, mit dem er ihr die Kleider vom Leib geschnitten hatte.

Thekla hörte sich sagen: »Ich nehme die Stute.«

»Bei meiner Ehre, ein guter Kauf. Wollt Ihr sie reiten?«

»Wie kann ich, in diesem Kleid und diesen Schuhen? Ich muss mich auf meine Augen und Euer Wort verlassen.«

»Es ist ein gesundes Tier von bester Rasse. Gott ist mein Zeuge.«

Er fasste sich ans Herz und warf einen heuchlerischen Blick gen Himmel. Thekla nestelte unter ihrem Mantel die Geldkatze hervor, die sie am Gürtel trug, und zahlte dem Teufel die Hälfte der geforderten Summe in harten Silbermünzen.

»Die andere Hälfte erhaltet Ihr nach dem Mittagsläuten im Haus des Juden Roth. Jedermann in der Stadt kennt seine Adresse, so wie jedermann mich kennt.«

Nur ein Schritt trennte sie. Der Teufel betrachtete sie, ohne sie zu erkennen. Welcher Hahn merkt sich schon die Hennen, die er bestiegen hat. Man sah ihm an, wie froh er war, das Pferd losgeworden zu sein. Wahrscheinlich hatte er es gestohlen. Einer wie er nahm sich, was ihm gefiel. Er wollte den Kauf mit Handschlag besiegeln. Sie übersah die Rechte, die er ihr entgegenstreckte, nahm das Pferd und ging mit ihm davon.

Das alles war ohne Absicht geschehen. Thekla wusste selbst nicht, warum sie die Stute gekauft hatte, mit Geld, das ihr nicht gehörte, das sie nur für ihren Brotherrn in Verwahrung hielt. Sie hatte wie unter Zwang gehandelt, so wie man sich vor einem heranfliegenden Gegenstand duckt. Wenn es göttliche Gerechtigkeit gab, konnte sie diesen Teufel nicht einfach davonkommen lassen, als wäre nichts geschehen. Gott wird ihn strafen, sagte sie sich. Und ich werde Gottes Werkzeug sein. War das nicht die Aufgabe einer Ordensfrau? Ich will dir dienen, damit dein Wille geschehe, hieß es im Lied der Nonnen.

Mit der Anzahlung hatte sie ihn in der Hand. Er würde kommen, um sein Geld zu holen. Doch was dann? Ihr würde schon das Rechte einfallen.

Das Mittagsläuten war noch nicht verklungen, als es an der Haustür klopfte. Thekla persönlich ließ den Teufel ein. Er schien sichtlich guter Dinge zu sein, lachte, sprach mit lauter Stimme. Sein Atem roch nach Wein. Thekla führte ihn in die Halle. Sie hatte dafür gesorgt, dass die beiden bulgarischen Knechte des alten Roth sich im Haus befanden. Er selbst war wieder einmal auf Reisen.

Der Teufel hatte sich unaufgefordert in einem der Sessel niedergelassen. Er betrachtete Thekla mit glasigen Augen und zufriedenem Grinsen. Sie fühlte sich von seinen Blicken entblößt. Brechreiz stieg in ihr auf. Dann verlor sie die Beherrschung. Sie schrie, wie sie noch nie geschrien hatte. Alle Scheußlichkeit, alle Ängste und Schmerzen, die ihr dieser Unhold zugefügt hatte, brachen aus ihr hervor. Sie schrie, zerriss sich die Kleider, stürzte sich auf ihn, um ihm die Augen auszukratzen. Ihr Angriff kam für ihn unerwartet. Es dauerte eine Weile, bis er sich zur Wehr setzen konnte. Er umklammerte sie mit seinen Armen, versuchte sie zu beruhigen. Da stürzten auch schon die beiden Bulgaren ins Zimmer, sahen Thekla mit zerrissenem Gewand in den Armen des Fremden, hörten sie schreien. Ohne auch nur einen Augenblick zu zögern, warfen sie sich auf den Eindringling und schlugen ihn nieder.

In dem folgenden Gerichtsverfahren sagte Thekla unter Eid aus, dass der Viehhändler sie vergewaltigt habe. Der aber schwor, dass er ihr nicht zu nahe getreten sei. Natürlich wurde der Aussage Theklas mehr Glauben geschenkt, zumal die beiden Bulgaren als Augenzeugen auftraten und die Gewalttat mit großen Gesten vorführten. Es hätte nicht viel gefehlt, und dem Angeklagten wären die Schwurfinger abgehackt worden, weil er einen Meineid geleistet hatte. Man hielt ihm seine Trunkenheit zugute. Am Ende wurde er zu vierundzwanzig Stockschlägen verurteilt.

Bei Prügelstrafen hatte der Geschädigte das Recht, den Verurteilten eigenhändig zu züchtigen oder einen Freund oder Verwandten zu benennen, der das für ihn erledigte. Thekla beauftragte die beiden Bulgaren mit dem Vollzug des Urteils. Am Pranger empfing er die verdienten Schläge. Er schrie so gottserbärmlich, dass man es noch bei der steinernen Brücke über der Aude hören konnte. Als man ihn losband, schleppte er sich in die Basilika, wo er sich zu Füßen der Mutter Gottes noch bis zur Nacht vor Schmerzen wand.

Als Thekla ihn dort aufsuchte, sagte er: »Ich habe dich nicht angerührt, und das weißt du. Du hast mit der Hand auf der Bibel im Namen aller Heiligen einen Meineid geschworen. Die Hölle wird dich verschlingen.«

Thekla erwiderte: »Du irsst dich. Ich habe keinen Meineid geschworen. Du büßt für ein Verbrechen, das du an einer Ordensfrau begangen hast, an der Straße von Narbonne nach Carcassonne. Du hast sie vom Pferd gezerrt, um ihr mit dem

Messer die Kleider aufzuschlitzen. Wie kann einer wie du vor der Schmerzensmutter Zuflucht suchen? Scher dich zum Teufel, denn dort gehörst du hin.«

38. Kapitel

Leander erlebte die Tage auf Montsegur wie im Traum, ein Fiebertraum, aus dem er irgendwann erwachen würde. Seine Lungen hatten sich von der schweren Entzündung noch nicht erholt. Er fühlte sich kraftlos und sehnte sich nach Schlaf.

Seltsam, dachte er, wenn ich schlafe, bin ich nicht mehr. Der Schlaf löscht mich aus, und trotzdem will ich schlafen. Möchte ich ausgelöscht werden? Nein, das Leben ist so kurz. Ich liebe nichts so sehr, wie geistig wach zu sein. Warum sehne ich mich danach, dass mir der Schlaf die wenigen Tage nimmt, die mir noch bleiben?

Später schien der Mond in seine Kammer. Im Niemandsland zwischen Traum und Wirklichkeit vernahm Leander seine Stimme: »Jedes Erwachen ist wie eine Wiedergeburt. Morgen und Abend, Jugend und Alter, wie unerträglich wäre das Leben ohne diesen Wechsel. Ewiges Wachsein, das wäre wie ewige Sonne. Die Welt wäre eine Wüste.«

Es gab Tage, an denen weder Remigius noch Großmeister Merimé Zeit für Leander hatten. Dann standen Pferde im vorderen Burghof. Tritte hallten über ferne Flure. Stimmen, Bewegung, Unruhe.

Bisweilen war ihm, als hörte er Gesang aus der Tiefe des Berges. Leander wagte nicht zu fragen, was da vor sich ging, zumal an solchen Tagen selbst der Knabe Guilhem, der ihm seit seiner Ankunft zu Diensten stand, mit solch feierlicher Miene umherlief, als würde ein ganz besonders heiliges Fest gefeiert. An diesen Tagen war ihm sogar der Zugang zu seinem Sohn verwehrt.

»Le sang de Saint«, sagte Remigius. »Baphomet queribus. Die höchste Weihe. Nur wenige dürfen daran teilnehmen. Es ist ein langer Weg zum Licht.«

Am Abend saß Leander dem Großmeister gegenüber. Im Kamin brannte ein helles Feuer. Der Sturm fuhr heulend um den Turm. Sie tranken schweigend Tee. Merimé hatte sich mit geschlossenen Augen in seinem Sessel zurückgelehnt. Seine langen, schmalen Hände auf dem dunklen Holz der Armlehnen waren weiß und wächsern. Sein Gesicht wirkte im flackernden Licht der Flammen gespenstisch lebendig. Das Haar hatte er nach Art der Araber mit einem weißen Tuch verhüllt, was seinem Gesicht eine weiche weibliche Note verlieh. Eine Art von femininem Adel umgab ihn: den geistigen Dingen mehr verbunden als der rauen Wirklichkeit. Verästelte Adern schimmerten blau durch die helle Haut der Schläfen. Seine Wangen waren glatt und bartlos.

Er ist wie ich, dachte Leander: ein Mann im Körper einer Frau.

»Die meisten Menschen müssen ihr Leben lang an sich arbeiten, um Wissende zu werden«, sagte Merimé. »Aber es gibt einige wenige, denen die Erleuchtung in die Wiege gelegt wird. Es ist fast so wie mit den musischen Talenten. Die meisten von uns brauchen viele Jahre, um es zu einer gewissen Meisterschaft zu bringen, andere werden als Wunderkinder geboren.«

Merimé neigte sich zu Leander und legte ihm die Hand auf die Schulter: »Du und dein Sohn, ihr gehört zu den Auserwählten, in denen der lebendig machende Geist der Lichtseele leuchtet.«

Leander wollte etwas erwidern. Der Großmeister machte eine abwehrende Handbewegung: »Bitte, unterbrich mich nicht. Höre dir erst an, was ich dir zu sagen habe. Vieles wird dir unglaubwürdig erscheinen. Aber sei versichert, nichts von dem, was du hier erfährst, ist allein dem Glauben überlassen. Für uns sind Glauben und Wissen keine Gegensätze. Unser

Glaube beruht auf Beobachtung und wissenschaftlicher Erkenntnis.«

»Woher nehmt Ihr die Erkenntnis, ich sei ein Erleuchteter?«, fragte Leander den Großmeister. »Ist das nicht eine Art Aberglaube?«

»Nein, wir Eingeweihten sehen mit unseren Augen, was andere nicht sehen. Dich umgibt eine Aura, wie sie keinem Parfait gegeben ist; die von deinem Sohn ist ganz und gar einmalig. Nicht nur die Reinen erleben das, sondern auch und vor allem die Tiere, und von denen ganz besonders die Vögel. Das kann dir doch nicht entgangen sein? Der heilige Franziskus war solch ein Erleuchteter. Er ist nicht zu den Tieren gegangen, um ihnen zu predigen. Die Tiere sind zu ihm gekommen, um ihn zu hören.«

Merimé blickte in Leanders Gesicht: »Du bist voller Zweifel? Ich will dir etwas zeigen.«

Er erhob sich und ging zu dem Tisch an der Stirnseite seines Arbeitszimmers. »Ich habe hier ein paar flache Gefäße, in die ich aufgelöstes Kupferchlorid gieße. Die Flüssigkeit wird verdunsten. Zurück bleiben Kristalle von immer gleich bleibender Gestalt; denn nicht nur jede Pflanze und jede Tierart hat seine ureigenste Form, sondern auch jedes Mineral. Wenn ich nun in diese Schale einen Tropfen Blut gebe, so bilden die Kristallnadeln um den Tropfen herum ein ganz bestimmtes Muster. Bei einem Kind ist es anders als bei einem Alten, bei einem Leprakranken anders als bei einem Gesunden.«

Er stach sich mit einer Nadel in den Finger und ließ sein Blut in die Schale tropfen. »Und nun lass uns dein Blut nehmen«, sagte er. »Du wirst überrascht sein, wenn du morgen siehst, welch ungewöhnliche Kraft durch deine Adern fließt.«

Er nahm eine Schale von dem Wandregal und erklärte: »Das hier ist das Blutbild deines Sohnes.«

Leander blickte auf ein Muster, das aussah wie eine strahlende Sonne oder eine goldene Monstranz.

»Warum ausgerechnet er?«, fragte Leander.

»Jeder Mensch hat eine Aufgabe, die ihm selbst unbekannt ist.«

Ihr Gespräch wurde unterbrochen: »Ein Unfall! Ein Kind ist gestürzt. Es braucht Hilfe. Schnell, beeilt Euch.«

Sie liefen bis zum großen Tor bei der Zugbrücke. Dort lagen die Pferdeställe. Darüber brannte Licht in einem Fenster. Das Weinen einer Frau drang nach draußen. Sie hasteten eine steile Stiege empor: ein niedriger Raum, ein Tisch und darauf ein Mädchen, höchstens zwei Jahre alt. Es war bewusstlos. Eine wehklagende Frau hielt es an den Händen, als wollte sie das schwindende Leben festhalten.

»Was ist passiert?«

»Sie ist aus ihrem Bett gestiegen und die Treppe hinabgestürzt. Der Mond. Es war der Mond«, jammerte die Mutter.

Leander beugte sich über die Kleine. Der Kopf war bis auf eine Schramme an der Stirn unverletzt. Leander knöpfte das Hemd auf und tastete den Körper ab. »Sie hat sich zwei Rippen gebrochen. Es sieht schlimmer aus, als es ist. Ihr Schutzengel ist ihr beigestanden. Sie braucht einen Wickelverband und Bettruhe.«

Aber der Schutzengel war doch nicht so gut, wie alle gehofft hatten. Die Kleine mit dem schönen Namen Angelique wurde von so hohem Fieber befallen, dass sie in tiefen Schlaf versank und keine Nahrung mehr zu sich nahm.

Leander untersuchte sie mehrmals und äußerte den Verdacht, dass sich ein Knochensplitter in ihre Lunge gebohrt haben könnte, zumal sie Blut gespuckt hatte.

Remigius sagte zu Leander: »Sie hat die letzte Weihe erhalten. Es geht mit ihr zu Ende. Deine Heilkunst wird nicht mehr benötigt. Sie steht unter Endura. Gott sei ihrer reinen Seele gnädig.«

Ein paar Tage später berichtete der Knabe: »Es ist schrecklich. Stell dir vor, die kleine Angelique ist aufgewacht. Es geht ihr gut.«

»Was ist daran schrecklich?«, wollte Leander wissen.

»Sie steht unter Endura.«

»Ich weiß.«

»Aber du weißt anscheinend nicht, was das bedeutet. Sie darf keine Nahrung mehr zu sich nehmen.«

»Aber es geht ihr wieder besser.«

»Das ist unwichtig. Ihr Leben wurde in Gottes Hände gelegt.«

»Und wenn sie dennoch isst, um zu überleben?«, fragte Leander.

»So nimmt sie Schaden an ihrer Seele, und die ist wichtiger als ihr Leib.«

»Du meinst, sie muss verhungern?«

»Nicht verhungern«, erklärte Remigius, als Leander mit ihm darüber sprach. »Sie übt heiligen Verzicht.«

»Aber sie ist noch ein Kind.«

»Auch Kinder haben eine Seele, die auf das wahre Leben in der anderen Welt vorbereitet werden muss.«

Am Abend desselben Tages ging Leander zu der kleinen Angelique. Mit großen Augen blickte sie ihn an. Wie mager das Mädchen aussah! Er setzte sich neben die Mutter an den Bettrand. Die junge Frau sah müde aus. Sie sagte: »Ich danke dir und deinem Sohn.«

»Wieso meinem Sohn?«

»Er hat vollendet, was du eingeleitet hast.«

Sie sah, dass er nicht verstand, was sie sagte.

»Ich habe Angelique zu Merowin gebracht. Er hat sie berührt und geheilt, wahrhaftig geheilt.« Sie begann zu weinen. »Was soll ich tun? Ich habe ihr Leben Gott geweiht. Der Bruch des heiligen Gelübdes hat schreckliche Folgen für ihr Seelenheil. Ich weiß, die Endura darf nicht gebrochen werden, aber mein Herz verbietet es mir, mein Kind verhungern zu lassen. Was soll ich tun?«

Leander sagte: »Folge deinem Herzen.«

39. Kapitel

Die Amme deines Sohnes hat nur noch wenig Milch in ihren Brüsten«, sagte Remigius. »Zudem ist die Zeit gekommen, in der Merowin von der Muttermilch entwöhnt werden sollte. Wir geben unseren Söhnen in seinem Alter Stutenmilch. Das macht sie stark und robust. Wenn uns die Amme verlässt, braucht der Knabe eine gute Erzieherin. Sie sollte klug und kinderlieb sein, sanft und dennoch willensstark.«

»Ich kenne so eine Frau«, entgegnete Leander. »Eine Nonne, die ihr Kloster verlassen hat, um den Glauben der Katharer anzunehmen. Sie spricht mehrere Sprachen, ist bewandert in der Kräuter- und Heilkunde, reitet wie der Teufel und ist mir zu Dank verpflichtet. Ihr kennt sie. Ihr seid ihr in Carcassonne im Haus Tavernier begegnet.«

»Thekla, die dem Juden die Kontobücher führt?«

»Ja.«

»Und du glaubst, sie würde zu uns kommen?«

»Da bin ich mir ganz sicher.«

»Wir werden sie fragen. Du hast Recht, sie wäre eine gute Wahl.«

»Dem Herrn sei gedankt! Welch frohe Kunde!«, sagte der Bischof, als Thekla ihm von der Einladung berichtete. »Nach Montsegur! Und noch dazu als Erzieherin dieses Kindes! Brich sofort auf, und sorge dich nicht! Wir werden Kontakt mit dir halten. Es gibt dort einen Köhler, der die Burg mit Holzkohle beliefert. Er hat sich mit den Katharern angefreundet und kundschaftet sie für uns aus. Er wird sich deiner annehmen. Und vergiss nicht: Solum Deum pro oculis habentes. Nur Gott vor Augen und sonst nichts!«

Nach den schrecklichen Erfahrungen, die sie auf ihrer letzten Reise hatte machen müssen, wollte Thekla nur noch mit männlichem Begleitschutz reisen, was ihr auch ohne Widerspruch gewährt wurde.

Den ersten Teil des Wegs legte sie in einem Planwagen des Juden Roth zurück. Der Alte ließ sie nur ungern ziehen: »Komm so bald wie möglich zurück«, bat er. »Ich brauche dich dringender als die Leute von Montsegur.« Sie hatte ihm gegenüber kein Geheimnis daraus gemacht, wohin sie ging.

Am Morgen des zweiten Reisetags wartete ein Wollweber, ein gütiger Mensch mit großen Kinderaugen, mit zwei Reitpferden vor der Herberge, in der Thekla die Nacht verbracht hatte. Er stieg auf einen Baum an der Straße, um den jungen Vogel, der aus dem Nest gefallen war, zurück zu seinen Geschwistern zu bringen. »Es gibt Leute, die essen Vögel«, sagte er. »Wie kann man nur.«

Am Fuß der Pyrenäen übernahm ein bärtiger Köhler das Geleit. Er hörte auf den Namen Kabal. Er war ein Mensch mit Mohrenhänden und fleckigem Gesicht, hinkte und hatte einen bitteren Zug um den zahnlosen Mund. Thekla dachte: Er sieht aus wie einer jener armen Menschen, die die Prügel erhalten, die andere verdienen.

Erschreckend wie sein Aussehen war auch seine Stimme, rauer als Rabenkrächzen. Er sprach nur wenig, wie alle, die ihr Leben im Wald verbringen, um Bäume zu fällen und Holzkohle zu brennen. Seinen Mund benutzte er vor allem, um zu spucken. Nur wenige kannten sich in den Tälern von Montsegur so gut aus wie er, weshalb er dazu ausersehen war, Thekla auf der letzten unwegsamen Strecke zu begleiten.

»Kabal ist treu und zuverlässig«, hatte ihr der Bischof versichert. »Jeden Ersten des Monats beliefert er die Burg mit Holzkohle. Er wird dir in jeder Weise behilflich sein.«

Die Kardinäle Crispiano und Segni hatten sich in der Sakristei der Kirche Santa Maria della Croce getroffen, einem abgeschiedenen Raum, den der Neffe des Papstes gern für Gespräche unter vier Augen benutzte.

Nach kurzer Begrüßung sagte Crispiano: »Es ist mir gelungen, einen Spitzel in Montsegur einzuschleusen.«

»Großartig! Wie heißt der Mann?«

»Kein Mann. Es ist eine Nonne.«

»Eine Nonne? Wie zum Teufel habt Ihr das angestellt?«

»Sie hat so getan, als sei sie ihrem Kloster entlaufen und liebäugle mit der Lehre der Katharer, und zwar so überzeugend, dass sie nach Montsegur berufen wurde, um dort für ein Kind zu sorgen.«

»Ein Kind? Was für ein Kind?«

»Das ist eine unglaubliche Geschichte. Es handelt sich um den Bastard, den der Henker von Carcassonne mit einer zum Tod verurteilten Hexe gezeugt hat, die dann eigenhändig von ihm enthauptet wurde.«

»Ihr meint, er hat der Mutter seines Kindes den Kopf abgeschlagen?«

»So ist es.«

»Wie entsetzlich!«

»Die Katharer bringen diesem Kind so viel Interesse entgegen, dass sie es wochenlang überwacht haben.«

»Aus welchem Grund?«

»Den würden wir auch gerne wissen. Wir haben den Säugling entführt, um ihn uns näher anzusehen. Doch bevor wir uns ein Bild von ihm machen konnten, wurde uns der Knabe wieder weggenommen und nach Montsegur gebracht, wo sich jetzt auch sein Vater aufhält.«

Kardinal Segni blickte Crispiano prüfend an. »Was geht hier vor? Warum bemüht sich eine Sekte von Friedfertigen so sehr um einen Henker und seinen Bastard?«

»Ich habe letzte Nacht eine Botschaft von unserer Nonne auf Montsegur erhalten«, sagte Crispiano. »Hört Euch an, was sie uns mitteilt. Sie verwendet aus Gründen der Geheimhaltung keine Anrede. Der Text lautet: Der Knabe, den ich zu versorgen habe, genießt allerhöchste Verehrung. Der Weg zu seinem Zimmer führt durch die Wohnräume des Großmeisters. Ein paar Mal fielen im Zusammenhang mit dem Kind die Worte ›Le sang de Saint‹ und ›heiliger Gral‹.«

»Incredibile est auditu«, meinte Kardinal Segni. »Was hat das zu bedeuten?«

»Der Heilige Vater hat mir von einer Prophezeiung erzählt. Es heißt, dass während seiner Amtszeit ein Kind geboren wird, welches in der Lage ist, einen Sturm zu entfachen, der uns alle hinwegfegt.«

»Glaubt Ihr solchen Unsinn? Ein Henkerskind!«

»Jesus war auch nur das Kind eines Zimmermanns. Mein Gefühl für Gefahr, das mich nie im Stich gelassen hat und dem ich wiederholt mein Leben verdanke, sagt mir: Hier braut sich Unheil zusammen.«

»Die Katharer verehren ein Kind. Na und? Sie verehren sogar ihre Frauen. Ich sage dir, die Liebe, wie sie von den Minnesängern verherrlicht wird, ist Sünde. Bei Gratian heißt es, dass jeder, der ein Weib zu überschwänglich liebt, einem Ehebrecher gleichkommt. Welch eine Anmaßung, wenn behauptet wird: Wer den Frauen nicht dient, kann auch Gott nicht dienen. Gott und die Frau auf einer Stufe.« Segni hatte seine Worte mit priesterlichem Pathos vorgetragen. »Das ganze Schmachten der Troubadoure erscheint mir wie die Balz der Birkhähne. Amor spiritualis facile labitur in nudum canalem amorem. Die geistliche Liebe verfällt rasch in eine rein fleischliche. Frauen sind Objekte der Befriedigung. Alles andere ist Selbstbetrug. Libenter homones id, quod volunt, credunt. Die Menschen glauben an das, was sie sich wünschen.«

»Aber Glaube vermag Berge zu versetzen«, erwiderte Crispiano. »Ich habe Euch hierher gebeten, um mit Euch zu überlegen, was geschehen soll.«

»Was habt Ihr vor?«

»Ich werde unserer Nonne den Auftrag erteilen, das Kind einzuschläfern. Sie stammt aus einem Kloster, das seiner Kräuterkunde wegen landesweit bekannt ist. Ihr wird schon das richtige Gift einfallen.«

»Ihr habt Recht. Tun wir, was getan werden muss. Nutzen wir die göttliche Fügung, die uns diesen falschen Prophetenspross in die Hände gespielt hat.«

40. Kapitel

Außerhalb der Burg erstreckte sich eine fahle, baumlose Weite und Einsamkeit, die sich im Dunst der Berge verlor. Verdorrtes Gras zwischen zerklüftetem Gestein. Unablässig wie die Brandung eines fernen Meeres war das Tosen des Windes zu hören, der sich in den engen Schluchten der Pyrenäen verfing.

Wenn das Wetter es erlaubte, verließ Leander die Festung, um das umliegende Bergland zu erkunden. An jenem Mittag begleitete ihn Thekla. Der schmale Pfad war steil. Herabgestürzte Felsbrocken versperrten immer wieder den Weg, mussten überwunden werden, kosteten Zeit und Kraft. Schweigend atmeten sie die kühle Bergluft. An einem Bach machten sie Rast, aßen von den Trauben und dem Brot, das sie mitgenommen hatten. Leander musste daran denken, wie oft er mit Beatrice nach langem Ausritt an irgendeinem Wasserlauf gelegen hatte.

Er genoss Theklas Nähe. Es war ein vertrautes Gefühl, von einer Frau begleitet zu werden. Wie bei Beatrice zeigten sich Grübchen in ihren Wangen, wenn sie lachte. Ein paar Mal hatte er ihr die Hand gereicht, um ihr beim Überqueren eines Bachs behilflich zu sein. Mit gerafften Röcken sprang sie leichtfüßig von Stein zu Stein.

Hinter einem Waldstück aus niedrigen Krüppelkiefern entdeckten sie eine Höhle. Als sich ihre Augen an das Dunkel gewöhnt hatten, erkannten sie einen hohen Raum. Mächtige Tropfsteinsäulen säumten einen unterirdischen Teich mit kristallklarem Wasser. Durch ein Loch in der Decke fiel Sonnenlicht. Eine Märchengrotte für Feen und Kobolde. Sie warfen

Steine in den See und erfreuten sich an den silbernen Fontänen, mit denen das Wasser aufspritzte. Ihr Lachen verhallte in der dunklen Weite des Gewölbes.

Plötzlich war da ein Grollen, erst ganz verhalten und kaum vernehmbar, doch dann anschwellend und böse. Wölfe knurrten so, bevor sie zum Angriff übergehen. Thekla griff erschrocken nach Leanders Hand: »Was war das?«

Sie starrten in die Finsternis hinter dem Wasser.

»Komm, lass uns gehen«, bat Thekla.

So leise wie möglich zogen sie sich zum Ausgang der Höhle zurück. Sie waren noch nicht weit gekommen, als das Grollen losbrach wie Gewitterdonner, schaurig verstärkt durch das Felsengewölbe.

»Ein Bär!«, rief Leander.

Es war ein riesiges Tier. Auf vier Tatzen trabte es kraftvoll heran. Seine kleinen, dicht beieinander liegenden Augen blickten böse. Zehn Schritte vor ihnen blieb es stehen. Es richtete sich zu seiner vollen Größe auf und stieß ein gefährliches Brummen aus. Das war vermutlich der Augenblick, bei dem alle Geschöpfe um ihr Leben rannten. Aber Leander stand da wie eine Steinsäule. Er bot dem Riesen die Stirn und sah ihm fest in die Augen. Thekla hatte hinter seinem Rücken Schutz gesucht. Aus dem weit aufgerissenen Bärenrachen drang ein zweites, noch lauteres Brummen. Anstatt die Flucht zu ergreifen, ging Leander, ohne ihn aus den Augen zu lassen, einen Schritt auf ihn zu. Sie hielten sich mit ihren Blicken in Schach. Es war wie ein Zweikampf. Am Ende ließ der Bär sich auf seine Vordertatzen nieder, hob noch einmal witternd die Nase und zog sich dann, den breiten Schädel hin und her schwingend, in den Hintergrund der Höhle zurück.

Thekla schlug aufatmend ein Kreuz: »Dem Herrn und allen Heiligen sei Dank. Es hat nicht viel gefehlt, und er hätte uns umgebracht. Hast du sein Gebiss gesehen? Und die Pranken! Woher hast du bloß den Mut genommen, ihm entgegenzutreten?«

»Wenn wir davongelaufen wären, hätte er uns getötet. Er ist es gewohnt, dass seine Beute vor ihm flieht.«

»Eine Bestie, böse wie der Leibhaftige.«

»Das war kein Teufel«, erklärte Leander. »Eine Bärin, die sich um ihre Jungen sorgt.«

»Woher weißt du das?«

»Sie hat es mir gesagt.«

»Können Bären sprechen?«

»Alle Tiere können sprechen, sogar die Bäume sprechen zu uns. Man muss sich nur die Zeit nehmen, ihnen zuzuhören.«

Neugeborene waren für Thekla stets blasse, faltige Wesen von abschreckender Hässlichkeit, die ihre Umwelt mit vollen Windeln und Hungergeschrei von den wichtigen Dingen des Lebens abhalten. Eine junge Mutter wird zur Sklavin ihrer Brut.

Mitleid erfüllte sie, wenn sie an die Frauen in der Umgebung ihres Klosters dachte, die zwischen zwei Waschtagen ihre Kinder zur Welt brachten und ausgezehrt vom Gebären und Stillen dahinwelkten, ohne Zeit für sich selbst zu finden.

Nie hätte sie es für möglich gehalten, dass sie Liebe für ein Kind empfinden könnte. Wann immer sie mit Merowin allein war, überkam sie ein Gefühl der Zärtlichkeit für das hilflose Geschöpf. Am liebsten hätte sie ihn mit ins Bett genommen und an sich gedrückt. Mit welchem Vertrauen er ihr die Arme entgegenstreckte, und wie seine Augen leuchteten, wenn sie mit ihm sprach.

Es gab nur ein Kind in ihrem Leben, das ihr vertraut war, und zwar das auf dem Arm der Madonna über dem Altar in der Klosterkirche. Der Christusknabe hatte sogar Ähnlichkeit mit Merowin: die blonden Locken, die geschwungenen Lippen und die großen Augen.

Sie sprach mit Merowin, als spräche sie zu dem Kind in der Krippe von Bethlehem. Wie konnte sie solch einem winzigen Wesen etwas antun? Bei dem Gedanken an ihren Auftrag vermochte sie ihm nicht in die Augen zu blicken. Es war ihr, als wisse das Kind um sein grausames Schicksal.

Und da gab es noch etwas, das sie verwirrte. Noch nie hatte sie sich so zu einem Mann hingezogen gefühlt wie zu diesem Leander. Sie suchte seine Nähe, wann immer sie konnte. Er schien so anders als alle Männer zu sein, denen sie begegnet war. Für einen Sodomisten hatte sie ihn zuerst gehalten, bis sich herausstellte, dass der Henkersknecht eine liebenswerte junge Frau war. Dabei sah dieser Leander selbst wie eine junge Frau aus. Ein rätselhafter Mensch. Die Katharer hatten ihn nicht aus den Augen gelassen. Ein Geheimnis umgab ihn, eine geheimnisvolle Kraft, der auch sie immer mehr erlag.

Sie hatte einen jungen Raben mit gebrochenem Flügel zu Leander gebracht: »Kannst du ihm helfen?«

Leander schiente die Schwinge, und schon bald war der Vogel so zahm wie ein Jagdfalke.

»Hat er auch einen Namen?«, fragte Thekla.

»Ja, Mon petit corbeau.«

»Ein schöner Name.«

»Es gibt keinen schöneren.«

»Wie kann jemand, der sein ganzes Leben lang Henker war, so liebevoll zu einem Tier sein?«

Leander antwortete ihr mit einer Gegenfrage: »Wie kann jemand, der sein ganze Leben lang Nonne war, so liebevoll zu einem Kind sein?«

Am Abend führte Merimé ein Gespräch mit Thekla. Er fragte: »Was gedenkst du zu tun, wenn Merowin deine Hilfe nicht mehr benötigt?«

»Ich weiß es nicht.«

»Es gibt auch unter den Katharern klösterliche Frauengemeinschaften. Würde es dir Freude bereiten, solch einen Orden zu leiten?«

»Ihr meint, es gibt Ordensfrauen unter den Katharern?«

»Nicht ganz so wie in der Kirche von Rom, aber durchaus vergleichbar in der Form. Eine unserer großen Ordensgründerinnen war Isabel de Foix. Eine hoch begabte Person. Sie hat eine öffentliche Disputation mit den Dominikanern und dem Bischof von Toulouse geführt, und zwar so überlegen, dass der in die Enge getriebene Bischof sie anherrschte: ›Weib, scher dich zu deinem Spinnrad! Es steht dir nicht zu, in dieser Versammlung zu sprechen.‹

Sie hat ihm geantwortet: ›Keiner behandelt Frauen herablassender als ein Mann, der sich seiner Männlichkeit nicht sicher ist.‹

Ein Satz, der ihr das Leben gekostet hat. Sie wurde ein paar Monate später cum igno interrupto verbrannt.«

»Was heißt das?«

»Die Hinrichtung auf dem Scheiterhaufen wird unterbrochen, die Verurteilte mit schweren Verbrennungen aus dem Feuer genommen und anderentags wieder der Glut ausgeliefert. Das kann mehrmals wiederholt werden.«

»Nein.«

»Doch.«

In jener Nacht träumte Thekla, sie wäre eine Katharerin und stünde auf dem Scheiterhaufen. Ein Priester in schwarzem Ornat, mit silbernem Kreuz auf der Brust und einer brennenden Fackel in der Hand fragte sie: »Willst du dem Irrglauben abschwören?«

»Nein, niemals!«

Da stieß er die Fackel in den Holzstoß, auf dem sie stand.

Die Flammen schlugen über ihr zusammen, und sie hörte die Stimme der Äbtissin: Solum Deum oculis habentes!

Aber da war noch eine Stimme, die Stimme ihres Gewissens: stark wie der Tod, wie das Licht, wie das Feuer, stärker als der Auftrag und der Wille zur Tat.

Sie erwachte und wusste, dass sie dem Kind kein Leid zufügen würde.

41. Kapitel

Merimé fragte: »Woran glaubt ein Henker?« »Ich glaube an den Gekreuzigten«, antwortete Leander. »Er ist ein gütiger Gott.«

»Ist er das?«

»Er hat sich aus Liebe geopfert.«

»Und sein Vater?«, fragte Merimé. »Was hältst du von seinem Vater?«

»Welch ein furchtbarer Gott ist das, der seinen Sohn ans Kreuz schlagen lässt, um sich mit der Menschheit zu versöhnen. Ich habe das Buch Hiob gelesen und denke, dass Gott da nicht gut wegkommt. Mehr noch als Hiobs Leid hat mich Gottes Mitleidlosigkeit erschüttert. Mein Gott ist der, der für mich am Kreuz starb.«

Merimé schüttelte verneinend den Kopf, aber er schwieg.

»Ich liebe die Gespräche mit Euch«, sagte Leander. »Ich hatte nie Gelegenheit, mich mit einem so gelehrten Menschen, wie Ihr es seid, zu unterhalten.«

»Ich hatte nie Gelegenheit, einen Henker kennen zu lernen«, erwiderte Merimé. »Deine Erfahrungen sind mir so fremd wie dir die meinen. Du weißt Dinge, die ich nicht weiß.«

»Und was wäre das?«

»Das Hinrichten zum Beispiel.«

»Das ist ein weites Feld. Es gibt mehr Möglichkeiten, einem Menschen das Leben zu nehmen, als es ihm zu geben.«

»Ich würde gern mit dir über eine ganz besondere Hinrichtungsart sprechen.«

»Über welche?«

»Über die Kreuzigung.«

»Was wollt Ihr wissen?«

»In den Evangelien steht, dass Jesus um die sechste Stunde ans Kreuz genagelt wurde und um die neunte seinen Geist aufgab. Nach der damaligen Tagesaufteilung war die sechste Stunde zwölf Uhr mittags, die neunte drei Uhr nachmittags. Selbst Pilatus fand den raschen Tod höchst ungewöhnlich.«

»Tat er das?«

»Ja. Es steht geschrieben: Pilatus aber verwunderte sich, dass er schon tot sein sollte. Er ließ den Hauptmann zu sich rufen und fragte ihn, ob er schon lange gestorben sei. Und als er es vom Hauptmann erfahren hatte, schenkte er den Leichnam dem Joseph von Arimathäa.« Merimé faltete die Hände über der Brust, musterte Leander prüfend und fragte: »Was sagst du als Henker zu dem raschen Tod? Ich weiß, wir kreuzigen heute nicht mehr, aber wie lange lebt einer, der mit zerbrochenen Gliedern aufs Rad geflochten wird?«

»Maximal einen Tag, eine Nacht und einen Tag.«

»Und wenn es schnell geht?«

»Das hängt von der körperlichen Verfassung und dem Alter ab.«

»Wenn der Verurteilte ein gesunder Mann und nicht älter als dreißig wäre.«

»Er würde mindestens noch einen Tag leben, vermutlich aber länger.«

»Auf jeden Fall mehr als drei Stunden?«, wollte Merimé wissen. »Ist das richtig?«

»Ja, das ist richtig. Aber aufs Rad flechten ist nicht kreuzigen.«

»Beides ist gleichermaßen grausam. Der Kirchenvater Origenes schreibt: Die Gekreuzigten leben unter Qualen eine Nacht und danach noch einen ganzen Tag. Der römische Philosoph Seneca schreibt in einem Brief an den Imperator: Den so Verurteilten – er meint die Gekreuzigten – schwindet das Leben schmerzvoll langsam Tropfen für Tropfen dahin. Wieso starb Jesus so schnell?«

»Vielleicht war er zu schwach, um drei Stunden Qual zu überleben?«

Merimé widersprach. »Er war ein weit umhergereister, asketisch lebender Mensch. Mit dreißig Jahren ist man im besten Mannesalter. Die Peitschenhiebe, die jeder Verurteilte vor der Kreuzigung erhielt, ertrug er wie jeder andere auch. Das Petrus-Evangelium überliefert uns: Als er ans Kreuz genagelt wurde, schwieg er, als ob er keinen Schmerz empfände. So benimmt sich kein Schwächling!«

»Vielleicht haben seine Henker ihm ein Schmerzmittel verabreicht«, sagte Leander.

»Tun Henker so etwas?«, fragte Merimé.

»Ich habe allen Verurteilten schmerzlindernde Drogen gegeben.«

»Warum sollten seine römischen Henker so gnädig sein«, fragte Merimé, »wenn sie gleichzeitig alles tun, um ihm Schmerz zuzufügen? Die Geißelung, die Dornenkrone, die Schläge ins Gesicht. Aber du hast Recht, es sieht ganz so aus, als habe er eine Droge erhalten.«

»Das erklärt aber nicht seinen ungewöhnlich raschen Tod«, meinte Leander. »Es sei denn, man hat ihm Gift gegeben.«

»Nein«, widersprach Merimé, »vergiftet hat man ihn nicht. Im Gegenteil, man hat alles getan, um ihn am Leben zu erhalten.«

»Wie meint Ihr das?«

»Die Kreuzigung war von Anfang an eine sorgfältig geplante Rettungsaktion. Der reiche Joseph von Arimathäa hatte in unmittelbarer Nähe des Golgathahügels einen Garten gekauft und dort eine Grabeshöhle in den Fels schlagen lassen. Warum macht ein Reicher so etwas? Wer will schon neben der Hinrichtungsstätte von Schwerverbrechern bestattet werden? Niemand. Das Grab diente nur einem Zweck, nämlich den verletzten Messias auf kürzestem Weg in Sicherheit zu bringen und so rasch wie möglich mit Arzneien zu versorgen.«

»Ihr meint, Jesus lebte noch, als man ihn vom Kreuz nahm?«

Leander hatte sich von seinem Stuhl erhoben. Zu ungeheuer war das, was der Großmeister da behauptete. »Das kann unmöglich sein. Es wäre das Ende von allem, woran wir glauben. Es wäre ...«

»Bitte, unterbrich mich jetzt nicht«, schnitt ihm Merimé das Wort ab. »Höre dir erst an, was ich dir zu sagen habe. Aber bleiben wir bei dem Thema, von dem du mehr verstehst als ich: bei der Hinrichtung. Die beiden Verbrecher, die mit Jesus gekreuzigt wurden, lebten noch. Die römischen Soldaten brachen ihnen die Wadenbeine, damit sie sich nicht länger mit den Füßen abstützen konnten. An den Armen hängend drückte ihnen ihr eigenes Körpergewicht den Brustkorb ein, bis sie am Ende qualvoll erstickten.

Bei Johannes steht: Als die Kriegsknechte sich aber Jesus zuwandten, sahen sie, dass er schon tot war. Und sie zerschlugen seine Beine nicht. Ist das nicht sonderbar?

Ausgerechnet der, der besonders erniedrigend behandelt worden war, verspottet als König der Juden, mit einer Dornenkrone auf dem Kopf, ausgerechnet der wurde bevorzugt behandelt. Die römischen Legionäre waren gewiss raue Burschen. Was bewog sie, nachdem sie zwei Strolchen die Beine zerschlagen hatten, den dritten unbehelligt zu lassen?«

»Aber hat nicht einer der Kriegsknechte seine Lanze in die Brust Christi gestoßen, worauf Blut herausfloss?«, fragte Leander.

»Auch das war ein Teil des Rettungsplans«, sagte Merimé. »Wenn dieser Lanzenstich tatsächlich ausgeführt wurde, so war er mehr ein leichtes Ritzen als ein Durchbohren. Denn nun kann der Hauptmann zu Pilatus gehen und ihm melden, er habe sich durch den Lanzenstich persönlich vom Tod des Nazareners überzeugt. Pilatus kann den Körper freigeben.«

»Ihr redet so, als sei der römische Hauptmann ein Verbündeter gewesen«, sagte Leander.

»Das war er auch. Dieser Mensch, der in den apokryphen Pilatus-Akten Longinus genannt wird, ist derselbe, der unter dem Kreuz Jesus für den wahren Sohn Gottes hält. Ganz gewiss war er ein heimlicher Anhänger Christi und stand schon vor der Kreuzigung in Verbindung mit dessen Gefolgsleuten, einer Gruppe von Eingeweihten, der die Jünger nicht angehörten, um den Kreis so klein wie möglich zu halten. Diese Mitverschwörer wussten, dass sich die Kreuzigung nicht verhindern ließe, aber es musste alles getan werden, damit der Messias die mörderische Tortur überlebte.«

»Ihr meint, die Jünger waren in diesen Plan nicht eingeweiht?«

»So ist es. ›Sie wussten nicht, dass er von den Toten auferstehen musste‹, heißt es bei Johannes.«

»Wie aber konnte erreicht werden, dass Jesus so schnell in totenähnlicher Ohnmacht versank?«, fragte Leander ungläubig.

»Auch das verrät uns der Evangelist Johannes: Es stand da ein Gefäß mit Essig gefüllt. Sie steckten einen essiggetränkten Schwamm auf eine Stange und hielten ihn an seinen Mund. Als Jesus den Essig genommen hatte, sprach er: Es ist vollbracht. Dann neigte er das Haupt und gab seinen Geist auf.«

Merimé lehnte sich in seinem Sessel zurück und sagte: »Aus dem Text geht zweifelsfrei hervor, dass Jesus, kurz nachdem er den Essig zu sich genommen hatte, scheinbar verstarb. Weißt du von einem Elixier, das solche Wirkung zeigt?«

»Ich kenne eine Reihe von Drogen, die nicht nur schmerzfrei machen, sondern auch totenähnliche Ohnmacht bewirken. Bei einer so schnell wirkenden Droge kann es sich nur um Schlafmohn handeln, den die Araber Opium nennen. Bei richtiger Dosierung verursacht er Gefühllosigkeit und eine Art Scheintod«, antwortete Leander. »Galenus schreibt, dass schon mehr als drei Gramm Schlafmohn tödlich sein können und Myrrhe in Form von Dämpfen und Tinkturen die Wirkung herabzusetzen vermag.«

»Myrrhe vermag das?«, fragte Merimé.

»Ja, aber nur in sehr hoher Dosierung.«

»Das ist sehr aufschlussreich und passt wie ein fehlendes Steinchen in mein Mosaik.«

»Weiter! Aber wie geht es weiter?«, wollte Leander wissen.

»Jesus hing leblos am Kreuz. Jetzt musste in Windeseile alles unternommen werden, um den Leblosen abzunehmen. Dabei war es von Vorteil, dass die Kreuzigung am Rüsttag erfolgt war. Die Heiligkeit des Sabbats, der mit der untergehenden Sonne begann, hätte keine Grablegung zugelassen. Man konnte sich beeilen, ohne Verdacht zu erregen. Jesus wurde in die nahe liegende Begräbnishöhle gebracht. Betäubt vom Opium schlief er tief und schmerzfrei.

Dennoch hatte die dreistündige Tortur ihn bis an den Rand des Todes gebracht. Der Schwerverletzte wurde in Tücher gehüllt, um ihn warm zu halten, so wie wir es heute noch mit unseren Kranken machen. Bei Johannes lesen wir: Da nahmen sie den Körper und banden ihn in leinene Tücher, zusammen mit Spezereien, wie die Juden zu begraben pflegen.«

Merimé zitierte die Texte aus dem Gedächtnis, ohne im Buch der Bücher nachschlagen zu müssen. »Wenn du mir nicht glaubst«, sagte er, »so kannst du dich in meiner Bibliothek mit eigenen Augen von der Wahrheit überzeugen. Bei Johannes heißt es: ›Es kam aber auch Nikodemus, und er brachte eine Menge von Myrrhe und Aloe, etwa hundert Pfund‹. Das ist fürwahr eine riesige Menge. In getrocknetem Zustand wären das viele große Säcke. Was wollten sie mit so viel Spezereien? Weißt du eine Antwort darauf?«

»Nein«, erwiderte Leander.

»Die römischen Theologen legen diese Stelle so aus, als sollte eine Art Einbalsamierung erfolgen. Doch die Juden kannten und kennen nur die letzte Ölung. Die Verwendung von Spezereien, und noch dazu in solcher Menge, gehörte nie zum jüdischen Begräbnisbrauch. Die Körper von Verstorbenen wurden gewaschen, geölt und bekleidet, nachdem man ihnen Haare, Bart und Fingernägel geschnitten hatte.«

»Wozu wurden dann all die Säcke mit Aloe und Myrrhe gebraucht?«, fragte Leander, der die ganze Zeit mit großer Anspannung zugehört hatte. »Habt Ihr eine Antwort darauf?«

»Aloe wurde und wird immer noch als Heilmittel bei Hautwunden verwendet. Es gibt nichts Besseres bei Entzündungen und Verbrennungen. Myrrhe war schon zu Abrahams Zeiten das heilige Salböl der Israeliten. In den Klosterapotheken wird es gegen Seuchen und Ausschlag empfohlen. Diese unglaublichen Mengen von Heilkräutern hatten keinen anderen Zweck, als die Wunden Christi zu behandeln, und nicht wie die meisten Bibelleser glauben, um seinen Leichnam mit Spezereien zu salben. Denn der Gekreuzigte war gar nicht tot. Er hat seine Kreuzigung überlebt.«

»Glaubt Ihr das wirklich?«

»Ich glaube nicht daran, ich weiß es. Jesus ist mein Zeuge. Er hat es mehrmals selber ausgesprochen.«

»Was hat er ausgesprochen?«

»Dass er die Kreuzigung überlebt hat.«

»Nein.«

»Doch. Er hat vergeblich versucht, den Jüngern klar zu machen, dass er überlebt hat. Die Jünger, die in den Rettungsversuch nicht eingeweiht waren, hielten ihn für einen Geist. Und er sprach zu ihnen: Warum seid ihr erschrocken, und warum steigen Zweifel auf in euren Herzen? Seht meine Hände und meine Füße. Erkennt, dass ich es bin. Rührt mich an und seht, denn ein Geist hat nicht Fleisch und Knochen, wie ich es habe und wie ihr an mir sehen könnt. Mit diesen Worten zeigte er ihnen seine Hände und Füße. Da sie aber vor Freude nicht glauben wollten und staunten, sagte er zu ihnen: Habt ihr etwas zu essen hier? Da reichten sie ihm ein Stück von einem gebratenen Fisch. Und er nahm und aß es vor ihren Augen. So steht es beim Evangelisten Lukas.«

Merimé griff nach dem ledergebundenen Evangeliar, das hinter ihm in Regal stand, und schlug die Stelle auf. »Da lies! Jesus versucht hier alles, um seine Anhänger davon zu überzeugen, dass er überlebt hat und sein Leib irdischer Natur ist.

Er zeigt ihnen die verschorften Wundmale als Beweis dafür, dass er sich nicht in einen überirdischen Leib verwandelt hat. Den ungläubigen Thomas fordert er sogar auf, mit der Hand die Stichwunde an der Brustseite zu berühren. Er tut alles, um sie von der absurden Idee abzubringen, er sei eine gespenstische Erscheinung in einem überirdischen Wunderleib. Schon damals hat keiner geglaubt, was er hörte, sah und berührte. Bis auf den heutigen Tag will keiner wahrhaben, was wahr ist: Jesus starb nicht am Kreuz. Ohne Kreuzigung aber keine Auferstehung, keine Himmelfahrt und all der andere Aberglaube. Sie haben ihn zum Gott gemacht, um als seine Stellvertreter Anspruch auf die Weltherrschaft erheben zu können. Das Fundament der Kirche basiert auf Täuschung. Die Aufdeckung der Wahrheit wäre das Ende Roms. Nun weißt du, warum sie uns so fürchten und verfolgen.«

Es war lange Zeit still im Raum. Dann fragte Leander: «Und Ihr glaubt wirklich, er sei kein Gott gewesen?«

Merimé erwiderte: »Das Leben Christi unterlag den naturwissenschaftlichen Gesetzen der Erde. Er ist nicht wie ein Geist vom Himmel gefallen. Er wurde geboren, in Windeln gewickelt, genährt. Er wuchs heran wie tausend andere Kinder, musste essen, schlafen, lernen. Erst Rom hat aus der Kreuzigung eine Legende gemacht. Sie haben ihn, um ihre Macht zu festigen, gen Himmel fahren lassen und zu ihrem Gott erkoren. Alle Christen leben seit über tausend Jahren unter dem Fluch einer Lüge.«

»Alle Christen leben seit über tausend Jahren unter dem Fluch einer Lüge.« Leander hatte den letzten Satz laut wiederholt, als könne er nicht fassen, was er da soeben vernommen hatte. »Ihr behauptet, Christi Leben unterlag den naturwissenschaftlichen Gesetzen, aber hat er nicht Wunder vollbracht? Hat er nicht den Lazarus von den Toten auferweckt?«

»Von dieser Begebenheit berichtet nur der Evangelist Johannes. Er will hier auf etwas hinweisen, das viel bedeutsamer ist als das Lebendigmachen von Toten, ein Wunschtraum, den man in allen Religionen antrifft. Aus diesem Grund erfahren wir von der eigentlichen Wiedererweckung nur sehr wenig, dafür aber umso mehr von den Begräbnisbräuchen jener Zeit.

Der Körper des Lazarus war, so heißt es im griechischen Urtext, von oben bis unten in Kairai eingewickelt. Das sind lange Leinenbinden. Wenn Johannes von der Grablegung Christi berichtet, so spricht er nicht von Kairai, in die der Gekreuzigte gehüllt wird, sondern von Othonia. Das sind keine Binden, sondern Tücher, mit denen Kranke und Schlafende zugedeckt wurden.

Warum werden für gleiche Bestattungsriten so unterschiedliche Begriffe verwendet? Der Verfasser des Evangeliums will uns vor Augen führen, dass es sich bei Lazarus um einen Leichnam handelt. In der Grabkammer Christi aber lag kein Toter, sondern ein Verletzter.«

Leander hätte noch so viele Fragen gehabt, aber der Sakristan rief zum gemeinsamen mitternächtlichen Gebet, an dem alle teilnahmen.

42. Kapitel

Ich habe hier die Schale mit dem Kupferchlorid und deinem Blut«, sagte Merimé. »Die Anordnung der Kristalle verrät mir, was ich bereits weiß. Aber da ist etwas, das ich nicht verstehe, das mich verwirrt. Verheimlichst du uns etwas?«

»Was soll ich euch verheimlichen?«

Merimé blickte ihm in die Augen, als wollte er bis auf den Grund seiner Seele sehen. »Du bist eine Frau«, sagte er schließlich.

»Ich bin ein Mann im Körper einer Frau.«

»Wie kann das sein? Kann ein Weib Henker sein? Und vor allem: Wie kannst du dann der Vater von Merowin sein?«

»Ich bin seine Mutter.«

»Und der Vater?«

»Es gibt keinen Vater.«

»Soll das heißen …?«, Merimé brachte den Satz nicht zu Ende.

»Ja, so ist es.«

»Die Prophezeiung! O mein Gott! Ich habe es gewusst!« Merimés Augen leuchteten vor Freude. Er ging einen Schritt auf Leander zu, schloss ihn in die Arme, berührte sein Gesicht mit der Stirn: »Ich hätte es sehen müssen. Deine Wangen sind so glatt wie die meinen.«

Leander berührte Merimés Wange: »Auch Ihr seid kein Mann!«

»Du sagst es, Schwester.«

Sie standen sich gegenüber und betrachteten einander, als sähen sie sich zum ersten Mal. Leander fragte: »Wissen Eure Leute, wer Ihr seid?«

»Du meinst, ob sie wissen, dass ich eine Frau bin? Vielleicht. Die Frage hat sich nie gestellt. Unterschiede der Geschlechter gibt es auf Montsegur nicht. Die Benachteiligung der Frau ist den Katharern fremd. Wir haben eine neue Seite im Buch der Geschichte aufgeschlagen. Das Gestirn der Frau steigt am historischen Horizont empor. Dieser Wandel nimmt seinen strahlenden Anfang hier in Okzitanien, in der Provence, überall dort, wo Katharer Fuß gefasst haben. Während auf den päpstlichen Konzilien noch darüber debattiert wird, ob Frauen vollwertige Menschen sind, gibt es bei uns kein Amt, das nicht von Frauen besetzt wird.

In einer reinen Männergesellschaft, die bisher nur Jagd, Gelage und Kriegshandwerk gekannt hat, rückt die Frau in den Mittelpunkt der höfischen Gesellschaft. Die Liebe beginnt wie eine zarte Melodie alle Lebensbereiche zu verzaubern. Aber selbst die Liebe hat sich gewandelt, hat sich über alles Triebhafte erhoben. Die Minne der Troubadoure ist vor allem Sehnsucht und Anbetung. Anbetung der Frau. Man will den kostbaren Besitz erwerben und nicht länger bezwingen. Der Beherrscher macht sich freiwillig zum Gefangenen. Damit aber geraten wir in scharfen Gegensatz zu Rom. Die Kirche verdankt ihre Existenz der Verderbtheit der Frau. Ohne Eva, die Schlange und den Apfelbaum gibt es keinen Sündenfall, keinen zürnenden Gott, keine Hölle, keine ewige Verdammnis und somit auch kein Bedürfnis nach einem Erlöser mehr. Damit wird der gesamten christlichen Theologie der Boden entzogen. Nun weißt du, warum sie uns so hassen.«

»Und was ist mit Maria und den weiblichen Heiligen?«, fragte Leander.

»Maria wird verehrt, weil sie einen Sohn geboren hat. Aber mit der jungfräulichen Zeugung wird die Gottesmutter wieder entfraulicht. Die weiblichen Heiligen, allesamt Märtyrerinnen, zeichnen sich vor allem dadurch aus, dass sie wie Männer gestorben sind.« Merimé hatte sich erhoben und begann mit großer Erregung im Zimmer auf und ab zu laufen.

Das Alte Testament fordert an mehreren Stellen erbarmungsloses Vorgehen gegen Frauen. Die Zauberin sollst du nicht leben lassen, heißt es im Zweiten Buch Mose. Und Zauberinnen sind wir seit dem Sündenfall alle. Die Hexenverfolgung ist nur die äußere Projektion eines schrecklichen Machtkampfes, der sich außerhalb unserer Verstandeswelt abspielt. Wir Katharer verkörpern das weibliche Prinzip. Es wird ein langer Weg werden, aber wir werden ihn gehen und uns gewaltlos behaupten. Am Ende wird es weibliche Gelehrte, Minister, Künstler und Priester geben, aber ganz gewiss keine Päpstin. Das wäre ein Widerspruch wie glühendes Eis oder leuchtende Finsternis.«

Merimé fasste Leander an den Schultern: »Du gehörst zu uns. Ein Mann im Körper einer Frau ist in der wölfischen Rotte der Kirche ein Schaf im Wolfspelz. Sie werden dich zerfleischen, so wie sie dein Weib zerfleischt haben und deinen Sohn zerfleischen wollten. Wenn du bei uns bleibst, werde ich dich in unsere Geheimlehre einweihen. Rein ist, wer die drei Stufen der Vollkommenheit erklommen hat: die Reinheit der Hände, die Reinheit des Mundes und die Reinheit des Herzens. Wenn du bereit bist, dich dem Ritual zu unterwerfen, so sollst du die Weihe empfangen, die Unterweisung im Gesang der Sterne. Wissen ist mehr, als man abfragen kann.« Und etwas später, als sie über die Wahrheit sprachen, sagte er: »Die Wahrheit ist in der Religion eine so bedeutende Sache, dass man sie hinter einem Vorhang von Lügen verstecken muss.

Unsere Flucht vor der Wirklichkeit ist nichts weiter als die Flucht in eine noch größere Wirklichkeit«, fuhr Merimé fort. »Neben den bekannten gibt es noch andere Ebenen der Wahrnehmung.«

So begann Leanders Eintritt in eine Welt, die so völlig anders war als seine bisherige.

Montsegur erschien ihm nicht wie ein Gebäude, sondern wie ein ausgehöhlter Fels, ein Zauberberg mit Gängen und Kasematten, die sich bis tief in die Erde erstreckten. Die meisten Räume waren fensterlos. Überall herrschte Finsternis. Bei verlöschendem Licht war man in dem Labyrinth verloren. Während draußen der Sturm um die Zinnen tobte, war es totenstill in dieser Unterwelt, bis auf den regelmäßigen Gongschlag, der die Stunden ansagte. Es gab da einen Zeitmesser, wie Leander ihn niemals zuvor gesehen hatte. Eine brennende Kerze, armdick und ellenlang, stand auf einem bronzenen Becken. In dieser Kerze steckten in gleichmäßigen Abständen übereinander eiserne Nägel. Wenn die Kerze bis zu dem obersten Nagel abgebrannt war, fiel dieser in das Bronzebecken, wodurch ein lauter Gongschlag ertönte. So wurde der Tag hörbar in gleichmäßige Stunden eingeteilt, die zum Gebet, zum Essen oder zur Arbeit riefen.

Außerhalb der Burg herrschte Eiseskälte oder Sonnenglut. Im Inneren aber war es Sommer wie Winter gleichmäßig kühl.

Leander begegnete anderen Parfaits. Alle waren glatt rasiert, trugen ihr Haar lang. Ein schwarzes, kittelartiges Gewand umhüllte ihre Körper. Darunter war ein helles Hemd mit Ärmeln zu erkennen. Ein Gürtel, eng um die Taille geschlungen, betonte die hagere asketische Gestalt. Die nackten Füße steckten in Sandalen. Sie waren wie der Gürtel aus geflochtenem Bast. Überall herrschte tiefe Stille. Selbst das gemeinsame Mahl aus Brot, Hirsebrei und frischen Früchten wurde schweigend eingenommen.

Sie saßen um einen großen runden Tisch mit steinerner Platte. Leander zählte achtzehn Männer. Vielleicht waren auch Frauen darunter. Kleidung und Haartracht ließen keine Unterscheidung zu. Trotz ihres Höhlendaseins wirkten sie auf Leander heiter, gelassen und stolz. Eine geheime Kraft schien ihnen Lebensfreude zu spenden. Nach dem gemeinsamen Mahl verschwanden sie wieder in verschiedene Richtungen, als hätten sie wichtige Aufgaben zu erledigen.

»Warum lebt ihr hier so abgesondert von aller Welt wie die Maulwürfe?«, fragte Leander.

»Du denkst, wir leben hier vergraben und untätig wie die

Maulwürfe. Aber glaube mir, Gebet und Stille sind wie das Spannen eines Bogens. Sie sind nicht verlorene Zeit, sondern Vorbereitung für die Tat.«

»Für welche Tat?«, wollte Leander wissen.

»Wir sind die Saat einer neuen Menschheit. Gemeinsam mit den Tempelherren, mit denen uns das Wissen um den wahren Jesus verbindet, werden wir die Irrlehre Roms widerlegen. Nicht mit Gewalt – die Wahrheit braucht keine Waffen. Sie ist bereits eine – die wirkungsvollste, die es gibt.

Die derzeitige Kirche ist ein Heilmittel, das schlimmer ist als die Krankheit, die sie bekämpft. Sie reden vom Licht und verbreiten Finsternis. Der Tod ist nicht der Sünde Sold, sondern Heimkehr. Und das Fleisch ist nicht sündig, sondern Stoff gewordene Spiritualität. Unsere Körper sind die sichtbare Entsprechung der Seele. Der Himmel liegt nicht in weiter Ferne. Wenn du nicht ein Stück von ihm in dir trägst, wirst du ihn im ganzen Universum nicht finden.«

Beim Burgtor gab es Werkstätten, in denen Korn gemahlen und Brot gebacken wurde. In einem Innenhof erblickte Leander Töpfer und Weber bei der Arbeit.

»Wie viele Handwerker habt ihr hier?«, wollte Leander wissen.

»Das sind keine Handwerker, sondern Parfaits. Hast du je einen Priester hinter dem Pflug oder beim Schmiedefeuer gesehen? Alle Reinen aber beherrschen ein Handwerk.«

So wie ich, dachte Leander, aber er sprach es nicht aus.

»Der Reine besitzt nichts«, erklärte Merimé. »Er gehört nicht einmal sich selbst. Die Frau, mit der er zusammenlebt, ist nicht seine Frau, denn wir lehnen die Ehe ab.

Wir bevorzugen das Alleinsein, sehen aber in der eheähnlichen Gemeinsamkeit keine Unvollkommenheit, eher ein Hemmnis auf dem Weg zur Vollkommenheit.«

»Glaubt ihr an das ewige Leben?«

»Alle Religionen glauben an ein Leben nach dem Tod«, sagte Merimé. »Sie hegen keinerlei Zweifel an der Ewigkeit.

Ewigkeit aber ist endlos und kann weder Ende noch Anfang haben. Denkbar ist unsere Unsterblichkeit nur, wenn unsere Existenz auch vor der Geburt unendlich weit vorausreicht. Aber kaum einer macht sich Gedanken über das Leben vor dem Leben.«

Leander verstand nicht viel von dem, was Merimé da von sich gab. Aber es wurde mit solcher Überzeugung vorgetragen, dass für Zweifel kein Raum blieb.

Bisweilen unterbrach Merimé seinen Vortrag. »Du schaust so ungläubig«, sagte er dann. »Aber das ist dein gutes Recht. Wahre Erleuchtung kann nur der erlangen, dessen Glaube in Zweifel gezogen wurde.«

Zweimal am Tag besuchte Leander seinen Sohn. Es freute ihn zu sehen, wie Merowin heranwuchs. Es würde nicht mehr lange dauern, bis er seine ersten Schritte machte. Sie spielten miteinander, waren sich nah und dennoch fremd. Er ist mein und gehört mir dennoch nicht, dachte Leander. Er weiß nichts von dem, was war, und ich vermag ihm auf seinem Weg in die Zukunft nicht zu folgen. Er ist ein fliegender Pfeil, und ich bin der Bogen.

Thekla hatte sich verändert. Blass und schweigsam lief sie umher, saß allein im Hof und zog sich zurück, wenn Leander sich zu ihr setzte. Sie wich seinen Blicken aus, klagte, ihr sei nicht wohl. Als Leander sie zu einer kurzen Wanderung außerhalb der Burg einlud, sagte sie: »Es geht nicht.«

»Bist du krank? Oder habe ich dich gekränkt?«

Sie schüttelte verneinend den Kopf und eilte davon.

Vielleicht hat sie Heimweh, dachte Leander. Diese abweisende Burg ist kein Heim für eine junge Frau. Aber was wird dann aus Merowin?

Merimé meinte: »Ich glaube, ich weiß, was ihr fehlt.«

Und als Leander ihn fragend anblickte, sagte er lächelnd: »Du. Du fehlst ihr.«

»Ich? Wieso ich?«

»Weil sie sich in dich verliebt hat.«

»Nein.«

»Doch.«

»Aber warum benimmt sie sich dann so, als hätte ich ihr etwas angetan?«

»Du hast ihr etwas angetan. Du hast sie um ihren Seelenfrieden gebracht. Es muss ein unglaublich zwiespältiges Gefühl für eine Nonne sein, sich zu einem Mann hingezogen zu fühlen.«

»Sie ist doch keine Nonne mehr.«

»In ihrem Herzen ist sie es noch immer. Wie kann es anders sein? In der Welt, aus der sie kommt, gibt es keine Männer. Männer empfindet sie als so fremd wie das Kleinkind das Feuer. Sie hat sich die Finger verbrannt, und das schmerzt.«

Leander runzelte die Stirn. »Ist das Euer Ernst?«

»Nicht mir, ihr ist es ernst. Liebe ist immer eine ernste Angelegenheit. Auf Montsegur aber ist sie ein Tabu.«

»Kommt es vor, dass euer Tabu gebrochen wird?«

»Es gibt kein Gebot, gegen das Menschen nicht verstoßen hätten.«

»Und was geschieht dann?«

»Die Betreffenden werden verwarnt.«

»Und wenn das nichts bewirkt?«

»Dann werden sie bestraft.«

»Wie werden sie bestraft?«

»Warum willst du das wissen?«

»Weil ich ein Henker bin.«

»Sie erhalten Stockhiebe. Die Rutenstrafe ist eine gerechte Strafe. Der Schlagende befreit sich von seinem aufgestauten Zorn, und der Verprügelte wird von seiner Schuld und seinem schlechten Gewissen befreit.«

»Gilt das Verbot auch für die gleichgeschlechtliche Liebe?«

»Warum redest du immer von Verbot? Es ist ein freiwilliger Verzicht unter Eingeweihten. Alle übrigen Katharer können lieben, wen und wie sie wollen, wobei nach unserer Auffassung der Austausch von Zärtlichkeiten über der Fortpflanzung steht. Diese Art von Liebe ist auch den Klosterfrauen nicht verwehrt. ›Liebe, die keiner beim Namen nennt‹ hat die heilige Hildegard sie genannt. Das wird auch der Grund sein, weshalb sich deine Freundin nach dir sehnt. Sie spürt mit dem Instinkt der Frau, dass du eine Frau bist. Es würde ihr gewiss helfen, wenn sie wüsste, wer du wirklich bist.«

Thekla litt. Da war niemand, dem sie sich anvertrauen konnte. Und gerade jetzt verspürte sie mehr als je zuvor den Wunsch, über ihre verwirrenden Gefühle zu sprechen. Aber wie hätte sie einem anderen Menschen erklären sollen, was mit ihr geschehen war?

Sie schämte sich ihrer eigenen Empfindungen.

Nie war sie so nackt gewesen wie in ihren Träumen. Im Kloster schliefen sie angekleidet. Und selbst beim Waschen legten sie ihr Unterkleid nicht ab. Plötzlich war sie nackt, fühlte sich entblößt, erlebte Träume voller schlangenartiger Umschlingungen, zärtliche Berührungen, Küsse. Sein Gesicht glatt und sanft mit dem Lächeln eines Engels. So muss der Cherub vor dem Paradies ausgeschaut haben, dachte sie, genau so. Aber Engel waren geschlechtslose Wesen, und Leander war ein Mann. Wie konnte sie sich so zu einem Mann hingezogen fühlen?

Die Geschlechtlichkeit an sich war schon eine schwere Last, die getragen werden musste wie alle Ekelhaftigkeit des Fleisches. Verbunden mit sehnsuchtsvollen Empfindungen aber wurde sie zu einem teuflischen Sumpf, aus dem es kein Entrinnen gab.

»Wenn dein Vater doch eine Frau wäre«, sagte sie zu Merowin. »Welch wundervolle Freundin könnte er mir sein.«

43. Kapitel

Am Abend vor Mariä Lichtmess sagte Merimé zu Leander: »Um Mitternacht werden wir aufbrechen. Bist du so weit?«

»Ich bin bereit.«

Sie trafen sich im Donjon, der heiligen Halle. Der Mond schien durch die Deckenöffnung. Nach der rituellen Waschung wurde ein Gebet gesprochen. Auf dem Altar stand ein Kelch bereit. Merimé hielt ihn mit beschwörender Geste ins Mondlicht. Sie tranken daraus. Ein rubinroter Saft, der nach Bittermandeln schmeckte, nach Tollkirsche und wilder Myrte. Merimé entzündete eine Fackel und reichte sie Leander. »Folge mir!«

Er lehnte sich gegen die Altarwand. Eine steinerne Geheimtür tat sich auf. Leander blickte in einen stockfinsteren Gang. Merimé ging voraus. Der Fackelschein huschte über steile Stufen, streifte grünschimmeliges Gemäuer, erlaubte Einblicke in tunnelartige Schächte. Geheimnisvolle Schriftzeichen leuchteten auf. Noch bedrückender als die Finsternis war die Stille. Da war nur der Hall ihrer Schritte und das Geräusch ihres Atems. Hin und wieder fiel ein Tropfen von der Decke. Sie durchquerten eine Höhle, drängten sich an herabhängenden Stalaktiten vorbei, spitz und riesig wie Drachenzähne. Sie stiegen über skurrile Versteinerungen, die sich im flackernden Flammenschein geisterhaft bewegten: tanzende Gnome, zappelnde Höllenbrut, schlafende Elfen und flügelschlagende Engel, Feuersalamander, vielköpfige Monster.

Wie Licht am Ende eines Tunnels leuchtete ein goldenes Tor auf. Merimé öffnete es mit einem Schlüssel, den er am

Gürtel trug. Sie betraten ein Gewölbe. Der Fackelschein fiel auf einen Granitblock. Darauf stand unter einer gläsernen Glocke ein Totenschädel. Das Licht flackerte in den leeren Augenhöhlen.

Leander trat näher und las die Inschrift, die in den Stein eingemeißelt war: INRI.

»Jesus von Nazareth«, sagte Merimé. Er ließ sich auf den Knien nieder.

Auch Leander fiel auf die Knie. Merimé nahm ihm die Fackel aus der Hand, legte sie auf den Boden und trat die Flammen mit den Füßen aus. Er hatte die seine vor dem Mausoleum brennend in einen eisernen Wandring gesteckt. Als sich die Augen an die Lichtlosigkeit gewöhnt hatten, nahm Leander den phosphorisierenden Glanz wahr, der von dem Totenkopf ausging.

»Kannst du es sehen?«, fragte Merimé.

»Ja, ich sehe es.«

Irrlichter über dem Moor leuchten so, dachte Leander, Licht, das durch blaues Glas fällt, Schatten auf frisch gefallenem Schnee.

»Ich wusste, dass du es sehen würdest«, sagte Merimé. »Viele sind berufen, aber nur wenige sind auserwählt.«

Später im Burghof sagte Merimé: »Er muss ein ganz außergewöhnlicher Mensch gewesen sein, ein Erleuchteter, wie er nur alle paar hundert Jahre der Menschheit erscheint. Er kam nicht zur Sühne auf die Erde – Sühne wofür? –, sondern um die Wahrheit zu verkünden. Er war ein Erleuchteter, ein lebendig machender großer Geist. Einer, der so war, wie wir Menschen nach Gottes Willen sein sollten. Die Seele ist eine komplizierte Angelegenheit. Sie kann von einer Aureole umgeben, aber auch so lichtlos wie ein Brunnenschacht sein.«

Remigius erläuterte im Gespräch mit Leander: »Wir Katharer verachten den Reliquienkult. Wir halten die Verehrung von Leichenteilen für widerwärtige Barbarei. Für die meisten Menschen des Abendlandes aber gibt es nichts Wertvolleres als Reliquien. Das sind, wie du weißt, Körperteile von Märtyrern, die für Christus ihr Leben ließen. Durch sie geschehen göttliche Wunder. Eine Kirche wird nur dann zum Gotteshaus, wenn sie mindestens eine Reliquie enthält. Erst vor diesem Hintergrund lässt sich der unermessliche Wert unserer Reliquie ermessen. Aber sein wahrer Wert liegt in seiner Beweiskraft: Seit über tausend Jahren wird die Welt belogen.«

»Wie kommt Jesus nach Okzitanien?«, wollte Leander wissen.

»Das ist eine Geschichte, über die wir nur Vermutungen anstellen können. Fest steht, dass er und Maria Magdalena hier Zuflucht suchten und fanden. Die Landschaft Okzitaniens war dem damaligen Palästina sehr ähnlich.«

»Ihr meint, Jesus und Maria Magdalena waren Mann und Weib?«

»Sie hatten drei Töchter miteinander. In späterer Überlieferung wurden drei Söhne daraus. Die Bevorzugung des Männlichen ist so alt wie das Christentum.«

»Gibt es auch dafür Beweise in den alten Schriften?«

»Niemand außer Maria Magdalena und ihre Frauen haben Jesu Grabeshöhle aufgesucht, heißt es in den Evangelien. Markus berichtet, dass sie als Erste bei ihm war, als er wieder zu sich kam. ›Denn sie stand ihm am nächsten‹, heißt es in den gnostischen Evangelien. ›Er liebte sie mehr als alle anderen, und er küsste sie oft.‹

Aber selbst wenn wir diese schriftlichen Belege nicht besäßen, so wüssten wir, dass Jesus verheiratet war, denn er wurde mit Rabbi angesprochen, und Rabbi kann bis auf den heutigen Tag nur einer werden, der verheiratet ist. Nach altem jüdischem Gesetz war ein Mann ohne Weib ein Mann ohne Land, ja, mehr noch: Die Ehe galt als unerlässlich für die geistige Entwicklung eines Mannes. Maria Magdalena hat ihn um viele Jahre überlebt. In St. Maximin-la-Sainte Baume wird seit Jahrhunderten ihr Grab verehrt. Sie haben eine Kirche darüber errichtet. Die Weinbauern der Gegend bringen ihr für gute Weinlesen bis heute Kerzen dar. In der Kathedrale Santa Dei Genetrix und in Santa Maria Maggiore hat sie eigene Altäre. Im Magdalenen-Tempel zu Marseille soll sie zu Ostern das Herrscherpaar zum wahren Glauben bekehrt haben. Rom hat alles getan, diesen Kult auszurotten, und versucht, aus Maria Magdalena die Gottesmutter Maria zu machen. Ein augenfälliges Beispiel ist die Pieta, eine künstlerische Darstellung, die man in vielen Kirchen antrifft: der Gekreuzigte in den Armen Marias, die stets jünger gezeigt wird als ihr Sohn. Das ist keine gleichnishafte Verklärung, wie die Pfaffen uns weismachen wollen, sondern ein Hinweis auf Maria Magdalena. Wahre Kunst verbirgt und enthüllt mehr, als den meisten Betrachtern bewusst ist. Wissen ist mehr, als man erlernen oder abfragen kann.«

»Und Jesus?«, fragte Leander. »Was geschah mit Jesus?«

»Er starb wie alle Menschen, wurde beigesetzt und betrauert ohne leibliche Wiederauferstehung. Über seinen Tod und sein Grab gibt es Aufzeichnungen, welche die Merowinger als Beweis ihrer blutsmäßigen Abstammung von dem »Sohn Gottes«, wie sie ihn nannten, dem Grab entnahmen.

In einer Welt, die von unwürdigen Tyrannen regiert wird, gebührt seinem Geblüt das Vorrecht vor allen anderen Herrschern, so glaubten die Merowinger. Sie waren das letzte Königsgeschlecht, das seine Abstammung bis auf den Erleuchteten von Galiläa zurückführen konnte. Der letzte Merowinger wurde im Auftrag des Papstes ermordet. Seitdem versuchen Eingeweihte in aller Welt, die unterbrochene Blutlinie aufzuspüren, um ihr die Vormachtstellung zurückzuerobern, die ihr gebührt.

Die Gründung des Templerordens im Tempel von Jerusalem weist in diese Richtung, ebenso die Legende vom Heiligen Gral, von dem Uneingeweihte glauben, er sei ein Gefäß, in welchem Joseph von Arimathäa das Blut des Gekreuzigten aufgefangen habe. Er hat es aufgefangen, indem er Jesus am

Leben erhielt. Aber der Gral ist keine Schale oder ein Kelch, sondern die lebendige Blutlinie des Heilands und seiner Nachkommen.«

»Und was habe ich mit alldem zu schaffen?«, fragte Leander.

»Weißt du es immer noch nicht? Warum hast du deinen Sohn Merowin genannt?«

»Weil meine Mutter aus dem Geschlecht der Merowinger stammt. Ihr meint, ich sei …?«

»Ja, du bist der wiedergefundene Gral.«

»Ich bin der Henker von Carcassonne. Wie kann einer, der anderen die Köpfe abschlägt, ein Urenkel Christi sein?«

»Wie kann ein Papst, der auf einem Kreuzzug gegen Christen Tausende von Unschuldigen abschlachten lässt, ein Stellvertreter Christi sein?«, fragte Merimé.

44. Kapitel

Im Licht hunderter Wachskerzen erwartete der Heilige Vater den erlösenden Tod. Die Kleriker des Lateran hatten sich in seinem Schlafgemach eingefunden, um ihm das letzte Geleit zu geben.

Fast hundertjährig, mit trüben, halb blinden Augen diktierte Gregor seine letzten Worte an die Nachwelt. Der Sekretär musste sein Ohr bis an die Lippen des Greises herabneigen, um ihn zu verstehen.

Von der Straße drang Lärm in den päpstlichen Palast herauf. Es war Krieg. Das kaiserliche Heer rückte gen Rom. Der alte Streit zwischen weltlicher und geistlicher Macht war wieder einmal ausgebrochen. Der große Vermittler Hermann von Salza, Hochmeister des Deutschen Ordens, war am Pfingstmontag aus dem Leben geschieden. Und noch am selben Tag hatte Gregor den Bannfluch gegen Friedrich geschleudert: »Der Leib des Kaisers werde dem Satan übergeben. Ein apokalyptisches Tier ist er, eine Bestie, die mit ihren Klauen und eisernen Zähnen alles zerreißen will.«

Die kaisertreuen Städte verlasen auf ihren Marktplätzen die Antwort des Herrschers: »Dieser nichtswürdige Greis ist der große Drache, der die Welt verführt hat. Der Antichrist, den er aus Uns machen will.«

Kaiser Friedrich hatte seine Truppen zusammengezogen und befand sich auf dem Weg nach Rom. Gregor hatte die gesamte Christenheit zum Widerstand aufgerufen. Engländer, Franzosen und Spanier hatten sich in Genua eingefunden, um auf den Schiffen der papsttreuen Stadt nach Ostia auszulaufen. Vor der Insel Elba waren die siebenundzwanzig genuesischen Schiffe auf die kaiserlichen Geschwader gestoßen. Es kam zum Seegefecht, bei dem über hundert Prälaten, mehrere Kardinäle und Erzbischöfe in die Hände der Kaiserlichen gefallen waren. »Der Pfaffenschwarm«, wie Friedrich die Gefangenen nannte, wurde wie wilde Tiere in mehreren Kastellen eingekerkert. Welch eine Schande für den Heiligen Stuhl!

Noch waren die stärksten Verbündeten des Papstes, die lombardischen Städte, unbezwungen. Herr, hilf! Errette die Deinen!

Doch das kaiserliche Heer rückte immer näher, um sich mit den rebellierenden Familien in Rom zu verbünden, welche die päpstlichen Garden in der Engelsburg und im Lateran belagerten. Die Menschen im ganzen Abendland fragten sich: Was geschieht, wenn der Papst in die Hände der weltlichen Macht gerät? Wird das Gottesreich dann untergehen? Das Heer rückte immer näher. Schon brannten die Vorstädte Roms.

Ich werde ihm nicht mehr in die Hände fallen, dachte der sterbende Papst. Der Triumph sei ihm nicht gegönnt. Aber was wird aus meiner Kirche? Ist das ihr Ende?

Mit einer matten Geste winkte er seinen Neffen herbei: »Die Prophezeiung – sie darf sich nicht erfüllen. Das Antichristkind von Montsegur. Es darf nicht triumphieren.«

»Was hat er Euch ins Ohr geflüstert?«, fragte Kardinal Segni den Neffen des Papstes, nachdem sie das Sterbezimmer verlassen hatten.

»Er hat bis zum letzten Atemzug Montsegur mehr gefürchtet als seine weltlichen Widersacher.«

»Das verwundert mich nicht. Den Tag seiner Krönung ließ er von Astrologen bestimmen. Das Konsistorium wurde mit Hilfe von Horoskopen geplant. Für ihn gab es einen engen Zusammenhang zwischen den Aposteln und den Tierkreiszeichen. Er war ein abergläubischer Greis.«

»Ich weiß nicht«, sagte Kardinal Crispiano. »Das, was unsere Nonne von dort zu berichten weiß, klingt unheimlich.«

»Habt Ihr neue Botschaft erhalten?«

»Ja. Sie traf wegen der Kriegswirren mit großer Verspätung ein.«

»Kann ich sie sehen?«

»Nein. Sie befindet sich in meinen Stanzen auf der Engelsburg, die von dem gottverdammten Orsini belagert wird.«

»Und was steht in dieser Botschaft?«

»Ihr werdet es nicht glauben: Montsegur, so schreibt unsere Nonne, ist keine Verteidigungsburg, sondern ein riesiger Tresor, der keinen anderen Zweck hat, als den Schatz der Katharer zu bewahren. Es leben dort nur wenige Menschen, die sich Gralshüter nennen.«

»Gralshüter? Ihr meint, sie seien im Besitz des Grals? Hat unsere Nonne ihn gesehen?«

»Nein, nur wenige haben Zugang zu dem unterirdischen Gewölbe. Aber alle, die den Schatz gesehen haben, sollen wie geblendet sein von seiner unbeschreiblichen Pracht.«

Kardinal Segni griff nach dem silbernen Kreuz auf seiner Brust. »Wofür brauchen Menschen, die in mönchischer Armut leben, einen Schatz, der so wertvoll ist, dass sie ihn in eine Festung einschließen müssen?«

»Gold regiert die Welt«, antwortete Crispiano. »Mit ihm lässt sich alles erkaufen: Bundesgenossen, Privilegien, Macht, sogar das ewige Leben, wie Ihr wisst, seitdem der Ablasshandel blüht.«

»Glaubt Ihr wirklich an den Schatz der Katharer?«

»Ja.«

»Was habt Ihr vor?«

»Wir werden Gregors letzten Willen erfüllen und dieser ketzerischen Natter den Kopf zertreten. Mit Montsegur reißen wir das Übel an der Wurzel aus und holen uns den Schatz, von dem es heißt, er sei mit allem Geld der Welt nicht aufzuwiegen.«

Unbeweglich wie eine Wachspuppe lag Merowin in seinem Bett.

Die großen Augen waren auf ein Ziel gerichtet, das sich in weiter Ferne zu befinden schien.

»Er hat seit gestern keine Nahrung mehr zu sich genommen«, klagte Thekla. »Sein kleiner Leib glüht vor Fieber.«

Sie hatte ihm Fliedersaft eingeflößt, vergeblich. Er erbrach sich. Auch kalte Umschläge halfen nicht. Das Fieber stieg.

»Sieht aus wie eine Vergiftung«, meinte Leander, nachdem er ihn untersucht hatte.

»Vergiftung? Wie kann das sein?«, fragte Merimé. »Er lebt von Stutenmilch und von Säften, die Thekla sorgfältig überwacht. Nein, das ist ganz unmöglich.«

Bei dem Wort Vergiftung wurde Thekla noch fahler als sie ohnehin schon war. Mit gefalteten Händen kniete sie neben dem Krankenbett. Ihre Lippen bewegten sich in stummem Gebet: Herr hilf! Lass nicht zu, dass das Kind stirbt!

Obwohl das Gift noch unangetastet in ihrer Truhe lag, fühlte sie sich dennoch zutiefst schuldig an Merowins Dahinsiechen. Es war ihr, als sei die böse Absicht bereits zur Tat gereift. Du wirst, was du denkst. Es geschieht, was du willst, hieß es im Kirchenlied. Ich habe ihn vergiftet, vergiftet mit meiner Heimtücke. Mein Fluch hat ihn getroffen wie Hexenzauber. Bin ich eine Hexe? Nein, ich bin eine Klosterfrau, aber eine mit einer bösen Mission.

Sie tupfte Merowin den Schweiß von der Stirn. Wie kann man ein Kind töten? Wie kann man nur? Aber da war der Auftrag, für den sie unter vielen auserwählt worden war. Und war nicht Gehorsam die höchste Tugend des Ordens?

Die Ermordung eines Kindes im Auftrag Gottes – welch wahnwitziger Gedanke! Aber hatte nicht Abraham von Gott persönlich den Befehl erhalten, seinen Sohn zu töten? Und er hatte nicht gezögert, den Befehl auszuführen. Erst im letzten Augenblick hatte der Allmächtige das blutige Opfer verhindert. Aber Abraham hätte den Mord begangen. Daran gab es keinen Zweifel.

Abraham war ein Mann, dachte sie. Nur ein Mann vermag so herzlos zu handeln. Wie aber konnte Gott so grausam sein? Er wollte Abrahams Treue auf die Probe stellen, hatte die Äbtissin gesagt.

Vielleicht war auch das hier nur eine Prüfung? Vielleicht würde Gott am Ende noch eingreifen, um das Entsetzliche zu verhindern. Ja, so muss es wohl sein.

Aber was wird geschehen, wenn Gott schweigt? Und es wäre nicht das erste Mal, dass er sie in höchster Not allein gelassen hatte. Des Allmächtigen Wege sind schwer durchschaubar.

In unruhigem Halbschlaf versunken, vernahm sie eine Stimme, die wie ihre eigene klang: Sei doch froh, dass die Krankheit dir die Tat abnimmt. Der Würgeengel des Herrn, der allen Erstgeborenen im Ägyptenland das Leben nahm, wird auch an Merowin Gottes Auftrag erfüllen.

Der Gedanke an den Tod des Kindes ließ sie aufschrecken: »Nein, lass ihn mir! Heilige Mutter Gottes, erbarme dich seiner.«

Sie lag auf den Knien und betete, wie sie noch nie gebetet hatte. Die Nacht verrann. Die Kerzen waren längst verloschen. Da war nur der keuchende Atem des Kindes.

»Herr, nimm ihm nicht das Leben. Heilige Mutter Gottes, hilf!« Immer wieder tastete ihre Hand nach dem Gesicht des Knaben. Bisweilen glaubte sie, das Fieber würde nachlassen, doch dann ertönte wieder das entsetzliche Röcheln.

»Herr, nimm mein Leben für das Seinige!«

Der Auftrag, der Ordensgeneral, Montsegur – all das erschien ihr nebensächlich, unwirklich im Vergleich mit der lebendigen Wirklichkeit, die sich ihr in diesem Kind offenbarte. Ihr war, als fiele ihr ein schwerer Mantel von den Schultern. Eine Woge trotzigen Triumphes befreite ihre Seele.

Als die Sonne die Zinnen der Burg purpurrot färbte, lag Merowin in tiefem Schlummer. Sein Atem ging ruhig und gleichmäßig.

Thekla aber war nicht mehr die, welche sie einmal war. Selbst wenn sie jetzt wieder in die vertraute Umgebung ihres Ordens zurückkehrte, sie würde von nun an dort ein Fremdling sein.

Wie ist es möglich, dachte sie, dass mein Glaube mir so nah und so fern sein kann? Mit meiner Seele so vereint und meinem Leben so fremd? Bin ich deshalb eine schlechte Christin? Achtung und Verachtung, wie dicht liegen sie beieinander.

Herr, ich bedarf deiner, um zu wachsen. Ich danke dir, du hast mich mit diesem Kind geheiligt.

Die Nebel stiegen aus dem Tal empor. Darüber spannte sich ein leuchtend blauer Himmel. Es sah aus, als ob Montsegur über den Wolken schwebte. Ein Raubvogel hing in der Luft. Thekla verfolgte seinen Flug, bis er sich im Dunst des Morgens auflöste.

Plötzlich stand Kabal vor ihr. Die Augen in dem rußgeschwärzten Gesicht funkelten drohend: »Hast du ihm das Gift gegeben?«

»Nein.«

»Wann wirst du es tun?«

»Ich weiß nicht.«

»Was weißt du nicht?«

Sie schüttelte den Kopf.

»Was soll das heißen?«

»Ich kann nicht. Ich werde es nicht tun.«

»Du musst es zu Ende führen oder …«

»Oder was?«

»Du weißt, was mit Verrätern geschieht. Du hattest einen Auftrag.«

»Mein Auftrag lautete herauszufinden, welches Geheimnis sich hinter den Mauern von Montsegur verbirgt. Mit dem Tod dieses Kindes will ich nichts zu tun haben. Ich werde es nicht tun. Niemals!«

Seine nackten Arme umfassten ihre Hüften. Er hob sie hoch

wie ein Stück Holz. Ein paar Atemzüge lang schwebte sie nur von seinen Händen gehalten über dem Abgrund. Sie sah noch das Morgenrot über den Zinnen der Burg, hörte das Krächzen der Bergdohlen, dann ließ Kabal sie fallen. Ihr letzter Gedanke galt dem Kind, dem sie das Leben bewahrt hatte. Sie spürte den Fallwind, der sie streifte. Seltsam, wie leicht sie war, wie frei und ohne Angst. Sie erlebte den Aufschlag und fühlte sich befreit. Das Leben, das wirkliche Leben, ward ihr geschenkt.

Im gleichen Monat wurde auch mit dem Juden Roth abgerechnet. Die Anklage gegen ihn lautete: Mord an der entlaufenen Nonne Thekla. Die Haushälterin des Priesters sagte unter Eid aus, die Klosterfrau habe ihr gestanden, sie sei vergewaltigt worden und trüge ein Kind unter ihrem Herzen. Da sie zu der Zeit im Haus des Juden gewohnt hatte, käme wohl kaum ein anderer als der alte Roth in Betracht. Es gab Zeugen, die gesehen haben wollten, wie Thekla auf einem Planwagen des Juden in großer Eile fortgeschafft worden war. Seitdem fehlte jede Spur von ihr.

Er hat sie ermorden lassen, um der Strafe zu entgehen, behauptete der Richter. Denn bei Blutschande mit einer Christin hätte ihm zumindest die Verbannung gedroht. Der Angeklagte, der sich verzweifelt gegen die Verleumdung wehrte, behauptete, Thekla sei einer Einladung nach Montsegur gefolgt.

»Nach Montsegur?«, hatte der Richter kopfschüttelnd gefragt. »Was sollten die Reinen wohl von einer so unreinen Person wollen? Eine geflohene, schwangere Nonne auf Montsegur! Da musst du dir schon eine glaubwürdigere Lüge ausdenken.«

Roth schwor bei allem, was ihm heilig war, dass er die Wahrheit sage. Man glaubte ihm nicht. Was ist einem Juden schon heilig! Er wurde der Tortur überantwortet und blieb bei seiner Aussage, was nicht als Beweis seiner Unschuld ausgelegt wurde, sondern als Zeichen boshafter Verstockheit. Sein Tod stand fest, bevor das Urteil gesprochen wurde.

Da das Amt des Scharfrichters in Carcassonne seit dem Verschwinden Leanders vakant war, wurde der Jude in Toulouse gehenkt. Sein Besitz fiel zu gleichen Teilen an den Vizegrafen und an den Bischof.

Epilog

Im Mai 1243 zog ein Kreuzritterheer gen Montsegur. Pierre Amiel, der Erzbischof von Narbonne, hatte es im Auftrag des Heiligen Stuhls aufgeboten. Obwohl von langer Hand geplant, gab es einen Grund zum Eingreifen. In der Stadt Aviognet hatten zwei Inquisitoren so fürchterlich unter der Bevölkerung gewütet, dass die Geschundenen keinen anderen Ausweg mehr wussten, als die Wachen Montsegurs zu Hilfe zu rufen. Die waren von den dort geschehenen Greueltaten so entsetzt, dass sie – nicht aus Rache, wie sie ausdrücklich betonten, sondern zum Schutz der Bürger – die Teufel im Priestergewand erschlugen, »so wie man Ratten erschlägt«.

Daraufhin beschloss das Konzil von Béziers die Zerstörung der Ketzerburg Montsegur. Wie bei den vorausgegangenen Kreuzzügen gegen die Katharer versprach der Papst reichlich Sündenerlass für alle Teilnehmer.

Die Katharer, die aus allen Richtungen herbeigeeilt kamen, um Montsegur zu verteidigen, wurden von Merimé abgewiesen. »Unsere Überlebensstrategie ist nicht die der Löwen und Tiger, sondern die der Igel und Schildkröten«, sagte er. »Je weniger Menschen sich in der Burg aufhalten, umso länger werden unsere Vorräte reichen.«

Als sich der Belagerungsring um Montsegur schloss, befanden sich kaum dreihundert Katharer in der Bergfestung. Bei eisigen Winterstürmen im Dezember wurde der Roc de la Tour, der Vorhof der Burg, eingenommen. Unter Leitung des Bischofs Durand von Albi hatten sie eine riesige Wurfmaschine, in Einzelteile zerlegt, auf den Berg geschafft. Von nun an hagelten zentnerschwere Steingeschosse gegen die Burgmauern, zerschlugen Dächer und Wasserleitungen. Es gab Verletzte und Tote. Krankheiten brachen aus. Die Vorräte schmolzen dahin. Zu Beginn des Monats März, nach einjähriger Belagerung, wurde die Lage so hoffnungslos, dass sich Merimé gezwungen sah, mit den Kreuzrittern zu verhandeln.

Leander sagte an jenem Abend zu seinem Sohn: »Ich spüre den Tod. Er ist hier. Wir kennen uns. Ich habe ihm oft genug gedient.«

Die Bedingungen der Übergabe lauteten: Alle Katharer, die bereit sind, ihrem Irrglauben abzuschwören, erhalten freien Abzug, andernfalls erwartet sie der Scheiterhaufen.

Merimés Antwort lautete: »Auch wenn ihr Montsegur zerstört, unserem Glauben könnt ihr nichts anhaben.«

Am Morgen des 16. März erstürmte das bischöfliche Kreuzritterheer die zerstörte Burg. Die Katharer ergaben sich kampflos. Der Erzbischof persönlich ermahnte sie, ihren Glauben aufzugeben. Nicht ein Einziger verspürte den Wunsch, im Zeichen des Kreuzes gerettet zu werden.

In der Nacht vor der Übergabe der Burg hatte Merimé nach gemeinsamem Gebet gesagt: »Keiner weiß, wie es ist, wenn sich der letzte Atemzug zur Ewigkeit dehnt. Keiner kann sagen, welche Räume uns aufnehmen werden, wenn wir der irdischen Welt entgleiten. Aber eines wissen wir mit Sicherheit: Es wird nicht so sein, wie es die, die uns nach dem Leben trachten, von allen Kanzeln verkündigen. Sie werden alle unsere Schriften verbrennen, so wie sie uns verbrennen. Sie werden uns verteufeln. Unsere Wahrheit lebt in diesem Kind. Sein Überleben ist unseres. Seine Flucht wurde sorgfältig vorbereitet. Fünf von uns werden es unter Einsatz ihres Lebens in Sicherheit bringen. Einer davon ist sein Vater.«

Leander widersprach. »Ich bleibe.«

Zu Merowin sagte er zum Abschied: »Als Vater im Leib einer Mutter und als Henker, der seinen Beruf verfehlt hat, würde ich dir mehr schaden als nutzen.«

In der Nacht blickte er auf die Feuer der Belagerer hinab.

Es war, als brenne der ganze Hang. Er sah Bero vor sich, zerfressen vom Feuer, ein gequälter Leib ohne Gesicht. Er dachte an die Hinrichtungen, die er als Henker ausgeführt hatte, wie sich die Frauen in der Glut gewunden hatten. Sie hatten geschrien, bis der beißende Rauch ihnen die Stimme nahm. Nein, so wollte er nicht sterben. Als der von Gott eingesetzte Träger des Richtschwerts hatte er ein Anrecht darauf, durch das Schwert zu sterben. Auch Beatrice hatte so sterben wollen.

Wie hatte der Alte gesagt: Wir müssen alle sterben, und wir können uns nicht aussuchen, wie. Aber einige sterben wie Männer, andere wie Hühner. Er wollte wie ein Mann sterben.

Sie hatten alle das Consolament erhalten.

»Erschreckende Gestalten, abgemagert bis auf die Knochen, als hätten sie seit Wochen nichts mehr zu essen gehabt«, so beschrieb sie der Oberbefehlshaber des Kreuzritterheeres, der Senneschall Pierre de Arcis, in einem Brief, den er dem Kardinal Segni schickte.

»Dabei«, so wunderte er sich, »waren ihre Vorratskammern noch gut gefüllt. In dieser Herde von verlorenen Schafen gab es nur einen, der Widerstand leistete: ein Mensch mit hellem Haar und bartlosem Gesicht. Er entriss einem Ritter das Schwert und schlug damit einem halben Dutzend unserer Leute den Kopf vom Rumpf. Erst ein Armbrustpfeil vermochte diesem Henker das Handwerk zu legen. Im Zusammenhang mit diesem Menschen hat sich noch etwas höchst Eigenartiges ereignet. Als sich die Knechte anderentags anschickten, die Toten einzusammeln, stellten sie fest, dass der Henker, wie sie ihn nannten, fast vollständig von den Raben aufgefressen worden war, während sie unsere Toten nicht angerührt hatten. Die Rabenvögel haben sich diesen Menschen mit solcher Gier einverleibt, dass die Knechte sie mit Knüppeln vertreiben mussten. Bei der Beseitigung der sterblichen Überreste wollen unsere Leute festgestellt haben, dass der einzige Katharer, der wie ein Mann gekämpft hat, ein

Weib war. Incredibili est auditu. Das klingt zu unglaublich, um wahr zu sein.«

Die Überlebenden wurden alle verbrannt. Zweihundertfünfundzwanzig Männer und Frauen starben an einem Ort unterhalb der Burg, der seitdem den Namen Camp de Cremat, Feld der Verbrannten, trägt.

Aus den Berichten der Inquisition geht hervor, dass sich in der Nacht vor der Eroberung Montsegurs vier Katharer in Richtung der Lassetschlucht abseilten, um den Ketzerschatz in Sicherheit zu bringen, von dem es heißt, er sei ad pecuniam infinitam, von nicht mit Geld aufzuwiegendem Wert.

Wir kennen sogar die Namen dieser Eingeweihten. Es waren die Perfecti Amiel, Udaut, Hugo und Potevin. Aber seit einem dreiviertel Jahrtausend zerbrechen sich die Menschen den Kopf darüber, wo dieser sagenhafte Schatz der Katharer geblieben ist. Keine Höhle in den Pyrenäen und den Schluchten der Aude, die nicht von Historikern und Schatzsuchern erkundet worden wäre. In den schwer begehbaren Felsspalten bei der Festung Usson wird noch heute danach gesucht – vergeblich, denn dieser unbezahlbare Schatz war ein Kind.

Nicht unter der Erde wartet der Gral darauf, entdeckt zu werden. Sein Licht leuchtet noch heute in der Güte einer Mutter Teresa oder in der Friedensliebe eines Mahatma Ghandi, vielleicht auch im Mitleid eines Henkers.

Ende